CONSTANTIN GILLIES

Das Objekt

GOLDMANN
Lesen erleben

Buch

Bei Computerforensiker Schröder läuft die Festplatte gerade richtig heiß. Zum einen ist da seine neue Kollegin Harriet Thorborg, die auf ihrem Fachgebiet ein absoluter Crack ist und gleichzeitig umwerfend sexy wie Star-Trek-Schönheit Seven of Nine. Zum anderen ermittelt Schröder als Experte einer privaten Sicherheitsfirma im Auftrag der Kriminalpolizei in einem mysteriösen Mordfall: Jan Kellermeister, ein harmloser Nerd, wurde durch einen gezielten Kopfschuss getötet, sein Rechner zerstört. Mit einem Trick gelingt es Schröder und Harriet, die Daten zu retten. Dabei finden sie zahlreiche Bilder des Mondes, die das Opfer für das *Lunar Image Project* der NASA restauriert hat. Was hat der Tote auf den Mondfotos entdeckt, das er nicht sehen durfte? Und warum wurde die Website des *Project* lahmgelegt? Die Spur führt Schröder und Harriet ins pulsierende Las Vegas und dort von einer brenzligen Situation in die nächste …

Autor

Constantin Gillies, Jahrgang 1970, arbeitet als Wirtschaftsjournalist in Bonn. Er schreibt u.a. für »Die Welt«, »Berliner Morgenpost« und »Computerwoche«. Seit 2011 ist er als Korrespondent für die Schweizer »Handelszeitung« tätig. Darüber hinaus ist er Autor einer Reihe von Sachbüchern und drei Romanen. Mit seinem neuesten Buch »Das Objekt« um Computerforensiker Schröder ist Constantin Gillies ein Roman mit Kult-Potential gelungen.

Weitere Informationen zum Autor und seinen Büchern
unter www.gillies.de

Constantin Gillies

Das Objekt

Ein Fall für Schröder

Roman

GOLDMANN

Dieses Buch ist auch als E-Book erhältlich

MIX
Papier aus verantwortungsvollen Quellen
FSC® C014496

Verlagsgruppe Random House FSC® N001967
Das FSC®-zertifizierte Papier *München Super* für dieses Buch
liefert Arctic Paper Mochenwangen GmbH.

1. Auflage
Originalausgabe April 2015

Umschlaggestaltung: UNO Werbeagentur, München
Umschlagmotiv: FinePic®, München
Redaktion: Gerhard Seidl
KS · Herstellung: Str.
Satz: Buch-Werkstatt GmbH, Bad Aibling
Druck und Bindung: GGP Media GmbH, Pößneck
Printed in Germany
ISBN: 978-3-442-48132-3
www.goldmann-verlag.de

Besuchen Sie den Goldmann Verlag im Netz

00

Eigentlich müsste Jan Kellermeister den Schatten sehen. Es hat den ganzen Tag geschneit, und eine dichte weiße Decke liegt über dem Garten. Die Luft steht still. Kellermeister könnte also leicht den Schatten bemerken, der sich auf das Haus zubewegt. Ein dunkler Umriss, der geräuschlos von einer Zypresse zur nächsten gleitet. Schnell, aber nicht hektisch, sodass die Netzhaut eines Beobachters niemals Alarm schlagen würde.

Kellermann hätte ihn sehen müssen – gerade er, der Profi: geschult im Nahkampf, ausgebildet bei der CIA, den Navy Seals, der GSG 9. Außerdem ist er immer noch fit. Nachts, wenn er weiß, dass Mutter schon schläft, kitzelt er ab und zu seine Instinkte. Dann bahnt er sich den Weg zum Klo im Sondereinsatzkommando-Style: Arme anwinkeln, eingebildete Waffe im Anschlag, mit einem Satz um die Ecke springen und – fump, fump, fump – der Sau das Hirn rausblasen. Natürlich mit simuliertem Rückstoß, so wie die Jungs auf dem Bolzplatz.

Für so einen Profi wäre es simpel, ein Ziel, das sich bewegt, im Garten auszumachen. Dafür müsste dieser Profi allerdings auch hinschauen, zum Ende des Grundstücks, wo der Schuppen steht. Als Kind hatte Kellermeister da mal ein paar verweste Mäuse gefunden. Sie hatten wie winzige Fellteppiche ausgesehen und waren so ausgetrocknet, dass der Windstoß von der Tür sie über den Holzboden wehte. Trotzdem hatte sich Kellermeister jahrelang nicht mehr in den Schuppen gewagt, aus Angst davor, wieder die Leichen sehen zu müssen.

Da war er noch der alte Jan, der ängstliche kleine Nerd. Doch der ist endgültig tot. Ab heute Abend gibt es nur noch den großartigen Big Endi-Jan. Und der fürchtet sich vor nichts und niemandem. Mit zusammengekniffenen Augen scannt Kellermeister die schneebedeckten Felder ab. Am Horizont, wo das Gelände des Güterbahnhofs anfängt, glüht die Luft, als würde es dort brennen. Die schwarzen Skelette der Containerbrücken ragen wie gigantische Kampfroboter über die Baumwipfel hinaus.

Er muss lächeln. Alles nur Tagträume, nichts im Vergleich zu dem, was bald in der Realität ablaufen würde.

Wieder zittert einer der Äste im Garten, weil der Angreifer ihn gestreift hat, und wieder hätte Kellermeister es bemerken können. Doch er stiert in die Schneewüste hinaus und verpasst seine letzte Chance zu reagieren, sich auf den Boden zu werfen. Jetzt hat der Angreifer seine finale Position erreicht. Freies Schussfeld.

Krach!

Kellermeisters Körper wirbelt herum.

Draußen haut jemand voll auf die Hupe.

Wieder nur die Straße. Er dreht sich zum Monitor zurück. Scheiß Lastwagen. Seit es die Maut gibt, donnern sie Tag und Nacht so dicht vorbei, dass die ganze Bude zittert. Manchmal lassen sie ein paar Andenken fallen, mit Dieselruß panierte Brocken aus Schneematsch. Die knallen dann in die Autos dahinter, und es gibt eine Riesenhuperei. Ein Wunder, dass noch keiner vor Schreck in Mutters Vorgarten gerast ist. Was macht die überhaupt?

»Mutter?«

Seine Stimme hallt durch den Flur. Als letzte Handlung auf diesem Planeten hatte sein alter Herr die Bude mit dunkelbraunen Terrakottafliesen ausgelegt. Kurz danach stand der Krankenwagen vor der Tür und nahm Vater mit. Geblieben ist nicht viel außer dem beschissenen Hall von den ganzen Fliesen.

Keine Antwort.

Aus dem Wohnzimmer wehen Bratfett und Fetzen vom Verkaufsfernsehen hoch. Ein Mann mit Pornosynchronsprecher-Stimme tut sehr aufgeregt. *Genau, John, sehen Sie diesen Berg mit fünfunddreißig Kilo Hackfleisch? Genauso viel können auch Sie abnehmen, wenn Sie noch heute unseren Spezial-Artischocken-Extrakt kaufen.*

»Mut-ter!«

Seit ihrem Schlaganfall ist sie nicht mehr dieselbe. Früher, da hat es sie noch interessiert, was ihr Jan so alles trieb, egal, wie irrelevant es auch gewesen sein mag. Mit den anderen Nerds nächtelang *Das Schwarze Auge* spielen, Musik für den Commodore 64 komponieren, ein halbherziges Gastspiel im Flugzeugmodellbau. Sie hatte ihm zumindest immer ein paar interessierte Fragen gestellt, weil sie daran glauben wollte, dass ihr Junge noch was auf die Reihe kriegt, vielleicht sogar mal eine Freundin mit nach Hause bringt.

Mittlerweile hat sie geistig total ausgecheckt und vegetiert nur noch vor der Glotze rum. Schade, dabei könnte er ihr zum ersten Mal im Leben wirklich etwas zeigen.

Kellermeister wendet sich wieder dem Bildschirm zu, um sein Werk zu begutachten. Sein Blick zuckt über die Pixel, und sofort rast der Puls: ein schwarz-graues Meer, und auf einmal – dieses Ding. Unfassbar. Gary McKinnon, dieser Engländer, der sich damals bei der NASA reingehackt hat und danach von Ufo-Beweisen schwafelte, lag also richtig. Aber was der gefunden hat, ist natürlich Kinderkacke im Vergleich zu dem, was der gloriose Big Endi-Jan gleich präsentieren wird. Das werden die Jungs vom *Project* niemals glauben. Niemals. Dem alten Jesko wird der Bart abfallen.

Verdammt, das sollte sie echt sehen.

»Mut-ter!«

Wieder nur Gurgeln aus dem Aquarium. *Ja, John, und Sie bekommen nicht nur die Großpackung, sondern auch noch ... Rufen Sie jetzt an!*

Scheiße. Na, auch egal, dann heißt es mal wieder alleine genießen, wie so oft. Er streicht sich eine dünne blonde Haarsträhne aus der Stirn und wischt den Handschweiß an seinem schwarzen T-Shirt ab. Jetzt noch einmal kurz die Finger gegeneinanderdrücken, bis sie knacken – eine weitere Klischee-Geste, die er sich bei seinen Actionfilm-Helden abgeguckt hat.

Der Zeigerfinger liebkost die erste Taste, ganz sachte. Kellermeister ist entschlossen, den Moment des Triumphs auszukosten.

H ...

Doch dann ist die Selbstbeherrschung aufgebraucht, hektisch hackt er auf die Tastatur ein.

Hi Guys! You gotta see this.

Genau, das müsst ihr einfach sehen. Das wird ... das wird ... na ja ... episch halt.

Upload Picture. OK?

Soll er es wirklich tun?

Kellermeisters Finger tänzelt um die Eingabetaste herum. Ein letzter liebevoller Blick auf seinen Freund – den riesigen Frankenstein-PC auf dem Schreibtisch. Aus etlichen Vorgängern zusammengestückelt, jedes Teil mindestens fünfmal ausgetauscht, der Prozessor übertaktet bis an den Rand der Kernschmelze. Das Gehäuse hat er natürlich schon vor Ewigkeiten abgeschraubt, um leichter an alles ranzukommen und das Blinken der Netzwerkkarte sehen zu können, den Puls der Außenwelt.

Diese Aktion kostet ihn jetzt das Leben.

Denn ohne Gehäuse hat das Projektil völlig freie Bahn.

Es passiert mühelos die Einfach-Verglasung des Jugendzimmers und schlägt am oberen Rand des Rechners ein. Die Festplatte dahinter wird zerfetzt, vom Gehäuse bleibt nur verbogenes Blech übrig. Immerhin: Der kleine Widerstand raubt dem Geschoss aus dem M24-Scharfschützengewehr schon ein wenig Energie. Es beginnt zu taumeln und streift Jan Kellermeister am Hals. Lebensbedrohlich sei diese Verletzung nicht gewesen, werden sie uns später sagen. Er hat vermutlich noch realisiert, dass gerade die Fensterscheibe zersprungen ist.

Doch selbst für ihn, den eingebildeten Spezialagenten, reicht die Zeit nicht mehr, um zu reagieren. Nur noch ein gemurmeltes »What the f…« ist drin.

Dann trifft das zweite Geschoss.

71,05 Millimeter Blei und Stahl, beschleunigt auf siebenhundertfünfundachtzig Meter pro Sekunde, zerschmettern Kellermeisters Schädel und reißen seinen Oberkörper nach hinten.

Trotzdem wird ihn seine Mutter normal sitzend vorfinden, so als wäre er nur während eines Zock-Marathons eingenickt.

Sein Zeigefinger nur Millimeter von der Eingabetaste entfernt.

01

»Ja, Frau Thorborg, *ganz unten!*«

Projekt Hintern-Check startet, das wird ganz groß! Ich kann schon sehen, wie Leines vor Lachen von seiner Sonnenliege fällt. Schnell noch für einen perfekten Bildausschnitt sorgen. Ich taste mich hinten am Monitor entlang. Wo ist bloß diese verfickte Webcam? Jetzt bloß nicht verräterisch mit den Kabeln rascheln. Vorsichtig biege ich das kugelige Kameragehäuse nach vorn. Noch ein bisschen, noch ein bisschen, stopp! So, jetzt müsste die Cam genau auf die unterste Schublade zeigen, dahin, wo sich unter anderem mein Niveau befindet. Keine Sekunde zu spät, das Küken kommt gerade angerauscht.

Mit verschränkten Armen mustert sie den Rollschrank neben dem Schreibtisch.

»Echt jetzt?«

Nun ist es Zeit für eine Antwort in Hollywood-Qualität, der nächste Satz muss hundert Pro überzeugend klingen.

»Jau, alle kaputt.« Kurze Kunstpause einlegen, beiläufig auf den Firmenparkplatz schauen – und raus mit der schlechten Nachricht. »Bis auf die unterste Schublade.«

Da! Ihre Augenbrauen ziehen sich zusammen und türmen eine Mini-Falte direkt über ihrer Nase auf. Hat sie den Braten gerochen? Hat sie unseren kleinen Plan durchschaut? Muss ich den Hintern-Check womöglich abblasen? Da wird Leines aber ganz schön enttäuscht sein.

Nein, Schwein gehabt. Ihre Stirn entspannt sich wieder. Wahrscheinlich hat sie zuerst gedacht: »Ein Gentleman hätte seine Schublade oben angeboten«, den Gedanken aber beiseitegeschoben, um gute Stimmung zu machen. Jedenfalls knipst sie ihre Lampen an.

»Na denn, Herr Schröder …« Ihre hellblauen Augen leuchten. »Ach ja: Und die *Frau Thorborg* lassen wir mal, okay?«

Dann muss ich wohl kontern.

»… und hier sagt jeder nur Schröder, einfach so, ohne Herr.« Eigentlich eine Frechheit, dass ein junger Hüpfer einem gleich das Du aufzwingt.

»Und Sie, äh, du, äh, also sagt man Harriet?«, haspele ich rum.

Absolut lächerlich, dieser Name. Haben ihre Eltern etwa bei *Der Doktor und das liebe Vieh* gepoppt oder was? Ach Quatsch, da hieß der Arzt ja mit *Nachnamen* Herriot. Eigentlich kann ich mich nur noch daran erinnern, dass diese Serie so unfassbar hell war, als ob man das Studio mit einer Supernova ausgeleuchtet hätte.

»Eigentlich sagen alle Harry zu mir.« Wenn sie lächelt, sieht man, dass ihre Oberlippe einen Tick über die Unterlippe hinausragt, wie bei der frühen Nicolette Krebitz. Links und rechts hat sie kleine Grübchen in der Wange. Nett.

Okay, sie hat mit dem Gesäusel angefangen. Ein geselliger Mensch müsste jetzt mit einer lockeren oder gar humoristischen Einlassung kontern. Doch womit genau? Der Dame mitzuteilen, dass man jahrelang sehr gut mit der Teamgröße Eins gelebt hat, kommt an dieser Stelle wohl nicht infrage. Und dass man bei Gender-Diversität, Sozialkompetenz und dem anderen Bullshit, von dem die Personalhäschen ständig schwafeln, das kalte Kotzen kriegt, wohl auch nicht.

Trotzdem: Ich muss gute Stimmung machen – bloß was findet *so eine* lustig? Keine Zeit, um lange nachzudenken, jetzt heißt es, so zu tun, als ob man schlagfertig wäre und jeden Tag mit Frauen zu tun hätte. Oder überhaupt mal über einen längeren Zeitraum was mit Frauen zu tun hatte. Also: Harry, Harry, Harry ... genau!

»Ja, dann würde ich mal sagen: Harry, hol den Wagen!«

Stolz garniere ich meinen Riesenbrüller mit einem gönnerhaften Schmunzeln.

Der war doch gut, oder? War er doch?

Wohl eher nicht.

Während sie krampfhaft versucht, ihr Lächeln am Einstürzen zu hindern, türmt sich schon wieder diese Falte auf, und zwar höher als vorher. Sie dreht ihre Handflächen nach außen und deutet ein Kopfschütteln an. Ihr ganzer Körper sendet nur noch eine Nachricht aus: *Hä? Was ist denn dein Problem?*

Vielleicht ist sie so ein analfixierter Klugscheißer und stört sich daran, dass ich nicht richtig zitiert habe. Es müsste ja eigentlich heißen: »Harry, wir brauchen den Wagen, sofort«, den anderen Satz hat Tappert ja nie gesagt. Das ist wie mit »Beam mich rauf, Scotty« – kam so auch nie in *Raumschiff Enterprise* vor.

Nein, das ungenaue Zitat scheint sie nicht zu stören.

Natürlich! Supi Schröder, das haste ja wieder toll hingekriegt. Die ist viel zu jung, um den Witz zu verstehen! Mensch, als in den Neunzigern der letzte *Derrick* lief, war die ja gerade mal aus der Grundschule raus, da hatte sie am Freitagabend was anderes zu tun, als vor der Kiste zu hocken. Und weil sie das Zitat nicht kennt, denkt sie natürlich, »hol den Wagen« sei eine chefmäßige Arbeitsanweisung von mir oder so. Das muss sofort zurückgeholt werden.

Zu spät.

Sie hat schon »Äh, genau« gemurmelt und sich zu ihrer Umzugskiste umgedreht.

Weißt du, es gab da früher so eine Krimiserie im Fernsehen … auch egal. Erklär ich später mal.

Jetzt sind andere Dinge wichtig. Zum Beispiel unser Hintern-Check, *der sich gerade anschickt, in seine heiße Phase zu treten!*

Die Kleine hat sich ihren Arm mit Ladekabeln vollgepackt und steuert auf den Schubladenschrank zu. Ich mache einen Schritt zur Seite, damit die Webcam freie Sicht auf den Schreibtisch hat.

Action!

Mist, das war schon mal nichts. Sie geht einfach in die Knie, sodass ihr Jackett über dem Hintern hängt und man nichts erkennen kann. Was soll diese Business-Brezelei überhaupt? Dunkelblauer Hosenanzug, weiße Bluse, Pumps mit Absatz. Die muss doch beim Vorstellungsgespräch gesehen haben, dass man bei uns schon overdressed ist, wenn das schwarze Linux-T-Shirt in der Jeans steckt. Und dann auch noch diese Kriegsbemalung, als ob sie in diesem Video von Robert Palmer mitspielen wollte. Genau! »Addicted to Love«, wo die ganzen Models um ihn rumtanzen.

Oha, giftiger Augenwinkelblick.

Was? Erwartet sie etwa, dass ich ihr helfe? Keine Chance, junge Dame, dafür müsste ich ja hier meinen Logenplatz aufgeben.

Giftiger Seitenblick Nummer zwei.

Hat sie etwa die Kamera registriert? Sah fast so aus. Nein, kann nicht sein, schließlich kleben die bei uns an allen Bildschirmen dran. Okay, an den anderen Arbeitsplätzen sind sie nicht auf den Boden neben dem Nachbarschreibtisch gerichtet, aber es könnte ja jemand dagegengestoßen sein und sie verstellt haben, theoretisch.

Nein, sie hat doch nichts gerafft, marschiert einfach zum

Umzugskarton zurück, um die nächste Ladung Kram zu holen. Aha, es scheint anstrengend zu werden: Sie zieht ihr Jackett aus. Mental die Stimme von Joey aus *Friends* einschalten: Hal-lo!

Verdammt, man kann ihre Oberweite nicht sehen, weil sie sich einen Stapel Broschüren davorgeklemmt hat. Voll analog, das ganze Papier. Was will sie mit den toten Bäumen hier?

Holla! Sie lächelt im Vorbeigehen rüber.

Aufrecht wie ein Model stolziert sie über den grauen Teppichboden und wirft ihre Haare ins Kreuz. Ein rotbrauner Wasserfall ergießt sich zwischen ihre Schulterblätter. Vor dem Schubladenschrank angekommen schickt sie ein weiteres Lächeln rüber, dass ihre weißen Orgelpfeifen nur so leuchten. Woher kommt plötzlich diese Freundlichkeit? Hat mein Harry-Witz doch eingeschlagen?

Es wird ernst. Geht sie wieder nur in die Knie oder bückt sie sich?

Sie bückt sich. Freude.

Langsam, Wirbel für Wirbel, beugt sie sich mit durchgedrückten Knien vor, wie eine Turnerin. Die Hosenbeine rutschen hoch, schlanke Fesseln blitzen hervor, um die sich, etwas zu stramm, schwarze Schuhriemchen schnüren. Der dunkelblaue Stoff am Hintern dehnt sich, spannt, bis die Nähte ihres Slips hervortreten.

String.

Oh. My. Fucking. God. Analyse, Data! Frau Thor-Borg hat einen Hintern wie Seven of Nine aus *Star Trek*, diese kongeniale Mischung aus Cyborg und Unterwäschemodel. Hirnschmelze. Die packt das »ass« in »assimilieren«. Wenn es einen Gott gibt: Mach, dass Leines, der alte Spanner, den Videostream mitgeschnitten hat.

Damit steht das Ergebnis des Hintern-Checks fest: Mindestens sieben von neun Punkten, ha ha.

Rumms, der Papierstapel landet in der Schublade.

Schade, die Show ist schon vorbei.

Jetzt bloß nicht beim Hinstarren erwischen lassen, sonst merkt sie noch was. Lieber wieder rausgucken.

Aus dem Augenwinkel kann ich sehen, wie sie ihren Rücken wieder aufrollt. Der Hosengewebe entspannt sich von *kurz vorm Platzen* auf *muskulös prall.* Ganz und gar gesund. Wohl eine kleine Sportmaus, was?

Sie dreht sich um und legt noch ein Lächeln drauf. Hier entwickelt sich eine exzellente Teamdynamik, das muss ich sofort der Personalabteilung melden.

Okay, jetzt könnte sie die Lampen langsam wieder ausknipsen.

Hallo?

Warum geht sie nicht zurück in die Umzugskisten-Ecke?

Warum stemmt sie die Hände in die Hüften?

Sie schießt einen tödlichen Laserblick in Richtung Webcam.

Hat sie etwa? Sie hat.

Wie waren noch mal die letzten Worte der Challenger-Astronauten? Genau: *Uh-oh.*

Unser Hintern-Check ist aufgeflogen.

Genüsslich senkt Seven of Nine das rechte Augenlid zu einem angedeuteten Zwinkern. Unter normalen Umständen könnte das auch eine Anmache sein, doch ihre Augen flackern, als ob sie gleich explodieren würde. Nein, hier läuft ein anderes Programm ab, und es heißt: FINISH HIM! Sie wird mich fertig rühren wie damals die Pixelkämpfer in dem Game *Mortal Kombat.* Mit maximalem Blutvergießen.

Und Frau Thorborg führt ihren Todes-Move sehr elegant

aus. Ruhig und freundlich lässt sie die Worte über ihre Lippen perlen, vorbei an dem dunkelroten, sicher sehr teuren Lippenstift: »Na, dann hoffe ich mal, dass Sie die Kamera richtig eingestellt haben und Ihre Jungs alles gut sehen konnten, *Herr Schröder!*«

02

Bereit für den Sprung durch die Lichtmauer, Chewie?

Wir tauchen ein in einen Tunnel aus weißen Blitzen. Immer schneller rasen die Partikel auf uns zu. Die Kiste vibriert, als ob sie jede Sekunde auseinanderfällt. Werden wir den Sprung schaffen?

Ach, fuck!

So klappt das einfach nicht. Normalerweise funktioniert diese Assoziation doch immer: Schnee plus Landstraße bei Nacht gleich Sprung durch die Lichtmauer mit dem Rasenden Falken. Da sehen die vorbeizischenden Planeten im Cockpit ja auch immer aus wie Schneeflocken. Aber wie soll man sich vernünftig einer Nerd-Fantasie hingeben, wenn eine maximal angepisste Frau neben einem sitzt? Die Thorborg thront kerzengrade auf dem Beifahrersitz, hat ihre Arme verschränkt und schweigt. Und das seit fast zwanzig Minuten. Ein Wunder, dass sie dazu nicht noch das Marge-Simpson-Geräusch macht, dieses wütende »Grrrrrr«.

Ich war vorhin einfach zu lahm. Ich hätte sofort zurückschießen müssen, so von wegen: »Welche Kamera?«, oder »Wovon reden Sie eigentlich?« Dann wären ihr vielleicht Zweifel gekommen. Stattdessen habe ich eine Sekunde lang nur dämlich vor mich hin gestarrt, bevor mir halbherzig einfiel: »Was meinen Sie?« Diese Sekunde hat den Unterschied gemacht: Spätestens da war klar, dass sie wusste, was ich wusste: Ihr Arsch war als Liveübertragung an meinen spärlichen Bekanntenkreis rausgegangen.

Beweisen konnte sie natürlich nichts. Und das hat sie rasend gemacht: Wie bekloppt ruckelte sie an den oberen Schubladen, um zu kontrollieren, ob sie wirklich kaputt sind. Natürlich eine völlig sinnlose Aktion, da ich die Dinger gestern Abend bombensicher mit der Rückwand verschraubt hatte – man ist ja Profi. Und so blieb ihr nichts übrig, als »Ja, klar!« zu giften und mächtig einzuschnappen.

Dann soll sie eben schmollen und schweigen. Kein Problem.

Schon wieder eine rote Ampel. Weitere zwei Minuten warten, neben einer genervten Tante mitten in der grauen Schneewüste. Hört der Scheiß-Winter nie auf?

Vorstadt.

Das war wirklich eine brutale Fehleinschätzung, als ich damals dachte, dieser Hölle entkommen zu sein. *Run with the dogs tonight, in suburbia.* Vorstadt, die absolute Todeszone für Teenager: Gerade so weit draußen, dass keine U-Bahn mehr hinfährt, aber noch nah genug, um nachts die Metropole brummen zu hören, während man mit einer Dose Hansapils auf einer Spielplatzbank liegt und darüber nachdenkt, was *dahinten* in diesem Moment wohl alles abgeht. In der Vorstadt aufgewachsen zu sein – das schüttelt keiner jemals richtig ab. Sobald man irgendwo eine mit Bewegungssensor ausgestattete Außenbeleuchtung sieht, kehrt dieses Unbehagen zurück.

Der Opel vor uns fährt an. Von seinem Dach weht eine Wolke Schneegriesel runter, wie Puderzucker, den ein Kind von der Geburtstagstorte pustet, während es die Kerzen ausbläst.

Okay, es geht nicht mehr. Muss. Stille. Beenden.

»Und – haben Sie so was schon mal gemacht?«, erkundige ich mich in maximal neutralem Tonfall.

Obwohl sie vermutlich keine Ahnung hat, was ich genau meine, dreht sie sofort voll auf.

»Na ja, das hatten wir ja alles an der Uni schon. Live Response, Post-mortem-Analyse. Sie haben ja in meinem Lebenslauf ...« Haha, als ob ich den auch nur eine Femtosekunde gelesen hätte, »... die ganzen Stationen gesehen. Data Recovery bei On Track, Legacy-Systems-Training bei der Datacorp, EnCase-Schulung bei der ...«

Mensch Mädchen, lass mal gut sein.

Leines hat die Sache mal wieder gut auf den Punkt gebracht. Als ich ihm von der neuen Kollegin erzählte, klang er sehr mitleidig: »Glückwunsch, Alter, da kannste bestimmt für so einen neunmalklugen IROC den Babysitter spielen.« Das hatte er natürlich nur gesagt, damit ich ihn frage, was ein IROC ist, und weil ich das Spiel schon fünfundzwanzig Jahre spiele, habe ich ihm den Gefallen getan.

»IROC?«

Es folgte der übliche, gespielt ungläubige Blick: »Waaaas? Du kennst das nicht?«, gefolgt von einer stolzen Belehrung: »Ist ausnahmsweise mal ein kluges Ami-Wort: Steht für *idiots right out of college,* Idioten frisch von der Uni.«

So schaut's aus. Ab sofort werde ich jeden verdammten Arbeitstag von einer Idiotin frisch von der Uni gestalkt. Okay, so richtig frisch von der Uni scheint sie nicht zu sein, bei den ganzen Stationen im Lebenslauf. Wie alt sie wohl ist? Schwer zu sagen, vielleicht steht sogar schon eine Drei vorm Komma.

Egal, höchste Zeit jedenfalls, ihren Sprechdurchfall mal zu beenden.

»Äh, ja«, grätsche ich dazwischen, »ich meine in so einem Umfeld, also Beweissicherung vor Ort.«

So einfach lässt sich eine eifrige Streberin wie Fräulein Thorborg natürlich nicht aus der Ruhe bringen.

»Klar, deshalb habe ich ja auch den Einsatzkoffer …«, schnattert sie weiter.

Jau, den habe ich gesehen. Ein gigantisches Teil der Marke Pelican, da kann man mit einem Panzer drüberfahren, und die Sachen drinnen gehen trotzdem nicht kaputt. Ein Wunder, dass die den überhaupt in den Kofferraum gehievt bekommen hat. Eine Sache habe ich selbst bei meinem homöopathisch dosierten Kontakt mit der Weiblichkeit gelernt: Das Element in diesem Universum mit der größten Dichte ist nicht Plutonium oder so, sondern ein Koffer, den eine Frau gepackt hat.

Zeit für die nächste Unterbrechung.

»Nein, das meine ich nicht. Ich spreche von einem *Tatort*. So richtig mit Blut, Knochensplittern und so …«

Der saß. »Nicht so richtig«, drückt sie noch kleinlaut raus und hält dann die Klappe. Gut. Wie immer war es ein Fehler von mir zu glauben, dass eine Unterhaltung besser sein könnte als Stille. Im Alter kriegt man ständig solche weichen Anwandlungen.

Leise prasselt Matsch gegen die Kotflügel, während wir uns weiter durch den Schneebrei pflügen. Am Seitenfenster huschen endlose dunkelgraue Felder vorbei. Alle paar Minuten markiert ein Berg aus Zuckerrüben die Grenze zum nächsten Bauernhof. Eine Landschaft zum Sich-Erschießen. Hochspannungsmasten, Kläranlage, Hunde-Übungsplatz. Der Radweg, penibel mit Streusalz freigeräumt, lädt alle Wahnsinnigen, die als Fall bei *Aktenzeichen XY* enden wollen, zu einer Spritztour durch die Nacht ein.

Okay, das mit dem Blut war natürlich totale Angabe. Unsere Firma macht zwar in Computerforensik, doch mit aufregendem CSI-Kram hat das wenig zu tun. In Wahrheit ist es ein lahmer Bürojob. Er fängt morgens damit an, dass irgendein verpeilter Mittelständler anruft und total panisch schreit: »Bei uns ist was nicht in Ordnung!« Wobei »nicht in Ordnung« alles Mögliche bedeuten kann, zum Beispiel, dass die Firmenseite im Netz plötzlich auf einen ukrainischen Potenzmittelvertrieb umgeleitet ist. Also hinfahren, dem EDV-Leiter ein bisschen Luft zufächeln.

Wenn echt was schiefläuft, kopieren wir einfach die Festplatte des Rechners, der »nicht in Ordnung« war, und fahren wieder nach Hause. Der Rest ist Sesselfurzen: Daten entwirren, Bericht schreiben. Am Schluss gibt es für den IT-Ärger meist eine simple Erklärung: Entweder die chinesische Volksarmee will mal wieder teutonisches Herrschaftswissen absaugen, oder ein angepisster Mitarbeiter versucht, seinen Boss zu erpressen, zum Beispiel indem er androht, im Netz geheime Interna rauszuposaunen. Dass die Bullen anrufen, weil sie mit einer Computersache nicht weiterkommen, ist total selten, und wenn überhaupt, dann geht es darum, den PC von irgendeinem Steuerhinterzieher zu durchleuchten. Echten Splatter-Kram kriegen wir gottlob nie zu sehen.

Dafür hat der Blut-und-Knochensplitter-Nebensatz funktioniert, sie bleibt weiter im Pausemodus.

Mann, kann der Idiot auf der Gegenspur nicht mal abblenden! So ein Arschl...

Verdammt.

Schwarzer Mercedes, hinten mit Aufbau.

Leichenwagen.

Nicht gut.

03

»Na Schröder, bereit für eine Reise in die Vergangenheit?«

Auch noch das: Dohmke, der Idiot! Ohne den scheint's ja echt nicht zu gehen. Der lässt uns nicht mal in Ruhe aussteigen. Und wie der wieder aussieht, total wie aus dem Ei gepellt: leicht gebräunte Wangen, vermutlich vom Snowboarden oder einer anderen Sportart, die Menschen unter dreißig vorbehalten ist. Aus seinem Spusi-Overall lugen an der Kapuze ein paar mit Gel wohlgeplant verwuschelte Haarbüschel raus. Eine Frohnatur, die schlimmste Sorte von Mensch.

Deine gute Laune geht mir auf den Sack! Nimm das: »Jau, Fluxkompensator ist aktiviert. Wir sehen uns am 21. Oktober 2015 wieder!«

Dohmke gafft nur blöd, während sein Atem in kleinen Wölkchen durch das Scheinwerferlicht zieht.

Du nix verstehen?

Anscheinend nicht.

Schon wieder einer. Kennt denn hier keiner mehr die Klassiker? In welches Jahr reist Marty McFly, als er sich zum zweiten Mal in den DeLorean schwingt und zurück in die Zukunft aufbricht? Hallo? McFly? Er reist ins Jahr 2015, und zwar zum 21. Oktober.

Da muss ich den Herrn wohl mal aufschlauen …

Zu spät, Dohmke startet schon die Klarmacher-Routine und fährt die Hand in Richtung des soeben georteten weiblichen Fleisches aus.

»Hallo, ich bin der Jens Dohmke.« Breites Grinsen. Eine Sekunde, zwei Sekunden, drei Sekunden. Seine Charmewellen schweben durch die eiskalte Nachtluft langsam auf die Thorborg zu. Sobald sie Hautkontakt haben, ist es zu spät.

Oder soll es Jens sein, der sympathische Naturbursche, der für dich auch mal draußen Holz hacken geht? Nein, Susi, der soll nicht das Herzblatt sein, vielen Dank! Wenn ich nicht sofort was mache, steigt der Idiot noch heute Abend mit der Thorborg ins Bett. Mit Seven of Nine, das wäre die größte Verschwendung der Menschheitsgeschichte. Das würde bedeuten, Leonard aus *The Big Bang Theory* könnte nie mit Penny zusammenkommen, und kein Nerd wird jemals eine schöne Frau abkriegen. Also schnell dazwischengehen.

»Lass mal gut sein, Dohmke.«

Ich klappe meinen Arm aus und sorge für eine Gasse, um die Kleine möglichst schnell an dem geifernden Sack vorbeizuschleusen. Sie versucht zwar noch, ein »Harriet Thorborg, aber Sie können …« rüberzuhauchen, doch bevor sie weitere potenziell sexfördernde Informationen verraten kann, habe ich sie auch schon weitergeschubst.

Eins zu null für die Nerds, du Idiot.

Dohmke bleibt nichts übrig, als uns aus Verlegenheit irgendwas Pseudo-Autoritäres hinterherzubrüllen.

»Und ja, Schröder: Wir sind fertig, ihr könnt jetzt rein. Erster Stock! Tierische Sauerei. Eine beschissene Hinrichtung.«

Aber da sind wir schon ins Schwarz eingetaucht.

Spießerhölle. Vorn funzelt blassblaues Neonlicht, da muss ein Aquarium stehen oder so eine Hydrokultur. Durch die versiffte Butzenscheibe in der Tür sieht es fast grün aus. Rsssst. Was ist … Ach, nur mein Ärmel. Ist an einem Rehgeweih entlanggeschrappt. Der ganze Windfang ist mit den Dingern zugehauen. Wir sollen in den ersten Stock, aber wo ist die Treppe? Ich taste nach dem Handlauf. Ah, das ist er, kalt und glitschig wie ein Frosch. Vermutlich von dem ganzen Fett in der Luft; in dem Loch stinkt es ja wie in einer Frittenbude.

Sehr emanzipiert, Frau Thorborg, sehr emanzipiert. Kaum wird es ernst, sortiert sich die Dame ganz geschmeidig hinter dem ach so dreckigen alten Sack ein. Muss ich jetzt den Beschützer spielen und vorausgehen? Ich muss. Klonk, klonk, klonk. Ihre Pumps donnern auf den alten Holzstufen, als würde Robocop die Treppe hochsteigen, vor allem, weil sie unbedingt ihren plutonium-schweren Riesenkoffer mitschleppen muss. Noch einen Treppenabsatz.

Erst der Leichenwagen, dann Dohmke mit seiner »tierischen Sauerei« und »Hinrichtung« – na, herzlichen Dank. Das ist definitiv nicht mein Metier: menschliche Überreste angucken. Das bedeutet nämlich, wieder drei Wochen lang jede Nacht mit einem halben Herzkasper aufzuwachen.

Klonk. Pause. Klonk. Pause. Klonk. Jaja, da geht Ihnen mit Ihrem Köfferchen ganz schön die Pumpe, Frau Thorborg, was? Lustig, wie sie versucht, ihr Keuchen aus der Nase rauszudrücken, damit ich es nicht höre.

Letzte Stufe, wieder ein Flur. Und wieder hat ein sehr geschmackloser Mensch braune Terrorkottafliesen verlegt.

Unser Ziel liegt am Ende des Gangs. Die Tatort-Scheinwerfer strahlen so grell den Korridor entlang, dass man das Gefühl hat, seine letzte Reise anzutreten. Nahtod-Erlebnis.

Ein weiterer Spusi-Mann quetscht sich an uns vorbei.

»… 'n Abend.«

Ich nuschele ein »Abend, Herr …«, doch bei »Herr« blende ich sachte aus, weil meine Optik noch auf die Dunkelheit im Treppenhaus eingestellt ist und ich keine Ahnung habe, wer das war.

Der Raum öffnet sich, kein schönes Panorama. Sollte ich

ein Gentleman sein und ihr sagen, dass sie da nicht mit rein muss?

»Wollen Sie wirklich?«, erkundige ich mich.

Die Thorborg versucht, tapfer zu klingen: »Klar.«

Aber vor dem »K« musste sie einen dicken Kloß runterschlucken, das war deutlich zu hören. Bis vor ein paar Wochen gehörte sie wahrscheinlich zu diesen lustigen Uni-Mäuschen, die auf jedem Foto grinsen und ein »V« mit den Fingern machen, und jetzt muss sie sich diesen Dreck ansehen. Auch nicht einfach.

Unsere Schisshasen-Karawane rückt sachte vor.

Dohmke hat leider nicht übertrieben. Blut überall, vor allem der dunkelbraune Sperrmüll-Ledersessel trieft nur so davon. Auf der oberen Kante des abgewetzten Leders kleben ein paar dunkelrote Splitter, o Gott, das müssen Knochenreste sein. Und Haare. Schnell woandershin gucken ... an die Wand.

Jemand hat billige, aus Gamer-Zeitschriften ausgerissene Poster wahllos an die Wand geklatscht. Bekannte Gesichter, tausendfach gesehen – Duke Nukem, Lara Croft, der Master Chief aus *Halo,* eine Ahnengalerie der interaktiven Unterhaltung. Dazwischen sprießen Schimmelpünktchen aus dem Putz. Der Rest dessen, was vor ein paar Jahrzehnten mal als Jugendzimmer gedacht war, ist gähnend leer. In die Ecke drängen sich Bett und Kleiderschrank aus nachgedunkeltem Hellholz, daneben an der Wand lehnt ein uraltes DX-7-Keyboard von Yamaha. Ansonsten gibt es nichts, was keine genau definierte Funktion erfüllt.

Kein Stil, keine Deko, kein Einrichtungskonzept – kein Zweifel: Hier ist ein Nerd gestorben.

Ein Nerd – und hier wird die Sache schlimm –, der so alt war wie ich.

Denn zwischen dem ganzen Gamer-Kram klebt ein Poster der Band Sigue Sigue Sputnik. Die hatte es sechsundachtzig geschafft, mit ihrem Hit »Love Missile F1-11« mal mehrere Sekunden lang populär zu sein. Wer die noch kennt, war echt dabei. Der Typ, dem sie hier den Kopf weggeschossen haben, stammte aus den Achtzigern. Der hätte das Witzchen mit »Harry, hol den Wagen« sicher sofort verstanden. Bloß: Wer richtet einen Niemand hin, der mit vierzig noch bei Muttern wohnt?

Egal, es hilft nichts: Nach meinem großkotzigen Spruch von vorhin – von wegen Tatort und Blutspuren – bleibt mir nichts anderes übrig, als weiter professionell zu tun. Ich krame den Fotoapparat raus und checke den Akkustand. Ist schließlich das oberste Forensiker-Gesetz: Bevor man was anpackt, muss alles sauber und gerichtssicher dokumentiert werden, sonst gibt's nachher Ärger vom Staatsanwalt.

Auch die Thorborg rettet sich in professionelle Routine. Sie lässt erschöpft ihren Einsatzkoffer auf den Boden donnern und fängt an, den Rechner auf dem Schreibtisch zu inspizieren. Jemand hat das Gehäuse abgeschraubt, sodass der Blick auf die Hauptplatine frei ist. Ich reiche der Kleinen wortlos ein paar Einmalhandschuhe rüber, die sie ebenso wortlos anzieht. Es weht eiskalt durchs Fenster rein. Nein, es ist nicht offen, es ist zerbrochen, am Rahmen hängen noch ein paar Glassplitter. Hat der Typ sich etwa aus dem Fenster gestürzt? Quatsch, dann wäre hier drinnen ja nicht das ganze Blut.

Meine Kehle schnürt sich zu. Schnell ablenken.

»Und? Was haben wir?«, erkundige ich mich. Oh, das klang jetzt aber schön, wie ein Lehrer, der prüfen will, ob sein Schützling auch brav zugehört hat.

Allerdings scheint die Kleine überhaupt nicht zuzuhören.

Sie hat ihren Kopf so tief in den Rechner reingesteckt, dass ihre Wange nur noch Millimeter vom Rahmen entfernt ist.

»Hören Sie das, Schröder, der läuft noch.«

»Na, und?«

»Na und?« Sie tritt zur Seite. »Schauen Sie doch mal.« Ihr Zeigefinger bohrt sich in ein Loch am oberen Rand des Rechner-Gerippes. »Und das, obwohl die Festplatte raus ist.«

Mal näher rangehen. Sie hat recht. Das heißt, ganz weg ist die Platte nicht, ein paar verbogene Bleche und Splitter der Controllerplatine stecken noch in der Halterung, nur die eigentliche Platte ist weg, einfach futsch. Sie muss irgendwo hinter uns auf dem Boden liegen, zwischen den diversen Flecken. Etwas knirscht unter meinem Schuh. Scherben, wieder Blut und – da ist ja auch was Graues dazwischen. Also wirklich ein Kopfschuss. Können die uns das nächste Mal bitte erst dann rufen, wenn der Tatort-Reinigungsdienst schon da war? Wir müssen hier so schnell wie möglich wieder raus. Ich knipse wahllos mit der Kamera rum.

Was ist bloß mit der Thorborg los? Die scheint sich echt akklimatisiert zu haben, keine Spur von Hektik oder Aufregung.

»Die Platte hat aber jemand sehr unsanft ausgebaut«, stellt sie ungerührt fest. Ihr Blick scannt den verbeulten Rahmen des Rechners. Sie schaut hoch und merkt, dass ich sie beobachte, dabei scheint ihr Blick zu sagen: *Und, wie lautet Ihre Analyse?*

An ihrem Hals baumelt eine dünne silberne Kette mit einer einzelnen Perle dran. Sie hat Klasse, das muss man sagen. Dagegen kann ich meine Kombination aus Neunziger-Glattlederjacke, Jeans und ausgelatschten Timberland-Stiefeln echt in die Tonne kloppen. Vielleicht wäre es mal wieder an der Zeit, in der Stadt einkaufen zu gehen.

Ja, meine Analyse, wie lautet die denn? Ist noch in Arbeit. Fest steht, dass eine gleichermaßen souverän-männliche wie professionell-fundierte Bemerkung hermuss.

»Ich glaube, die Festplatte wurde mit einer Kugel ausgebaut.«

Mein jerrycottonesker Kommentar perlt völlig an ihr ab. Sie nuschelt nur: »Kann sein«, und fängt an, vorsichtig ein paar Kabelstränge zur Seite zu ziehen, während sie weiter wichtig guckt.

»Ich würde sagen: Mit ein bisschen Glück können wir von außen einen Stub-Kernel starten und dann das RAM …«

Was ist das? Alles schwarz, Licht aus. Haben die Idioten von der Spurensicherung mit ihren Scheinwerfern etwa das Netz überlastet? Sieht so aus.

Das war's dann wohl.

Damit kann der Fall zu den Akten. Strom aus bedeutet Speicher aus bedeutet alle Daten im Rechner sind weg.

Armer Nerd, jetzt ist er wirklich tot.

04

Blitz, das Licht ist wieder da.

Was ist denn mit *der* los?

Die Thorborg kniet vor ihrem Koffer und zerrt mit zitternden Händen daran rum. Fingernägel knacken, sie zischt »Scheiße«, fuhrwerkt aber weiter an den Verschlüssen rum. Klack. Deckel hoch. Holla. Nicht die üblichen Adapter zum Festplatten-Überspielen, sondern nur selbst gebauter Kram, das gibt weitere Pluspunkte. Zielsicher zerrt sie eine Sprühflasche aus einem Klappfach im Deckel.

»Weg!« Sie schubst mich zur Seite. Spinnt die? Ich bin doch quasi ihr Chef.

Sie springt zum Rechner, reißt den Deckel von der Sprühflasche und drückt ab.

Ein armdicker Strahl schießt aus dem Kopf der Flasche und nebelt den ganzen Rechner ein.

Kältespray?

Ach so, sie will … Aber geht das überhaupt? Funktioniert das nicht nur im Labor?

»Schröder?«

Warum habe ich das Gefühl, wieder bei Muttern eingezogen zu sein?

»Ja?«

Ihr genervter Blick zeigt auf die Sprühflasche.

»Machen Sie hier weiter!«

Okay, das klappt zwar nie, aber man kann ja mal mitspielen. Meine Knöchel berühren ihr Handgelenk, als sie mir die Flasche in die Hand drückt. Kurz zielen und wieder abdrücken, immer schön auf den Hauptspeicher drauf. Der Nebel zischt über die Landschaft aus Steckkarten, Kabelsträngen und Kühlkörpern.

Sie springt zurück zum Koffer und klappt einen Laptop auf.

Sie will also *wirklich* einen Cold Boot versuchen.

Die Idee ist verdammt cool, das muss man ihr lassen. Alle Leute denken ja immer, dass der Speicher eines Computers gelöscht wird, sobald man den Strom abstellt, und das stimmt im Prinzip auch. Wenn man den kleinen Transistoren in den Chips den Saft abdreht, verrecken sie und vergessen, ob sie gerade auf »0« oder »1« geschaltet waren. Ein toter Rechner verliert in wenigen Millisekunden sein Gedächtnis, aber – und hier liegt der Trick – nur bei Raumtemperatur. Anders sieht die Sache aus, wenn man den Kadaver sofort runterkühlt auf minus zwanzig Grad. Das verlangsamt die digitale Amnesie, dann merken sich die Transistoren ihre Nullen und Einsen einen Augenblick länger. Je nach Bauart der Chips gewinnt man zehn, vielleicht zwanzig Sekunden. Schafft man es in dieser Zeit, die Speicherbank in einen anderen Rechner zu transplantieren, kann man die Daten – mit viel Glück – noch auslesen.

Ich sprühe brav weiter, sie wirbelt vor ihrem Laptop rum.

Typischer Anfängerenthusiasmus. Das klappt nie, dafür gibt es viel zu viele »Wenns«: Erst mal klappt die Aktion nur, *wenn* im Hauptspeicher überhaupt noch Daten sind, schließlich dauerte der Stromausfall ja schon eine Zeit. Dann muss sie die Speicherbank mit einem Griff ausgebaut kriegen, ohne sich selbst mit dem Spray die Hand abzufrosten. Wenn das klappt, muss die fremde Speicherbank noch in ihren eigenen Rechner passen. Und zu guter Letzt bleiben ihr für das alles im besten Fall fünf Sekunden. Lachhaft, gib's auf, Kleine!

Aber sie denkt nicht daran, sondern steigert sich total niedlich in die Aktion rein.

»Bereit?«, schreit sie, »komme rüber – in drei, in zwei …« Alles klar, Süße, der Adler ist bereit zum Rendezvous. »… in eins!«

Sie hechtet zum Schreibtisch, ich lasse den Sprühknopf los, damit sie freie Bahn hat. Sie grapscht mit beiden Händen blind in das völlig vernebelte PC-Gerippe.

Einundzwanzig …

… zweiundzwanzig …

Unfassbar, ihre Hand kommt wieder raus, mit einer Speicherbank zwischen Daumen und Zeigefinger! Dabei sind die Dinger mit solchen fuddeligen Klemmen festgemacht, die kriegt man schon mit einer ruhigen Hand und bei Tageslicht kaum auf.

Ich will noch einen Schuss Kältespray nachlegen, doch Thorborg hat die Platine schon weggerissen: daumengroß, ein grünes Plättchen mit vier flachen Klötzen aus schwarzem Plastik drauf. Aus den Chips wachsen auf beiden Seiten silberne Kontaktdrähte raus, wie die Beine eines Tausendfüßlers. »Mikrochips«, hätte man natürlich in den Achtzigern gesagt, allein das Wort war wie eine Verheißung.

… dreiundzwanzig …

… vierundzwanzig …

Sie rammt die Platine in irgendeine Apparatur, die in den Tiefen ihres Koffers verstaut war. Clever, sie hat tatsächlich ein Lesegerät dabei, in das alle gängigen Speicherbausteine passen.

… fünfundzwanzig.

»Und *Read-out!*« Sie drischt auf die Leertaste ihres Laptops. »Weiterkühlen, Schröder!«

Ich komme schon, Mutter, und die Hände habe ich mir auch gewaschen. Die Dose mit dem Spray hält sicher nicht ewig, also noch mal alles draufbuttern. Ich knie mich neben sie auf den Boden, um weiter die Speicherchips einnebeln zu können. Shit, ich hänge voll in der roten Soße drin, die Hose ist hin.

Auf ihrem Laptop zucken weiße Zeilenkolonnen vorbei, weit und breit ist kein Mauszeiger oder Fenster zu sehen. Am Anfang schuf Gott die Kommandozeile, und er sah, dass alles gut war. Sehr sexy, junge Dame.

Sie schaut abschätzig rüber, kontrolliert, ob ich auch schön weiterkühle.

Das von mir verlangte Kompetenzniveau nähert sich Stück für Stück dem absoluten Nullpunkt an, auch bekannt als

Maren-Gilzer-Konstante. So hieß doch die Tante, der sie beim *Glücksrad* den verantwortungsvollen Job gegeben hatten, die Buchstaben umzudrehen. Nach der Wende hatte sie eine Folge lang immer »Chemnitz« mit »Ch« vorn wie in »Chemie« ausgesprochen, eine Heldin der Wiedervereinigung.

Wie lange soll ich hier denn noch sprühen, Mutter?

Mal nachdenken: Was die Thorborg eben aus der Nerd-Kiste rausgerissen hat, war eine stinknormale Speicherbank, auf die passt vielleicht ein halbes Gigabyte. Das heißt, es kann nur einen Augenblick dauern, sie auszulesen. Viel rauskommen wird bei der Aktion trotzdem nicht, denn die Chips waren gut und gerne zehn Sekunden ohne Strom, quasi aus dem Bauch des Mutterorganismus gerissen. Da bleibt höchstens Datenbrei übrig.

Sie starrt trotzdem weiter angestrengt auf den Bildschirm. Ist ja klar, die gehört zu jener Generation, der man ihr Leben lang diesen Größenwahn eingeimpft hat, so von wegen: »Du kannst alles schaffen, wenn du nur willst.« Genau dieser pathetische Scheiß, den amerikanische Präsidenten in Hollywoodfilmen immer faseln. Nicht wie bei uns damals: »Sieh zu, dass du nach dem Studium nicht allzu lange Stütze kassieren musst.«

Das Rouge auf ihren Wangen sieht sehr ordentlich verteilt aus, ohne harte Kanten, als ob sie lange geübt hätte. Nicht so ein trauriges Schminkexperiment, wie man es bei den Geek-Girls sonst sieht. Die enden meist in einem ziemlich undezenten Look, irgendwo zwischen Mutter Bundy und Zirkuspferd.

Unter der dünnen Puderschicht zeichnen sich ganz leicht Krähenfüße ab. So frisch von der Uni kommt sie wohl doch nicht, sollte nachher im Büro doch mal ihren Lebenslauf checken.

Plötzlich zucken ihre Mundwinkel nach oben. Lustig, sie muss grinsen und versucht gleichzeitig, die Todesmiene der verletzten Schmollerin aufrechtzuerhalten.

»Was ist?«, erkundige ich mich.

Dann kann sie sich nicht mehr zusammenreißen. Volle Energie auf die Lampen, ihre Augen glänzen.

»Wir haben was!«

Jetzt mal ganz ruhig. Ich beuge mich langsam zu ihr rüber, damit sie Zeit hat, Platz zu machen und ich keinen Belästigungsprozess riskiere. Besser gesagt: nicht schon wieder.

»Darf ich?«

Sie rückt zur Seite.

»Klar, Schröder!«

Wieder eine Flapsigkeit, die mir in ihrem Alter niemals eingefallen wäre, schon gar nicht am ersten Arbeitstag.

Aber sie hat recht, die Daten auf dem Monitor sehen gut aus. Nicht nur Schrott, sondern dazwischen immer lesbare Worte, Systemnachrichten, das übliche Blabla mit RUNTIME oder LIBRARY. Der Punkt geht ganz klar an sie: Gegen alle Gesetze der Wahrscheinlichkeit ist ihre irrsinnige Transplantation gelungen. Sie hat tatsächlich aus der Kiste dieses Nerds noch ein paar Daten gerettet – unfassbar. Reines Anfängerglück. Jetzt bloß nichts anmerken lassen, sonst geht der Größenwahn endgültig mit ihr durch.

»Da müssen wir natürlich mal schauen, was am Schluss bei der Analyse übrig bleibt«, stapele ich tief, »aber definitiv interessant, doch, doch.«

Bambi leuchtet mich weiter an, erstarrt wie ein Reh im Autoscheinwerfer. Das Mädchen erwartet anscheinend noch mehr Bestätigung, auch wieder typisch, so ein Lob-Junkie. Na gut, dann tun wir ihr mal den Gefallen.

»Hm, ja«, eiere ich rum, »war wirklich eine gute Idee.«

Ihr ganzer Körper glüht vor Freude.

Es war natürlich keine gute Idee. Es war eine *verdammt brillante* Idee.

Denn so ist der Nerd nicht umsonst gestorben.

Sollte er wirklich ein Geheimnis gehabt haben, könnten wir jetzt zumindest ein Stück davon retten.

Nur – wollen wir das?

Klar: Natürlich kann es reiner Zufall sein, dass der Mörder zweimal geschossen hat und eine Kugel dabei aus Versehen in der Festplatte einschlug. Oder er wollte nicht nur den Nerd loswerden, sondern sein Wissen gleich mit. Also schießt er erst auf den Kopf und dann noch einmal gezielt auf den Rechner. So konnte er quasi das analoge *und* digitale Gedächtnis von Kellermeister auslöschen.

Und jetzt kommen wir und retten den Inhalt des Speichers.

Damit wäre der Plan des Mörders zur Hälfte gescheitert, und er hätte ein neues Ziel: uns.

05

»Thanks, Hon.«

Die Kellnerin legt lächelnd die Rechnung auf den Tisch und schiebt ihren Block zurück in die hellblaue Schürze.

Jesko von Neumann nickt ihr freundlich zu. »Thanks, Gladys.«

»You're welcome.« Sie schüttelt die bauchige Kaffeekanne in ihrer linken Hand. »Care for some more?«

»Please.«

Obwohl dieses Gespräch schon tausendfach abgelaufen ist, versucht Neumann, seine Antwort immer so freudig überrascht klingen zu lassen, als hätte er niemals im Leben damit gerechnet, dass es einen Nachschlag geben könnte. Der hagere kleine Mann schiebt die Tasse an den Rand des Tischs, und die ebenso hagere Frau lässt die dünne Brühe hineinplätschern.

Neumanns Blick wandert wieder raus auf den Boulevard. Wie viele Jahre hatte sie ihm jetzt schon seinen Morgenkaffee gebracht? Mindestens fünfunddreißig müssen es sein. Er erinnert sich noch gut an sein erstes Frühstück hier im Coffeeshop, einer dieser »Das ist Amerika!«-Momente: Diese hübsche Kellnerin stand da und schien vor Optimismus zu platzen, Kaugummi kauend, in ihrer adretten hellblauen Uniform, auf der in Schreibschrift »Gladys« eingenäht war. In solchen Augenblicken fühlte sich seine Entscheidung, der grauen Heimat den Rücken zu kehren, richtig an.

Gladys. Damals waren ihre Haare noch dunkelbraun – und er selbst hatte überhaupt noch welche. Tja. Ein Lächeln huscht über sein Gesicht, dann erstarren seine Züge wieder, und er blickt aus dem Fenster – auf die Kronen der Palmen und den orangefarbenen Ball der 76-Tankstelle. Er habe einen »thousand yard stare«, witzelt Gladys manchmal, wenn er so vor sich hin stiert: den leeren Blick des müden Kriegers.

Seit Marys Tod ist Gladys die einzige Frau, mit der er noch regelmäßig spricht, der Rest ist Gefrotzel mit den Jungs, kein richtiges Gespräch. Neumann lässt den Kopf sinken und mustert seine Hand, mit der er den Henkel der Tasse umklammert. Sie ist braun und faltig wie ein alter Lederkoffer. Unzählige Tage unter der glühenden Sonne des Testgeländes haben Furchen in die Haut gezogen.

All die Jahre waren sie – war er – doch glücklich gewesen, oder? Nein, das stimmt nicht ganz. Schon lange vor Marys Tod hatte das neue Leben seinen Glanz verloren, kurz nachdem sie ihm den Job beim *Lab* weggenommen hatten. Cutbacks, es war einfach kein Geld mehr da. Spätestens in diesem Moment musste er einsehen, dass die Zukunft in den Sternen, an der er mitbauen sollte, hier unten niemanden mehr interessierte.

Immerhin hatte er noch das *Project*.

Es war natürlich nichts Großes, nur eine Spielerei. Im Prinzip taten Chuck und er nichts anderes, als ihr eigenes Erbe zu verwalten. Eine reine Beschäftigungstherapie für die Rentner des militärisch-industriellen Komplexes, damit die nicht auf dumme Gedanken kamen. Dass das *Lab* dafür überhaupt Geld ausgespuckt hat, ist das reinste Wunder.

Mit einem leisen Stöhnen stemmt sich Neumann vom Barhocker hoch und fummelt einen Zwanziger aus der Tasche seiner Jeans. Nachdem er sorgfältig die Falten rausgezogen hat, schiebt er den Schein auf die Theke.

»See you, Gladys.«

Die Kellnerin deutet eine Kopfdrehung an. »Take care, Hon.«

Er liebt es, wie sie »Honey« zu »Hon« verkürzt. Das klingt nach guter alter Zeit und wirkt genauso angestaubt wie die Natursteinmauer am Eingang oder das asymmetrische, zum Boulevard hin tief runtergezogene Dach des Cafés. Kalifornien in den Sechzigern, du hattest es besser.

Neumann muss sich fast gegen die Schwingtür lehnen, damit sie aufgeht. Im Gegensatz zu den meisten seiner Freunde, die in den letzten Jahren zugelegt haben, ist er die letzten Jahre immer schmaler geworden. Wahrscheinlich die Gene, hat er sich immer eingeredet, aber vielleicht war es auch Marys Krankheit und die ganzen Nächte ohne Schlaf. Er blinzelt in die Sonne. Immerhin – das Wetter ist gut. Kurz nach sechs, und trotzdem kann man schon im T-Shirt rausgehen. Daheim in Hanau schippen sie wahrscheinlich noch Schnee.

Neumann streicht mit der Hand über die grauen Stoppeln auf seinem Kopf und setzt sich die Baseballkappe auf. Im Restaurant die Kopfbedeckung abnehmen – wieder so eine Marotte aus der Alten Welt, die er all die Jahre nicht ablegen konnte und über die sich die Jungs so ermüdungsfrei amüsieren können. Dass er »FOB« ist, der Immigrant *fresh off the boat,* haben sie ihm natürlich nie ins Gesicht gesagt, das wäre unamerikanisch. Doch ab und zu eine kleine Spitze einstecken musste er schon – zumal bei dem Namen: *Von Neumann* – das klingt perfekt nach Nazi-Schurke, besser hätte es sich nicht mal Hollywood ausdenken können.

Nun gut, also los. Zur Arbeit *laufen* – er ist und bleibt ein europäischer Exzentriker. Neumann lächelt und schlurft vorwärts.

Vielleicht sollte er mal wieder nach Hause fliegen, zum Beispiel, wenn das *Project* abgeschlossen ist. Da hatten auch eine Menge Deutsche mitgemacht, vor allem dieser eine Typ ... wie war sein Name noch mal? Egal, der hat ja die halbe Arbeit fast alleine gemacht, den könnte er mal besuchen.

Neumann stoppt an der Fußgängerampel, obwohl er auch gefahrlos bei Rot rübergehen könnte. Schließlich ist der Boulevard gähnend leer, nur ein einsamer Pick-up, in dem ein mexikanisch aussehender Mann sitzt, blubbert an der Haltelinie vor sich hin. Um die Zeit reibt sich selbst das arbeitswütige Valley noch den Schlaf aus den Augen. Erst in einer halben Stunde werden sich hier die Hybridautos Stoßstange an Stoßstange entlangschieben, um junge Aufsteiger in Büros zu befördern, in denen es Spielplatzrutschen gibt und auf Wunsch ein Masseur zum Arbeitsplatz kommt. Es ist einfach viel Zeit vergangen. Als Mary und er das Haus gekauft hatten, lag direkt dahinter noch eine weitläufige Orangenplantage, heute ist jedes noch so kleine Fleckchen bebaut. Würde er ihr Heim heute verkaufen, könnte er wahrscheinlich Millionen einstreichen, so nah, wie es an all den Hightech-Glasburgen liegt.

Vielleicht sollte er das wirklich tun, wenn das *Project* abgeschlossen ist. Aber wohin dann? Die Ampel springt auf WALK, Neumann trottet weiter.

Die nächste Straße, die nächste Zurschaustellung von Wohlstand – natürlich nicht so tropisch-protzig wie unten in L. A., sondern viel dezenter. Die Morgensonne lässt die weißen Gartenzäune und Garagen strahlen, als wären sie mit Katzenaugen beklebt. In den einstöckigen Holzhäusern, die sich hinter Lorbeerhecken verstecken, löffeln junge, reiche Menschen ihr Müsli. Wer hier wohnt, wählt die Demokraten, lernt Mandarin und geht am Wochenende klettern. Die Millionen auf dem Konto mit dicken Autos oder Villen zur Schau zu stellen, käme hier kaum jemandem in den Sinn. Das ist der Geist der neuen Gewinner, und obwohl ihn die aggressive Bescheidenheit der jungen Nachbarn manchmal nervt, mag Neumann sie. Sie sind so – europäisch.

Noch zwei Wochen vielleicht, maximal drei, dann können sie das *Project* abschließen. Sicher, es hat keine Sensationen gebracht, aber sie haben was aus den alten Daten gemacht.

Er biegt auf den nächsten Boulevard ab. Das Hauptquartier ist schon zu sehen. Kein Wunder, schließlich ist der Mast, auf dem früher das gelbe »M« thronte, über zehn Meter hoch. Dass er an einem der amerikanischsten Plätze, die es gibt, seinen Ruhestand verbringen würde – in einem McDonald's-Restaurant –, hatte schon eine gewisse Ironie. Aber die Immobilie war einfach frei, und jetzt muss keiner der Jungs lange im Auto sitzen, um hinzukommen. Außerdem gibt es reichlich Platz für die Berge von verstaubten Bändern. Warum also nicht? McLuna haben die Freaks das Hauptquartier sofort getauft.

Nur noch eine Achtelmeile, oder wie ein normaler Mensch sagen würde: zweihundert Meter. Eine weitere Sache, an die sich Neumann nie gewöhnen wird – diese lächerlichen amerikanischen Maßeinheiten.

Unglaublich, wie viele Leute am Schluss beim *Project* mitgemacht haben. Über zehntausend aus der ganzen Welt – ohne auch nur einen einzigen Dollar dafür zu bekommen! Er selbst hatte mit ein paar Hundert Freiwilligen gerechnet, das Engagement der Masse war wirklich beeindruckend. Was für Möglichkeiten! Wäre er jetzt noch mal zwanzig, würde er sich vermutlich auch im Bürostuhl den Nacken massieren lassen und warten, bis die Masse seinen Job erledigt hat.

Aber auch die Masse kann nichts herzaubern. Und natürlich waren alle enttäuscht, als in den letzten Wochen klar wurde, dass es keine wissenschaftliche Sensation mehr geben würde. Insgeheim hatten natürlich alle gehofft, dass die NASA eine brisante Kleinigkeit übersehen hatte. Neumann selbst war nicht traurig, dass es keinen Big Bang gab. Ihm ging es nur darum, mal wieder eine Sache solide zu Ende zu bringen, ausnahmsweise nicht dem schnellen Workaround hinterherzuhecheln, sondern dicke Bretter zu bohren. Daten komplett katalogisiert und ausgewertet, Mission erfüllt.

Er sucht die Fenster des McLuna nach Bewegungen ab. Manchmal schneit Chuck auch schon um diese Zeit rein, um an den Bandmaschinen rumzujustieren. Doch heute ist kein Licht zu erkennen, er ist mal wieder der Erste. »The punctual German«, selbst in Rente noch überpünktlich, damit hatte ihn Mary immer aufgezogen.

Neumann schüttelt den Kopf, als wollte er den Gedanken an sie damit herausbekommen, und schaut nach unten, um die Betonplatten auf dem Fußweg zu zählen.

Deshalb sieht er die Explosion auch nicht.

Er spürt nur einen heißen Wind auf den Unterarmen, so als ob man einen Ofen aufklappt.

06

Es ist 1979, ich sitze mit Mutter und Vater auf dem Sofa, wir schauen *Klimbim*, und Ingrid Steeger steigt gerade oben ohne aus einem Schwimmbad. Und als ob das noch nicht genug wäre, hüpft der kleine Nackedei auch noch auf und ab. Hüpf, hüpf, hüpf, im Zeitraffer.

Genau dieses Gefühl ist wieder da: als ob das Gesicht jede Sekunde durch zu hohe Durchblutung platzt. Peinlichkeit, Beklemmung, Fluchtreflex – wo ist diese Tarnvorrichtung, mit der sich die Romulaner bei *Star Trek* immer unsichtbar machen, wenn man sie braucht? In solchen Momenten habe ich meinen Hintern so tief ins Sofa gepresst, dass die Stahlfedern zu spüren waren, während Mutter und Vater, die alten Achtundsechziger, sich ausgeschüttet haben.

Hätte Jan Kellermeister nicht Strapse gut finden können? Oder Latex, Lesbenaktion, Gangbang oder irgendwas *Normales?*

Warum muss es ausgerechnet *Achsellecken* sein?

Reihenweise fiese Vorschaubilder huschen vorbei, ein Mosaik des Ekels. Typen mit Pferdeschwanz lecken blonden Ami-Muttis das Deo ab. Horden von verpickelten Cracknutten quetschen sich auf ein sperrmüllreifes Sofa, um sich gegenseitig unter den Armen zu schnüffeln. Plauzenträger vergraben ihr Gesicht in den Achselhöhlen junger Dinger aus dem Osten.

Wenn man sich als Computerforensiker mit einer Sache auskennt, dann ist es Porno. Schließlich bekommt man tagtäglich auf den Tisch, was die Leute in den Tiefen ihrer Festplatten vergraben haben und von dem sie annahmen, dass nur sie es jemals zu Gesicht kriegen würden. Dieses ständige Stöbern in den geheimsten digitalen Besenkammern macht ungefähr drei Tage Spaß. Okay, vielleicht auch zwei Wochen. Doch dann hat man jede Vorliebe und jede menschliche Körperfunktion kennengelernt, und der ganze Pornokram nervt nur noch, vor allem wenn die Rechner von den richtig schweren Fällen reinkommen, von den Dreckschweinen, denen es nicht jung genug sein kann.

Im Vergleich dazu ist das Achselgelecke natürlich völlig harmlos. Doch der Punkt ist: Normalerweise wate ich alleine durch den Dreck. Und jetzt guckt eine Frau dabei zu.

Die Thorborg gibt sich Mühe, professionell rüberzukommen, und scrollt brav weiter durch die Vorschaubilder. Nur einmal hat sie kurz rübergeschaut, und in ihren Augen stand eine klare Frage: Ist das *euer Ernst?* »Euer« deshalb, weil man als Typ ja für jede sexuelle Vorliebe seiner Geschlechtsgenossen sofort in Sippenhaft genommen wird. Da fliegt man dann ruckzuck in einen Eimer mit den Freunden des ausgedehnten Deo-Leckens.

Tod durch Fremdschämen, das wird auf meiner Sterbeurkunde stehen.

Es hilft nichts, ich muss etwas tun. Meine Hand wandert zittrig zum Bildschirm.

»Ja, ähem, dann würde ich sagen, Harriet, Sie filtern mal mit *Skin Tone Detection*, und wir schauen nach, welche Bilder der Herr sonst noch so hatte.«

»Okay«, kommt es wie aus der Pistole geschossen und zeigt, wie gerne auch sie diese Peepshow beenden würde. Hektisch navigiert sie den Mauszeiger durch die Menüs, um das alles entscheidende Häkchen zu setzen, das uns gleich aus der Hölle befreien wird. Nachricht an mich selbst: In den kommenden Wochen gegenüber Frau Thorborg die Formulierung »unter die Arme greifen« vermeiden.

Skin Tone Detection ist an sich eine ganz praktische Funktion. Wird sie aktiviert, fahndet das Forensik-Programm auf dem Zielrechner nur noch nach Bildern, in denen die typischen Farben menschlicher Haut vorkommen. Da die meisten verdächtigen Rechner, die reinkommen, vorher von Männern bedient wurden, macht es allerdings mehr Sinn, die Funktion andersrum zu nutzen. Also: Zeige alle Bilder an, auf denen *keine* nackten Menschen zu sehen sind. Ansonsten geht man in einem Porno-Tsunami unter.

Zack, Skin Tone Detection aus, die Lage ist entschärft, Frau Steeger kann wieder in etwas Bequemes schlüpfen.

Nein, unsere erste gemeinsame Autopsie läuft nicht wirklich rund.

Sie begann damit, dass mich die kleine Streberin sofort darüber in Kenntnis setzte, dass der Vergleich mit einer echten Autopsie ja wohl hinke.

Bitch.

Natürlich ist es keine Autopsie. Dafür bräuchten wir ja eine echte Leiche, also den PC von Jan Kellermeister. Nur von dem war ja nur Elektronikschrott übrig.

Also müssen wir uns mit dem bescheiden, was uns bleibt, nämlich mit dem Hauptspeicher, den wir in der Kühlaktion retten konnten. Theoretisch lässt sich aus diesem Schnappschuss einiges ablesen: welche Programme liefen, welche Bilder angeschaut wurden oder welche Webseiten der Nutzer geöffnet hat. Kehrt man all diese digitalen Brotkrümel zusammen, ließe sich ganz genau rekonstruieren, was der arme Nerd in den Sekunden vor seinem Tod am Rechner gemacht hat.

Das Problem ist: Wir stehen vor einem *Dump*, einem großen, stinkenden Haufen völlig unsortierter Daten. Sich da jedes Byte einzeln anzuschauen würde Jahre dauern, deshalb lassen wir unser Forensik-Programm die Arbeit erledigen. Es fahndet im Datenwust nach bestimmten Dateitypen, zum Beispiel nach Bildern, und listet alles schön übersichtlich auf.

»So, dann also noch mal alles ohne Skin Tone«, murmelt die Thorborg erleichtert.

Dabei habe ich es uns doch so gemütlich gemacht: den besten Konferenzraum direkt unterm Dach reserviert, mit Blick über die Stadt, und einen vollen Teller Bahlsen Selection organisiert. Man könnte sich entspannt zurücklehnen und zugucken, wie sich die dunkelroten S-Bahn-Würmer drüben aus dem Bahnhof ringeln oder wie die Touristenbötchen alle halbe Stunde über den glitzernden Kanal schippern.

Das ist wirklich eine der wenigen guten Sachen, seit die Amis unsere Firma übernommen haben. Seit die den Ton angeben, geht es endlich mal standesgemäß zu. Allein das Büro: kernsaniertes Loft direkt am Wasser, schöne Zweierbüros mit breiter Glasfront, ein richtiger Empfangstresen mit einer richtigen Frau dahinter. Nicht mehr Pizzafressen im fensterlosen Studi-Bunker und selbst zur Tür gehen wie früher. Nein, richtig repräsentativ haben wir es jetzt. Die Amis stehen einfach aufs »dicke B, oben an der Spree«. Die wollen im coolen neuen Germany mitspielen, und dafür nehmen sie Dollars in die Hand.

Das war's dann aber auch schon mit den guten Seiten. Ansonsten ist nur Bullshit über den Atlantik geschwappt. Die Herren haben nämlich reichlich Scheiß eingeschleppt, mit dem da drüben die Angestellten gepiesackt werden: Vorschriften, Kontrollen, Benimmschulungen. Zum Beispiel schneit jetzt alle paar Tage ein Personalschneckchen rein, um eine »Kompetenz-Evaluation« durchzuführen, wie sie sagt. Ihr zu antworten, dass sie nicht gerade jetzt, aber sonst jederzeit gerne die Potenz evaluieren könne, geht auch nicht mehr. Derlei Unkorrektheiten untersagt nämlich der neue »Code of Conduct«, der per Mail an alle verteilt wurde und so ziemlich jeden Furz in der Firma ab sofort regelt. Intern heißt er »Code of Currywurst«, weil er sogar verbietet, sich vom Kunden einladen zu lassen. Nicht mal mehr eine Currywurst an der Ecke ist drin.

Ganz groß ist jetzt auch »Diversity«. Ja, bei uns soll jetzt Schluss sein mit der Männerwirtschaft, mit Tittenmäuschen als Bildschirmschoner und – na ja – jeder Art von Effizienz halt. »Wir müssen bunter werden!«, verkündete Chris. Man konnte ihm richtig ansehen, wie sich seine Gedärme krümmten, als er diesen Stuss vor versammelter Mannschaft absondern musste. Gerade Porno-Chris, der den Laden hier doch eigentlich nur gegründet hat, um schnelle Kohle zu machen, sich 'ne dicke Karre zuzulegen und dann wahllos Ostbratzen aufzugabeln. Früher hätte er eine Pille eingeworfen, um alles »bunter« zu machen. Aber heute muss er ja beim Business-Kasperle mitspielen und von »divers besetzten Teams« schwadronieren.

Ja, bunt muss es werden.

Vielen Dank.

Bleibt nur noch das coole neue Büro auf der Positivseite. Aber dafür scheint die Kleine keinen Blick zu haben. Sie genießt nicht die Aussicht, sondern klackert konzentriert rum, mit ihren sauber zurechtgefeilten und mit Klarlack überzogenen Nägeln. Es sind natürlich keine langen Asi-Krallen, nein, sondern sie hat sie auf diese dezente Managerinnenlänge gestutzt.

Klicker, klicker, klicker.

Heute scheint ihr modisches Thema *britisches Landleben* zu sein: Sie trägt ein hellgraues Sakko aus so einem dicken Englischlehrer-Stoff, dazu eine braune Cordhose, vermutlich figurbetont – Nachgucken ist ja nicht mehr. An den Füßen flache Wildlederschuhe. Alles wieder sehr korrekt, aber auch irgendwie frühvergreist.

Genau, vielleicht könnte das ein gutes Gesprächsthema sein, bis das Forensik-Programm die neue Bildersuche abgeschlossen hat: Mode. Geht doch bei Frauen immer.

»Sie, äh, ziehen sich ja, äh, sehr klassisch an.«

Klicker, klicker, klicker.

»Hm.« Sie hält es nicht für nötig, mich anzugucken. An einem Plausch über Mode scheint ihr also nicht gelegen zu sein.

»Darf ich fragen, warum? Ich dachte in Ihrem Alter …« *In Ihrem Alter?* Unglaublich, was für Floskeln einem ab vierzig so rausrutschen.

Immerhin dreht sie sich um.

»Ach, wissen Sie«, ihre Worte ätzen sich wie Alien-Blut in meinen Gehörgang, »ich habe die Erfahrung gemacht, dass diese Art von Kleidung in einem professionellen Umfeld Türen öffnet.«

Ja, Mädchen, aber nur wenn dahinter ein siebzigjähriger Firmenvorstand steht! Jeder Systemadministrator kugelt sich auf dem Boden, wenn du mit der Streber-Staffage in seinem Reich aufläufst. Dieser Stil ist so … so … genau!

»Wissen Sie was? Ihr Stil erinnert mich an Agent Scully.«

Klicker, klicker. Sie hat sich wieder abgewendet.

»An wen?«

Das kann ja wohl nicht wahr sein.

»Na, an Agent Scully aus *Akte X!*«

»Kenne ich nicht.«

»Das war so eine Fernsehserie in den Neun...«

Plötzlich fährt die Thorborg schroff dazwischen. »Ja, wie dem auch sei: Ich habe mal die Bilder neu sortiert, und – das ist ganz interessant – Kellermeister hat sich zuletzt anscheinend eine Menge Schwarz-Weiß-Bilder angeschaut.«

Wer denkt sie eigentlich, wer sie ist? Mich einfach so abzuwürgen? Als ob ich irgendein Pausenclown wäre, den man jederzeit mit einem Regenschirmgriff von der Bühne zerren kann!

Die faselt einfach weiter!

»... also dazu würde mich mal Ihre Einschätzung interessieren. Haben Sie so was schon mal gesehen?«

Schon besser. Genau *so* sollte die Sache hier laufen: Der Grünschnabel fragt beim großen Häuptling um Rat, in der Hoffnung, ein Fünkchen seiner unendlichen Weisheit abzukriegen.

Was haben wir denn da? Die kleinen grauen Kacheln auf ihrem Bildschirm sehen vertraut aus. Es sind – und das wäre schon mal ziemlich wichtig – keine Fotos von Achselhöhlen.

Sondern von einer ganz anderen Topografie.

Sehr interessant. Kellermeister hat also auch beim *Project* mitgemacht.

07

»Nie wieder ein Haus mit einem Pool!«

Azras Stimme schneidet wie eine Kreissäge durch die salzige Luft. Thomas Leinhart würde sich am liebsten die Ohren zuhalten, aber das würde ihre Stimmung sicher nicht verbessern. Also brummt er nur: »Stimmt«, und schaut sich weiter um.

Immer wieder interessante Leute hier, wenn auch ein bisschen jung. Der Typ am Nebentisch zum Beispiel, einer von diesen Boys of Summer aus dem Lied von Don Henley: schwarze Ray-Ban, dunkelblaues Lacoste-Hemd, kurze Hose. Seine schwarzen Haare sind nachlässig zur Seite gekämmt, er hat seine Schuhe ausgezogen, obwohl das Thermometer keine zwanzig Grad anzeigt. Rauchen tut der Typ natürlich auch, genau wie der Rest der Jeunesse dorée, die sich in den Strohsesseln lümmelt. Das ist das Schöne an Frankreich: Hier verändert sich original gar nichts. Die ganze Bagage könnte sofort und ohne sich umzuziehen bei *La Boum – Die Fete* mitspielen. Als ob die Achtziger nie zu Ende gegangen wären. Zufrieden lehnt sich Leinhart zurück.

Die Sonne brennt vom wolkenlosen Himmel und wärmt die grauen Kieselsteine vor dem *Beau Rivage.* Hoch über dem Strand schwenkt träge der erste Easyjet-Bomber zum Anflug auf NCE ein. Leinhart kann spüren, wie genau jetzt an Bord zahllose Finger gegen die Scheiben piksen. Look at that water! Und sie haben recht: Das Türkis der Bucht von Nizza leuchtet mal wieder atemberaubend.

Es könnte so schön sein.

Wenn Azra nicht hier wäre.

»Im Ernst, Thomas, nie wieder ein Haus mit einem *Scheiß-*

Fucking-Pool!« Um zu zeigen, wie sehr sie mit der Welt abgeschlossen hat, lässt sie ihre Pilotenbrille von der Stirn auf die Nase herunterklappen.

Wo ist sie bloß hin, die alte Azra? Dieses zuckersüße PR-Schneckchen von der First-Tuesday-Party im Jahr '99, das so niedlich zu »Music sounds better with you« getanzt hatte. Sie passte nicht nur in sein Boris-Becker-Beuteschema, sie *definierte* es geradezu neu: klein, schwarze Kulleraugen, mit einer Hautfarbe, die nur Sommer zu kennen scheint. Ihre schlanken Beine schauten aus der damals unvermeidlichen Caprihose raus. Er hatte schon ein paar Asahi-Bierchen intus und dicke Eier. Keine gute Kombination. Leinhart muss grinsen. Dass sie auch nur eine Sekunde mit ihm geredet hat, war schon ein Wunder. Irgendwas von wegen »du hast den schönsten gelben Punkt hier« hatte er gefaselt, die Sache endete dann mit einer Knutscherei oben im Messeturm. Eigentlich wie Dorfdisco, bloß laufen da keine Typen rum, die Schecks über eine Million Mark in der Tasche haben.

Wenn sie heute die Promenade entlanglaufen, sieht er in den Blicken der Leute sofort, was sie über Azra denken: klassische Trophäen-Ehefrau. Der Typ muss Geld ohne Ende haben, sonst würde sich so eine schöne Frau nicht mit ihm abgeben. Guck mal, die kleine Plauze, schwarze Nerdbrille, diese traurig ausgedünnte Surferwelle. Nee nee, hier wird Gold gediggt, sage ich dir.

Aber das stimmt nicht, zumindest stimmte es damals nicht, auf der Party. Schließlich war er da noch das ganz kleine Licht, der lustige Leines, den alle für verrückt hielten, weil er, anstatt weiterzustudieren, lieber ein Einkaufszentrum im Internet bauen wollte. Niemand wird sich jemals am Bildschirm irgendwelche Sachen kaufen, ohne sie vorher in die Hand zu nehmen! Der spinnt, der Leines. Schon ein

Jahr später sah die Sache dann ganz anders aus. Da war aus dem unscheinbaren Leines der große Thomas Leinhart geworden, Deutschlands Internetunternehmer Nummer eins. Azra hatte also – ohne es zu ahnen – auf das goldrichtige Pferd gesetzt.

Seltsam, von dem Zauber, der sie damals umgab, ist nichts mehr übrig. Schröders Video vom Arsch dieser total unbekannten Frau, die eine Schreibtischschublade einräumt, war Lichtjahre erregender als alles, was mit Azra in den letzten Jahren im Schlafzimmer gelaufen war. Es stimmt einfach, was der Ami sagt: Hinter jedem noch so großartigen Babe steht ein Typ, der davon gelangweilt ist, sie zu vögeln.

Schröder, der alte Onkel Charly, muss immer den jungen Dingern hinterhersteigen.

Leinhart grinst in sich hinein.

He Schmusebacke, stellen Sie mal Ihren Kachelofen beiseite, man möchte passieren!

Genau: Wenn sie damals gemeinsam Kasse gemacht hätten, könnten sie ihre Kohle jetzt hier unten zusammen durchbringen. Sie könnten sein wie Roger Moore und Tony Curtis in *Die Zwei*. Den passenden Ferrari Dino 246 hat er ja schon in der Garage, Schröder müsste sich dann natürlich einen gelben Aston Martin DBS kaufen, und sie könnten jeden Nachmittag gepflegt durch die Berge hinter Saint-Maxime heizen.

Andiamo – an den Dynamo.

Es könnte so schön sein.

»Thomas?« Die Kreissäge meldet sich zurück, mit noch höherer Drehzahl als vorher. »Hörst du mir überhaupt zu?«

Leinhart zuckt zusammen und redet beruhigend auf sie ein. »Schatz, die Handwerker sind bestimmt bis zum Mittagessen fertig, dann fahren wir zurück, okay?« Seine Stimme klingt so bedächtig, als wollte er ein Kleinkind dazu bringen, ein Teppichmesser aus der Hand zu legen. »Bestell dir doch einfach noch einen Hugo. Guck mal – das Wetter ist viel zu schön, um sich aufzuregen!« Er lässt seine Handfläche über den Horizont wandern.

Sie schnaubt verächtlich. »Du hast gut reden! Du musst den Dreck ja nicht wegmachen.«

An dieser Stelle könnte Leinhart ohne Probleme einwenden, dass sie das ja auch nicht müsse. Schließlich bezahlt er ein Heer von Servicekräften dafür, dass seine Gattin außer Atmen und Shoppen absolut nichts mehr selbst machen muss. Zu einer Deeskalation würde dieser Einwand allerdings nicht beitragen. Also schweigt Leinhart, wie immer, und starrt auf den Rechner in seiner Hand.

Wie üblich ziehen sich einige Aktienkurven über das Display; es sind keine speziellen Kurven und keine speziellen Aktien, sondern einfach nur irgendwelche. Die blendet Leinhart immer ein, sobald er das Gerät einschaltet. So denkt Azra, er würde hart daran arbeiten, ihr Vermögen noch weiter zu vermehren, was im Prinzip gar nicht nötig ist. Seine Dotcom-Rente reicht länger, als sie leben werden – auch wenn er manchmal daran zweifelt, zum Beispiel, wenn er die Rechnungen der obszön teuren britischen Internate sieht, in die sie die Frucht ihrer Lenden vorletztes Jahr abgeschoben haben.

»Garçon!« Azra wirbelt mit der Hand in der Luft herum.

Okay, der Hugo kommt, das Ehegespräch geht. Leinhart kann sich der wirklich wichtigen Lektüre zuwenden: dem Forum *Above Top Secret*, der Wasserstelle für alle Freunde der gepflegten Verschwörungstheorie. Die Schlagzeilen des Tages knallen mal wieder richtig rein!

Heute ist mein 10000ster Geburtstag!

Jesus war ein außerirdischer Reptilien-Cyborg aus dem Sternbild Draco.

Fällt uns das geheime Mini-Spaceshuttle der Airforce auf den Kopf?

Leinhart muss grinsen.

Vielleicht wird der Tag doch noch gut.

08

Frau Thorborg ist sehr aufgeregt. Denn hier gibt es eine Sache, über die sie nichts weiß. Und das darf natürlich nicht sein, sondern muss im Netz sofort recherchiert werden – selbst wenn das stundenlanges Klicken ohne großen Erkenntnisgewinn bedeutet.

»Wie heißt das noch mal, Schröder? Lunar, was?«

Ihre Fingernägel kreisen unschlüssig über der Tastatur.

Vielleicht sind wir uns doch ein bisschen ähnlich. Denn eigentlich sehe ich die Sache ähnlich: Sich von jemandem eine Sache erklären zu lassen ist ein völlig ineffizienter Weg der Informationsvermittlung und außerdem mit diesem ganzen Sozialquatsch überlagert. Dann doch lieber mit dem *Fucking Manual* drei Tage lang alleine eingraben.

»Hallo …«, rufe ich dazwischen.

Sie gafft mit offenem Mund rüber.

»… ich könnte Ihnen auch kurz *sagen,* worum es geht, wenn Sie wollen. Wäre das nicht vielleicht einfacher?«

Sie ist verwirrt.

»Ähm, o-kay.«

Zwischen dem »o« und dem »kay« hat sie eine kleine Kunstpause eingeschoben, wie man das tut, wenn man mit einem totalen Vollidioten redet. Zögernd dreht sie ihren

Bürostuhl rum, so als könnte sie sich nicht recht entscheiden, bei einem zweifelhaften Experiment mitzumachen.

Schließlich ergibt sie sich in ihr Schicksal, faltet die Hände vor dem Bauch und löscht jeden Ausdruck aus ihrem Gesicht, so als wollte sie sagen: Bitte Eingabe!

Kein Problem.

Jetzt bloß nicht zu weit abschweifen.

»Also: Bevor die Amis auf dem Mond gelandet sind, haben sie vorher ein paar Sonden hingeschickt, um mögliche Landeplätze zu fotografieren, so Mitte der Sechziger, äh, also der Neunzehnhundertsechziger.« Sagt man das jetzt so? Egal. »Und diese Bilder hat die NASA im letzten Jahr wieder ausgegraben, um sie mit neuen Fotos von der Mondoberfläche zu vergleichen. Die wollten rauszufinden, was sich da oben in den letzten fünfzig Jahren getan hat, ob neue Krater entstanden sind und so weiter.«

Die Thorborg nickt wie ein Roboter.

»Nur leider gab's ein Problem: Die alten Fotos sind ziemlich mies, und deshalb können automatische Programme die Krater nicht erkennen. Für das menschliche Auge dagegen ist das ein einfacher Job. Na ja, und deshalb hat die NASA alle Mondfreaks da draußen als Hilfswissenschaftler angeheuert.«

Sie zieht ein braunes Gummi aus der Hosentasche, klemmt es sich zwischen die Zähne und beginnt, ihre Haare zu einem Pferdeschwanz zusammenzufrickeln, was sie natürlich nicht davon abhält, ihren Senf dazuzugeben.

»Frrrrowdsourcing also?«

Wie meinen? Sie ignoriert meinen fragenden Blick und fummelt weiter an ihrem Hinterkopf rum. Dabei klimpert die ganze Zeit ihr Armband – eines dieser Dinger, an denen so ganz viele Sachen aus Silber dranhängen und mit denen man anderen Menschen seine Hobbys auf die Nase binden kann. Interessant, ich sehe ein Rennrad. Also wirklich eine Sportmaus, dann einen Bären – also Lokalpatriotin, schadet sicher auch nicht. Und was ist das andere? Sollte es wirklich Tux, der Linux-Pinguin sein? Egal, kann später ja noch investigiert werden. Also zurück zur Geschichte …

»Genau – *Crowdsourcing*. Die Sache mit dem *Lunar Image Project* läuft so: Jeder, der mitmachen will, lädt sich kostenlos ein Programm runter. Das wiederum zieht sich von einem Rechner in Kalifornien automatisch ein altes Mondfoto runter, du schaust kurz drauf, und sollte ein Krater drauf sein, malst du mit der Maus einen Kreis drum – und zack: Die Sache geht wieder zurück nach Kalifornien, und das nächste Foto ist dran. Zehntausend Leute haben da weltweit mitgemacht, glaube ich, und weil alle so fleißig waren, sind die schon fast fertig.«

Sie schnappt sich das Gummi aus dem Mund und finalisiert den Pferdeschwanz mit einem präzisen Griff. Um mir anzudeuten, dass ich jetzt wieder ihre volle Aufmerksamkeit habe, rekapituliert sie wie ein braver Schüler.

»Das heißt: Was wir in Kellermeisters Rechner gefunden haben, sind die letzten Mondfotos, auf denen er Krater markiert hat?«

Gut aufgepasst, meine Liebe, trotz der Haarwurschtelei.

»Exakt. Wobei es wohl nicht nur um Krater geht, sondern um jede Art von Vertiefung. Dieser arme Wicht hat also da draußen bei Mutti gesessen und die halbe Nacht irgendwelche Tausende von Meilen entfernte Vertiefungen studiert.«

»Scheint ja sein Lebensthema gewesen zu sein: dunkle Mulden erkunden«, nuschelt die Thorborg.

Warum macht sie einen Facepalm? Warum schaut sie auf einmal nach unten und hält sich die Hand vor die Stirn, so als wollte sie sich vor meinem Blick schützen?

Nein – kann nicht sein!

Dunkle Mulden erkunden – sie hat tatsächlich eine Achselhöhlen-Anspielung gemacht.

Gar nicht mal schlecht. Man könnte fast von einer Zote sprechen. Respekt, Frau Thorborg, in Ihnen steckt Potenzial.

Das findet sie selbst anscheinend auch.

Jedenfalls amüsiert sich der kleine Scherzkeks bestens über seinen eigenen Witz. Die Schultern ihres Englischlehrer-Sakkos vibrieren unter ihrem Lachanfall.

Sollte ich nachlegen, vielleicht einen in Richtung: »Er wollte der NASA eben unter die Arme greifen«? Besser nicht. Schließlich hat Isabell mich früher immer gedisst, wenn ich solche Sprüche abgelassen habe. *Du weißt ja nie, wann Schluss ist!* Dann doch lieber ein bisschen solidarisch mitkichern und die Klappe halten.

Ich lasse ein »Nchchch« aus der Nase, das ein Lacher sein soll, und tue so, als müsste ich jetzt fürchterlich dringend Nahrung zu mir nehmen, damit die Thorborg Zeit hat, sich zu fangen. Also schön gemütlich einen Kaffee einschenken, in Ruhe den passenden Keks rauspicken – natürlich eines der Waffelröllchen, die auf der einen Seite in die dunkle Schokolade getaucht sind. Die mit Vollmilch gehen gar nicht. Vielleicht will sie auch einen?

Ich halte ihr den Teller hin.

Sie nimmt die Hand von ihrer mittlerweile ziemlich roten Stirn und schnappt sich einen Schokini-Keks. Während des Kauens wischt sie sich eine kleine Lachträne aus dem Augenwinkel und rappelt sich im Stuhl wieder hoch. Süß. Sie will unbedingt in den Business-Modus zurückkommen, aber gleichzeitig sieht man genau, dass in diesem Moment schon die Erwähnung des Wortes »Achsel« ausreichen würde, um sie wieder losprusten zu lassen. Auf einmal wirkt sie wieder wie eine kleine Studentin, die sich an einem regnerischen Tag mit einem Erdbeertee aufs Sofa setzt, den Pullover über die angewinkelten Beine bis zu den Füßen zieht und eine romantische Komödie schaut, deren Hauptdarsteller sie auf eine diffuse Weise »süß« findet.

Irgendwann wird mein Kopf vor lauter Klischees platzen.

Als Gentleman werde ich ihr mal helfen, den professionellen Deflektorschirm wieder hochzufahren, also zurück zum Thema.

»Bei dieser Mondgeschichte mitzumachen ist natürlich ein bisschen nerdy, aber sicher kein Grund für einen Kopfschuss«, fasse ich ziemlich geschmacklos zusammen.

Da! Für einen Augenblick wäre sie fast wieder von der Klippe gefallen, zurück in den Lachanfall. Doch sie schluckt einmal kräftig und presst mit belegter Stimme hervor: »Sicher nicht.« Zu längeren Sätzen ist sie scheinbar noch nicht fähig, dann werde ich die Sache mal abbinden.

»Also muss die Tat einen anderen Hintergrund haben. Hacking, organisierte Kriminalität vielleicht.« Zu gut Deutsch: Russenmafia. Aber wir wollen hier ja nichts präjudizieren, immer schön in alle Richtungen ermitteln. »Was schlagen Sie vor?«

Die Thorborg räuspert sich. »Ja, also. Wir müssen noch mal an den Dump ran. Vielleicht bringt uns eine String-Analyse weiter.«

Ich setzte meinen »Machen Sie es so«-Blick auf, den der große Lehrmeister meiner Generation, Captain Picard von der Enterprise, so unnachahmlich beherrscht, und lehne mich zurück. Durch die Gaube am Ende des Konfiraums schieben sich ein paar dicke Balken Sonnenlicht herein; mit ein bisschen Glück könnte der Winter in ein paar Tagen vorbei sein.

Vielleicht sollten wir den Leuten vom *Project* eine Mail schicken und sie fragen, ob wir mal in ihre Logfiles schauen können? Wer weiß, was Kellermeister bei denen im Forum so angestellt hat, vielleicht war diese Mondbilder-Geschichte nur eine Tarnung für irgendwelchen Schweinkram.

Die Thorborg macht sich wieder über den Datensatz her.

Klicker, klicker, klicker.

Sie sah eben richtig dankbar aus – dafür, dass ich ihr geholfen habe, ihr professionelles Gesicht zurückzugewinnen.

Dabei gefiel mir das andere auch nicht schlecht.

Es klopft.

Chris, der Big Boss, steckt seine Hackfresse durch die Tür – wie immer ohne ein »Herein« abzuwarten.

»Na, wie geht's denn unserem neuen Team?«

Jeder Satz ein Knaller, da macht ihm wirklich keiner was vor. Dieser Mann garantiert Instant-Brechreiz.

»Gut, gut«, flötet die Thorborg. Ich verweigere erst mal die Kommunikation.

Er nickt kurz wohlwollend und schiebt sein Kinn in meine Richtung.

»Kann ich dich mal kurz sprechen?«

Jetzt muss ich den Kommunikationsstreik wohl beenden.

»Klar.«

Die Kleine springt sofort auf und tut sehr beschäftigt. »Ja, macht ihr hier nur, ich müsste ohnehin noch unten …« Schnapp, sie klemmt ihren Laptop unter den Arm und weht raus. Klar, die hat mit ihren Frauen-Antennen sofort die negativen Schwingungen aufgefangen.

Chris stiert versonnen ihren Hüften hinterher.

»Was ist denn?«, maule ich.

Er schreckt aus seinem Arschkoma hoch, guckt kurz schuldbewusst und schließt die Tür hinter sich. Schwarzer

Rolli, Jeans, hach, was sind wir heute wieder nonkonformistisch – einer von vielen traurigen Steve-Jobs-Imitatoren in der Firma.

»Ja, Schröder, die Kripo hat gerade angerufen wegen dieser Kellermeister-Sache. Habt ihr da schon was?«

»Vielleicht.«

Sein Mundwinkel zuckt ein bisschen, wie immer, wenn ihm was nicht passt.

»Äh, es ist ja so, Schröder. Die Performance im letzten Quartal, äh, die war ja so, äh …«

Was für ein Weichei! Wenn er auch nur bisschen Eier in der Hose hätte, würde er auf den Tisch hauen und die Dinge beim Namen nennen: Schröder, *deine* Performance im letzten Quartal war unterirdisch. *Du* hast hier nur deine Nüsse geschaukelt und keinen einzigen neuen Kunden an Land gezogen!

Und weiß Gott, er hätte recht.

Stattdessen säuselt er rum wie ein Kindergärtner, der einen Förmchenstreit im Sandkasten schlichten muss.

»Äh, jedenfalls wäre es schön, wenn ihr die Sache schnell fertig bringen würdet. Das wäre großartig.«

Ich setze ein maximal sonniges Lächeln auf. »Klar, Chris, kannste dich drauf verlassen.« Leck mich. Er ist mittlerweile schlimmer als der Kotzbrocken-Chef aus dem Streifen *Alles Routine.*

Diese Kellermeister-Kiste fühlte sich gleich an, als wäre sie mein letzter Fall in dem Laden.

09

Harriet Thorborg starrt fassungslos auf das tote Display. Sie hat es wirklich getan: Sie hat ihr Fon ausgeschaltet, das erste Mal seit … ja, seit wann eigentlich? Dass sie es komplett ausgeschaltet hat, ist schon so lange her, dass sie sich nicht mehr daran erinnern kann.

Es fühlt sich unangenehm an, wie der Moment, in dem die Wohnungstür zufällt und man merkt, dass der Schlüssel noch drinnen liegt.

Aber es musste sein, sonst hätte Adrian vielleicht noch mal angerufen oder ihr eine Nachricht geschickt. Dabei war *er* es, der zuerst davon geschwafelt hatte, eine »Pause« einlegen zu wollen. Warum ruft er jetzt an, nach monatelangem Schweigen? Wahrscheinlich war er dicht. Zuletzt hatte er ja kein Problem damit, schon nachmittags mit der Party anzufangen.

Thorborg eist ihren Blick vom Display los.

Der Wagen zuckelt durch eine Kurve und schüttelt den menschlichen Wackelpudding durch. Vor der Fliehkraft sind sie alle gleich: die junge Frau mit dem Kopftuch, die so tut, als würde sie schlafen. Der Vollbart mit der schwarzen Brille und der Vaude-Tasche, die er sich quer über sein Holzfällerhemd gehängt hat. Der Altachtundsechziger mit den langen grauen Haarsträhnen und dem Bändchen an der Lesebrille.

Es ist einer der schönen alten U-Bahn-Wagen mit der Holzvertäfelung. Als Thorborg am ersten Arbeitstag mit ihrem To-go-Kaffee in genauso einen Wagen gesprungen war, fühlte sie sich wie Carrie Bradshaw aus *Sex and the City*. Auch sie hatte es in die Großstadt geschafft. Und sie hatte Sex.

Natürlich – sie würde Adrian immer dankbar sein, schließlich hatte er sie gerettet. Obwohl sie sich an die Party damals im ersten Semester kaum noch erinnern kann: Irgendwas von Linkin Park lief, und er, der Typ mit der obercoolen Entourage, kam einfach so rübergeschlendert zu ihr, dem grauen Informatik-Mäuschen. Vielleicht wollte er diesem »Unter der kühlen Oberfläche brodelt ein Vulkan«-Märchen mal auf den Grund gehen. Oder sein Hirn war beim Blick auf ihren Hintern nur eingefroren. Das wahrscheinlichere Szenario.

Am Anfang flogen sie ziemlich hoch. Die Partys, die zwanglosen Tüten – und natürlich der Sex. Wie stolz sie war, als sie das erste Mal am Sonntagmorgen reinkam, während Vater und Mutter schon beim Frühstück saßen. Endlich gehörte sie auch dazu. Und sosehr sie Christen und die anderen Tussen aus Adrians Dunstkreis auch verachtete: Sie hatten sie in null Komma nichts durch den wichtigsten Crashkurs ihres Lebens geschleust. Das Mädelsding halt. Klamotten kaufen, die nicht atmungsaktiv sind, und Schuhe, die nur für den Weg vom Taxi bis in die Bar taugen. Fingernägel machen. Kichernd zusammen Prosecco abschütten. Und ohne zu kichern den Vibrator aus der Nachttischschublade ziehen, selbst wenn jemand dabei ist. Das kriegen, was man will.

Am Ende des Wagens steht ein junger Obdachloser auf und spult das Standardprogramm ab. »Entschuldigen Sie die kurze Störung. Sicherlich haben Sie auch schon mal vom *Straßenfeger* gehört …«

Ja, davon hat Thorborg gehört, ungefähr schon tausend Mal. Doch es ist nicht der Typ, der sie nervt. Es ist irgendwie alles. Seit sie und Adrian sich getrennt haben, kühlt ihre Begeisterung für die Stadt jeden Tag ein bisschen mehr ab.

Dinge fangen an, sie zu stören: die Horden von sechzehnjährigen Touristen aus der schwäbischen Provinz; Twentysomethings aus Kansas, die sehr kosmopolitisch tun; der Pissegestank in der Bahn. »*So* willst du zur Arbeit kommen?«, hatten ihre Eltern entsetzt gefragt. Allein der Gedanke, dass sie jeden Tag U-Bahn fahren würde, schien ihnen unvorstellbar. In *ihrer* Welt haben brave Menschen einen Carport und fahren mit dem Auto – nein, mit dem *Dienstwagen!* – ins Büro.

Thorborg merkt, wie absurd es ist, auf ein ausgeschaltetes Display zu starren, und lässt das Fon in die Coccinelle-Laptoptasche zwischen ihren Beinen gleiten. Der Vollbart begutachtet skeptisch den Tweedblazer unter ihrem Mantel. Nein, in sein Fashion-Blog würde sie es sicher nicht schaffen.

Es ist definitiv Zeit weiterzuziehen. Nein, eigentlich *ist* sie schon weitergezogen, sie lebt längst im Transit. Ihr Leben besteht nur noch aus Warten. Nur noch diese eine Station bei der Forensecura mitnehmen, dem Lebenslauf den letzten Schliff geben, und dann schnell wechseln zu KPMG Forensic Technology oder einem anderen großen Player. Nur raus aus diesem Sumpf.

Thorborg stiert auf die gegenüberliegende Sitzbank. Sie ist mit diesem geilen psychedelischen Muster bezogen, das aussieht wie der Tarnanstrich eines Panzers, nur eben in Rot, Blau, Schwarz und Weiß.

Am übelsten an der neuen Firma ist der Chef, dieser Chris. So ein passiv-aggressives Arschloch, bei dem man nie weiß, woran man ist. »Der ist gerade dabei, den Schröder abzuschießen«, haben ihr die Praktis im Büro gesteckt. Da hast du dir ja einen schönen Teamkollegen ausgesucht. Kicher, kicher.

Dieser Spanner von Schröder ist auch nicht besser. So ein typischer Nerd halt, notgeil, verklemmt und von der Idee besessen, dass ihn jemand ernst nimmt – nur, weil er alt ist. Früher war er bestimmt mal vorn mit dabei, zur Zeit von Windows 95 halt. Jetzt hat er sich's in seiner Nische bequem gemacht und wartet auf die Rente. Schade eigentlich.

10

Nichts hat sich bewegt, ich habe nichts erreicht.

Der gleiche Flur wie bei Opa. Das gleiche dunkelbraune Holzgeländer, der gleiche Mief, der gleiche Messing-Kronleuchter mit Kerzen-Glühbirnen. Ein Jahrhundert vorgespult, und trotzdem alles gleich.

Die Stufen ächzen. Der erste Absatz, ich haue auf den Lichtschalter; als die Glimmlampe da drin das letzte Mal ausgetauscht wurde, war bestimmt noch Adolf am Ruder. Mit einem lauten *Klack* springt das Relais unten im Erdgeschoss um und spendiert mir siebenunddreißig Sekunden lang Licht für den Aufstieg. Reicht locker bis zur Wohnungstür, habe ich schon tausendmal ausgezählt.

Alles wie immer. Vom Büro zur S-Bahn laufen, am Bahnhof bei Kentucky Fried Chicken einchecken – »Zum Mitnehmen oder hier Essen?« Was denkst du denn? Zwischen all dem Gesocks essen? »Mitnehmen, bitte.«

Murmeltiertag – nein! – Murmeltierabend.

Beschissener Titel, aber großer Streifen, Bill Murray rockt. Die Anzahl der Stellen, an denen man sich bei dem Teil eine Träne rausdrücken muss, steigt auch mit jedem Lebensjahr.

Der Rest des Tages plätscherte angenehm vorbei. Wir brüteten noch ein paar Stunden über der String-Analyse – eine wirklich hirnaustrocknende Beschäftigung. Es klingt nach mehr, als es ist. Wir haben uns den Speicherinhalt von Kellermeisters Rechner noch mal anzeigen lassen, diesmal aber nicht die Bilder, sondern alles als Text. Und da im Speicher ja vor allem Computercode sitzt, heißt das: Man muss sich durch einen endlosen Zeichendschungel kämpfen, in der Hoffnung, zwischendurch ein paar Buchstaben Klarschrift zu erwischen. Zum Beispiel ein Wort, das in eine Eingabemaske eingetippt wurde oder so. Es musste doch irgendeinen Hinweis darauf geben, was der Nerd zuletzt mit seinem Rechner angestellt hatte.

Gab's aber nicht. Wir konnten keinen einzigen Textsplitter finden, der Sinn ergab, nur tausendmal seinen ach so lustigen Log-in-Namen Big Endi-Jan. Big Endian ist eine bestimmte Art, die Bytes im Rechner abzulegen. Die Kleine hat das Wortspiel erstaunlicherweise sofort geschnackelt; ein weiterer Punkt auf ihrem Nerd-Konto. Wie kann das sein? Alle Frauen, die ich in meinem Leben bisher getroffen habe und die dieses Wortspiel verstanden hätten, waren verdammte *Monster*. Zweihundert-Kilo-Kolosse mit kurzen Haaren, eingeschweißt in gigantische grelle Multifunktionspellen, in denen ein durchschnittlicher Mensch zelten könnte. Aber so eine Seven of Nine?

Nachdem der letzte Touristendampfer vorbeigetuckert und die Sonne hinter den Kranhäusern verschwunden war, bluteten wir vor lauter String-Analyse aus den Augen und gaben auf.

Trotzdem war die Stimmung top. Ich konnte aus meinem großen Vorrat an Sprüchen aus *Die Zwei* sogar noch einen abstauben.

»Hände hoch, ich bin Achselfetischist!«

Schätze, dass das ab sofort »unser« Witz sein wird. Na, besser dieser als keiner. Meine Arschfilm-Aktion vom ersten Tag scheint sie gottlob vergessen zu haben. Vielleicht sollte ich mich irgendwann in ein paar Wochen dafür noch entschuldigen, mit einem coolen Spruch wie: *Men grow, but they don't grow up.* Männer wachsen, aber werden nie erwachsen. Hm, vielleicht doch besser totschweigen, das hat sich ja in fast jeder Lebenslage als beste Strategie erwiesen.

So, die tägliche Jonglage kann beginnen: Kann man mit einer Hand den Wohnungsschlüssel rauskramen und aufschließen, ohne die KFC-Tüte aus der anderen nehmen zu müssen?

Die Thorborg hätte ja mitkommen können, und um ein Haar hätte ich sie auch gefragt. Einfach nur so: »Sollen wir noch was essen gehen?« Einen Moment lang sah sie sogar fast aus, als würde sie auf eine solche Einladung warten. Doch dann klingelte ihr Handy, und sie rannte raus, nachdem sie auf dem Display gesehen hatte, wer dran war. Als sie zurückkam, hatte sich dieser einladende Ausdruck wieder aus ihrem Gesicht verzogen.

War vermutlich ihr Froind dran. Mädels in diesem Alter sagen das immer so: »Mein Froind«, mit breitem »oi«. Ich und mein Froind, wir gehen ja seit Neuestem zusammen klettern/fotografieren/Salsa tanzen oder was auch immer es für ein Freizeitvergnügen ist, in das sie ihn – oder er sie – reingezogen hat. Warum muss nach dem Andocken immer was *gemeinsam* gemacht werden? Warum kann *er* nicht weiter das tun, was *ihm* Spaß macht, und umgekehrt? Warum immer dieser Zwang zu einer gemeinsamen Aktivität? Diese Scheiß-Symbionten gehen mir mächtig auf den Sack.

Jedenfalls war ihr Froind dran, sie stürzte quasi aus dem

Büro, und jetzt muss ich meinen KFC-Junk wieder alleine runterwürgen.

Dafür können wir ja übermorgen ausgiebig plauschen: Kurz vor Feierabend hatte nämlich Chris noch mal kurz angerufen, um uns eine »ganz tolle« Botschaft mitzuteilen, wie er sagte. Schon vor ein paar Tagen hatte er mir eröffnet, dass demnächst wieder eine dieser lahmen Schulungen in Amiland anstünde, Zitat: »Du weißt doch, Schröder: ell-ell-ell, lebenslanges Lernen!«

Seine neue »ganz tolle« Botschaft war: Die Thorborg würde mich auf der Dienstreise begleiten, und zwar zu einem Überraschungsziel, das wir total supi finden würden. Selbst die Kleine konnte nur säuerlich rausdrücken: »Na, da bin ich aber gespannt.« Eine Woche mit dem alten Sack auf engstem Raum – diese Aussicht erschien ihr wohl ziemlich anstrengend. Na, mal sehen, was das Überraschungsziel ist. Jede Wette, dass Chris uns den Trip nur aus irgendwelchen »Teambuilding«-Erwägungen aufdrückt. Arschloch.

Die Haustür ist fast aufgezirkelt.

Klack, die Tür der Nachbarwohnung springt auf, und Gregor streckt seinen Kopf raus, um wieder den Blockwart zu spielen.

»Hey Schröder.«

Damit nicht alles runterfällt, schaue ich nur aus dem Augenwinkel rüber.

»Hi Greg – was geht ab?«

Er lächelt verschmitzt. »Der Lack!«

Das hätte er nicht sagen müssen, denn bei Greg geht der Lack seit Jahren ab. Eine Tante muss ihm in den Nullern eingeflüstert haben, dass es unwiderstehlich sexy ist, wenn ein Mann aussieht wie ein Penner. Anders lässt sich nicht erklären, dass er seine Gesichtsbehaarung zu einem verfilzten grauen Klotz hat verkommen lassen. Und auch diese Metallbrille aus den Achtzigern muss irgendeine verborgene Hipness besitzen, die sich mir – dem Mode-Ignoranten – total entzieht. Damit man seine Glatze nicht sieht, trägt er seit Jahren eine schwarze Wollmütze, sogar bei fünfunddreißig Grad. Was Greg an diesem Abend sonst noch so modisch präsentiert, lässt sich nicht erkennen, vermutlich wie immer den bordeauxfarbigen Adidas-Trainingsanzug mit den gelben Streifen. Genug Kohle, um sich was Neues zu kaufen, scheint sein »Business«, von dem er immer faselt, nicht abzuwerfen – er prokelt in seiner Bude irgendwas mit Webdesign rum. Immer gegen Ende des Monats buckelt er kistenweise Leergut nach unten, um noch ein bisschen Geld reinzuholen. Sein Standardwitz, wenn man ihn dabei trifft, lautet: »Mache ein bisschen *Pfand*raising.« Superbrüller.

Obwohl: Wenn Chris mich rauswirft, kann ich ja demnächst auch in sein »Business« einsteigen.

Er schaut auf meine KFC-Tüte.

»Na denn: Juten!«

Gregs Lachen geht in einen heftigen Hustenanfall über, den die langsam zugezogene Haustür dämpft.

Gleich wird er wieder auf sein Sofa plumpsen, um einen seiner Lieblingsfilme reinzuwerfen:

– Army-Typen schreien sich gegenseitig an

– 10 000 000 Explosionen

– Subwoofer – der Film

So zumindest klingen die Streifen durch die Wand. Er schaut diesen Scheiß jeden Abend, in brutalster Discolautstärke. Deshalb muss ich mir seit Jahren Ohropax in den Gehörgang schieben, um einpennen zu können. Tja: Ist es zu laut, bist du zu alt.

Ich kicke die Tür mit der Hacke zu und lege den Schlüssel

auf die Kommode, gleich unter das Poster von Patrick Nagel. Es ist natürlich *das* Bild – mit dem lächelnden Model, das diese langen dreieckigen Ohrringe trägt. Haben Duran Duran ja damals für das Cover ihrer LP *Rio* genommen. Weiße Haut, knallrote Lippen, Katzenaugen. Habe irgendwann mal gelesen, dass Nagel auch nur mit Wasser gekocht hat: Der hat irgendein Foto aus der *Penthouse* genommen und so lange mit Ölfarbe drübergemalt, bis nur noch Schwarz-Weiß-Kontraste übrig waren; ließe sich heute wahrscheinlich in drei Sekunden mit 'nem Photoshop-Filter machen.

Isabell konnte das Poster nicht ausstehen. »Wie kannst du dir nur so einen Jugendzimmer-Kitsch in den Flur hängen?«, lästerte sie rum. Damit bewies sie nur, dass sie original gar nichts verstanden hat.

Natürlich ist es schrecklicher Jugendzimmer-Kitsch.

Aber es ist schrecklicher Kitsch aus *meinem* Jugendzimmer. Und deshalb hängt er jetzt hier: um nicht zu vergessen, wo der Weg mal angefangen hat. Das wird nämlich immer schwieriger. Aus Büchern gelernt, mit achtzehn Führerschein gemacht, in der Zelle telefoniert, an der Bar geraucht, in den Urlaub getrampt, ohne Helm Rad gefahren und ohne Navi Auto? Das kennen die kleinen Pupsies alles nicht mehr. Wir sind doch schon zu Lebzeiten beschissene Dinosaurier, Leute, die nur noch von Zeug schwafeln, das es seit Jahrzehnten nicht mehr gibt. Sie nehmen uns unsere Welt jeden Tag ein Stück weg, und das pisst mich manchmal einfach an.

So, jetzt erst mal runterkommen, und nachher nicht vergessen, diesem Mond-Fritzen in Kalifornien noch eine Mail zu schicken. An sich ist das *Project* ja ein supercooler Zeitvertreib, vorausgesetzt, man wohnt bei Muttern und hat nichts Besseres zu tun. *Loser Generated Content* halt, Menschen mit einem nennenswerten Privatleben dürften da wohl kaum mitgemacht haben.

Komisch nur: Als ich vorhin kurz nachgeschaut hatte, was das *Project* so treibt, war die Seite aus dem Netz verschwunden. Dabei sollte es doch erst in einigen Tagen offiziell zu Ende sein. Hat Big Endi-Jan da irgendeinen Unfug angestellt?

11

Ein blauer Delfin, der aus dem Wasser springt.

Mehr kann Jesko von Neumann nicht erkennen, bevor der schwarze Vorhang wieder fällt. Er presst die Lippen aufeinander, versucht, zumindest das linke Augenlid oben zu behalten. Jetzt bloß nicht wieder wegdämmern! Seine Gedanken stolpern. Was war passiert? Er kam vom Frühstück bei Gladys, hatte sich auf den Weg zur Arbeit gemacht, auf der üblichen Route. Genau, das Hauptquartier war schon zu sehen, er konnte den leeren Parkplatz genau erkennen. Er wäre der Erste an diesem Tag gewesen.

Vielleicht war er einfach nur gestolpert? Die Sirenen. Genau. Er wird gefallen sein, und jetzt holen sie Hilfe für ihn, den alten Mann. Und hintenrum lästern die Sanitäter gleich, dass die Oldies sich bei jedem lächerlichen Sturz immer gleich die Hüfte brechen müssen.

Neumann versucht krampfhaft, das Auge offen zu halten.

Der Delfin ist wieder da, blau auf weißem Hintergrund.

Natürlich! Es liegt mit der Stirn auf dem Bordstein, direkt neben so einem Gully, der im Meer endet. Damit nicht irgendwelche Idioten da ihr altes Öl reinkippen, hat die Stadt eine Warnung draufgepinselt. NO DUMPING. DRAINS TO

OCEAN, genau das steht immer drauf, und dazwischen ist der Delfin abgebildet, damit es auch der letzte Analphabet versteht.

Jetzt nur nicht wieder einschlafen, denn das könnte bedeuten: *Man kommt nicht mehr zurück.* Das waren die Worte seines Ausbilders im Testzentrum, der ihn damals mit medizinischen Notfallprozeduren vertraut gemacht hatte. Also atmen, Luft in die Lunge pumpen und die Augenlider hochziehen, egal, wie sehr es schmerzt. Neumann spürt, wie sein ganzes Gesicht sticht und glüht, als ob eine Decke darauf läge.

Immer noch Sirenen. Krankenwagen scheinen hier zu sein, aber warum kommt niemand zu ihm? Mühsam stößt sich Neumann mit der linken Hand ab und rollt sein Gesicht vom Bordstein weg. Das grelle Sonnenlicht blendet, die Augenlider zucken zusammen, wollen sich schließen. Immerhin, er kann noch Licht wahrnehmen.

Weiter nachdenken: Er konnte den Parkplatz des Hauptquartiers schon erkennen, dann kam dieser warme Luftzug – und aus.

Die Sirenen schwellen an, werden mehrstimmig, mischen sich mit infernalischem Hupen. Das müssen diese chromblitzenden Trucks der Feuerwehr sein, die ihn in den ersten Jahren hier drüben immer so beeindruckt hatten. Dabei würde doch eine einzige Ambulanz reichen! Nein, das ganze Brimborium ist definitiv eine Nummer zu groß für einen alten Mann, der gestürzt ist. Es muss etwas viel Schlimmeres passiert sein, ganz in der Nähe.

Neumann nimmt seine ganze Kraft zusammen, um sich so weit hochzustemmen, dass er etwas erkennen kann.

O Gott. Er liegt hinter einer Wand aus Notfallfahrzeugen. Eine Ambulanz, ein Feuerwehrtruck, daneben schwarz-weiße Polizeiwagen. Dicht vor ihm flattern hellbraune Mäntel vorbei, Männer mit Atemflaschen auf dem Rücken schleudern gelbe Schläuche quer über den Boulevard und kippen dabei ein Absperrhütchen um. Hinter der Fahrzeugwand türmt sich eine riesige schwarze Rauchsäule auf, wie ein Mini-Atompilz.

Das Hauptquartier ist weg, nicht mehr zu sehen.

Deshalb auch dieser Gestank! Über dem Boden wabert ein süßlich riechender Nebel, der in den Augen beißt. Ein Feuer, ein Großbrand – natürlich! Die Datenbänder im Hauptquartier haben Feuer gefangen, und jetzt kommen die ganzen Chemikalien raus. Wer weiß, was in den Sechzigern als Trägermaterial verarbeitet wurde, da gab's noch keine Umweltvorschriften. Asbest oder PCB vielleicht.

Neumann sinkt zurück auf den Boden.

Von selbst können sich die Bänder nicht entzündet haben; es muss Brandstiftung gewesen sein, oder ein Anschlag. *Sie* sind also hier.

Sie sind an der Westküste angekommen. Erst 9-11, und jetzt greifen sie hier an, im Valley. Ein logischer Schritt, denn hier können sie den größten Schaden anrichten. Das hatte doch schon dieser Bösewicht in dem einen Bond-Film damals geschnallt, der das Valley unter Wasser setzen wollte. Wer hier, im Tal des Optimismus zuschlägt, lähmt das ganze Land.

Aber warum ihr Hauptquartier? Wen interessiert das Freizeitprojekt von irgendwelchen abgehalfterten Rentnern aus dem *Lab?* Nein, das *Project* kann nicht das primäre Ziel gewesen sein. Dass das Hauptquartier brennt, muss ein Kollateralschaden sein, in Wirklichkeit wollten die Terroristen sicher den Googleplex erwischen oder die Zentralen der anderen Netzkonzerne. Ob sie wieder Flugzeuge entführt haben? O Gott, hoffentlich waren nicht so viele Leute in den Büros.

Unter Kontrolle scheint die Sache jedenfalls noch nicht zu sein. Die schwarze Rauchsäule schraubt sich immer weiter in den Himmel. Irgendwo knattert ein Rotor. Sie schicken einen Helikopter, das heißt, es gibt Schwerverletzte.

Deshalb kommt auch niemand zu ihm, es muss andere Opfer geben, die dringender Hilfe brauchen. Vielleicht sind seine Verletzungen ja auch nicht so schlimm, nur ein paar leichte Verbrennungen. Neumann rollt sich weiter auf den Rücken, berührt ganz vorsichtig die Stirn. Sie brennt, als wäre sie eine einzige Wunde, dennoch tastet er weiter, erspürt scharfkantige Brösel und etwas Warmes.

Glassplitter und Blut.

Jemand berührt ihn an der Hosentasche. Nein, es kommt von innen, sein Telefon vibriert.

Mechanisch greift Neumann hin und führt das Gerät zitternd zum Ohr.

Aus dem Hörer kommt das gleiche Chaos, das ihn umgibt, aber gepresst durch einen Filter, der nur Signale zwischen dreihundert und dreitausendvierhundert Hertz durchlässt. Der Anrufer muss ganz in der Nähe sein. Aus dem Hintergrund sind Sirenen und Schreie zu hören. Plötzlich eine bekannte Stimme.

»Jes? Can you hear me?«

Neumann holt einmal tief Luft, dann haucht er in die Muschel. »Chuck? Is that you?«

Geraschel am Ende der Leitung, dann ein Keuchen.

»Yeah, it's me. Listen up, Jes …«

»Do you know what they did?«, versucht Neumann zu unterbrechen, aber sein Gesprächspartner schreit ihn sofort nieder.

»Listen up, Jes: Don't go home. I repeat: Don't go near your house. Do you read me? They're waiting for you.«

They – sie? Wer sollen *sie* denn sein? Die Terroristen? Neumann ist verwirrt, doch die alten Reflexe aus der Zeit auf dem Testgelände funktionieren noch. Der gute Deutsche tut das, was er am besten kann. Er quittiert die ihm gegebenen Befehle.

»Affirmative.«

»Okay«, der Anrufer scheint beruhigt, »so here's what I want you to do: Leave your current position immediately. Don't go home, don't visit any friends or relatives – and don't talk to the Feds.«

»But – why?« Wenn Neumann eines gelernt hat, dann den Behörden zu trauen; er gehörte ja jahrelang quasi dazu, zu den Offiziellen. Warum also sollte er nicht mit den Feds reden, mit den Leuten vom FBI?

»Just do it! We'll regroup at Plant Forty-One. Do you read me?«

Auch diese Anweisung erlaubt keinen Widerspruch, das spürt Neumann.

»Affirmative.«

»Okay«, die Anspannung des Anrufers lässt nach. »And one more thing: Throw away your phone – now!«

»You want me to do *what?*« Vor lauter Aufregung bricht sein deutscher Akzent wieder durch, über den sich alle immer lustig machen. Sein »w« klingt brachial teutonisch und verhackstückt das »want« zu »wonnt« und das »what« zu »wott«.

»Throw away that goddam phone!«

Die Stimme seines Befehlshabers überschlägt sich, dann knackt es in der Leitung. Er hat aufgelegt.

Entkräftet lässt Neumann die Hand zu Boden sinken und

entspannt seine Finger. Nicht schlimm. Er könnte ja sein altes Handy reaktivieren, das noch auf dem Testgelände rumliegt.

Wären die Sirenen nicht so laut, könnte er hören, wie das Telefon klappernd in der Lücke zwischen Asphalt und Bordstein verschwindet. Direkt Richtung Meer. Order ausgeführt.

Jetzt muss er nur noch hier weg.

Doch da ist der Schatten schon über ihm.

12

»Vegas, ist das nicht cool?«

Oje, die Kleine schwebt ja schon *vor* dem Abflug über den Wolken. Während der Taxifahrt hatte sie ständig mit dem Fuß rumgehibbelt, so als müsste sie mal ganz dringend und dürfte nicht. Da wirkte sie gar nicht businessmäßig, sondern eher provinziell, wie eine Tusse, die das erste Mal aus ihrem Dorf raus darf und schon total crazy vor lauter Aufregung ist.

»Ja, supercool«, leiere ich runter.

Anscheinend erwartet sie von ihrem Chef einen deutlich höheren Level an Begeisterung, ansonsten würde sie nicht so penetrant weiterbohren.

»Mensch, Schröder, wir fliegen nach *Ve-gas!*«

Ja, Frau Thorborg, ich habe es vernommen! Wir fliegen nach Vegas. Sollte ich sie auf den Film *Swingers* hinweisen, wo die Typen nach Vegas fahren und den halben Weg lang immer wieder »Vegas, Baby« brüllen und, als sie dann ankommen, so müde sind, dass sie sich kaum noch auf den Beinen halten können?

Selbstverständlich *nicht*, denn dann wäre ich wieder der desillusionierte alte Mann, der sich für nichts mehr begeistern kann. Deshalb werde ich sie jetzt auch *nicht* darüber aufklären, wie viel Glamour sie auf diesem Trip wirklich erwartet.

Im Endeffekt wird es nämlich so aussehen: Wir sitzen in einem Konferenzraum bei unserer lieben amerikanischen Mutterfirma, die im schönen North Las Vegas residiert. Von da aus ist die Glitzerwelt des Strip ungefähr zehn Lichtjahre weit weg entfernt. Dann föhnen sie uns täglich acht Stunden mit irgendeinem Security-Scheiß voll, und nach drei Tagen werden wir wieder zurück nach Hause gekarrt, ohne auch nur eine Nanosekunde lang Spaß gehabt zu haben. So wird die Sache ablaufen, Frau Thorborg. Das ist Vegas, Baby – und zwar im Computerforensiker-Style!

Verdammt, um ein Haar wäre mir mein Rechner vom Knie gerutscht! Warum gibt es hier keine vernünftigen Bänke? Wir befinden uns auf dem Flughafen einer der größten Metropolen der freien Welt, und trotzdem kann man sich nirgendwo richtig hinsetzen. Alle Reisenden sind gezwungen, auf diesen Gittern zu kauern, die der Flughafenbetreiber notdürftig auf die Heizungen draufgeschweißt hat.

Der Platz könnte kaum beschissener sein: Man kann sich nicht anlehnen, von hinten zieht es eiskalt, und von unten wird einem der Arsch geröstet. Und weil die Heizkörper so hoch sind, baumeln auch noch ständig die Beine in der Luft, als wäre man Pippi Langstrumpf, die auf einem Baum sitzt. Bizarr, wie sich alle dran gewöhnt haben. Horden von Anzugträgern hocken auf den Heizungen, als wären sie wieder im ersten Semester und hätten keinen Platz mehr im Vorlesungssaal bekommen.

Die Kleine strampelt besonders lustvoll mit ihren Beinen. Als Vorbereitung auf unsere Visite im Wüstenstaat Nevada hat sie ihr Outfit unter das Motto »Out of Africa« gestellt: hellbrauner Hosenanzug, dunkelbraune, halbhohe Pumps, Haare irgendwie aufgetürmt. Mit den weißen Seidenstrümpfen wird sie sich in – Blick auf die Anzeigetafel – ziemlich genau zwölf Stunden wie in der Sauna fühlen. Darf ich Ihnen zur Abkühlung einen Mint Julep reichen, Mylady?

Ausnahmsweise tut sie mal nicht so, als hätte sie wahnsinnig wichtige Sachen auf ihrem Rechner zu erledigen, sondern nuckelt gelangweilt an ihrem Kaffeebecher.

Sie mustert mich von der Seite.

Sehr nervig. Sobald mir jemand beim Tippen auf die Finger schaut, habe ich diesen idiotischen Drang, mich erklären zu müssen, egal, wie trivial die Sache auch sein mag, die ich gerade erledige. Hallo – ich bin Ihr Fernsehkoch! Heute zeige ich Ihnen, wie man ein Ei aufschlägt.

»Habe gestern noch versucht, diese Leute vom Mond-Projekt zu erreichen«, fasele ich los. »Sie wissen schon: um herauszufinden, was unser Freund Kellermeister bei denen im Forum so getrieben hat. Weiß man ja nie. Na ja, und komischerweise war die Webseite offline. Der Mailserver geht aber anscheinend noch, jedenfalls sind die Nachrichten nicht zurückgekommen.«

Die Schallwellen aus meinem Mund scheinen zusammen mit der warmen Heizungsluft sofort nach oben zu steigen, ohne vorher ihr Trommelfell zu erreichen. Jedenfalls geht sie kein bisschen auf das von mir Gesagte ein, sondern lächelt nur wohlwollend.

»Was habt ihr nur mit dieser Mondsache?«

Wen meint sie?

»Definieren Sie mal das Wort ›ihr‹.«

Die Thorborg schaut Hilfe suchend nach oben und knabbert dabei an ihrer Unterlippe rum, sodass eine Mini-Scholle dunkelroter Lippenstift an ihrem Schneidezahn hängen bleibt.

»Na, die Jungs aus *Ihrer* Generation, Schröder.«

Sie kennt Jungs aus meiner Generation? Das müssen wir beizeiten mal vertiefen. Aber nicht jetzt – jetzt ist Aufklärungsarbeit in Sachen *Space Age* angebracht.

»Warum wir alles, was mit Mond, Astronauten und so zu tun hat, automatisch geil finden?«

»Genau! Zumal ihr doch die Mondlandung gar nicht mitgekriegt habt.«

Sie schaut ein wenig mitleidig, wahrscheinlich hat sie gerade mein Geburtsdatum errechnet und festgestellt, dass ich *The Epoch* nur knapp verpasst habe, den Start der Zeitrechnung beim Betriebssystem Unix am ersten Januar 1970.

Ich klappe meinen Rechner zu, um ihn besser festhalten zu können.

»Na ja, als wir klein waren …« O Gott, was für ein abgeschmackter Satz. Aber es führt kein Weg dran vorbei. Wenn sie verstehen soll, worum es geht, muss weit ausgeholt werden. »… da fing diese Weltraumsache erst richtig zu wirken an. Dieser blauäugige Astro-Optimismus aus den Sechzigern hatte sich da gerade in den Köpfen festgesetzt. Cowboy und Indianer, Rennfahrer, Detektiv – das war als Berufswunsch völlig passé. Es existierte nur noch ein einziges Format von Abenteuer, und das hieß: Weltraum. Ernst nehmen konnte man nur Sachen, die mit NASA, Astro oder Space anfingen. Für uns stand fest, dass nur an einem Ort etwas Aufregendes passieren konnte – und zwar *da oben.*« Süß, ihre Augen folgen meinem Zeigefinger zur Betondecke. Sie will wirklich etwas lernen. Dann soll sie etwas lernen.

»Und dann auch noch dieses Dauerfeuer im Fernsehen

und im Kino, das kann man sich heute gar nicht mehr vorstellen: Laserschwerter, Raumschlachten, Kampfroboter, das gab's ja vorher alles nicht, das hat man zum ersten Mal gesehen. *Mondbasis Alpha Eins, Captain Future* – und dann natürlich die Offenbarung: *Krieg der Sterne.* Das war wie eine einzige riesige Hirnwäsche.« Irgendwann hast du dir sogar so einen B-Scheiß wie *Kampfstern Galactica* reingezogen, auf dem Schulhof nur als *Krampfstern der Spastiker* bekannt, aber das könnte für die Kleine ein bisschen zu politisch unkorrekt sein.

Habe ich was vergessen?

Ihre Augen sehen so glasig aus, es bleiben mir also nur noch Sekunden, um ihr zu erklären, warum wir alle mondsüchtig sind. »Und dann *Boom:* Lego bringt eine Raumfahrtserie raus! Hirnschmelze! Mit diesem genialen Raumkreuzer, Artikelnummer 497, den man hinten ausklappen konnte, um einen Mondbuggy reinzufahren.«

Okay, bei dem Wort »Artikelnummer« ist sie endgültig ausgestiegen.

Bis auf ein zustimmendes »hmm« kommt nichts mehr. Sie nippt an ihrem Kaffee und starrt Löcher in die Abflugtafel – obwohl sich da seit einer Stunde nichts geändert hat. FRA, on time, dann umsteigen und weiter nach LAS.

»Also, mir …«

Aha, sie hat doch noch nicht abgeschaltet.

»… mir kam dieses ganze Raumfahrt-Ding immer wie eine ziemliche Geldverschwendung vor.«

Eine frontale Attacke!

»Was?«

Okay, das kam jetzt vielleicht ein bisschen laut raus. Ein Gör, das mit seinem Kopfkissen unterm Arm den Gang entlangschlurft, schaut entgeistert zu uns rüber.

Die Thorborg starrt verlegen auf den Kleckerdeckel ihres Kaffees, als wäre es ihr unangenehm, die Götter des alten Herrn vom Thron gestoßen zu haben. Trotzdem macht sie keine Anstalten, von ihrem Antikurs abzuweichen, nein, so was würde diesem Montessori-Fallout natürlich niemals einfallen.

»Na, der Weltraumkram, diese Spaceshuttle-Starts und diese Weltraumstation.« Sie fuchtelt mit den Händen rum, als wollte sie Schwerelosigkeit visualisieren. »Okay, dann schweben die da oben in weißen Socken durch irgendwelche Röhren. So what? Ich fand immer, dass man das Geld hier unten besser ausgeben könnte, für irgendwelche sozialen Sachen.«

Brech. Ein kleiner Gerechtigkeitsengel, dieser Mist stirbt wohl nie aus. Der Mensch muss doch seine Grenzen überschreiten, sonst geht er kaputt!

Jetzt bloß nicht ausrasten.

»Nun ja.« *Nicht* ausrasten, Schröder, immer ganz cool bleiben. »Mit dieser Einstellung hätte Kolumbus niemals den Hafen verlassen, *und wir würden noch alle in einer verdammten Höhle sitzen!«*

Frau Pupswindel. Warum darf man als Erwachsener so einen Satz nicht mit »Frau Pupswindel« beenden, wie Leslie Nielsen in *Die nackte Kanone 2½?*

Die Thorborg rutscht unruhig auf der Heizung herum. Ist ganz schon heiß von unten, gelle? Und obendrauf noch ein Flamewar mit dem Chef. Wohl doch ein bisschen viel?

Sie nuschelt nur »auch 'ne Meinung«, den Rest ihrer Aussage dröhnt die »Lassen Sie Ihr Gepäck nicht unbeaufsichtigt«-Durchsage nieder – zur Erleichterung aller Beteiligten.

Punktsieg: Schröder.

Und um die Sache endgültig klarzustellen, werde ich noch eine kleine berufliche Spitze hinterherschieben.

»Was anderes, Harriet: Haben Sie die Daten aus Kellermeisters Kiste dabei?«, erkundige ich mich gespielt beiläufig.

Sofort schießt ihr das Blut in die Wangen.

»Äh, ja, ich dachte, wir könnten auf dem Flug noch mal draufschauen …« Erwischt, junge Dame: Sie karren hier wichtige Beweismittel um die halbe Welt; wenn das nachher der Staatsanwalt mitkriegt, werden wir gegrillt.

»Aber Sie haben doch ein Back-up gemacht?«, bohre ich weiter.

Ihre Gesichtsdurchblutung erreicht die Stufe gekochter Hummer.

»Ja, äh, natürlich, zu Hause.«

Noch ein Patzer, Frau Thorborg. Wichtige Beweismittel an einem unsicheren Ort aufbewahrt. Korrekt wäre gewesen, eine Kopie in unserem Bürosafe zu hinterlegen. Egal, das ist *die* Chance, sie unauffällig über ihr Privatleben auszuhorchen.

»Hat da jemand Zugriff auf die Daten?«

»Nein, natürlich nicht.« Sie tut ein bisschen empört, um zu überspielen, wie peinlich ihr die ganze Sache ist. Was ich wirklich rauskriegen will, hat sie nicht gepeilt.

Wir halten also fest: Sie hat vermutlich einen Froind, er lebt allerdings nicht mit ihr zusammen. Sehr eleganter Move, Schröder.

»Okay. Dann geben Sie doch bitte ihren Rechner nachher im Hotel ab, dass die den wegschließen können.«

»Alles klar«, kommt es kleinlaut von links.

Sie hat anscheinend schon vergessen, dass für diese Daten jemandem in den Kopf geschossen wurde.

Mein Telefon klingelt, im Display blinkt BILL LUMBERGH. In Wirklichkeit ist natürlich Chris dran. Ich habe ihm in meinem Adressbuch nur den Namen dieses Mega-Arschloch-Chefs aus *Alles Routine* gegeben.

Zack, Gespräch weggedrückt. Keine Chance, mein Freund, rausschmeißen musst du mich später. Den Vegas-Trip nehme ich noch mit.

13

Das war knapp. Um ein Haar hätte ihn der Sanitäter ins Krankenhaus verfrachtet. Hektisch blickt sich Jesko von Neumann noch einmal um. Nein, der Mann mit dem weißen Polohemd folgt ihm nicht. Gut, also zurück zum Programm. Er geht in Gedanken noch einmal die Anweisungen durch, die Chuck ihm am Telefon gegeben hat: Nicht nach Hause gehen, keine Verwandten besuchen, nicht mit der Polizei reden. Nur – warum? Doch es gibt keinen Grund, seinem einzigen und besten Freund zu misstrauen.

Also schnell weg hier, egal wohin.

Neumann wirft einen letzten Blick über seine Schulter. Vier Feuerwehrmänner rennen auf die Rauchwand zu, sie schleppen eine Trage aus rotem Plastik. Schrecklich, irgendjemand dahinten hatte wohl weniger Glück als er, wahrscheinlich hat das Feuer auf andere Häuser übergegriffen. Der Sani hatte ihn kurz abgefertigt, sprach von »minor bruises«, es seien nur ein paar Kratzer von herumfliegenden Glasscheiben. Man würde ihn nachher kurz ins Krankenhaus mitnehmen, um alles zu desinfizieren. Mitzugehen war natürlich keine Option, weil ihn dann womöglich die Polizei vernehmen würde – und der sollte er ja aus dem Weg gehen. Was hatte er nur getan, ohne es zu merken? Stand er womöglich auf einer Fahndungsliste?

Er reibt sich den Ruß aus den Augenwinkeln. Seltsam, nur eine einzige Rauchsäule ist zu sehen. Wäre es wirklich ein Terroranschlag auf das Valley, müssten mehr Gebäude brennen. Neumann dreht sich einmal um sich selbst, um den Himmel abzusuchen. Nichts, sie haben wirklich nur ihr Hauptquartier angegriffen – eine abgewrackte McDonald's-Filiale, in der eine Rentnertruppe mit uralten Datenbändern herumspielt. Das muss alles ein Irrtum sein. Dann allerdings hätte Chuck keinen Grund gehabt, so geheimnisvoll zu tun.

Ein Krankenwagen donnert nur Zentimeter neben Neumann vorbei. Er versucht, zur Seite zu hechten, doch seine Reaktionen sind viel zu langsam. Als er sein Gewicht verlagert hat, ist der Wagen schon vorbeigerauscht und schlingert weiter über die leeren Spuren des Boulevards. Anscheinend haben die Cops alles bis zur Freeway-Auffahrt dichtgemacht; die Straßensperre ein paar Blocks weiter ist noch zu erkennen: ein Streifen aus blau-rot-weißen Blitzen, wie ein weit entferntes Feuerwerk am *Fourth of July.*

Wohin jetzt? Den Boulevard runter läuft er den Polizisten in die Arme, in alle anderen Richtungen vermutlich auch. Sie werden längst den ganzen Perimeter abgeriegelt haben, für den Fall, dass die Attentäter hier noch irgendwo rumlaufen. In ein paar Stunden werden sie den Ring enger ziehen und sich mit einem Sondereinsatzkommando von Apartment zu Apartment vorarbeiten.

So wie letztes Jahr. Da hatte irgendein Spinner von seinem Balkon aus Schießübungen mit dem Schrotgewehr veranstaltet. Nach nicht mal einer halben Stunde lag er kopfüber auf dem Asphalt, mit einem Zweihundert-Pfund-Cop im Kreuz. Neumann hatte sich die Menschenjagd damals heimlich auf Kanal 9 bei den *Eyewitness News* angeschaut; heimlich deshalb, weil Mary der Ansicht war, dass das keine Nachrichten seien, sondern nur voyeuristischer Schund. Die Sache hatte trotzdem eine gewisse Spannung, das musste er sich eingestehen.

Unangenehm nur, dass die Kameras der Reporter bald auf ihn gerichtet sein könnten.

Ohrenbetäubendes Donnern. Neumann spürt einen Stich im Magen, wie früher beim Skifahren in Lake Tahoe, wenn er an der Spitze dieser unglaublich steilen Abfahrt stand und die Piste runterstarrte. Ein Hubschrauber des Police Department rast über seinen Kopf hinweg; das Gehäuse des Suchscheinwerfers zwischen den Kufen zittert nervös im Wind. Spätestens jetzt sind seine Chancen, hier noch zu Fuß rauszukommen, auf null gesunken. Dem fliegenden Auge kann niemand entkommen, das weiß jeder amerikanische Staatsbürger spätestens, seit sie O. J. Simpson nach einer spektakulären Verfolgungsjagd quer durch L.A. gefangen haben.

Es bleibt also nur noch eine Option: auf das pfeifen, was Chuck gesagt hat, und nach Hause marschieren. Dort würde er dann warten, bis der Sturm abgezogen ist. Alles andere wäre reiner Wahnsinn.

Erst mal aus der Sonne raus. Neumann schleppt sich unter einen sauber getrimmten Feigenbaum am Straßenrand. Jetzt, wo der Schock nachlässt, fangen die Nerven wieder zu feuern an. Die Kratzer im Gesicht brennen, als ob jemand Salz hineingestreut hätte, die Splitter in den Unterarmen bohren sich bei jeder Bewegung ein bisschen tiefer ins Fleisch.

Doch es hilft nichts: Haltung annehmen! Ein Herr im fortgeschrittenen Alter, der mit leichtem Schritt einen Morgenspaziergang absolviert, wird der Hubschrauber-Crew weniger auffallen als ein humpelndes Wrack.

Bis nach Hause sind es nur zwei Blocks, einmal links abbiegen, dann über die Kreuzung, wo jede Woche mindestens ein Auffahrunfall passiert, dann rechts rein in die Moffett Lane. Neumann schätzt, dass er in strammem Tempo vielleicht drei oder vier Minuten braucht.

Also das weiße T-Shirt glatt streichen und los. Nicht nach oben schauen, nicht auffallen, am besten an etwas anderes denken.

Unglaublich, dass jetzt alles verbrannt sein soll. Wie lange ist es her, dass sie mit dem *Project* angefangen haben? Fünf, nein, fast zehn Jahre. Alles, was wichtig ist, ist mindestens zweistellig her. Damals hatte Chuck die alten Bänder im *Lab* gefunden, in einer Abstellkammer, fertig verpackt für die Müllabfuhr. Er schaute in die Kartons und entdeckte einen unglaublichen Schatz: Hunderte von Fotos, die die Lunar-Orbiter-Sonde '66 vom Mond geschossen hatte, runtergefunkt zur Erde und abgespeichert auf analogen Bändern. »Wir können es moralisch nicht verantworten, den Kram wegzuwerfen.« Das waren Chucks Worte, und im Gegensatz zu vielen Kollegen, die erst mitgejubelt hatten und danach keinen Cent in die Sache investieren wollten, packte er an. Er katalogisierte die Bänder und beschaffte sich bei der Air Force ein altes Bandlaufwerk. Neumann machte zunächst nur ihm zuliebe mit, half am Wochenende ab und zu, die Bänder zu wechseln, aber als er sah, wie viel Geld Chuck in sein Baby steckte, fühlte er sich verpflichtet, seinen Freund zu unterstützen. Ab sofort hatte das *Project* zwei Chefs.

Vorletztes Jahr waren sie dann fertig. Zweihundert Bänder waren ausgelesen, gigantische Datenberge angehäuft, eine Flut von Fotos produziert, die nichts zeigten als Krater, Krater und nochmals Krater. Und nun?

Dann passierte das Unglaubliche: Die NASA wollte ihnen auf einmal hunderttausend Dollar dafür zahlen, dass sie die alten Mondfotos in richtige Karten verwandelten, mit geografischer Notation. Die sollten dann mit aktuellen Karten verglichen werden, um zu schauen, wo in den letzten sechzig Jahren neue Asteroiden eingeschlagen waren. Eine schöne Summe, aber nicht annähernd genug, um den Job zu erledigen. Als Chuck und er die ersten Fotos nebeneinanderlegten, wurde klar, dass ein Computer niemals schlau genug sein konnte, sie zu deuten. Dafür waren die Winkel, aus denen die Sonden geknipst hatten, zu unterschiedlich, die Lichtverhältnisse zu chaotisch. Nur das menschliche Auge würde in der Lage sein zu erkennen, was ein Krater war, was ein Hügel – und was nur ein Fliegendreck auf dem Foto. Als Chuck seinem Sohn von dem Problem erzählte, platzte sofort eine Idee aus ihm heraus: *Let the crowd do it!* Lass es die Masse machen!

Dieser Spinner, auch einer dieser neuen Menschen des Valley. Jahrgangsbester in Computer Science in Stanford, obendrein ein genialer Coder. Und dann lebt er seine Genialität ausgerechnet beim Windelwechseln aus, damit seine Frau weiter arbeiten gehen kann.

Trotzdem: Chuck junior hatte einen Punkt. Würden sich nur genug Freiwillige finden, wäre die Arbeit ein Klacks. Das Web-Interface hat er dann auf der Bank neben dem Kinderspielplatz programmiert. Nach ein paar Wochen waren die ersten Beta-Tester an Bord, dann ging das *Project* live. Die weltweite Kratersuche konnte beginnen.

Neumann steht vor der ersten Kreuzung, neben dem Haus mit der amerikanischen Fahne davor, dessen Besitzer ein Rasenpflege-Gott zu sein scheint. Sein Vorgarten sieht aus wie Moos nach einem langen Regentag, prall, als ob es quietschen würde, wenn man drauftritt. Über der Toreinfahrt hängt, wie fast an jedem Haus, ein Basketballkorb. Neumann liebt diese Symbole, sie verströmen den Geist einer Zeit, als der amerikanische Traum noch intakt war. Hätten sie jemals Kinder gehabt – der Basketballkorb wäre noch vor der Entbindung angeschafft worden.

Verdammt – ein Cop. Neumann spürt, wie ihm der Schweiß aus den Poren schießt. Bloß nicht den Kopf verlieren. Wenn er jetzt umkehrt oder abbiegt, macht er sich nur verdächtig. Also einfach weitergehen und noch mal versuchen, den Ruß aus dem Gesicht zu wischen. Es fühlt sich an, als würde er eine abgebrochene Flasche über die Stirn ziehen.

Keine Frage, die Cops sind auf der Jagd, sonst würden sie nicht so langsam durch die Wohnstraße rollen. Was soll er nur sagen, wenn sie ihn ansprechen? Vielleicht einfach die Wahrheit? Nein, Chuck hatte ihn gewarnt, und er wird schon seine Gründe haben. Nicht mit den *Feds* reden.

Der Wagen ist auf zehn Meter ran, der verchromte Suchscheinwerfer auf der Beifahrerseite blitzt in der Sonne. Wäre er vorhin nur ein paar Minuten früher vom Bordstein aufgestanden, könnte er jetzt schon zu Hause sein!

Natürlich, der Polizeiwagen hält an.

»Sir!«

Ein Rotschopf streckt seinen Kopf aus dem Beifahrerfenster. Neumann drückt noch einmal den Rücken durch, versucht, die Mundwinkel hochzuziehen. Er, der rechtschaffene Immigrant, hat sich zeitlebens immer penibel an die Regeln gehalten. Niemals schneller als fünfundfünfzig auf dem Highway fahren, und immer schön die Räder einschlagen, wenn man am Hang parkt.

»Yes?«

Neumann versucht, so zu klingen, als sei es selbstverständlich, dass sein Gesicht unter einer dicken Maske aus Schorf und Ruß steckt.

Der junge Polizist mustert leicht angeekelt seine Stirn.

»Sir, you should really seek medical assistance. Do you want us to call an ambulance?«

Neumann zeigt auf seine Stirn, als wollte er sagen: »Ach, Sie meinen das.«

»Ah, that's nothing. Just needs some cleaning up. I'm living right around the corner.«

Jetzt kommt es drauf an. Schluckt der Rotschopf die Aussage, ist Neumann vom Haken. Wenn nicht, werden sie ihn mitnehmen – und was dann?

Krrrrrrk. Das Funksprechgerät im Wagen kräht plötzlich los, aufgeregte Kommandos plärren aus dem Lautsprecher. Der Cop lauscht wie erstarrt den Befehlen. Krrrrrr. Ein paar Sekunden Stille.

Neumanns Blick gleitet über die Autotür. *To protect and serve.* Darüber ein Wappen mit dem kalifornischen Bären.

Ende des Funkspruchs. Der junge Polizist dreht sich hektisch zum Bürgersteig um.

»Really, somebody should have a look at this. Okay?«

Noch bevor Neumann antworten kann, macht der schwere Chevrolet einen Satz nach vorn. Der Warn-Weihnachtsbaum auf dem Dach geht an, und der Wagen röhrt davon.

Geschafft.

Neumann spürt, wie seine Hände anfangen zu zittern. Wie gerne würde er sich jetzt irgendwo in den Schatten setzen, mit einer kühlen Dose Dr. Pepper-Limonade – die Sorte, von der sie früher bei der Arbeit jeden Tag Dutzende getrunken hatten. Doch die Polizisten könnten es sich anders überlegen und zurückkommen, also weiter.

Er muss nur noch einmal abbiegen, einen halben Block in die Richtung laufen, in die die Cops verschwunden sind, dann könnte er sein Haus schon sehen.

»Leafy« sei die Nachbarschaft, steht immer in den Katalogen der Immobilienmakler, die bei Gladys im Foyer ausliegen. Belaubt, mit viel Grün. Deshalb wollte Mary hier auch nie wegziehen, selbst wenn das bedeutete, ihren Mann nur noch am Wochenende zu sehen. Aber das Testgelände lag zu weit im Süden, um jeden Tag dorthin zu pendeln. Es waren keine einfachen Jahre.

Plötzlich ist diese unendliche Müdigkeit wieder da, als ob auf einmal das ganze Blut aus dem Körper abgelassen würde. Neumanns Schritte werden langsamer. Natürlich würde Mary für Chuck Partei ergreifen, sie hatten sich schließlich immer gut verstanden. *Tu, was er sagt – oder hat er dir jemals schaden wollen?* Vielleicht haben ja irgendwelche Hacker das *Project* als Tarnung genutzt, um Unfug anzustellen! Er muss daheim unbedingt den Maileingang checken, der Server steht ja nicht im Hauptquartier, er dürfte also noch laufen. Vielleicht findet sich da eine Erklärung für den ganzen Wirbel.

Die letzte Kreuzung.

O nein, Chuck hat recht.

Sie warten schon auf ihn.

Der Wagen fällt sofort auf: ein schwarzer Geländewagen mit verdunkelten Scheiben. Natürlich haben sie nicht direkt in seiner Garageneinfahrt geparkt, sondern ein paar Meter weiter auf der gegenüberliegenden Straßenseite. Trotzdem sticht der Wagen in dieser Umgebung sofort als ein Fremdkörper hervor.

Schnell zurück. Neumann dreht auf der Hacke um und

sprintet zwei Meter zurück, hinter die nächste Kirschlorbeer-Hecke.

Also erst mal Recon machen, wie die Jungs beim Militär immer sagen. Reconnaissance, Aufklärung.

Vorsichtig schiebt Neumann seinen Kopf bis zur Sichtlinie vor. Was für Amateure! So eine dicke Kiste würde hier niemand fahren, die muss ja auffallen. Alle Fortbewegungsmittel, die weniger als fünfzig Meilen pro Gallone schaffen, sind hier – im ökologisch-korrekten Einzugsgebiet von Berzerkeley – völlig inakzeptabel. Solche Spritschlucker fahren nur Dorfdeppen.

Kennzeichen merken. Seltsam, kein Behörden-Nummernschild, sondern eine ganz normale Privatzulassung. Chuck kennt doch jemanden bei der Zulassungsbehörde, der soll mal checken, auf wen der Wagen angemeldet ist.

Da! Die Türen vorn gehen gleichzeitig auf. Zwei Typen mit Sonnenbrillen steigen völlig synchron aus. Neumann zuckt ein paar Zentimeter zurück, damit sie nicht sein weißes T-Shirt hinter der Hecke leuchten sehen. Blaue Hemden, graue Hosen, schwarze Schuhe. Sie sehen stämmig aus, wie Türsteher, die man in Businessklamotten gesteckt hat.

Die zwei steuern auf seine Veranda zu, einer von ihnen – ein ausgezehrter Typ, kahl wie Kojak – schaut nervös die Straße entlang.

Sicherheitshalber zieht Neumann den Kopf ganz hinter die Hecke zurück.

Analyse: Vom physischen Standpunkt aus hat er, der hinfällige Rentner, keine Chance gegen die Typen, eine Konfrontation wäre Selbstmord. Weglaufen geht auch nicht, schließlich sind sie motorisiert und er nicht. Also bleibt ihm nur, abzuwarten und zu hoffen, dass sie wieder abziehen, wenn sie merken, dass niemand zu Hause ist.

Fump. Wieder die Autotür. Neumann merkt, wie sein Puls ein wenig runtergeht. Gut, sie haben anscheinend keine Geduld und rücken wieder ab, nur noch Minuten trennen ihn von einer Dusche und dem Bett.

Er späht durch eine Lücke zwischen den wachsüberzogenen, dicken Blättern.

Grobe Fehleinschätzung! Sie ziehen nicht ab. Aus dem Wagen sind noch zwei Schränke ausgestiegen. Sie bauen sich kurz vor dem Kofferraum auf und gestikulieren rum; der Glatzkopf, anscheinend der Chef, zeigt die Straße runter. Der andere nickt und stürzt los.

Direkt auf Neumann zu.

14

Wie jetzt – noch mal *rausgehen?*

Was soll das heißen, Madam?

»Na, noch mal runtergehen ins Casino oder so«, schnattert die Thorborg. Boa, die Kleine nervt! Fehlt nur noch, dass sie jetzt anfängt, vor Aufregung auf der Stelle zu hüpfen. Stattdessen schiebt sie die Unterlippe vor wie ein kleines, schmollendes Mädchen. »Kommen Sie schon, Schröder – wir sind doch in Vegas!«

Was ist jetzt die adäquate Reaktion? Sollte ich sie zuerst darüber aufklären, dass ich das letzte Mal nach den *Tagesthemen* das Haus verlassen habe, als der Kanzler noch Schröder hieß? Oder sollte ich sie darauf hinweisen, dass ich die letzten zwölf Stunden in einer bekackten Aluminiumröhre verbracht habe, deren einziger Zweck darin besteht, die Bazillen der Passagiere möglichst gleichmäßig zu verteilen? Ach, davon haben Sie nichts mitbekommen, weil

Sie vom irischen Luftraum bis nach Goose Bay durchgeratzt haben, junge Dame?

Nope, keine Chance, die einzige Bar, die dieser müde Körper heute noch besucht, ist die Minibar. Dann werden noch die sechzig Sekunden Pornovorschau genossen, die nichts kosten, und finito. So lässt der Gentleman von Welt den Tag ausklingen.

Auf der anderen Seite: Vielleicht sollte ich es noch mal krachen lassen, denn es könnte für lange Zeit die letzte Dienstreise sein. Als ich nach der Landung mein Telefon wieder eingeschaltet habe, ist es fast auseinandergefallen. Chris hat ungefähr zehnmal angerufen und mich mit Nachrichten zugehauen, in diesem typischen Eskalationsstil. Erst noch ganz locker: *Ruf mal kurz durch – Thx.* Dann schon mit etwas Sperrdruck: *Meld dich mal.* Und schließlich für seine Verhältnisse fast autoritär: *Sofort Rückruf!* Wahrscheinlich hat er uns den Kellermeister-Fall weggenommen, oder er will durchsagen, dass man sich leider, leider von mir trennen müsse. Vielleicht sollte ich der Kleinen damit erst morgen die Stimmung verderben, sie ist so putzig gut drauf.

Endlich hat sie es geschafft, ihren – mal wieder überdimensionalen – Trolley in der Ecke des Aufzugs einzuparken, und schaut mit einem Kann-losgehen-Blick rüber.

Ich drücke auf die Taste für den sechsten Stock, die Zelle aus braunem Rauchglas ruckelt los.

Zurück dazu, das Abendprogramm abzuwenden. Vielleicht hilft es ja, wenn ich den Klassiker unter den Ausreden abstaube: den blasierten Alles-schon-gesehen-Spruch.

»Ach wissen Sie, Harriet, ich war schon so oft hier und …«

»Aber *ich* noch nicht«, unterbricht die Kleine und fährt die Schmolllippe noch ein Stückchen weiter aus.

Ein bisschen kann sie einem leidtun. Jemand, der das erste Mal nach Sin City kommt, sollte nicht in so einer Bruchbude wie dem *Frontier* absteigen, sondern unten am Strip im *Venetian* oder *Bellagio.* Unser Hotel fällt dagegen heftig ab. »Where the locals play …« Mit diesem Werbespruch ist der ganze Laden gepflastert. Wo die Einheimischen spielen, Klammer auf, wenn sie noch etwas von ihrer Stütze übrig haben, Klammer zu. Der Laden ist wirklich das Letzte. In einem Punkt allerdings stimmt die Reklame: Kein ausländischer Tourist würde sich jemals hierher verirren.

Der Kleinen scheint die offensichtliche Zweitklassigkeit unserer Absteige nichts auszumachen. »Och, kommen Sie schon, Schröder …«, bettelt sie weiter.

Ruck, der Aufzug hält an, obwohl wir erst im Dritten sind.

Eine junge Mexikanerin tänzelt in die Kabine. Nicht schlecht, voll das Beuteschema von Leines: kohlenstoffbasierte Lebensform aus der südlichen Hemisphäre. In diesem Stockwerk muss das Fitnessstudio sein, denn sie hat ihre Drallheit in hellblaue krachenge Yoga-Pants gegossen. Ihr Pferdeschwanz baumelt über der Kapuze einer weißen Sportjacke. Sie lächelt kurz und dreht sich dann zur Tür um. Heilige Scheiße! Das ist eine dieser Frauen, die ihr absolutes Allzeit-Schönheits-Hoch erreicht haben. Die Sache geht jetzt noch ein paar Monate gut, und dann kommt der krasse Absturz. Lässt sich an den Knien erkennen, die sind so rund um die Kniescheibe herum – ein todsicheres Indiz! Wenn diese Frau erst mal fünfundzwanzig ist, wird sie quasi über Nacht aufgehen wie eine dieser aufblasbaren Rettungsinseln im Flugzeug. Fump. Und schon wiegt sie hundertfünfzig Kilo und muss mit dem Gabelstapler aus dem Bett geholt werden.

Weggucken, Schröder, nicht auf die Yoga-Wurst stieren. Shit! Thorborgs Blick hat meinen getroffen. Sie grinst und lehnt sich verschwörerisch rüber.

»*Sie* geht bestimmt auch gleich noch nach unten.«

Die Mexikanerin dreht sich um, lächelt erst mich, dann die Thorborg auf eine unangenehm ehrliche Art an. Und schon ist es wieder Zeit, die romulanische Tarnvorrichtung zu aktivieren.

Jetzt führt kein Weg mehr zurück.

»Haha, na, wenn das so ist«, stottere ich los. Meine Birne muss glühen wie eine Clownsnase. »Okay, 'ne halbe Stunde … Aber wir bleiben hier im Haus!« Keinen Bock, jetzt noch mit dem Taxi durch die Gegend zu fahren.

Die Thorborg ballt die Hände zu Fäusten, macht so eine »Yesss«-Bewegung und wippt dann mit den Hüften, als würde sie zu einer eingebildeten Musik tanzen.

Ihre Lampen sind wieder voll angeknipst.

Noch bevor die Sieben-Segment-Anzeige in der Aufzugwand auf die Fünf springen kann, beginnt die Kleine mit dem Aufbrezeln. Es wird hektisch an den Haaren rumgenestelt. Drei schwarze Nadeln werden extrahiert, dann schmeißt sie den Kopf erst nach vorn und zurück in den Nacken, sodass der rotbraune Wasserfall nur so durch die Kabine fliegt. Frau Thorborg macht sich also bereit, in etwas Bequemes zu schlüpfen. Vielleicht sogar zusammen mit der Dame, die uns aus dem Süden besuchen kommt?

Einfach traurig. Warum deutet das reife Hirn alles, was in der Realität passiert, ausschließlich in eine Richtung – als Porno-Exposition?

»Dann bis gleich. Zehn Minuten?«, flötet die Thorborg, während sie vor lauter Aufregung ihren Trolley mehrfach gegen die Aufzugtür rammt.

Mein »Okay« wartet sie gar nicht mehr ab, sondern poltert schon den Gang entlang.

Ich zirkele meinen müden Körper vorbei an der Yoga-

Königin und warte, bis sich die Türen hinter mir geschlossen haben.

Die Wasserflecken am Fenster neben dem Aufzug leuchten im Sonnenuntergang. Am Horizont funkeln die Casinos, man kann diesen Turm erkennen, an dem sich außen – in absoluter Selbstmörderhöhe – eine Achterbahn entlangschlängelt. Wenn das Universum ein helles Zentrum hat, sind wir hier maximal weit davon entfernt. Andererseits: In sicherer Entfernung von diesem Party-Moloch zu sein hat auch sein Gutes. Wären wir in der Innenstadt abgestiegen, würde mich die Thorborg womöglich auf diese Achterbahn zerren.

Unten auf dem halb leeren Parkplatz vor dem *Frontier* blinkt ein gigantischer Jumbo-Fernseher vor sich hin und versucht erfolglos, die vorbeifahrenden Autos für ein 99-Cent-Steak zu interessieren. Neben dem Schild pellen sich gerade zwei Ami-Schränke aus einem schwarzen Lieferwagen. Vermutlich weitere Einheimische, die zum Discountzocken kommen.

15

»Wow, das Teil läuft ja noch unter Windows 3.11!«, flüstert die Kleine und versucht dabei, ein Kichern zu unterdrücken – mit dem Erfolg, dass es sich seinen Weg als sehr undamenhaftes Grunzen durch die Nase bahnt.

Es hat lange gedauert, aber endlich führt sie sich mal wie ein Mensch auf. Doch, Frau Thorborg, Sie sammeln sehr eifrig Sympathiepunkte.

»Jau, sieht nach 286er aus«, stimme ich ein.

»Ge-nau!«

Sie nickt sehr bestimmt und setzt dann mit viel Schwung

ihre Miller-Lite-Flasche an. Wenn das mal nicht danebengeht.

Miller – High Life. Sagen sie doch immer in der Werbung. Und ausnahmsweise stimmt es. High Life.

Dabei ist das *Frontier* genauso übel, wie ich es von unserer letzten Fortbildung in Erinnerung habe. Im Casino haben sich die üblichen Halbtoten versammelt – manchmal kommt der Silberstreif am Horizont auch nur von grauen Haaren. Rentner, so weit das Auge reicht.

Auch die krasseste Sorte von Oldie war wieder dabei – diese lungenkranken Typen mit Sauerstoffflasche im Schlepptau. Die parken sie dann beim Zocken neben dem Automaten, während die letzte Lebenskraft dafür draufgeht, den Hebel des einarmigen Banditen zu ziehen. Was bringt einen alten, kranken Menschen dazu, seine verbleibenden Tage in einem auf minus zwanzig Grad gekühlten Raum zu fristen und dort seinen letzten Cent an einen Daddelautomaten zu verfüttern?

Meine kleine Provinzmaus ist, wie jeder Vegas-Neuling, natürlich trotzdem total geflasht von dem ganzen Geklingel und Geklimper. Sie hat sich in Rekordzeit aufgebrezelt – raus aus der Safari-Staffage und rein in ein schwarzes, knielanges Kleid. Im Lift dachte ich kurz darüber nach, sie darauf hinzuweisen, wie total overdressed sie mit ihrem Aufzug im *Frontier* sein würde, entschied mich aber dagegen. Schließlich bedeutet »schick« an diesem Ort, dass Großvater seine guten Hosenträger anhat.

Zugegeben: Als sie auf ihren hohen schwarzen Sandalen in den Aufzug reinstöckelte, sah sie toll aus. Und weil sie nicht doof ist, hat sie natürlich sofort gemerkt, dass mein Hirn für eine Sekunde eingefroren war und ich nur noch auf diese vegetative Art starren konnte. Ausgeschlachtet hat sie den Moment der Überlegenheit allerdings nicht. Sie lächelte nur und sagte: »Wollen wir?« Spätestens da gab es kein Zurück mehr. Der alte Mann musste noch mal raus, zu einem Absacker an die Bar.

Und da haben die Schweine uns gekriegt, mit dem ältesten und besten Argument, das es im Marketing gibt: mit kostenlosem Bier.

Die Sache hat das *Frontier* absolut perfide organisiert: In die Theke sind Bildschirme eingelassen, an denen man Video-Blackjack spielen kann. Einfach vorn einen Dollarschein reinschieben – und los geht's. Nicht dass einer von uns Blackjack spielen könnte, doch das ist auch gar nicht nötig. Die freundliche Bardame – ihrem Halstattoo nach zu urteilen in einem Wohnwagenpark domiziliert – checkt nur, ob man die Maschine regelmäßig mit grünen Lappen füttert. Ist das der Fall, reicht sie ein Bier nach dem anderen rüber – und zwar kostenlos. Also drücken wir wild auf den Tasten rum und schieben Dollarscheine rein, bis das Lesegerät raucht.

Ein kluger deutscher Verbraucher könnte jetzt natürlich einwenden, dass auf diese Weise jedes Bier ungefähr dreißig Dollar kostet, aber das Schöne ist: So fühlt es sich nicht an!

Es fühlt sich kostenlos an. *Vegas – Baby!*

»Cheers«, verkündet sie.

»Cheers«, gröle ich zurück.

Unsere Miller-Flaschen klirren zusammen und übertönen Dean Martin, der aus einem Deckenlautsprecher zirpt und vermutlich lieber gestorben wäre, als an einem derart unstylishen Ort aufzutreten.

Trotzdem: Das Leben fühlt sich mal wieder gut an.

Auf dem Fernseher hinter der Bar ziehen Kenozahlen vorbei, was immer das sein mag. In die wenigen Quadratzentimeter, die nicht von Laufbändern vereinnahmt werden, quetschen sich Headline News von CNN. Die Thorborg ignoriert den Flatscreen und starrt stattdessen auf den Röhrenmonitor vor ihrer Nase, auf dem die Blackjack-Karten leuchten.

»Hach, das erinnert mich an meinen ersten Rechner«, sagt sie mit halb gespielter, halb echter Versonnenheit.

»Ja, was für einer?«

»Ein 386er von meinem Vater, mit Turbotaste. Damit konnte man die Taktfrequenz von zehn auf *vierzig* Megahertz hochschalten. War sogar 'ne Anzeige vorn dafür drauf.«

»Lassen Sie mich raten: Dieser Knopf wurde am ersten Tag betätigt und dann nie wieder angefasst?«

Sie lacht herzlich.

»Genau.«

Armes Kind, so spät eingestiegen. Das bedeutet, sie hat niemals diesen magischen Moment vor dem Commodore 64 erlebt, in dem man merkt, dass die Maschine gehorcht. Sie hat nicht unterm Tannenbaum

10 PRINT »HALLO«

20 GOTO 10

eingegeben und mit offenem Mund gestaunt, wie sich der Fernseher mit HALLOs füllte. Was für eine arme Generation, die Speicher nur in Megabyte kennt, Computer nur mit Mäusen bedient hat und niemals auf einen blinkenden Cursor starren musste.

Vorsicht, Retroattacke! Ein weiteres Vergnügen, das man am besten allein genießt, sonst ist man gleich wieder der Opa, der vom Krieg erzählt.

Also halte ich brav die Konversation am Köcheln – genau wie es mir Isabell immer eingetrichtert hat. *Mensch, Schröder, red doch nicht immer nur von dir!*

»Wie sind Sie zur IT gekommen?«, frage ich nach.

»Ach, Sie wissen doch, wie das geht. Erst ist man der PC-Wart für alle Mitschüler, dann stimmen die Eltern den Mach-doch-was-mit-Computern-Chor an, und plötzlich bist du das einsame Mädel unter ungefähr tausend Nerds in der Informatik-Vorlesung.«

Oje, eine Jugend zwischen sabbernden Männern. Das erklärt, warum sie sich schon nach ein paar Tagen so routiniert in unserer Firma bewegt.

»Und warum Forensik?«

Während sie die Flasche weiter angesetzt lässt, macht sie mit der linken Hand so eine Abwarten-Bewegung. Das wievielte Bier ist das jetzt eigentlich? Und dann auch noch auf nüchternen Magen, das wird lustig morgen früh im Seminar.

Ihr entfährt ein sehr ehrlich klingendes »Ahhhhh«.

Jetzt fehlt nur noch, dass sie rülpst, dann wäre die Zeit reif für einen Heiratsantrag. Wir sind ja schließlich in Vegas, Baby.

»Ach, das mit der Forensik.« Ihre Stimme klingt schon leicht belegt, eine Spur nuttig. »Da bin ich nach dem BTK-Fall drauf gekommen. Kennen Sie, oder?«

Natürlich wäre es möglich, jetzt den nächsten Akt der großen Schröder-Kompetenz-Show aufzuführen, aber dafür war der Tag deutlich zu lang.

»Nö. Hat das was mit diesem Massenmörder zu tun? Darüber lief mal 'ne Doku aufm Discovery-Channel.«

»Genau, der BTK-Killer.« Sie nickt. »Der Typ hat zwischen 1974 und 1991 insgesamt zehn Frauen umgebracht. Muss wohl ziemlich intelligent gewesen sein, hat den Ermittlern kleine Rätsel zugeschickt und so. Das Kürzel hatte er sich selbst gegeben, es stand für bind, torture, kill.« Fesseln, foltern, töten – herrlich. Die Dame weiß, wie man eine unbeschwerte Plauderei am Laufen hält. Trotzdem faselt sie ungerührt weiter.

»Anfang der Nuller, nach zehn Jahren Funkstille, meldete sich der Typ wieder bei der Polizei. Diesmal schickte er seine Korrespondenz auf Diskette.«

»Ganz schön retro, selbst für die frühen Nuller.«

»Hm. So superschlau war er anscheinend dann doch nicht, jedenfalls hat er den klassischen Fehler gemacht: zu denken, dass eine gelöschte Datei tatsächlich weg ist. Die Polizei fand auf der Floppy noch ein anderes Word-Dokument, das gelöscht worden war. Sie haben es wiederhergestellt – und siehe da: In den Metadaten stand, dass ein Dennis von der Soundso-Kirche es verfasst hat. Auf der Webseite der Kirche fanden sie dann einen gewissen Dennis Rader, der da Gemeinderatspräsident war. Klick. Nach dreißig Jahren war der Fall gelöst.«

»Cool.« Die Story muss ich mir merken, für den Fall, dass wieder einer mal fragt, was Computerforensiker so tun.

Sie nickt ein bisschen zu doll, wie leicht angegangene Menschen das so tun.

»Gelle? Na ja, und nach der Story habe ich mich entschieden, Forensik als Schwerpunktfach zu nehmen, und ich kann Ihnen sagen, Schröder …«

Nein! Bitte keine Das-Studium-ist-heute-so-was-von-hart-seit-es-die-Kreditpunkte-gibt-und-alles-so-verschult-ist-Litanei! Bitte nicht. Da ist es wieder: dieses Gefühl, alles schon mal gehört zu haben und jede Story des Gesprächspartners nach drei Sekunden mit »bla, bla« abwürgen zu wollen. Kommt bei den jungen Dingern leider nicht so gut an.

Gerettet! Ablenkung naht, die Wohnwagenpark-Grazie hinter der Bar zwinkert rüber und zeigt auf mein Bier.

Ich forme mit dem Mund das Wort »Please« – es laut auszusprechen, wäre völliger Schwachsinn bei dem Lärm hier drinnen. Aber bloß nicht zurückzwinkern! Der Typ, der auf sie im Wohnwagen wartet, hat in seinem Pick-up sicher mehr Feuerkraft als die ganze Bundeswehr. Sie wirbelt herum und bückt sich zum Kühlschrank. Über dem Bund ihrer Hose lugt die Spitze eines Arschgeweihs raus.

»SCHRÖDER?«

Warum schreit die Thorborg denn so, ich habe doch gar nicht hingesehen.

»Was?«, pfeife ich zurück.

Sie grinst.

»Sie stehen auf Gluteus, oder?«

Worauf stehe ich? Hallo, kleine Sportmaus, solche Fachtermini sind mir nicht geläufig. Als ich das letzte Mal mit körperlicher Ertüchtigung zu tun hatte, machte man noch Klappmesser, nicht irgendwelche Sit-ups, und wenn der Medizinball nicht die Fingerkuppen zertrümmerte, gab's am Schluss eine Siegerurkunde und keine kostenlose Fettwert-Analyse.

»Worauf?«, erkundige ich mich, maximal wertfrei intoniert.

Ihr Grinsen wird so breit, als hätte man es mit Kai's Power Tools auseinandergezogen.

»Na Hintern.«

Achtung: Fremdschäm-Alarm auslösen, Level: Thomas Gottschalk in den Nullerjahren.

»Also, äh, ich glaube, das ist nicht das richtige Gespräch unter Kolleg…«

Meine politisch korrekte Nebelgranate verpufft völlig.

»Papperlapapp«, fährt sie dazwischen, »also von null bis zehn: Wie viel haben Ihre Jungs mir gegeben?«

Sie bohrt mir ihren Killerblick in die Augen. Immerhin hat sie von »meinen Jungs« gesprochen, das heißt, falls ihr das Urteil nicht passt, kann ich so tun, als sei ich nur der Überbringer der schlechten Nachricht.

Ach, Quatsch. Schluss mit dem Eiertanz, jetzt kommen die Karten auf den Tisch.

»Um es mit *Star Trek* zu sagen: Die Wertungsnote liegt bei Seven of Nine.«

Völlig ungerührt nippt die Thorborg an ihrer Flasche. Respekt, ihr jahrelanges Dasein als Quotenfrau hat sie wirklich abgehärtet. Kein Gezicke von wegen sexistischer Bemerkung, außerdem scheint sie zumindest die Nerd-Klassiker zu kennen. Sie macht eine Kunstpause, um sich die Haare hinter die Ohren zu streichen. Dann setzt sie einen abschätzenden Blick auf, der nach Dame aussieht.

»Nicht schlecht.«

16

Diesmal sind es nicht die Klamotten auf dem Stuhl.

Diesmal steht wirklich jemand vorm Bett.

Von allen schlimmen Momenten als Kind war das der schlimmste: nachts hochzuschrecken und zu denken, »da ist jemand«. Und gleichzeitig zu wissen, dass man in diesem Kokon aus Kiefernholz gefangen war, ohne wegrennen zu können.

Eine furchtbare Zeit: die Kinderängste noch da, aber der Rest schon weiter. Ich musste in der Finsternis liegen, weil das Nachtlicht von »Biene Maja« natürlich schon lange rausgeflogen war – Kinderkram!

Nur die Bogenlampe auf dem Wohnweg schimmerte durch die Metalljalousien. Jalousien, die einzig mögliche Fensterdekoration in den Achtzigern, kaltes Metall, der maximale Affront gegen die beschauliche Plüschigkeit der Siebziger-Eltern. Die Lichtbalken streiften die Beine des Keith-Haring-Männchens, das ich – mit Vaters Zustimmung – direkt auf den Putz malen durfte. Was dann noch an Photonen übrig war, schluckte das Teppichmeer.

Direkt hinter dem Fußende des Betts stand der Schreibtischstuhl, im Dunkeln sah er wie ein schwarzes Gerippe aus, wie ein behangenes schwarzes Gerippe. Arme und Beine waren klar zu erkennen, zumindest für das schlaftrunkene Auge. Es waren natürlich nur die Klamotten, die mir Mutter in ihrer unendlichen Fürsorge für den nächsten Tag über die Lehne gehängt hatte. Trotzdem war der Gedanke jedes Mal wie ein Stromschlag: Ein Fremder steht nur Zentimeter von meinen Zehen entfernt im Zimmer. Erst nach vielen bangen Minuten, nachdem der rasende Herzschlag das letzte bisschen Schlaf vertrieben hatte, traute ich mich, die Decke wieder vom Kopf zu ziehen.

Jetzt ist er wirklich da, der Mann.

Durch das Ohropax klingt der Puls, als ob jemand auf diese riesigen japanischen Trommeln hauen würde.

Scheiße. Ohne die Dinger hätte ich vielleicht gehört, wie er reingekommen ist. Warum müssen sie in dem Laden auch diese Sorte von Klimaanlage haben, die ständig anspringt und wieder ausgeht, anstatt durchgehend zu brummen? Dabei kann ja kein Mensch schlafen.

Ruhig bleiben, erst mal steht er nur da. Und er hat noch nicht bemerkt, dass ich wach bin. Also bloß keine schnellen Bewegungen machen, gleichmäßig atmen. Ich öffne die Augen einen winzigen Spalt. Was macht der bloß? Und was ist das an seinem Kopf? Es sieht aus wie eine Baseballkappe, vielleicht eine Mütze. Er verlagert vorsichtig das Gewicht von einem Bein aufs andere und schaut bedächtig zum Fenster rüber. Gut, er versucht mich nicht zu wecken, das heißt, es ist kein Irrer auf Crack, der nur blind alles aus dem Zimmer reißt, was sich zu Geld machen lässt. Dieses Horn auf der Stirn, was kann das nur … Shit!

Ein Nachtsichtgerät.

Das heißt, er sieht mich besser als ich ihn. Schnell Augen zu. Nachdenken, nachdenken, nachdenken. Woher kommt er? Spezialeinheit, Sondereinsatzkommando, vielleicht doch nur ein Kleinkrimineller? Nein, der würde sofort umkehren, wenn jemand im Bett liegt – und niemals mit einem Nachtsichtgerät kommen. Nein, hier läuft irgendeine *Operation.* Und ich bin mittendrin.

Er wird nicht mehr lange stillhalten. Gleich wird er handeln, einfach nur vor meinem Bett rumzustehen ist auch für ihn ein Risiko. Sucht er Geld? Davon gäb's unten im Casino sicher mehr. Unsere Rechner? Alle unten an der Rezeption sicher im Tresor eingeschlossen. Vergewaltigung? Unwahrscheinlich. Gott sei Dank ist er bei mir eingestiegen und nicht nebenan bei Harriet.

Und was ist, wenn er da als Nächstes reingeht? Ich muss was tun, sofort. Sie vor einem Einbrecher zu retten, das gäbe Punkte. Vielleicht kommt in der Summe was zusammen. Immerhin fange ich nicht bei null an: Dieser Blick, als sie vorhin ihr Zimmer aufschloss, der hatte einen Subtext, definitiv. Vielleicht läuft die Sache mit ihrem Froind doch nicht so gut, und sie ist latent für etwas Neues offen. Jedenfalls muss ich was tun, und wenn ich nur rumbrülle, bis vom Hotel jemand kommt. Hauptsache, der Typ geht nicht zu ihr rüber.

Kämpfen? Scheiße, die letzte Keilerei, das war in der Mittelstufe, und danach haben wir beide geheult wie bekloppt, weil wir uns gegenseitig ein dickes Kinn verpasst hatten. So ein Profi mit Nachtsichtgerät macht mich doch sofort platt. Vielleicht finde ich eine Waffe, irgendwas zum Draufschlagen. Was liegt rum? Der Koffer ist zu sperrig, steht außerdem weit weg in der Ecke. Bis ich da bin, hat mich der Typ locker gestoppt. Dann holt er seinen Draht raus, schlingt ihn mir um den Kehlkopf, und das war's.

Lustig, wie abgebrüht wir früher immer taten. Gewalt, das war nie mehr als ein Spiel. Immer schön mitzählen, wie viele Typen John Rambo niedergemäht hat. Und jubeln, wenn Freddy Krueger mit seiner Messerhand wieder einem Teenie die Gedärme umrührte. *Gesichter des Todes?* Höchstens ein lockeres Entree für den Videoabend, mit ein bisschen Gruselfaktor, wenn den Typen am Galgen die Füße weggetreten wurden und die Halswirbel lustig knackten.

Tod? Völlig surreal und lachhaft weit weg.

Jetzt kommt er näher.

Und wenn schon. Wen wird es interessieren, wenn der gute alte Schröder abtritt. Erst in den Arsch gelötet und dann die Halsschlagader aufgeschlitzt, in einem abgeranzten Hotelzimmer in Las Vegas – was für ein B-Abgang für einen B-Menschen. Leines käme bestimmt zur Beerdigung, mit Azra – wenn er sie lange genug nervt. Harriet sicher auch, wenn sie nicht als Nächste an der Reihe ist. Und natürlich Mutter. Es wäre die Krönung eines Lebens voller Enttäuschungen.

Zusammenreißen.

Genau, das Kamerastativ! Lehnt das noch am Nachttisch? Das ist es! Mit einer schnellen Rolle könnte ich drankommen und es beim Zurückrollen dem Typen direkt durchs Gesicht ziehen. Wiegt bestimmt fünf Kilo, das hat Bums.

Also noch ein letztes Mal die Position des Einbrechers checken.

Augen auf.

Wo ist er hin?

Nur noch Wand zu erkennen. Ist er rausgegangen, ohne dass ich es gemerkt habe, oder war doch nur alles Einbildung? Verdammt, aus dem Augenwinkel ist nichts zu erkennen. Links Richtung Tür scheint wirklich alles sauber. Ein bisschen Licht aus dem Gang funzelt unter der Tür durch. Hat er die etwa wieder ordentlich zugemacht? Wenn er wirklich raus ist, kann ich mich ja auch bewegen. Ich drehe den Kopf vorsichtig einen Zentimeter nach rechts.

Shit, ein schwarzer Schatten. Er steht direkt neben dem Bett, zwischen mir und dem Stativ.

Das Bett zittert, sein Bein muss die Matratze berührt haben.

Keine Wahl mehr, aufstehen.

Los.

Warum kriege ich die Brust nicht hoch? Der Rücken klebt an der Matratze fest. Mein Mund stößt mit etwas Weichem zusammen, aus dem Nacken drückt etwas Kaltes dagegen.

Es riecht nach Zuckerwatte.

II

17

So geht die Sache also zu Ende, sie wird an ihrer eigenen Kotze ersticken.

Großartig.

Harriet Thorborg legt den Kopf so weit in den Nacken, wie es geht. Ihre Gedanken rasen. Vielleicht kommt so mehr Luft in die Nase? Wenn sie ihr nicht das beschissene Tape über den Mund geklebt hätten, wäre alles kein Problem. Aber so fühlt es sich genau an wie beim Zahnarzt, wenn der einem die Abdruckschiene in den Rachen rammt und man jede Sekunde denkt, den gesamten Behandlungsstuhl vollkotzen zu müssen. Nur dass ihr hier vermutlich niemand hilft und sie ersticken wird, wenn sie sich übergibt.

Die Angst ist überwältigend. Nicht atmen, nicht bewegen, nichts tun, was sie provozieren könnte.

Wie viele Typen sind es? Mindestens zwei. Einer vorn am Steuer und dann einer direkt vor ihr. Er scharrt mit den Schuhen ständig nervös über den Teppich und schnauft dabei, als ob er etwas Schweres hochheben müsste.

Nein, so kommt auch nicht mehr Luft in die Nase. Thorborg lässt den Kopf zurück auf die Fußmatte sinken. Das kratzige Synthetik riecht nach kaltem Zigarettenrauch. Wenn in den Staaten die gleichen Regeln wie in Europa gelten, heißt das, sie sitzen nicht in einem Mietauto – in denen ist Rauchen meistens verboten. Also ein Privatwagen – ein Minivan oder sogar ein Lieferwagen.

Wie lange sie wohl schon fahren? Mindestens eine halbe Stunde. Langsam lässt das Wummern in Thorborgs Kopf nach, und sie sortiert die Erinnerungsfetzen.

Bloß ruhig atmen, nicht in Panik verfallen. Sie rollt sich vorsichtig, Zentimeter für Zentimeter, wieder zusammen, bis sie wie ein Embryo im Mutterleib auf dem Boden liegt.

Alles begann, kurz nachdem sie ins Suffkoma gefallen war.

Seltsam, wie lange das Gehirn manchmal braucht, um aus einem Gedanken die richtigen Konsequenzen zu ziehen. Als das Knacken sie aus dem Schlaf riss und sie die Augen öffnete, dachte sie sofort: »Das war zu laut, um aus den Röhren der Klimaanlage zu kommen. Was immer dieses Geräusch verursacht hat, es gehört nicht ins Zimmer.« Der Gedanke poppte völlig glasklar im Bewusstsein hoch, sie hätte nur reagieren müssen. Stattdessen verschwendete sie wertvolle Sekunden damit zu warten, bis sich ihre Augen an die Dunkelheit gewöhnt hatten.

Du bist doch eine Kämpferin! Wie oft hatte Vater ihr das eingeredet, immer und immer wieder: als sie sich beim Rollerbladen das Knie aufgeschlagen hatte, als Oma starb, als Adrian das erste Mal Schluss gemacht hatte und sie ihre Tränen beim Abendbrot ausnahmsweise nicht verbergen konnte. Würde Vaters Beschwörung stimmen und sie wäre wirklich eine Kämpferin, dann hätte sie schneller gehandelt. So lag sie nur da wie ein armes Frauchen, das sich ihrem Schicksal ergeben hatte.

Der Schatten raste von rechts auf sie zu. Für einen kurzen Moment konnte sie die Umrisse des Mannes erkennen, der sich von den grünen Vorhängen her näherte. Ein wuchtiger Schrank, mit einem Hut auf oder so. Als er seine Hand auf ihren Mund drückte, fühlte es sich überraschend weich an, ganz anders als die Fäuste der Jungs auf dem Spielplatz, die immer probieren wollten, wie anders dieses Mädchen wirklich war. Dass der Mann ihr nur ein Tuch auf die Lippen drückte, merkte sie erst später. Ein Betäubungsmittel – sie versuchte, den Atem anzuhalten.

Wie ist das, wenn einem *so was* passiert? Das hatte sich Thorborg schon oft gefragt, und trotzdem wollte sie es sich nicht richtig vorstellen. Lieber rettete sie sich ins Abstrakte und umschrieb die Gefahr mit »so was«, anstatt Klartext zu denken: Wie ist es, wenn dich einer vergewaltigt?

Du bist doch eine Kämpferin! Ein bisschen hatte diese jahrelange Gehirnwäsche gewirkt. Insgeheim war sie davon überzeugt, dass sie den Typen schon irgendwie loswerden würde. Schließlich hatte Vater ihr tausendfach eingebläut, was dann zu tun wäre: »Zutreten, so stark du kannst, direkt in die Hoden, denn deine Beine sind viel stärker als die Arme und …« Blabla. Herr Major bewies mal wieder das Einfühlungsvermögen eines Holzklotzes. Es kam ihm nicht in den Sinn, dass ein elfjähriges Mädchen weder das Wort »Hoden« hören möchte noch Lust hat, darüber nachzudenken, wie es wäre, von einem Fremden in einem dunklen Park in die Büsche gerissen zu werden. Oft hatte sie sich von ihm nur eine Umarmung gewünscht, doch sie bekam eine Nahkampfausbildung.

Als sie anfing, sich gegen den Angreifer zu wehren, war es viel zu spät. Der Mann drückte ihren Kopf mit einer Hand fest in die Kissen, mit der anderen umklammerte er ihren rechten Arm. Ihr blieb nichts übrig, als mit dem verbleibenden linken Arm wild herumzufuchteln und gleichzeitig panisch um sich zu treten. Eine absolut lächerliche Gegenwehr. Da er rechts stand, gingen ihre Schläge ins Leere, und die Tritte blieben wirkungslos, weil sich ihre Beine im Laken verhedderten. Gerade mal ein Tritt schien ihn zu treffen, und wohl auch nicht schlimm. Denn er zischte nur ein »Don't!« und presste sie noch tiefer in die Matratze. Zu diesem Zeitpunkt waren vielleicht zehn Sekunden vergangen, seit er das Tuch auf ihren Mund gedrückt hatte. Und zehn Sekunden Todesangst verbrauchen viel Luft. Schneller, als sie sich jemals hätte vorstellen können, brach ihr Wille zusammen, und sie sog wie eine Ertrinkende die süßliche Luft ein. Immerhin: Das Schwarz kam schnell.

Warum sie? Warum Harry Thorborg, eine absolut unbedeutende Angestellte in einem absolut unbedeutenden Unternehmen, Tochter aus absolut unbedeutendem Hause? Es konnte unmöglich um Geld gehen, davon gab es bei ihnen nie viel; Vaters Dienstgrad erlaubte keine großen Sprünge. Als ihre Freundinnen, viele Töchter von Generälen, schon mit ihren eigenen Autos zur Schule fuhren, musste sie sich noch mit den Fünftklässlern in den Schulbus quetschen. Viel Lösegeld bekämen sie aus ihren Eltern sicher nicht raus. Es sei denn, den Typen ist der klassische Patzer aus Film und Fernsehen unterlaufen: Sie haben sie mit einem Millionärskind verwechselt. Aber auch unwahrscheinlich, das Hotel wirkte nicht so, als würden dort reiche Leute absteigen.

Ob ihr aktueller Fall etwas damit zu tun hat? Eher nicht. Dieser Nerd – wie hieß er noch mal? – war doch ein kleines Licht. Der hat nur auf todlangweiligen Fotos von Mondkratern rumgemalt und sich zwischendurch auf diese Achsel-Pornos einen runtergeholt. Kein Typ, der im Mittelpunkt einer internationalen Verschwörung steht. Natürlich konnten sie nur einen Bruchteil des Speichers retten. Es könnte also gut sein, dass im Rest noch eine brisante Information schlummert. Sollte die für die Typen gefährlich sein, würde es Sinn ergeben, sie zu entführen und gegen den Rechner auszutauschen. Nein, das klingt doch ein bisschen zu weit hergeholt. Lustig übrigens, wie Schröder gleich knallrot wurde, als sie das Pornozeugs entdeckten, wie ein Hummer im Kochtopf. Und auch mal wieder typisch Männer: heimlich Frauenärsche filmen, aber sofort rot werden, wenn eine neben ihnen sitzt.

Bleibt die Vergewaltigung – auch eher unwahrscheinlich. Hätten die Typen über sie herfallen wollen, wäre der günstigste Moment im Hotelzimmer gewesen. Stattdessen sind sie das Risiko eingegangen, sie erst durch den Hotelflur zu schleifen, dann in den Aufzug zu verfrachten und quer über den Parkplatz zu tragen.

Thorborg fährt sich mit den gefesselten Handballen über die Oberschenkel: Es fühlt sich nach dem Hosenanzug an. Sie haben ihr das Businesskostüm direkt über den Pyjama gezogen, dazu ihre Füße in die Ballerinas gesteckt. Klar: Nur so konnten sie sie halbwegs unauffällig durch das Hotel schleusen. Vermutlich haben sie so getan, als würden sie eine betrunkene Bekannte auf ihr Zimmer bringen. Thorborg stellt sich vor, wie einer der Männer zum Nachtportier diese Geste mit der Hand macht: Daumen und kleinen Finger abspreizen und dann so eine Trinkbewegung andeuten. Dazu hat er vermutlich herablassend gegrinst, so nach dem Motto: »Die Kleine hatte ein paar zu viel.« Trotzdem wollten sie ihr Opfer nicht demütigen oder verletzen. Thorborg spürt, wie sie der Gedanke beruhigt. Es sind Profis. Es wird keine unüberlegten Übergriffe geben. Andererseits bedeutet es auch, dass sie nicht mit Fehlern oder Gnade rechnen kann, falls etwas schiefläuft.

Ein Schlagloch schüttelt den Wagen durch, Thorborgs

Schulterblatt knallt gegen den Boden. Wie lange fahren sie denn noch? Das geht doch schon mindestens eine halbe Stunde so, vielleicht auch mehr. Als *Tatort*-Junkie weiß sie natürlich, dass Entführungsopfer Zeiträume meist unterschätzen, weil ihnen ohnehin jede Sekunde wie eine Ewigkeit vorkommt. Am Schluss schlagen sie dann bei ihrer Zeitrechnung kräftig drauf, um das auszugleichen – und liegen manchmal Stunden daneben.

Gleich nachdem sie zu sich gekommen war, hatte Thorborg noch versucht, sich den Weg anhand der Geräusche einzuprägen. Ampelstopps, Bodenwellen, Krach von draußen – irgendwelche Anhaltspunkte, mit denen sie später die Polizei zum Versteck ihrer Entführer führen könnte. Wie bei *Sneakers – Die Lautlosen* mit River Phoenix halt. Doch der Filmtrick versagte in der Realität total. Schon nach ein paar Minuten suppte nur noch ein Brei von tatsächlichen oder eingebildeten Geräuschen durch ihren Kopf, außerdem bog der Wagen auf den Highway ab. Seitdem dröhnt alles nur noch. Besonders schnell fühlt sich die Fahrt nicht an, wahrscheinlich weil die Typen sich exakt ans Tempolimit halten.

Sicher ist nur, dass sie aus Vegas rausfahren, und das kann nur bedeuten: in die Wüste.

Nicht gut, da draußen gibt es keine Zeugen. Thorborg versucht, die Tränen zu unterdrücken, doch ein kleiner Tropfen rinnt am Klebeband über ihren Augen vorbei. Sofort dreht sie den Kopf so, dass der Teppichboden alle Spuren aufsaugt, bevor einer der Männer sie bemerken könnte. Sie ist doch eine Kämpferin.

18

Frittierte Pfannkuchen mit Bröckchen weißer Schokolade im Teig. Obendrauf Puderzucker – nur heute! – zwei Streifen Speck. *Pancake Puppies.* Jesko von Neumann schiebt den Reklameaufsteller zurück an die Tischkante. Kein Wunder, dass seine Mitbürger Probleme mit der Linie haben. Er ertappt sich dabei, wie er den Kopf schüttelt, auf diese Weise, wie es viele Männer in seinem Alter tun: einerseits demonstrativ, aber trotzdem unauffällig genug, um nicht darauf angesprochen zu werden, was denn nun so schlimm an der Welt von heute sei.

Dabei gibt es nicht mal potenziell Menschen, die sich für seine Entrüstung interessieren. Es ist halb zwei nachts, und das Denny's-Restaurant ist menschenleer. Die Kunstlederbänke hinter den Fenstern gähnen sich an. Das Restaurant liegt in einer dieser Konsumoasen direkt am Freeway, wo sich auf wenigen Metern alles zusammenquetscht, was der Reisende braucht: Starbucks, Subway, ein Kettenmotel, eine Burger-Bude, in Metropolennähe vielleicht auch ein Taco Bell. Alles in Spuckentfernung zur Beschleunigungsspur, denn das oberste Gebot des Highway-Business lautet: »EZ on – EZ off«. Einfach rausfahren, einfach wieder drauf. Wer mit seinem Geschäft auch nur einen Block von der Asphalt-Aorta entfernt ist, kann gleich wieder dichtmachen.

Nachts, wenn der Verkehr nur noch tröpfelt, sterben die Konsumoasen als Erstes aus. Gerade mal zwei Gäste haben sich zu Denny's verirrt, und die sind auch schon wieder auf dem Weg nach draußen: zwei junge Inder, beide in Jeans und schwarzem T-Shirt. Sie trippeln Richtung Kasse, ohne ihre aufgeregte Diskussion dabei zu unterbrechen. Ein paar

Wortfetzen hallen zu Neumann rüber. Es geht um »Equity«, »Tipping Points« und andere Dinge, von denen er noch nie etwas gehört hat. Vermutlich arbeiten sie am »Next Big Thing«, das in wenigen Monaten jeder Teenager auf seinem Mobiltelefon haben wird. Oder es geht, wie immer hier drüben, ums Geld. *The chief business of the American people is business* – das Hauptanliegen der amerikanischen Bürger ist das Geschäft.

Neumann, ganz der latent-sozialistische Europäer, konnte sich nie recht für das Business erwärmen, anders als die Kollegen im *Lab.* Die faselten ständig von Leistung, Wettbewerb und wie gerne sie doch Erster sein möchten. Manche trugen demonstrativ diese Ami-Professionalität vor sich her, klopften ständig NASA-Sprüche von wegen »Versagen ist keine Option«.

Anfangs ließ sich Neumann davon noch beeindrucken, schließlich war es genau das, was ihn in die Staaten gelockt hatte – diese vermeintliche Macht. Immer wenn eine schwere Transportmaschine aus Rhein-Main über ihr Haus donnerte, schien es, als würde sich die Sonne verdunkeln, und im Kopf des kleinen Jungen spielte die Fantasie verrückt. Was für ein mächtiger Ort musste das sein, wo diese Giganten herkamen? Dort würde alles möglich sein.

Von wegen. Wenn er eine Lektion in den letzten Jahren gelernt hatte, dann diese: Selbst wenn Amerikaner am Werk sind, ist Versagen durchaus eine Option. Mit der ach so großen Professionalität ist es oft nicht weiter her als in der Alten Welt.

Genau deshalb war er noch am Leben.

Denn die Truppe aus dem schwarzen SUV bewies nicht gerade Ausdauer. Jemand hatte den Jungs befohlen, die Straße abzusuchen, in der ein gewisser Jesko von Neumann wohnt – Alter: Mitte sechzig, eher klein, hagere Statur. Und exakt das taten sie – aber auch nicht mehr. Sie stellten schon ein paar Meter vor der nächsten Straßenkreuzung ihre Suche ein, Neumann musste sich nur kurz in eine Garageneinfahrt drücken, um ihnen aus dem Weg zu gehen.

Auch der Ring, den die Polizei um den Ort des Anschlags gezogen hatte, war nicht so undurchdringlich, wie es zunächst schien. Alles eine Frage des richtigen Auftritts. Nachdem Neumann sich auf der Toilette einer Tankstelle Gesicht und Unterarme gewaschen hatte, wirkte er anscheinend wieder wie ein halbwegs normaler *Senior Citizen*. Jedenfalls reichte dem Polizisten, der Herr über die Absperrung war, die Aussage des freundlichen Rentners, dass er »Resident« sei – und schon hob sich das Plastikband.

Neumann nippt an seinem Dr. Pepper. Zeit für eine Bestandsaufnahme: Der Brand im Hauptquartier dürfte mittlerweile gelöscht sein; schon als er die Absperrung passierte und einen letzten Blick zurückwarf, war der schwarze Atompilz zu einem dünnen Schlauch aus Rauch zusammengeschrumpft. In der Zwischenzeit wird die Feuerwehr das Gebäude durchsucht und – hoffentlich – keine verkohlten Leichen entdeckt haben. Das heißt, in den *Eyewitness News* auf Kanal 9 wird der Sprecher mit scheinheiliger Erleichterung verkünden: Niemand wurde verletzt. Spätestens in diesem Moment werden seine Verfolger wissen, dass sie versagt haben.

Auch wenn die Schlussfolgerung schrecklich ist, als Wissenschaftler muss er sie akzeptieren: Es war offensichtlich geplant, dass er zusammen mit den Datenbändern verbrennt. Und weil das nicht geschehen ist, werden die Angreifer mit hoher Wahrscheinlichkeit einen neuen Versuch starten. Wahnsinn. Neumanns Gedanken drehen sich im Kreis, das kalte Kunstleder klebt am Rücken, die Augen brennen. Normalerweise läge er jetzt schon fünf Stunden im Bett.

Zurück zur Logik: Weiter weglaufen funktioniert nur temporär, zumal er kein Auto hat und es zu gefährlich wäre, nach Hause zurückzukehren, um eins zu holen. Darum lautet seine erste Aufgabe: herausfinden, wer hinter ihm her ist und warum. Sicher ist, dass es mit dem *Project* zu tun hat, sein Privatleben kann nicht der Grund sein. Das sei »langweiliger, als Farbe beim Trocknen zuzusehen«, witzelte Mary immer. Wenn er nicht gerade Chuck dabei half, Bänder zu sortieren oder die alten Lesegeräte zu justieren, machte er sich im Haus nützlich. Veranda streichen, die Regenrinne reinigen – das waren Aufgaben, mit denen sich eine Stütze der amerikanischen Weltraumforschung in den letzten Jahren beschäftigt hatte. Wenn sie am Wochenende zum Farmer's Market gingen, stellte das schon einen echten Höhepunkt dar. Definitiv nichts, wofür man auf eine Todesliste kommt.

Neumanns Zeigefinger wandert unschlüssig über den Bildschirm des tragbaren Rechners, den er sich vorhin kurz entschlossen gekauft hat. Er keucht leise. Verdammte Dinger, warum bauen sie keine Geräte mehr mit richtiger Tastatur, mit ordentlichen Plastikklötzen, wie bei einer IBM Selectric Schreibmaschine? *Die* Tasten konnte ein erwachsener Mensch noch treffen.

Immerhin gibt es bislang kein Geld-Problem, seine Kreditkarte funktionierte tadellos, als der Kassierer im Elektronikmarkt sie durchzog. Danach war er mit dem eingepackten Rechner unterm Arm ein paar Meilen getrabt, für den Fall, dass jemand seine Finanztransaktionen überwacht. Dann hätte dieser Jemand nämlich gesehen, dass er gerade bei Fry's shoppen war, und hätte versuchen können, ihn dort abzufangen. Aus dem gleichen Grund schreckt Neumann davor zurück, in einem Hotel einzuchecken. Sie wüssten durch die Kreditkartenbuchung sofort, wo er sich aufhält, und hätten eine ganze Nacht Zeit, ihren Job zu beenden.

Nein, er muss wach bleiben. Vielleicht kann Chuck ihm weiterhelfen, wenn sie sich morgen bei Plant Forty-One treffen. Das alte Testgelände, wieder so eine Merkwürdigkeit, da waren sie ewig nicht mehr. In der Zwischenzeit wird dort alles verfallen sein. Neumann versucht, mit den müden Augen in der Dunkelheit des Parkplatzes verdächtige Bewegungen auszumachen. Alles ruhig. Für einen Mann seines Alters wird es schwierig werden, sich länger als bis morgen Abend wach zu halten.

Da hilft nur Beschäftigung. Neumann beschließt, seine letzten Mails abzurufen. Vielleicht gibt es ja hier einen Hinweis darauf, warum das Feierabendprojekt einiger älterer Herrschaften plötzlich ins Fadenkreuz des internationalen Terrorismus oder von wem auch immer geraten ist.

Die zittrige Hand wischt über den Bildschirm. Nein, keine wichtigen Nachrichten, nur die Werbemüllmänner mit dem üblichen emotionalen Wechselbad. Immer schön Zuckerbrot und Peitsche:

Warnung: Ihr Konto ist gesperrt!

Irina aus der Ukraine möchte dich kennenlernen …

Sie brauchen Viagra!

Der Finanzminister von Nigeria hat Ihnen 27 Millionen Dollar vermacht!

Dazwischen natürlich etliche Mails von Leuten, die beim *Project* dabei waren und in den Nachrichten vom Feuer gehört haben. Es sei ja alles so schade, und wie das denn hätte passieren können. Unter normalen Umständen hätte Neumann die Kondolenzbekundungen durchgelesen, schließlich führen sie ihm vor Augen, wie wichtig es war, Chuck bei der Aktion zu unterstützen. Doch jetzt wischt er sie ungeduldig zur Seite.

Da, am Schluss noch mal Spam, diesmal sogar aus Deutschland, von einer gewissen Forensecura AG. Er legt die Stirn in Falten.

Nein, der Name Schröder sagt ihm nichts.

19

Did the CIA blow up the McLuna?

Thomas Leinhart schmunzelt. Genau deshalb liebt er dieses Forum: Die Typen hier sind so herrlich durchgeknallt. Diese Verschwörungsjunkies stellen die Grundregel von Sherlock Holmes genau auf den Kopf: Sie suchen die Antwort niemals im Naheliegenden oder Logischen, sondern fabulieren immer eine Erklärung zusammen, die an den längstmöglichen Haaren herbeigezogen ist. Wer von hier seine Informationen bezieht, dem kann es nie zu abstrus sein. Topsecret reicht nicht, das Ganze muss eben *Above Top Secret* sein, noch eine Spur geheimer.

Hat die CIA den McLuna in die Luft gejagt?

Ein normaler Mensch könnte die Frage schon nach kurzem Nachdenken beantworten: vermutlich nicht. Warum sollte die CIA das tun? Schließlich war es nur eine Frage der Zeit, bis der Laden von selbst in die Luft fliegen würde – ein Gebäude, bis unter die Decke vollgestopft mit extrem leicht entzündlichen Datenbändern, in dem gleichzeitig Tag und Nacht antiquierte Bandmaschinen vor sich hin rödeln. Wer weiß, wie heiß die Dinger werden. Das *Project* im McLuna unterzubringen war ein Akt, bei dem man nur darauf warten musste, dass irgendwann ein Unfall passierte.

Damit geben sich die durchgeknallten Horden bei *Above Top Secret* allerdings nicht zufrieden. Die deuten die Sache natürlich völlig anders: Nein, hinter dem Brand beim *Project* musste mehr stecken, eine Verschwörung, die – wie sollte es anders sein – bis nach gaaaanz oben reicht. Bis zur CIA, wenn nicht noch weiter, bis zum Präsidenten, ach was, bis zu den Freimaurern. »Batshit crazy« sind die Typen, wie der Ami sagt. Verrückt wie Fledermausscheiße.

Als passionierter Weltraumfreak hatte Leinhart das *Project* natürlich fasziniert verfolgt. Zeitweise spielte er sogar mit dem Gedanken, einzusteigen und auch ein paar Krater zu markieren. Auf der anderen Seite verstand er sich immer noch als Geschäftsmann, und der hat aus Prinzip keine Freizeit. Nein, das Business sollte vorgehen, da war keine Zeit für Mondfantasien.

Ja, das Business. Müde wischt Leinhart über den Bildschirm, um seine letzte Killer-Idee zu begutachten: ein Portal, über das sich Golfer zu einer Platzrunde verabreden können. Mit allem Pipapo, Profilseiten, Chat und sozialem Schnickschnack. O ja, der alte Internet-King hat es noch nicht verlernt, der räumt auch im Web 2.0 ganz groß ab. So weit der Plan.

Members: 25

Leinhart versucht ohne Erfolg, den traurigen Zähler am Bildschirmrand zu ignorieren. Diese verfickten Snobs! Eigentlich konnte er dieses Pack mit dem alten Geld noch nie leiden. Und die ihn auch nicht. Vom ersten Tag an wurde er im ach so edlen *Golf Country Club de Cannes* wie der deutsche Emporkömmling behandelt, der er war. Der Lambo zu breit, Azras renovierte Titten zu dick, sein Lachen zu laut.

Die Sonne kommt raus. Leinhart kneift die Augen zusammen, um den Bildschirm besser erkennen zu können. Na ja, sein neues Business würde wohl nicht mehr abheben. Was ihm daran wehtut, sind nicht die versenkten Hunderttausend, nein, es sind die lächerlichen fünfundzwanzig Menschen, die sich für seine Idee erwärmen konnten. Diese Zahl zeigt ihm, dass er es eben *nicht* mehr drauf hat. Resigniert wendet Leinhart den Blick vom Bildschirm ab und verschränkt die Arme hinterm Kopf. Ein weiterer Tag im Paradies wartet auf ihn, ob er will oder nicht.

Der Balkon ist mit kleinen weißen Säulchen eingefasst, die wie übergroße Schachfiguren aussehen. Gleich neben der Balustrade reckt sich der Turm des Hotels ins endlose Blau, davor tanzt eine Möwe im Wind. Er schaut ihr nach, wie sie vor dem mannshohen »L« abdreht und Richtung Meer abzischt.

Das hat Azra wieder gut hingekriegt, dafür hat sie wirklich ein Händchen. So kurzfristig das beste Zimmer im *Negresco* zu bekommen, direkt unterm Dach und ohne vorher zu reservieren – Chapeau! Dass ihr Mann das Hotel unerträglich findet, stört sie natürlich nicht. Er könnte kotzen, wenn er diese Sissi-Kulisse sieht. Das war mal wieder typisch für Azra. Obwohl ihr klar ist, dass er jede Sekunde in diesem zur Realität gewordenen Adelsroman hassen würde, hatte sie das Zimmer gebucht, bis die Handwerker mit dem Pool fertig sind. Will sie wirklich boshaft sein oder hat sie nur vergessen, dass er das *Negresco* nicht mag? Vermutlich ein bisschen von beidem.

Leinhart fegt seine geniale Geschäftsidee zur Seite und kehrt in sein wahres Zuhause zurück – in die Welt der »Tinfoil-Hats«, wie die Amis sagen. Menschen, die sich am liebsten einen Hut aus Alufolie aufsetzen würden, um die Gedanken-Kontrollstrahlen abzuwehren, mit denen sie der böse, böse Staat beschießt.

Fest steht, dass die McLuna-Sache durch ist. Selbst mit äußerster Konspiration und Transpiration lässt sich daraus nichts stricken, selbst für einen Gläubigen wie Leinhart. Also weiter mit den Schlagzeilen des Tages. Schon besser.

Was hat das geheime Spaceshuttle der Airforce an Bord?
Beijing von Atombombe getroffen – im Jahr 1626!
Hatten Dinosaurier Handys?

20

Alles nur ein Traum, zum Glück.

Wieder mal der Klassiker mit dem *Mann vorm Bett*, und dann auch noch in der Tom-Clancy-Variante mit Nachtsichtgerät, einfach krank.

Und dass man im Alter jedes Jahr ein bisschen mehr schwitzt im Schlaf, ist auch widerlich. Mein Rücken liegt in einer feuchten Lache.

Erst mal ein neues T-Shirt anziehen. Ich rolle zur rechten Bettkante rüber und setze mich auf. Jemand schwingt von innen einen Vorschlaghammer gegen meine Stirn, dabei haben wir doch gar nicht so viel getrunken gestern Abend. Oder besser gesagt: vorhin. 4:17 verkündet der billige Radiowecker mit Holzfurnier.

Vielleicht habe ich mich mit den Bieren auch verzählt. Ha! Die gingen ja quasi aufs Haus. Die Thorborg war auch nicht schlecht dabei, Respekt, mal sehen, wie *die* sich nachher so macht.

Das Pochen wird lauter. Was panschen die Amis bloß in ihr Bier rein, dass das Zeug so reinknallt? Kein Aspirin in der Kulturtasche, vielleicht hilft es ja, den Kreislauf ein bisschen in Schwung zu bringen. Zu viel Liegen ist auch nicht gut, hat Mutter immer gesagt. Ich stemme mich vom Bett hoch und wanke auf zwei Stühle zu, die den Weg zum Fenster versperren. Jemand hat sie völlig unmotiviert um ein Tischchen herumgruppiert. Jede Wette, dass noch nie in der Geschichte dieses Hotels dort zwei Menschen gesessen haben, um sich zu unterhalten.

Was ist los mit meinen Beinen? Weich wie nach einer Woche Grippe. Hoffentlich nicht der Auftakt zu einer echten Grippe, das würde doch arg gebrechlich gegenüber der jungen Kollegin wirken.

Ich ziehe die dunkelgrünen Vorhänge zur Seite. Nichts hat sich geändert, es ist immer noch dunkel, und in der Ferne glitzert der Strip. Was da wohl abgeht? Junge Männer rollen mit schwarzen Limousinen durch die Straßen und halten nur, um Zigarren und tätowierte Stripperinnen an Bord zu nehmen. Sie reiben ihre Sixpacks an verschwitzten, gebräunten Ärschen. Sie stecken Dollarscheine in rosa Slips und haben Spaß. Wie heißt der blöde Werbespruch noch mal? *What happens in Vegas stays in Vegas.* Was in Vegas passiert, bleibt in Vegas. Blöd nur, wenn einem in Vegas nichts passiert.

Ein paar Positionslichter wandern blinkend durch die Wüstennacht, wie Glühwürmchen auf einer Wiese. Vermutlich sind es Touristenbomber, die Nachschub an Naiven für die kommende Nacht bringen. Wäre Leines jetzt hier, würde er einen halbstündigen Vortrag darüber halten, dass es natürlich *keine* normalen Maschinen sind, sondern dass da drüben am Airport in ziemlich genau dreiundvierzig Minuten die Maschinen der Janet Air starten werden, um die Angestellten des Area 51 zur Arbeit zu karren. Das supergeheime Testgelände liegt ja wirklich um die Ecke, und dort lagern die Amis – zumindest nach dem Evangelium des Leines – seit 1947 ein abgestürztes außerirdisches Raumschiff. Und damit die Raketenwissenschaftler, die daran rumschrauben, nicht jeden Morgen stundenlang im Stau stehen müssen, kutschiert sie das Militär einfach mit einer Boeing hin. Das erledigt eine Tarn-Fluggesellschaft, die sich gegenüber dem Tower von Vegas mit Janet Air identifiziert. Absolut und total irrelevantes Wissen, das im Hirn vermutlich Platz für wirklich überlebenswichtigen Kram wegnimmt, zum Beispiel, wie man jemanden künstlich beatmet oder so. Hey, dafür kenne ich den Flugplan der Janet Air!

Armer Leines. Da unten bei den Franznacken hat er niemanden mehr, dem er seine Hirngespinste auftischen kann. Azra sicher nicht. Die ist in den letzten Jahren vom an sich ganz netten Mädel zur totalen Rich Bitch mutiert, die würde nur in den Area 51 fahren, wenn es da ein Designer-Outlet-Center gäbe.

Wow, ist das kalt. Ach so, die Klimaanlage läuft ja noch volle Suppe, habe ich wegen des Ohropax nur nicht gehört. Raus mit den Dingern. Warum müssen die Stöpsel ausgerechnet *pink* sein? Reicht es nicht, ein erniedrigendes Produkt herzustellen – muss man ihm auch noch eine erniedrigende Farbe geben?

Erst mal zum Koffer rüber, ein neues T-Shirt rausholen.

Was ist das?

Warum steht die Nachttischschublade offen, warum liegt der ganze Krempel auf dem Boden?

Die rote Lampe am Telefon blinkt. Hat die Rezeption angerufen, während ich im Suffkoma lag? Mal schauen. Ich taste mich zum Nachttisch vor.

Verdammt, wo ist der Apparat nur? Daran erkennt man

echt die absoluten Ranzbuden – dass das Telefon komplett von Pizzadienst-Pappaufstellern umzingelt ist. Der Apparat ist auch nicht gerade das neueste Modell. Ein gigantischer Klotz aus hautfarbenem Plastik, mit Ringelschnur dran und hinten so einer Aussparung, wo man reingreifen kann, damit einem das Gerät nicht aus der Hand fällt. Sieht aus wie eine Requisite aus der Siebziger-Serie *Die Straßen von San Francisco.* Okay, für Voice Mail die »290« wählen.

Fiep, fiep, fiep. Schon fast ungewohnt – Tasten, die sich so tief runterdrücken lassen.

Das typische Amiklingeln knödelt durch die Leitung. Piep. Jetzt kommt der aufgezeichnete Anruf.

»Okay.«

Nicht gut, der Anrufer klingt wie ein Bulle oder so. Hier geht's ganz klar nicht um Rezeptionsgeplänkel wegen der Minibar. Der Typ duldet keinen Widerspruch. Er räuspert sich und rasselt los.

»Frau Thorborg has been transferred to a safe location. She will be released when the following demands have been met.«

Was soll das sein? Wovon redet der Typ?

»... One: You will deliver her laptop computer to a location, which will be specified later. Two: You will leave your cellphone switched on for the next twenty-four hours. Do not contact the authorities. Do not turn on or tamper with the computer. Wait for further instructions.«

Klick.

Der Telefonhörer fällt mir aus der Hand und knallt gegen die Bettkante. Sie haben *was?* Es war also doch kein Traum, der Typ war in meinem Zimmer – und danach bei Harriet! Mein Handy rappelt. Keine Zeit ranzugehen. Ich muss zu ihr rüber.

21

Harriet Thorborg muss lächeln, obwohl ihr Mund dabei schmerzhaft am Klebeband zerrt.

Beim Topfschlagen wäre sie jetzt die Königin!

Wahrscheinlich waren die Entführer nicht sorgfältig genug, als sie ihr das Tape um die Augen geklebt haben, oder ihre Tränen haben die Klebeschicht leicht gelöst. Jedenfalls öffnet sich langsam ein kleiner Spalt direkt oberhalb ihrer Wangenknochen, durch den sie etwas erkennen kann. Er ist höchstens einen halben Finger breit, doch das reicht schon.

Obwohl es fast dunkel im Wagen ist, nimmt sie sofort ein Detail wahr, das viel wert sein könnte: Die Typen haben sie mit einem Kabelbinder gefesselt, mit so einem biegsamen Plastikbändchen, das sich an einem Ende festzurren lässt. Der Verschluss funktioniert wie ein Widerhaken: Das Ding lässt sich mit einem Ratsch zumachen, aber nur mit einer Schere wieder öffnen. Thorborg hat sie schon einmal im Hardwarekurs an der Uni gesehen; in den alten PCs wurden damit oft die IDE-Kabel zusammengehalten. Genau, auf Englisch heißen sie Zip Tie!

Die halten zwar gut Kabel zusammen, sind aber Mist, wenn man Menschen damit fesseln will. Einer der Spinner im Kurs hatte es damals selbst vorgemacht, vermutlich um sie zu beeindrucken: Er ließ sich von einem anderen Idioten den Kabelbinder um die Hände schlingen und festzurren. Dann hat er einmal doof gegrinst und sich die gefesselte Hand mit voller Wucht gegen den Bauch geboxt. Das hat seine Hände ruckartig auseinandergerissen, und – zack! – der Kabelbinder ging sofort auf. Und er musste zehn Minuten lang so tun, als wäre ihm nicht kotzübel von dem Schlag.

Die Hände könnte sie also freikriegen. Bleiben die Füße. Thorborg versucht, sie durch den Sehspalt zu inspizieren, doch im Zwielicht ist nichts zu erkennen. Sie spürt nur, wie ihre Fußknöchel brutal gegeneinandergedrückt werden. Es fühlt sich nach festem Klebeband an, etwa auf der Höhe ihrer Waden, vielleicht dieses silberne Duct Tape, mit dem man so ziemlich alles bauen und bombensicher verpacken kann. Das geht ohne Messer oder Schere kaum auf. Sie entspannt ihre Bauchmuskeln wieder. Jetzt bloß nicht zu auffällig verrenken, sonst könnten ihre Bewacher noch Verdacht schöpfen. Dass sie zumindest teilweise etwas sehen kann, ist ihr einziger Trumpf, den darf sie nicht aus der Hand geben.

Je länger sie auf der Seite liegt, desto stärker schmerzen die Fußknöchel. Das Tape muss irgendeinen Nerv abdrücken, links spürt sie schon nicht mehr die Zehen. Schwer, so über einen Fluchtplan nachzudenken. Egal, momentan kann sie ohnehin nur warten.

Wann wird Schröder der Firma Bescheid sagen? So, wie sie gestern Abend getankt haben, kommt er sicher nicht vor acht aus der Poofe. Dann wird er erst mal denken, sie sei beim Sport – was sie auch tatsächlich geplant hatte, eine Stunde Intervalltraining auf dem Laufband mit vier Prozent Steigung. Beim Frühstück werden ihm dann ernsthafte Zweifel kommen, ob das mit dem Sport stimmt, und er wird bei der Rezeption nachfragen. Die wissen natürlich nichts und werden ihn höflich abwimmeln.

Spätestens um die Mittagszeit herum dreht er vermutlich total durch und ruft bei der Polizei an – so ein Sensibelchen, wie er ist. Gleichzeitig wird er die Firma informieren, dann ihre Eltern, irgendwann auch Adrian. Besser wäre es, wenn der nichts davon erführe. Dann hätte er auch keinen Grund, im Nachhinein mitleidige Anrufe zu faken.

Wie wenig sie mit Adrian eigentlich verband, hatte sie erst im letzten Jahr gemerkt. Er wollte weiter Party machen, während sie früh raus musste. Der Klassiker. Aber es waren nicht nur die Umstände, die sich geändert hatten, vor allem *er* hatte sich geändert: Wenn er auf Partys abstürzte, war das nicht mehr – wie früher – die verdiente Zerstreuung eines High Potential, dem ohnehin bald die Welt gehören würde. Es war das Betäubungsritual eines Verlierers, den die Zeit überholt hatte. Mit Party ist es wie mit Klamotten: Wenn du dich mit zwanzig anziehst wie ein Penner, bist du der coole Typ. Wenn du dich mit dreißig wie ein Penner anziehst, bist du ein Penner.

Schröder ist anders, zumindest in dem Punkt. Der ist mit sich selbst im Reinen. Der würde nie so zwangsjugendlich tun; wenn der keine Party machen will, sagt er das auch. Er steht zu seiner Existenz als alter Sack. Dabei kommt er ihr gar nicht so wahnsinnig alt vor. Wenn er sich so seine angegrauten Locken nach hinten streicht, sieht er ganz okay aus, vielleicht sogar ein bisschen sexy.

Wäre er nur nicht so voll von diesem ganzen Old-School-Scheiß. Ständig muss er den Leitwolf raushängen lassen und so tun, als wüsste er alles, selbst wenn er keine Ahnung hat. Von dem ständigen Geschwafel von dem, was früher war, mal ganz zu schweigen. Und diese katastrophalen Klamotten! Karohemd mit weißem T-Shirt drunter, dieser grobmaschige graue Pullover, den er ohne alles trägt, und erst diese Stiefel … Mit dem müsste man eigentlich nur mal in einem normalen Laden einkaufen gehen. Thorborg muss grinsen. Auf der anderen Seite kann er auch ganz niedlich sein, so wie vorhin, als er darauf bestand, sie zu ihrem Zimmer zu eskortieren. Er dachte ernsthaft, dass sie ihn reinbitten würde. Alter Spinner.

Jetzt macht er sich bestimmt wahnsinnige Vorwürfe, schließlich gehört er zu diesen Beschützer-Typen. Wenn sie könnte, würde sie ihn anrufen und sagen, »musst du nicht«, aber ihr Fon haben sie natürlich vorher aus dem Blazer rausgenommen. Das beruhigende Drücken über der linken Brust fehlt, ein seltsam ungewohntes Gefühl, als ob ein Zahn fehlt oder so. Die letzte Verbindung zur Welt da draußen ist gekappt, niemand wird erfahren, was sie in der Wüste mit ihr machen.

Nein, sie darf nicht einknicken! Thorborg nimmt ihren ganzen Mut zusammen und wälzt sich mit einem Ruck von der linken auf die rechte Seite, damit wieder Blut in Arm und Fuß fließen kann.

Wird sie für die Bewegung bestraft? Abwarten. Sie beißt sich auf die Unterlippe, spannt den ganzen Körper an, erwartet den Schlag. Aber nichts passiert. Keiner der Männer reagiert, sie lassen es geschehen und schweigen weiter.

Nachdenken ... Was hatte Vater immer gesagt? »So früh wie möglich befreien!« Solche Sachen formulierte er immer ohne ein »Du« oder »Man«; dahinter steckte nicht etwa – wie sonst bei ihm – Kasernenhof-Ruppigkeit, sondern es war seine Art, unangenehme Dinge von sich fernzuhalten. Zum Beispiel den Gedanken, dass seine geliebte Tochter irgendwann mal entführt werden könnte. »Je länger eine solche *Situation* dauert, desto geringer sind die Chancen zu entkommen.« Die *Situation*, das war noch so einer seiner sprachlichen Notausgänge. Bloß nicht von der »Entführung« reden.

Vielleicht sollte sie auch nur noch so denken? Vielleicht half es ihr, einen klaren Kopf zu behalten?

Okay: Ab sofort würde ihr Plan sein, die *Situation* so

schnell wie möglich zu beenden. Sie hebt den Kopf, um durch ihren Sehschlitz den Boden abzuscannen. Es muss einen Weg geben, die Füße frei zu bekommen.

22

»Mensch Schröder, *ohne die Polizei* geht nur mit der Polizei!«

Unglaublich, wie kaltschnäuzig Chris die Sache aufnimmt, als ob jemand ein Stück Equipment geklaut hätte. Ich könnte kotzen.

»Du musst sofort zu den Bullen gehen, Punkt«, poltert er weiter, »die regeln dann schon alles für dich. Versuch gar nicht erst, die Sache alleine durchzuziehen. Davon abgesehen, verbietet der *Code of Conduct* …«

Lächerlich! Ausgerechnet *er* reitet auf den Vorschriften rum – ein Mann, der moralisch immer äußerst flexibel war. Als wir ihn vorletztes Jahr mal gefragt hatten, ob man nicht die Soundso-Software kaufen könnte, hat er nur mit dem Auge gezwinkert, breit gegrinst und verkündet: »Ihr habt doch bestimmt eure Kanäle, oder?« Was er sagen wollte, war: »Saugt euch doch einfach 'ne Raubkopie, ihr Idioten, aber lasst euch nicht dabei erwischen.« Dass gerade dieser Mensch jetzt von Vorschriften faselt, ist echt die Höhe. Zumal es um Harriet geht.

»Weißt du was, Chris? Ich scheiße auf deinen *Code of Currywurst!* Ich werde jetzt genau das tun, was diese Typen sagen, und denen ihren Rechner bringen – und zwar ohne den Bullen vorher Bescheid zu sagen. Und heute Abend um acht sitzen wir schön in der Maschine nach Frankfurt, und alles ist wieder gut. Ende der Durchsage!«

Ich presse den Daumen so stark auf das rote Feld für Auflegen, dass er an der Spitze weiß wird. Okay, das war jetzt vielleicht nicht der smarte Karriere-Move, aber für diplomatisches Blabla bleibt keine Zeit. Es ist schon fünf durch. Wenn ich bis zwölf am Übergabepunkt sein will, muss ich los. Über drei Stunden Fahrzeit, sagt der Routenplaner, das heißt, wenn es in Vegas keinen Stau gibt. Vorher noch zur Polizei zu rennen ist nicht drin. Die würden mich erst mal stundenlang Formulare ausfüllen lassen oder würden womöglich anfangen, Harriets Rechner zu durchsuchen. Das wäre tödlich.

Ich schiebe den schwarzen Klotz vorsichtig von der Tischkante weg, damit er nicht so nah an dem Glas mit Eiswasser steht, das die Kellnerin eben sehr schwungvoll abgeladen hat. Ganz schön alt, Harriets Rechner, ist mir noch gar nicht aufgefallen. Hergestellt Mitte oder Ende der Nuller, die letzte Serie, auf der noch die magischen Buchstaben stehen: I-B-M. Danach haben sich die Chinesen die Produktion gekrallt und ein Dutzendprodukt draus gemacht. Hut ab, Frau Thorborg, wenn das ein IT-historisches Statement ist, beweisen Sie Geschmack. Aber vermutlich hat sie einfach keine Kohle, um ihren Studi-Rechner gegen ein modernes Modell auszutauschen.

Was steckt bloß in diesem Kasten, dass die Typen dafür einen Menschen entführen? Was kann schon drauf sein auf ihrer Festplatte? Nur die Kopie von Kellermeisters Speicher – Großaufnahmen von weiblichen Achselhöhlen und ein paar Mondfotos; würde man die Daten noch mal durchkämmen, könnte man vielleicht noch ein paar Passwörter entdecken. Aber was wären die schon wert?

Den Rechner jetzt hochzufahren und nachzuschauen, geht natürlich gar nicht: Sobald das Betriebssystem startet, wird in der Kiste alles durcheinandergewürfelt – weiß ja jeder Forensiker. Bei jedem Start verändern sich eintausend Zeitstempel – kleine Notizen, mit denen sich der Rechner merkt, was er zuletzt getan hat. Die alle im Nachhinein wieder zurückzusetzen ist unmöglich. Jeder Anfänger würde die Spuren der Manipulation erkennen – und Leute, die mit Nachtsichtgeräten einbrechen, vermutlich erst recht. Außerdem haben die Entführer genau das ja verboten: *Don't tamper with the computer.*

Natürlich könnte man die Festplatte rausfrickeln und dann die Daten mit einem Writeblocker auf eine sterile Platte frisch aus der Verpackung überspielen. Das wäre der ordentliche Weg, so bekäme man die Daten raus, ohne dass etwas verändert wird, weil der Writeblocker ja hardwaremäßig verhindert, dass auf die untersuchte Festplatte geschrieben wird. Aber die Bastelei kann dauern. Und meine Zeit läuft ab.

Die Kurznachricht der Entführer ist so präzise wie der Anruf.

Handover-Point: Intersection of Hwy 375 & Hwy 6. 12 a.m.

Keine dramatischen Drohungen, bloß alleine zu kommen. Keine Warnungen davor, die Polizei einzuschalten. Einfach nur Ort und Zeit. Punkt. Diese Typen sind wirklich eiskalt, für die scheint das echt ein ganz normales Geschäft zu sein. Wie wichtig müssen die Daten in Harriets Rechner sein, damit solche Profis in Aktion treten? Es kann nur um organisiertes Verbrechen gehen, das ist die einzig logische Erklärung. Wer weiß, vielleicht hat Kellermeister einen Maulwurf in der Mafia enttarnt und wollte den dann erpressen? Dazu würde der Kopfschuss passen. Andererseits ist es auch beruhigend, mit solchen Profis zu tun zu haben.

Würden irgendwelche Wahnsinnigen, bis zur Hutschnur mit Methamphetamin vollgepumpt, die Sache durchziehen, wäre Harriet vermutlich schon tot.

Ich schiebe den fettverschmierten Teller auf die gegenüberliegende Seite des Tischs. Zwei Pfannkuchen, ein mickriger Batzen dieser Rösti, zwei Streifen verkohlter Speck. Weil ich nicht schnell genug abwinken konnte, hat die Kellnerin den Müll unaufgefordert hingestellt, vermutlich ist das Frühstück in der Übernachtung inbegriffen. Als ob jetzt Zeit wäre, etwas zu essen.

Epic fail würden die kleinen Pupsies in der Firma sagen. Ein Reinfall von epischen Ausmaßen. Das haste ja wirklich ganz toll gemacht, Schröder. Einmal im Leben ein Fitzelchen Verantwortung gekriegt, und schon total versagt.

Dabei ließ sich die Sache mit Harriet eigentlich ganz gut an. Auch wenn man es ihr natürlich nicht sagen darf, weil sie sonst übermütig würde: Sie hat echt was drauf. Da entwickelte sich richtig was, etwas, das in Richtung – kotz! – Teamarbeit geht. Ich mit Erfahrung, sie mit Energie. Und wer weiß: Sie eine Xbox, ich mehr so Atari … Vielleicht könnte da ja was gehen?

Hätte, wäre, wenn. Alles verkackt. Nach der Ansage von eben wird mich Chris garantiert rausschmeißen, was aber egal ist, da Harriet nach der Aktion sicher auch nicht mehr bei der Firma arbeiten wird. Spielt also alles keine Rolle. Und wenn sie die Sache nicht überlebt, ist es Zeit, über … Shit! Ich hätte Chris noch einbläuen müssen, dass er nicht bei ihren Eltern anruft! Das wäre doch der Schock des Lebens für die. Irgendwie ist dieses Familiending an mir vorbeigegangen, aber selbst ich kann mir vorstellen, wie schlimm es sein muss, wenn das eigene Kind entführt wird.

Noch lässt sich die Sache ja rumreißen. Die Typen wirken

berechenbar, zumal sie kein Geld fordern, sondern nur ihren Rechner. Okay, fünf Uhr, los. Ich winke der Kellnerin, sie schaut rüber – und zeigt natürlich keinerlei Reaktion. Die Photonen, die von meinem Körper abprallen, scheinen zwar ihre Retina zu erreichen, danach werden die Nervenimpulse jedoch auf dem Weg ins Sehzentrum herausgefiltert. Für Servicepersonal bin ich grundsätzlich unsichtbar. Wäre ich ein Indianer, würde mein Name lauten *Kleiner Häuptling, den kein Kellner sieht.* Kishon, auch so ein ganz Großer, den keiner mehr kennt.

Dann eben nicht, du blöde Funz. Ich werfe einen Zwanziger auf den Tisch und quetsche mich aus der Sitzecke. Keine Zeit, auf zickige Kellnerinnen zu warten. Dafür ist die Agenda zu voll: Erst mal unsere Flüge auf heute Abend umbuchen, denn sollte sie freikommen, hat Harriet sicher keine Lust, sich gleich wieder einsperren zu lassen – in einen Seminarraum. Haha. Dann einen Mietwagen besorgen. Bis der vorm Hotel steht, vergeht sicher wieder eine Stunde.

Wie die Übergabe wohl abläuft? Den Rechner kann ich ja nicht aus dem Fenster werfen wie einen Koffer voll Geld. Vermutlich muss ich anhalten und das Gerät irgendwo deponieren – deshalb soll ich auch das Handy anlassen. Für Übergaben scheint die Gegend jedenfalls gut geeignet zu sein – nach dem Bild in der digitalen Karte zu urteilen: eine Kreuzung am Rand einer riesigen hellbraunen Ebene, wahrscheinlich alles Wüste, rundherum abgeschirmt durch zerfurchte braune Berge. Da können die Typen wunderbar sehen, ob ich wirklich alleine komme. Bis auf eine Tanke und einen inaktiven Flugplatz listet die Karte weit und breit keinen *Point of Interest* auf. Vielleicht fliegen sie Harriet ja ein?

Sicher ist: Da draußen gibt es keine Zeugen. Haben sie da nicht bei *Casino* den Typen lebendig begraben?

Apropos: Highway 375. Warum kommt mir die Nummer bekannt vor? Damit war doch irgendwas.

23

Jesko von Neumann spürt, wie sich sein Herzschlag beschleunigt.

Was ist da bloß los? Töten sie jetzt jeden, der mit dem *Project* zu tun hat?

Schon nach den ersten Worten der Mail ist klar, dass sie nicht in den Spam-Ordner gehört. Dafür ist der Absender viel zu spezifisch in seinen Aussagen. Es gehe um das *Project,* schreibt dieser deutsche Herr Schröder gleich im ersten Satz, und dass er nur eine kleine Frage hätte. Anscheinend ahnte er, dass seine Nachricht für den unvorbereiteten Empfänger nach Spam riechen würde – deshalb der konkrete Einstieg.

Aufgeregt überfliegt Neumann noch einmal die Zeilen. Dass er Computerforensiker sei und in einem Mordfall ermittle, schreibt der Deutsche. Namen könne er natürlich keine nennen, aber es gehe um eine Person, die sich besonders aktiv am *Project* beteiligt habe. Auf dem Rechner dieser Person habe man eine Vielzahl von »Mondfotos« gefunden, wie er sich ausdrückte. Wen könnte er meinen? Neumann schaut Hilfe suchend zur Decke und versucht, sich an die Namen der aktivsten *Contributors* zu erinnern. Doch, doch, eigentlich kann er nur diesen Typen meinen, der alleine so viele Krater markiert hat wie fünfzig andere User zusammen. Der hatte Tag und Nacht scheinbar nichts Besseres zu tun. Was für einen Benutzernamen hatte der noch, es war irgendein EDV-Witz … Egal, er würde ihm sicher noch einfallen. Jedenfalls saß der auch in Deutschland.

Dann kommt dieser Herr Schröder auf den Punkt: Um den Tathergang zu rekonstruieren, wäre es hilfreich, Einblick in die Logfiles des *Project* zu bekommen, da man annehme, dass die Person zum Zeitpunkt des Verbrechens in einem der Foren aktiv gewesen sei. Ein absolut logisches Vorgehen, das muss Neumann zugeben. Schließlich protokolliert der Foren-Rechner haarklein jeden Handschlag, den die Nutzer tun: wer worauf geklickt hat, welches Foto hochgeladen wurde, wer welchen Kommentar geschrieben hat. Aus den Logfiles ließe sich ein sekundengenaues Protokoll erstellen mit allen Aktionen der jeweiligen Person.

Ließe – Konjunktiv. Denn all die wunderschönen Blade-Server, die Chuck seinerzeit vom Geld der NASA angeschafft hatte, sind zu einem stinkenden Klumpen aus Metall und Plastik zusammengeschmolzen. Alles zusammen mit dem Hauptquartier verbrannt, da ist nichts mehr übrig. Pech für Sie, Herr Schröder.

Trotzdem scrollt Neumann die Nachricht immer wieder durch. Schließlich ist dieser Mann im Moment seine einzige Spur. Es kann kein Zufall sein, dass innerhalb von vierundzwanzig Stunden das Hauptquartier des *Project* abbrennt und zeitgleich, neuntausend Kilometer entfernt, der aktivste Nutzer ermordet wird. Wie genau er gestorben ist, hat der Deutsche natürlich nicht verraten. Vermutlich ebenfalls Brandstiftung.

Schröder schreibt doch so nett, dass er ihn einfach anrufen solle. Vielleicht sollte er das wirklich tun? Neumann fummelt die Kopfhörer aus der Packung des Rechners, die immer noch neben ihm liegt. Da er nach wie vor der einzige Gast im Denny's ist, wird er mit seinem Anruf niemanden stören, und in Deutschland ist es ja schon Mittag. Ein paar Dollar Guthaben sollte er noch auf seinem IP-Telefonkonto haben.

Er stopft sich die Knöpfe in die Ohren und wählt die Nummer aus Schröders Nachrichtensignatur. Es klingelt, ein deutsches Klingeln. Ein schönes Geräusch. Wie lange hat er nicht mehr mit der Heimat telefoniert? Zuletzt zu Weihnachten, mit den Verwandten in Hanau, aber da wurden nur die üblichen transatlantischen Floskeln ausgetauscht:

Und bei euch, ihr habt doch bestimmtes tolles Wetter in Kalifornien, bei euch regnet's doch nie, oder?

Ach was, die letzten Tage waren hier auch nur fünfzehn Grad.

Fünfzehn Grad! Wir haben hier fünfzehn Zentimeter Schnee!

Es stimmt schon: Das Wetter ist erfunden worden, damit alte Menschen etwas haben, über das sie sich unterhalten können.

Während dieser Telefonate fällt Neumann immer auf, wie holprig es mittlerweile klingt, wenn er seine Muttersprache spricht. Teilweise kämpft er sekundenlang um die richtigen Worte oder klopft amerikanische Floskeln wie »einen guten Job machen« oder »am Ende des Tages«, was ihm immer sehr peinlich ist. Aber ein Vierteljahrhundert von zu Hause weg ist eben eine lange Zeit.

Klick, jemand nimmt ab.

»Forensecura AG. Sie sprechen mit Janine Hoffmann. Mit wem kann ich Sie verbinden?« Die junge Frau leiert den Satz selten unmotiviert runter.

Neumann muss schmunzeln. Ihr »kann« kommt tief aus dem Rachenraum und klingt eher nach einem »gonn«, das scharfe »c« vorn im Firmennamen entschärft sie zu einem g, dass »Forensegura« daraus wird. Sie kommt wohl aus dem

Osten. Das ist eine Sache, die Neumann wirklich bereut: nicht bei der Wiedervereinigung dabei gewesen zu sein.

Er räuspert sich.

»Ja, ich würde gerne Herrn Schröder sprechen.«

»Äh, bleiben Sie bitte dran.« Seltsam. Auf einmal klang ihre Stimme ganz aufgeregt. Stille in der Leitung.

Seit Jahren hatten Mary und er geplant, mal nach Berlin zu fahren und sich die Stadt anzugucken. Die Glienicker Brücke, das letzte Stückchen Mauer, das noch steht, Checkpoint Charly – was einen alten kalten Krieger so interessiert. Den Ostteil hätten sie – bis auf die Museumsinsel – vermutlich ausgespart, und warum auch nicht? Da saß ja zeit seines Lebens der Feind, das lässt sich nicht einfach abstreifen.

»Chris hier.« Der Mann keucht, als ob er quer durchs Büro zum Telefon gerannt wäre.

Neumann merkt, wie sich seine Kehle zusammenschnürt. Auf so ein Stressgespräch war er nicht vorbereitet, eher auf eine Plauderei unter Wissensarbeitern. Dass er mit einem Menschen sprechen muss, der es eilig hat, ist Gift für seine Konzentration, so fallen ihm die Worte erst recht nicht ein.

»Äh, ja, ich würde gerne Herrn Schröder sprechen.«

»Wer ist denn da überhaupt?«, bellt der Mann zurück.

Neumann ärgert sich über sich selbst: Wie konnte er die grundlegendsten Formen der Höflichkeit vergessen und sich nicht vorstellen? Was soll er denn jetzt sagen? Wenn er groß ausholt und vom *Lunar Image Project* anfängt, legt der Typ doch sofort auf. Bleibt nur noch lügen übrig, auch wenn das für ihn, den stets Korrekten, äußerste Überwindung bedeutet. In diesem Moment jedoch gibt es keine andere Option.

»Jesko von Neumann, U.S. State Department.« Er versucht, sehr amerikanisch und – genau! – *apodiktisch* zu klingen. Hier spricht jemand, der sagt, wie die Sache aussieht, du Würstchen.

Amerikanisches Außenministerium. Sosehr es Neumann auch hasst, von der Wahrheit abzuweichen – ein bisschen stolz macht ihn seine spontane Eingebung schon. Zumal die Worte ihre Wirkung nicht verfehlen. Der Anrufer verstummt sofort. Dann stößt er nur ein kurzes »Oh« aus, gefolgt von einem geschäftsmäßigen »Bleiben Sie kurz dran«. Schritte entfernen sich, im Hintergrund wird eine Tür zugeworfen, Schritte kehren zurück. Der Mann senkt seine Stimme, bis er kaum noch zu verstehen ist.

»Sie wissen also schon davon?«

»Ja.« Wieder legt Neumann maximale Autorität in seine Stimme. Jetzt gibt es kein Zurück mehr – zumal er ja wirklich schon »davon« weiß. Fragt sich nur, wovon genau.

»Schröder hat Sie also informiert«, flüstert der Mann, »das ist gut.« Der Nachsatz klingt so, als spräche er mit sich selbst.

»Ja.« Neumann holt noch einmal tief Luft, der nächste Satz muss sitzen, sonst war das ganze Gespräch umsonst, denn noch mal wird er es nicht fertigbringen, sich so gut zu verstellen.

»Leider können wir Herrn Schröder momentan nicht erreichen. Können Sie uns eventuell mit Kontakt-Koordinaten weiterhelfen?«

Der junge Mann schweigt, vermutlich wundert er sich über die seltsame Wortwahl – Kontakt-Koordinaten. Dennoch schaltet er nach einem kurzen Zögern auf den servilen Ton eines Befehlsempfängers um.

»Sorry, ja klar, äh, würden wir gerne. Aber alles, was wir momentan wissen, ist, dass er aus dem *Frontier Hotel* in Las Vegas ausgecheckt hat – ach ja, und dass er heute Abend um acht nach Hause fliegen will, zusammen mit …« Pause. »Wie war Ihr Name noch mal?«

Neumann spürt, wie sein Gesicht heiß wird. Der Typ hat Verdacht geschöpft, jetzt bloß schnell raus aus der Sache.

»Das hilft uns schon weiter. Vielen Dank.«

Er drückt auf den Bildschirm und reißt sich die Knöpfe aus den Ohren. Keine Glanzleistung, aber das Telefonat hat seinen Zweck erfüllt: Er weiß, dass Schröder noch einen Tag lang in den Staaten ist. Wenn er ihn abpasst, bevor er in den Flieger steigt, kann er ihm vielleicht noch ein paar Fragen stellen.

Jetzt schnell rechnen: Bis Vegas sind es fünfhundert Meilen. Wenn er sich ans Tempolimit hält, schafft er sechzig Meilen die Stunde. Macht ein bisschen mehr als acht Stunden nach Nevada. Jetzt ist es kurz nach sechs, das heißt, bis zum Abend könnte er da sein und ihn abfangen.

Das heißt natürlich: falls es Schröder überhaupt bis zum Flughafen schafft. Denn sollte er wirklich Informationen über das *Project* haben, die irgendwie wertvoll sind, stünde er jetzt auch bei denen auf der Liste. Vielleicht sollte er ihn anrufen und warnen?

24

Extraterrestrial Highway

Natürlich! Der Highway 375 ist der berühmte Highway der Außerirdischen, damit hatte mich Leines mal stundenlang zugeföhnt. Das sei »ja wohl Geek-Allgemeinbildung«, wie er meinte. Wobei das nichts bedeutet, schließlich ist »Geek-Allgemeinbildung« bei ihm so ziemlich alles, was er weiß. Wie ging die Story noch mal? Also, der 375 ist eigentlich so eine typische Straße durchs Nichts, mitten durch die Wüste, wo es außer Sträuchern und Giftschlangen nichts Lebendiges gibt. Doch der Highway ist nicht nur irgendein Highway, nein, er führt am supergeheimen Area 51 entlang, und genau deshalb steht er auf der Ausflugsliste von so ziemlich jedem Nerd, der was auf sich hält. Ufo-Kram ist ja so ein typischer Nebengeeksschauplatz.

Angeblich steht an der Straße irgendein weißer oder schwarzer Briefkasten, von dem aus man nachts beobachten kann, wie die Air Force ihre geheimen Prototypen testet – in denen Alien-Technologie eingebaut ist. Sagt Leines jedenfalls, der selbst ernannte »Grenzwissenschaftler«. Und weil das alles so latent außerirdisch ist – und die Region keine touristischen Attraktionen außer Staub zu bieten hat –, haben sie den gottverlassenen Asphaltstreifen kurzerhand *Extraterrestrial Highway* getauft. Erscheint sogar angeblich im Navi, wenn man da langfährt.

Da kommt schon die Auffahrt, das heißt, gleich ist Vegas zu Ende. Erstaunlich, an welchen Stellen sich die Amis so niederlassen. Die sind wie die Italiener, denen kann es auch nicht nah genug an der Straße sein. Nur Zentimeter neben den achtspurigen Freeway haben sie eine Siedlung mit hellbraunen Häuschen geknallt – die im »French Riviera Style« erbaut sind, wie ein Maklerplakat neben dem Standstreifen verkündet. Irgendwann in den Nullern muss es hier mal wie verrückt geboomt haben, da wurde auf Teufel komm raus gebaut. Wie eine Krake haben sich die Retortensiedlungen in die Wüste ausgestreckt, heute steht jede zweite Bude leer. Viel ist von der Vorstadthölle nicht zu erkennen, nur menschenleere Wohnstraßen, gesäumt von Energiesparlaternen. Das Einzige, was auffällt, ist, dass die Straßen nicht amerikanisch gerade sind, sondern gekrümmt, aber auf diese von einem Ingenieur kalkulierte Art. Verwinkelt, gewachsen, pittoresk, »so european« halt.

Leines würde in der Kante hier unten ganz hibbelig werden. Nevada ist gelobtes Land für Verschwörungstheoretiker wie ihn. War schön damals, unsere gemeinsame Zeit in der WG während der X-Akten-Ära. Sosehr man Herrn Adams und alle schwitzenden Gitarrenrocker hassen muss, die ihre Musik in irgendeiner Form als »ehrlich« bezeichnen – eine Zeile rechtfertigt seine Existenz: *Those were the best days of my life.* Das waren unsere besten Tage.

Was das Zusammenleben mit Leines so einfach gemacht hat, war, dass er im Kopf die gleiche Firmware hat, die gleichen Werkseinstellungen. Dem braucht man nicht zu erklären, wer Harry ist und warum er den Wagen holen soll. Bei dem kommt die Antwort wie aus der Pistole geschossen, wenn man fragt, was OMD, ALF oder TED ist.

Es hilft einfach, wenn der Mitbewohner weiß, wie man mit Daimon-4,5-Volt-Batterien eine Fernzündung für Silvesterböller baut. Wenn er auch das Magazin *elektor* verschlungen und sich an diesem fiddeligen Joystick vom Tomy-*Galaxian* seine erste Sehnenscheidenentzündung geholt hat. Der Leines ist einfach einer, dessen Hirn automatisch »Waldheim« ergänzt, wenn er im Fernsehen das Wort »UN-Sekretär« hört.

Burn-out? Unser Problem ist eher der Burn-in. Das ganze Achtziger-Zeug hat sich so in unsere Köpfe eingebrannt, dass es nicht mehr rausgeht. Wie früher bei den Röhrenbildschirmen: Wenn da ein Bild zu lange unverändert stehen blieb, fraß es sich ja auch in den Schirm. Dann konnte man so einen Schatten der Buchstaben auf der Mattscheibe erkennen, selbst nachdem das Gerät ausgeschaltet war – das herrlich falsche »Please Enter Card« bei den Geldautomaten zum Beispiel, oder das »Insert Coin« in der Merkur-Spielothek.

Leines hat mir mal erzählt, dass alte Leute, die zeitlebens alles nur in Schwarz-Weiß gesehen haben, auch in Schwarz-Weiß träumen. Soll sogar mal eine ernsthafte Studie bewiesen haben. Wenn man das zu Ende denkt, bedeutet es: Wir müssten eigentlich in Acht-Bit-Grafik träumen.

Auf der anderen Seite hat das mit dem kollektiven Burn-in auch so seine Schattenseiten. Als wir uns das letzte Mal sahen – vor einer halben Ewigkeit –, da ging er mir mit seinem »Weißte noch«-Gesülze tierisch auf den Sack. Dieses nostalgische Namedropping ermüdet immens. Ab und zu in den Rückspiegel zu gucken ist ja okay – aber die ganze Zeit?

Andererseits kann ich ihn verstehen: Er hat ja zehn Jahre lang nicht mehr auf die Reihe gekriegt, als da unten in Nizza seine Dotcom-Millionen zu verfeuern. Eigentlich ist sein Lebensentwurf bei *Pretty Woman* stecken geblieben: In der Stretchlimousine rumkurven, die umwerfend schöne Frau im roten Abendkleid einsammeln, mit dem Privatjet in die Oper fliegen. Okay, bei Leines ist es vielleicht nicht in die Oper, sondern eher die »Adult Entertaiment Expo«. Und zu der Pornomesse würde er wohl auch eher allein fahren. Vielleicht passt das Pretty-Woman-Bild doch nicht so richtig.

Jedenfalls wäre es schön, ihn jetzt hier zu haben. Denn Leines bringt nichts aus der Ruhe. Der würde jetzt ganz cool die ganze Lage durchanalysieren.

Erstens: Die Angreifer haben es auf eine Information abgesehen, die sich in Harriets Rechner befindet; warum und ob es sich um die kopierten Daten aus Jan Kellermeisters PC handelt, sei dahingestellt. Vermutlich haben sie bei uns in der Firma angerufen und aus dem Mäuschen am Empfangstresen rausgekitzelt, dass wir am Fall Kellermeister dran sind.

Zweitens: Sie waren davon ausgegangen, dass Harriet ihren Rechner mit aufs Zimmer nimmt, deshalb der Einbruch. Die Entführung war der Plan B, für den Fall, dass sie nicht fündig werden würden.

Drittens, und hier fängt es an, spekulativ zu werden: Sie haben herausgefunden, dass die Türen im *Frontier* mit diesen antiquierten Kartenschlössern ausgestattet sind, die sich in Sekunden knacken lassen.

Der vermutliche Ablauf: Die Angreifer warten zunächst, bis wir an der Bar fertig sind und sie sicher sein können, dass wir pennen. Dann fahren sie zu uns ins sechste Stockwerk hoch – schwarze Klamotten, schwarze Sneaker. An dieser Stelle müssen sie – mehrere Täter sind wahrscheinlich – ein erstes Risiko eingehen: Da die Übernachtung auf die Firma gebucht ist, können sie nicht wissen, wer in welchem Zimmer schläft. Also gehen sie einfach zu meiner Tür. Sie ertasten den Zugangsport auf der Unterseite des Kartenschlosses, dann holt einer der Täter ein kleines Kästchen aus der Tasche und stöpselt es ein. Der Fünfzig-Dollar-Microcontroller im Innern fängt sofort an, den Speicher des Kartenschlosses auszulesen, und bringt die eingebaute Software dazu, das »Öffnen«-Kommando an das mechanische Schloss zu senden. Klack! Wenn sie auch *Terminator 2* gesehen haben, denken sie in diesem Moment vermutlich: Easy Money!

Dann wird es ernst. Anscheinend wollen sie minimalinvasiv vorgehen, einfach nur rein, den Rechner schnappen und schnell wieder raus, ohne das Licht anzuknipsen oder jemanden aufzuwecken – deshalb die Nachtsichtgeräte. Zwei deutsche Geschäftsleute mit Verbindungen zu den Strafverfolgungsbehörden, da will man unnötigen Wirbel vermeiden. Die vorbereiteten Kleenex mit dem Betäubungsmittel sind nur für den Notfall.

Sie drücken die Klinke vorsichtig runter, tasten sich in den Raum vor. Einer schwärmt zum Fenster aus, der andere inspiziert die Schubladen unter dem Fernsehrack. Nichts, kein Rechner. Sie versuchen, die Schiebetüren des Kleiderschranks zu bewegen. Das Quietschen durchdringt das Ohropax und weckt mich. Ich zucke zusammen, die Laken rascheln, einer der Typen kriegt Panik. Er reißt das Kleenex aus dem Frischhaltebeutel, macht einen Schritt auf mein Bett zu. Dabei stößt sein Bein an den Rand der Matratze. Ich schrecke hoch, er drückt mir das Tuch gegen den Mund.

An dieser Stelle kippt die Lage endgültig. Aus der professionell durchgeplanten Operation wird ein hektisches Rumgewurschtel. Sie warten, bis das Gas wirkt und sich meine Nackenmuskeln wieder entspannen. Dann ist die Bahn frei: Sie reißen die Nachttischschublade auf, fegen alle Klamotten aus dem Schrank. Einer fängt an rumzuschreien. »Where's the fucking computer?« Als Deutscher, der die USA nur durch die Kamera von Tarantino kennt, denkt man ja immer, dass jeder Typ mindestens dreißig Mal pro Minute »fuck« sagt. »Shut the fuck up«, schreit der andere zurück. Sie streifen sich die Nachtsichtgeräte vom Kopf, knipsen das Licht an, wühlen noch mal alles durch. Mehr wütendes »Fuck«. Schließlich geben sie auf. »Let's check out the other room.« Sie gehen zu Harriet rüber.

Eine völlig kranke Geschichte, abgeschmackt und total unrealistisch. Bei dem Plot geht die Serie niemals in die zweite Staffel.

Blöd nur, dass sie real ist.

Der Highway macht eine scharfe Kurve. Das Telefon, das ich wie befohlen angeschaltet auf dem Beifahrersitz deponiert habe, rutscht ein Stück zur Seite. Ich wische über den Bildschirm, um die Botschaft der Entführer noch mal zu sehen. In den Arm kneifen, um sicherzugehen, dass es kein Traum ist.

Handover-Point: Intersection of Hwy 375 & Hwy 6. 12 a.m.

Mehr Anweisungen sind nicht gekommen.

Und niemand folgt mir, die anderen Wagen sind winzige Punkte im Rückspiegel. Von Vegas ist nur noch ein Leuchten am Nachthimmel übrig.

Wenn alles glattläuft, bin ich in wenigen Stunden wieder zurück, mit Harriet.

Bereit, in die Lufthansa-Maschine nach Hause einzusteigen.

Aus Leines' Mund hätte der Satz überzeugender geklungen.

25

Der Schmerz ist wieder da. Es sticht und zieht in den Fußknöcheln, weil die Idioten das Klebeband viel zu fest geschnürt haben. Thorborg krampft ihre Zehen rhythmisch zusammen, um mehr Blut in den Fuß zu pumpen. Wirklich besser würde es nur, wenn sie sich wieder auf die andere Seite wälzen könnte, aber das hieße, ihren Aufpasser erneut zu provozieren.

Wie lange ist der letzte Lagenwechsel her – zehn Minuten? Eine Stunde?

Das Schlimmste ist, nicht mehr zu wissen, wie viel Zeit vergangen ist. Normalerweise schaut Thorborg häufig auf ihr Fon, um die Uhrzeit abzulesen. Jetzt ist sie auf ihr ziemlich schlechtes Zeitgefühl angewiesen.

Das beunruhigt sie fast mehr als der Schmerz an den Knöcheln. Denn ohne Zeit kann sie sich nicht an einem Gedanken hochziehen wie »schon soundso viele Minuten vergangen, jetzt muss die Fahrt bald zu Ende sein«. Doch am schlimmsten ist die grundsätzliche Botschaft: Du brauchst nicht mehr zu wissen, wie viel Uhr es ist, weil du nicht mehr in der Welt der normalen Menschen lebst, die zu Terminen erscheinen müssen. Nein, du bist jetzt eine Person, über deren Agenda andere entscheiden. Du hast keine Zeit mehr, du hast keine Freiheit mehr.

Trotzdem nicht aufgeben. Die Männer brauchen sie ja noch, falls die Firma oder ihre Familie ein Lebenszeichen fordert. Es hätte alles viel, viel schlimmer kommen können. *Du bist doch eine Kämpferin.* Vielleicht sollte sie sich ja absichtlich laut stöhnend herumwälzen, um so Mitleid zu erregen? So würden sie denken, es mit einem schwachen Wesen zu tun zu haben, und später zu zaghaft reagieren, wenn sie ihren Fluchtplan umsetzt.

Tja, der Fluchtplan. Bisher ziemlich mau. Thorborg linst noch einmal durch den Sehschlitz, ihren geheimen Trumpf. Immer noch das gleiche Bild: schwarze Fußmatte, dahinter dunkelgraues Plastik, vermutlich die Trittleiste direkt über der Tür. Ihr Aufpasser keucht weiter so laut vor sich hin, als wäre er eingeschlafen und würde schnarchen. Vom Fahrer ist nach wie vor nichts zu hören. Wahrscheinlich hat er den Tempomat eingeschaltet, denn der Motor dröhnt absolut monoton, als ob jemand einen Backstein aufs Gaspedal gelegt hätte.

Thorborg spürt, wie sich ihr Magen zusammenkrampft, aber nicht aus Angst. Sie hat Durst, das Saufen mit Schröder und die Klimaanlagenluft lassen ihre Zunge am Gaumen festkleben. Von der Müdigkeit ganz abgesehen. Sie spürt, dass sie anfängt, diese Scheiß-Typen zu hassen, weil sie zwischen ihr, einem amerikanischen French Toast mit Ahornsirup, einer Dusche und vierzehn Stunden Tiefschlaf stehen. Hass. Das ist gut – hatte Vater zumindest in einer seiner zahllosen Selbstverteidigungs-Predigten behauptet. »Du musst den Angreifer hassen, du musst ihn vernichten wollen, verstehst du: *vernichten.*« Nein, hatte sie nicht verstanden.

Ganz am Anfang der *Situation,* direkt nachdem sie zu sich gekommen war, spukte noch dieser Das-kann-nicht-wahr-sein-Gedanke in ihrem Kopf herum. Insgeheim hatte sie erwartet, dass ihr jemand das Klebeband von den Augen reißt und ein freundlicher TV-Moderator erscheint, der verkündet: Reingelegt! Herzlich willkommen bei der Streiche-Patrouille, *Punk'd* oder wo auch immer. Diese Hoffnung ist schon lange verflogen. Wenn jemand sie aus dieser Lage befreien konnte, dann nur sie selbst, die immer so »taffe« Harry. »Dirty Harry« hatte Adrian manchmal gewitzelt und meinte damit, dass sie so hart wie Clint Eastwood sei. Und das nur, weil sie bei Actionfilmen im Kino manchmal nach besonders gelungenen Explosionen auf den Fingern pfiff.

Warum sagen die Idioten bloß nichts? Okay, es sind Männer, aber nach all den Stunden könnten sie doch mal kommunizieren, über College Football oder Jagdausflüge. Nein, natürlich nicht, was für ein dummer Gedanke. Als Profis wissen sie natürlich, dass jedes Gespräch ein Risiko birgt. Sie, die Geisel, könnte es mithören und nach ihrer Freilassung brühwarm jedes Detail der Polizei weitererzählen.

Was ist das? Es klingelt, nein, es piept.

Thorborg zuckt zusammen.

»Hello.« Ah, der Fahrer ist angerufen worden. Seine Stimme klingt belegt, vielleicht gibt er sich aber auch nur Mühe, leise zu sprechen. Shit, wenn der Boden nicht so stark vibrieren würde, könnte sie mehr verstehen. So dringen nur Wortbrocken durch das Brummen. Militärische Kommandos werden ausgetauscht, irgendwas wie »Copy« – heißt in der Army-Sprache wohl »verstanden«.

Wuip!

Ein anderes Geräusch, viel lauter, diesmal aus der anderen Richtung. Dumpf, es kam also von draußen, wie ein abgebrochener Sirenenton. Hektik bricht im Wagen aus. Stoff raschelt, Sohlen wetzen über den Boden, ein kalter Hauch weht über ihre Stirn. Ihr Aufpasser scheint aufgesprungen zu sein. Ein zweiter Windstoß im Gesicht. Ein Schritt kracht hinter ihrem Rücken. Er ist über ihren Körper hinweggestiegen, um zum hinteren Ende des Wagens zu kommen.

»What the …«, bellt der Fahrer von vorn.

»Wait a sec…«, schreit der Aufpasser zurück. Seine Stimme ist ungewöhnlich hoch, fast wie die eines Jungen. Thorborg stellt sich vor, wie er über die Rückbank hinweg in die Nacht hinausspäht. »Damn!«

Ein dumpfer Schlag. Nicht gut, er hat vor lauter Ärger gegen die Kopfstütze oder die Polster geschlagen. Sein letztes »Damn« klang extrem aggressiv, wie bei einem Asi, der im Klub einen anderen Typen anmacht: »Sollnwa rausgehn oder was?«

»Man, I told you to get that tail-light fixed. It's a fucking cop!«

Thorborgs Atem zischt stoßweise durch die Nasenflügel. Plötzlich ist das Gefühl zurück, nicht genug Luft zu bekommen, auf dem Boden des Autos ersticken zu müssen.

A cop. Es ist ein Polizist. Hinter ihnen ist die Polizei.

Sie ist gerettet, alles ist vorbei.

26

Jesko von Soundundso? Wen hat Chris mir denn jetzt auf den Hals gehetzt? Wahrscheinlich irgend so ein Polizei-Psychoklempner oder so.

Wortsplitter rasseln durch die Leitung.

»Von Neumann, *RRRRRRRR*, ich rufe an, weil Chris ...«

Nein, dafür ist jetzt definitiv keine Zeit. Was ist, wenn die Entführer in diesem Moment versuchen, mich zu erreichen, um den Übergabepunkt zu ändern? Oder die Cops halten mich an, weil ich am Steuer telefoniere, und ich komme deshalb zu spät. Bloß nichts riskieren, ich muss das Gespräch sofort beenden.

»Hören Sie: Sagen Sie Chris, dass ich mich heute Abend melde. Jetzt geht es wirklich nicht.« Zack, rote Taste. Mal hoffen, dass der Typ es nicht gleich noch mal versucht.

Seltsamer Anruf. Der Typ klang trotz des deutschen Namens fast wie ein Ami, das »R« in »rufe« kam eher unter der Zunge raus. Vielleicht ein Verbindungsmann der amerikanischen Polizei.

Egal, sie werden mich jetzt nicht mehr aufhalten. Konzentrieren, das Steuer ordentlich anpacken und immer den Straßenrand im Auge behalten. Nach den Kadavern zu urteilen, die alle paar Meilen im Graben rumgammeln, rennen hier ständig irgendwelche Tiere auf die Fahrbahn.

Fast sieben, in ein paar Stunden sind wir auf dem Rückweg, zusammen.

Vorhin ihre Sachen einzuräumen war noch mal richtig schlimm. Klamotten zu falten, die sie noch vor wenigen Stunden anhatte. Diesen »Out of Africa«-Blazer aus dem Flugzeug, das schwarze Kleid, in dem sie gestern Abend so großartig ausgesehen hatte. In meinem Leben habe ich noch nie so sorgfältig etwas gefaltet und so vorsichtig in einem Koffer gestapelt. Ein beschissenes Gefühl, als ob sie schon tot wäre. Aber es ging ja nicht anders, die Sachen mussten doch unbedingt ins Auto, damit wir nachher direkt zum Flughafen fahren können und nicht mehr ins *Frontier* zurück müssen. Bittere Sekunden.

Doch anscheinend noch nicht bitter genug. Als ich ihre schwarzen Spitzenslips zusammenlegte, waren sofort *die* Gedanken da. Gibt es einen Moment, in dem sie *nicht* kommen, macht das männliche Hirn vor irgendetwas halt? Wenn man einem männlichen Truthahn den Kopf eines Weibchens präsentiert, der auf einen Stock gespießt wurde, versucht er angeblich, selbst damit zu kopulieren. Manchmal schäme ich mich für mich selbst.

Da, tatsächlich: *Extraterrestrial Highway* steht auf dem Navi. Weiße Buchstaben auf pinkem Grund. Darüber ein im Computer gemaltes blaues Auto, das über ein grünes Band in die 3-D-Endlosigkeit zuckelt. Das dürfte das Navi mit der absolut schlimmsten Grafik aller Zeiten sein – als ob man dieses Rennspiel *Out Run* von '86 einfach nur mit ein paar mehr Pixeln gerendert hätte.

Verbleibende Fahrzeit: zwei Stunden. Das bedeutet, ich werde brutal zu früh am Treffpunkt sein. Nicht gut, die Entführer könnten denken, ich hätte die Cops informiert und die hätten in der Zwischenzeit irgendeine Falle aufgebaut. Andererseits jetzt auf dem Randstreifen zu parken wäre auch zu riskant. Jede Sekunde könnte ein Irrer mit einer Eishockeymaske neben dem Fenster auftauchen und mir die Gedärme rausreißen; hier draußen in der Wüste wohnen nur Staatshasser oder Leute, die heimlich im Keller Drogen köcheln, weiß doch jedes Kind.

Noch langsamer zu fahren wäre auch riskant. Der Bulle, der mich eben überholt hat, guckte schon so komisch rüber. Kein Wunder – wenn jemand einen menschenleeren Highway mit sechzig Meilen pro Stunde entlangzuckelt, obwohl im Sündenstaat Nevada unerhörte siebzig erlaubt sind. Dass um diese Uhrzeit überhaupt Cops unterwegs sind …

Links glimmt es schon ein bisschen, bald wird die Sonne aufgehen. Zerklüftete Bergrücken reihen sich wie schwarze, abgebrochene Zähne auf. Sie sind der perfekte Schutz gegen neugierige Blicke, denn genau dahinter liegt der Area 51, Leines' gelobtes Land. Verdächtige Lichter oder Objekte waren bisher allerdings nicht zu sehen; vielleicht sind die Ufo-Tester ja alle auf Fortbildung oder so.

Keep watching the skies. Tja, das lohnt sich nicht mehr so richtig. Überhaupt ist Leines' Hobby ein bisschen aus der Mode gekommen, nur noch Rentner beschäftigen sich mit Ufo-Forschung. Er will es zwar nicht einsehen, doch seit jedermann ständig und immer eine Kamera dabeihat, ist die Sache passé. Schließlich lebten diese ganzen »Sichtungen«, von denen Leines immer so begeistert berichtete, von der Knappheit des Beweismaterials. Es gab immer höchstens ein körniges, verwackeltes Foto des Flugobjekts, das nicht zu identifizieren war, und dem Schnappschuss konnte man dann glauben oder auch nicht. Punkt. Wird heute ein Vorfall gemeldet, kommen sofort Dutzende von Teenies angerannt, die alles genau mit ihrem Gigapixel-Handy gefilmt haben und es sofort mit ihren Freunden *sharen* wollen. »Pics or it didn't happen«, lautet das Motto der neuen ungläubigen Generation. Fotos zeigen, oder es ist nicht passiert. Diesem Beweiswahn würde vermutlich nicht mal eine echte Landung von Aliens standhalten. *Total fake, Alter, ich hab's gefilmt.*

Nein, den Himmel hat keiner mehr im Blick. Man sucht

die Antworten wieder hier unten, zum Beispiel bei von der Pubertät geschüttelten Vampir-Bübchen, die keinen Sex vor der Ewigkeit haben wollen. Was ist aus echten Helden wie Fox Mulder geworden, dem FBI-Agenten mit Pornostapel im Schrank? Mir ist es ja im Prinzip egal, aber für Leines tut es mir leid. Der ist so ziemlich der Letzte, der glaubt, dass die Wahrheit »da draußen« zu finden ist.

Andererseits: Vielleicht hätte ich besser hinhören sollen, bei seinem Verschwörungs-Geschwurbel – nach dem, was in den letzten zwölf Stunden passiert ist.

27

Der Griff fühlt sich härter an, als Thorborg es erwartet hätte, so als würde man ihr einen Gabelstapler unter die Achseln schieben.

»Get up!« Der Atem des Aufpassers weht gegen ihre Wange, er muss direkt neben ihr stehen. Es ist das erste Mal, dass einer der Männer sie direkt anspricht, eine weitere Grenze ist durchbrochen.

Jetzt wird es hässlich, das war ja klar. In wenigen Sekunden wird die Polizei den Wagen stoppen, das setzt Adrenalin frei. Der Aufpasser zerrt weiter an ihr rum, will sie anscheinend auf die Beine stellen. Sollte sie kooperieren oder sich extra schwer machen? Nein, nichts riskieren, lieber mitspielen bis zum Schluss. Thorborg winkelt die Knie an, stemmt sich hoch, damit der Mann weniger zu heben hat. Er keucht so laut, als bekäme er gleich einen Asthma-Anfall.

I told you to get that tail-light fixed. Thorborg kann es nicht fassen: Die Typen haben für die Entführung tatsächlich ein Auto benutzt, bei dem ein Rücklicht kaputt ist – und werden auch noch prompt von der Polizei angehalten. Das ist nicht gut, denn es bedeutet, dass sie die Theorie von den Profis begraben kann. Sie ist in der Gewalt von Dilettanten, und solche Leute sind zu allem fähig.

Der Aufpasser packt Thorborg an den Schultern, um sie zu einem Sitzplatz zu dirigieren. Durch ihren Sehschlitz kann sie den Platz im Prinzip gut erkennen, doch damit ihre Gegner nichts merken, lässt sie sich extra schräg in die Polster sinken. Endlich, er zieht seine Eisenhände zurück. Der Wagen wird langsamer, neue Kommandos von vorn.

»Okay, now buckle 'er up.«

Sofort geht das Gefummel wieder los, diesmal an ihrer Schulter. Der Typ legt ihr den Sicherheitsgurt an, in der gewohnt ungeschickten Weise. Erst zerrt er so wild am Gurt, dass die Sperre ständig einrastet, dann findet er zwischen den Polstern anscheinend nicht dieses Teil zum Einrasten. Immerhin: Bis auf den Gurt scheint nichts ihre Brust zu berühren.

»Fuck«, zischt er dreimal vor sich hin.

Warum hat der nichts Besseres zu tun, als sie anzuschnallen? Warum geben sie nicht Gas und versuchen zu fliehen?

»Relax«, beschwört der Fahrer. Diesmal klingt seine Stimme tatsächlich fast entspannt. »Jeff's got all the paperwork. It's all perfectly legal.«

Völlig legal – eine Entführung? Sie haben den nötigen Papierkram? Viele Dinge stimmen hier nicht.

Der Wagen ruckt, und der Motor stirbt blubbernd ab. Auf einen Schlag ist es totenstill.

»Okay, there he comes«, flüstert der Fahrer. Jacken werden raschelnd zurechtgerückt, der Aufpasser holt noch einmal tief Luft. Am Wackeln der Polster spürt sie, dass er sich direkt neben sie gesetzt hat.

Srrrrrr. Ein Fensterheber vorn wird betätigt, Motorbrummen tönt herein. In Thorborgs Sehschlitz blitzt es. Blaulicht, der Streifenwagen muss direkt hinter ihnen geparkt haben.

»Rachel Police Department. Step out of the car.« Der Polizist reiht die Worte unaufgeregt aneinander, doch seine Autorität ist deutlich spürbar. Der Stimme nach zu urteilen ist er nicht mehr ganz jung, Thorborg würde ihn auf Mitte fünfzig schätzen. Vor ihren Augen entsteht das Bild eines Mannes mit einer verspiegelten Brille, der Kautabak durch die Backen presst und die Hand nicht vom Holster seines Revolvers nimmt. Wortlos folgt der Fahrer den Anweisungen, eine Tür wird geöffnet, Füße entfernen sich schlurfend.

Die Gedanken rasen durch Thorborgs Kopf. *It's all perfectly legal.* Die Aktion ist legal, was bedeutet, dass dieser Polizist nicht gekommen ist, um sie zu retten. Vielleicht tun die Entführer ja so, als seien sie Kautionsagenten und hätten sie gefangen, um sie dem Richter vorzuführen? Egal. Jedenfalls werden die Chancen für eine Flucht vermutlich nicht mehr besser. *Je länger die Situation dauert, desto geringer sind die Überlebenschancen.* Der Wagen steht, die Entführer sind getrennt. Vielleicht holt der Cop ja gleich noch ihren Aufpasser, um seine Personalien aufzunehmen oder die Kautionsagenten-Lizenz zu checken? Wie wird er reagieren, wenn er eine gefesselte und geknebelte Frau vorfindet? Wird er seine Waffe ziehen – oder ist wirklich alles »perfectly legal«, und er lässt diese Verbrecher weiterfahren?

Zumindest wird es Unruhe geben, die muss sie ausnutzen. Der Plan ist klar: Erst den Kabelbinder an den Händen knacken – machbar. Dann die Füße freikriegen – schon schwieriger. Scharfe Ecken, mit denen man das Tape anritzen könnte, gibt es im Wagen nicht. Vielleicht könnte sie mit den Zähnen drankommen und es so aufbeißen; irgendwann hatte sie mal von einem entführten Mädchen in Amerika gelesen, das sich so befreien konnte. Der Rest wäre einfacher: Schiebetür aufreißen, rausspringen, rennen – und hoffen, dass es noch dunkel ist und sie nicht gut zielen können. Die Entführer zu Fuß abzuhängen scheint zumindest möglich. Seiner Schnappatmung nach zu urteilen ist ihr Aufpasser nicht gerade ein Fitness-Freak, bliebe nur noch der Fahrer als Risiko.

Da, die Schritte kommen zurück. Nein, es sind andere Schritte als eben, nicht mehr dieses Schlurfen, sondern ein zackiges, regelmäßiges Klacken.

Sie spannt den ganzen Körper an. Jetzt zählt es.

Das Klackern wandert um den Wagen herum, stoppt auf der rechten Seite.

Rrrrrrrrr-Krack. Die Schiebetür wird aufgerissen. Gleißendes Licht dringt durch Thorborgs Sehschlitz, jemand leuchtet ihr mit einer Taschenlampe mitten ins Gesicht.

»Jeeeez.« Der Polizist klingt überrascht, als könnte er selbst nicht glauben, was er sieht. Klick, ein Druckknopf wird geöffnet. Auf einmal schreit der Cop so laut, dass sich seine Stimme überschlägt.

»You: Get out. *Now!*«

Von rechts kommt ein fast gehauchtes »Yes, Sir«.

Thorborg spürt, wie sich das Sitzpolster unter ihr leicht hebt. Der Typ ist aufgestanden, der Wagen schaukelt kurz hin und her.

Rrrrrrr-Krack. Die Schiebetür wird zugepfeffert und rastet ein, ein lautes *Klack* kommt aus allen Ecken. Zentralverriegelung, wahrscheinlich so modifiziert, dass sie von innen nicht zu öffnen ist. Trotzdem kein Grund, es nicht zu versuchen. Sie ist allein im Wagen.

Du bist doch eine Kämpferin.

Jetzt ist der Moment da, um es zu beweisen.

28

Faszinierend. Diese Wärme, diese Ruhe.

Harriet Thorborg schließt die Augen.

All die Leute im Fernsehen, die von ihren Unfällen berichten, haben tatsächlich die Wahrheit gesagt. Wenn es ums Ganze geht, passiert wirklich alles in Zeitlupe. Alles läuft in *Bullet Time* ab, die Sekunden dehnen sich wie bei *Matrix,* in der Szene, wo sich Keanu Reeves unter den Kugeln wegduckt; einer von Adrians Lieblingsfilmen, der musste tausendmal geguckt werden.

Verwundert inspiziert Thorborg ihre Hände. Sie sehen im rotblauen Blitzlicht fast schwarz aus, nur die Fingerkuppen sind noch zu erkennen. Natürlich, es ist Blut.

Der Kabelbinder hat unter dem ersten Schlag kein Stück nachgegeben. Die Wucht hat zwar ihre Hände wie geplant auseinandergerissen, aber die Kräfte waren nicht stark genug, um den Kabelbinder zu sprengen. Stattdessen haben sich die scharfen Kanten der Plastikbänder tief in die Haut gefressen. Eigentlich müsste es wehtun, doch Thorborg spürt nichts.

Also einfach noch mal. Sie hält die Luft an, hebt die Ellenbogen bis auf Brusthöhe und reißt sie mit ihrer ganzen Kraft nach unten. Der Aufprall raubt ihr den Atem. Schnapp, etwas in ihrem Brustkorb hat sich verschoben, ist weggeknickt. Wieder spürt Thorborg keinen Schmerz, dafür ist das Gefühl überwältigend: Sie kann ihre Hände bewegen. Der Schlag hat tatsächlich den Kabelbinder gesprengt. Warum hatte der Typ in ihrem Kurs damals so blass ausgesehen? War doch ein Kinderspiel.

Weitermachen. Thorborg klappt das Klebeband über ihren

Augen hoch, um besser sehen zu können. Tatsächlich, die Typen haben sie an den Waden mit Duct Tape zusammengebunden. Also Füße hoch und auf die gegenüberliegende Sitzbank stellen. Sie beugt sich vor, versucht, den Kopf zwischen die Knie zu bekommen. Nur noch ein Stückchen, ihre Lippen berühren schon das Klebeband. Thorborg flucht in sich hinein. Wenn sie statt dem ständigen Scheiß-Gerenne auch mal zum Yoga gegangen wäre, käme sie wahrscheinlich ohne Probleme ans Tape. Noch ein Zentimeter … ihre Schneidezähne graben sich ins Plastik. Es riecht exakt wie diese Ballons aus der Tube, die sie als Kinder aufgeblasen haben; vielleicht ist das Zeug schon seit Jahren verboten, das *roch* ja schon krebserregend.

Wie besessen scheuert Thorborg mit ihren Zähnen am Klebeband entlang und presst mit den Händen gleichzeitig die Knie auseinander. Das machst du gut, Kleine. Sie sieht ihren Vater, beobachtet, wie sich sein Schnäuzer beim Reden hebt und senkt. Wann immer sie aus der Schule kam und sich über die Jungs beschwerte, die nur Mist bauten und störten, schüttelte er verständnisvoll den Kopf und machte einen Witz über die »kleinen Neandertaler«. Doch natürlich überspielte er mit seinem Spott nur, dass er sich immer einen Sohn gewünscht hatte. Mutter schaute in solchen Momenten meist auf die Tischplatte. Warum sie das einzige Kind bleiben musste, haben sie ihr nie verraten.

Gut! Die Zähne bleiben stecken, das Tape ist schon eingerissen. Einfach weitermachen, weiterscheuern, nicht nachdenken. Thorborg versucht zu schätzen, wie viel Zeit ihr noch bleibt. Wie lange dauert es, einen Namen und eine Adresse zu diktieren? Nachdem die Typen den Strafzettel bezahlt haben, wird sie der Cop aus dem Streifenwagen entlassen. Dann bleiben ihr nur noch wenige Sekunden, bis sie wieder da sind.

Sobald sich die Schiebetür auch nur einen Spalt öffnet, wird sie sich rausstürzen und loslaufen. Wenn sie die ersten zwanzig Meter schafft, ohne dass einer der Typen sie schnappt, ist sie in ihrem Element, auf der Langstrecke.

Thorborg starrt auf das Tape. In der Mitte hat sich ein kleiner Spalt gebildet, vielleicht anderthalb Zentimeter tief. Sie lehnt sich zurück, um ihre ganze Kraft in die Arme zu legen. Doch, jetzt ist ein Schmerz im Bauch da, und zwar genau dort, wo sie eben dieses Schnappen gespürt hatte. Als ob jemand ein Messer hineinsticht. Vielleicht eine Rippe? Kann man eh nicht eingipsen, halb so wild. Noch mal tief einatmen, die ganze Kraft in den nächsten Ruck legen. Drei, zwei, eins.

Mit einem fast enttäuschend leisen *Ritsch* gibt das Tape nach. Thorborg hat es geschafft, ihre Füße sind frei. Sie springt sofort zur Tür. Zugeschlossen, natürlich. Wo ist nur die beschissene Entriegelung? Wenn überhaupt, beim Fahrer vorn. Plötzlich wird ihr klar, wie groß der Wagen überhaupt ist: drei Sitzreihen hintereinander, ein richtiger Kleinbus. Ganz sicher kein Auto, mit dem man vor der Polizei flüchten kann. Sie greift mit dem Arm über die Fahrerbank und tastet sich zur Mittelkonsole vor. Eine Erhebung, eine runde Kante! Ihre Hand patscht blind auf alles, was sich nach Knopf anfühlt. Nichts. Kein Strom, der Fahrer hat den Schlüssel gezogen und gründlich abgesperrt. Sackgasse, und das so kurz vorm Ziel. Resigniert lässt Thorborg den Arm sinken.

Was ist das? Ihr kleiner Finger streift etwas auf dem Beifahrersitz. Flach, glatt, abgerundet.

Ein Fon.

Thorborg schnappt sich den Gegenstand und lässt ihn in die Innentasche ihres Blazers gleiten, ohne ihn weiter zu begutachten.

Ein Lächeln huscht über ihr Gesicht.

Klappklapp, draußen werden zwei Autotüren zugeschmissen.

Das war's, sie kommen also zurück. Thorborg springt zurück auf ihren Platz und presst Hände und Füße zusammen, als sei sie immer noch gefesselt. Die Überraschung für die Schweine soll doch perfekt sein.

29

Der Lufthauch ist überraschend kalt und riecht nach Salbei. Er kommt von vorn, da, wo der Fahrer sitzt.

Thorborgs Herz rast. Der Wagen kippt ein winziges Stück nach links und schaukelt wieder zurück. Schlüssel klimpern. Gut, das heißt, der Fahrer hat sich hingesetzt. Damit ist er aus dem Spiel, denn von vorn kann er nichts ausrichten, wenn sie startet. Zwischen ihr und der Freiheit steht nur noch dieser Aufpasser, der Typ mit der Schnappatmung. Sie stellt einen Fuß leicht vor den anderen, wie am Startblock früher im Sportunterricht, und wartet auf das Signal zum Losrennen – das Rasseln der Schiebetür.

Vorn murmelt jemand »alright«. Schlüsselklimpern, der Motor geht fauchend an. Thorborg versucht, ihr Schnaufen zu unterdrücken, doch durch die Nasenflügel kommt einfach nicht genug Luft. Gleich geht die Fahrt weiter, ihr bleiben nur noch Sekunden. Sobald sich der Wagen wieder in Bewegung setzt, ist alles vorbei. Dann wird sie in der Wüste zurückbleiben. Ihre Pupillen ziehen sich zusammen, jemand hat die Beleuchtung im Innenraum angeschaltet. Wenn der Fahrer jetzt in den Rückspiegel schaut, ist alles aus. Dann sieht er, dass ihre Hände nicht mehr …

»Hey!«

Das war laut. Thorborg analysiert den Schrei. Erstaunlich, wie gut das Ohr feststellen kann, von wo ein Klang kommt. Der Ursprung des »Hey« lag direkt vor ihrem Gesicht, alle hohen Frequenzen waren noch drin, der Sound wurde nicht zuerst von der Frontscheibe reflektiert – also hat der Fahrer sich schon umgedreht.

Ihr Herz rast. Okay, das war's.

Oder doch nicht. Etwas klappert an der Schiebetür. Rrrrrrr, das erlösende Schleifen.

Harriet Thorborg reißt mit einer flüssigen Bewegung den Klebestreifen über ihren Augen weg. Licht! Sie ist zurück im Leben.

Stück für Stück öffnet sich vor ihr der Weg in die Freiheit. Draußen ist es dunkler, als sie erwartet hat, die Lücke in der Schiebetür sieht aus, als hätte jemand eine Schleuse zum Weltraum geöffnet. Ein gähnendes schwarzes Rechteck, am rechten Rand bewacht von einem traurigen dicken Mann mit roten Backen.

Ihre Blicke treffen sich, ein ganzes Leben in einen Moment zusammengeschoben.

Ein warmes Gefühl der Sicherheit flutet ihren Körper.

Er wird sie nicht aufhalten können. Der rechte Oberschenkelmuskel zieht sich zusammen und reißt ihren Körper aus dem Sitz. Mit der linken Hand packt sie den Türrahmen und zieht sich nach draußen. Im Augenwinkel gleitet das Gesicht des traurigen Mannes vorbei. Seine Pupillen folgen ihr fast ruhig, der Rest seines Körpers bleibt seltsam starr, als würde er einfach abwarten.

Kälte, endlich draußen.

Sie will sich vorwärtsstürzen, doch ihr linker Ärmel ist wie festgenagelt. Thorborg reißt den Kopf herum. Natürlich – der Aufpasser hat die Lage auch gecheckt und umklammert ihr Handgelenk mit seinen Wurstfingern. Obwohl sein Griff fest wie ein Schraubstock ist, kann sie in seinen Augen keine Spur von Wut erkennen. Fast unbeweglich erträgt er ihr wildes Schütteln und Zerren, als hätte er in Wirklichkeit überhaupt keine Lust, sie zurückzuhalten. Wenn sie ihn nicht sofort loswird, kommt der Fahrer rüber und wirft sie zu Boden. Dann sind sie zwei gegen eine. Aussichtslos.

Plötzlich explodiert sie. Thorborg saugt ihre Lunge voll und schreit, lauter als jemals zuvor in ihrem Leben. Eine heiße Welle von Wut rast durch ihren Körper. Sie kreischt wie ein waidwundes Tier.

Der Aufpasser zuckt zusammen und lockert für einen Moment den Schraubstock. Dein Fehler! Thorborg lehnt sich sofort mit ihrem ganzen Gewicht nach vorn. Auf einmal ist der Arm frei, sie kippt weg und scheuert mit den Fingerspitzen über den Schotter.

Das Rennen beginnt.

Thorborg rappelt sich hoch. Ein Schritt, zwei Schritte, sie stolpert den Seitenstreifen hinunter, bis sich der Boden weich anfühlt. Gefriergetrocknetes Gras. Ihr Herzschlag stampft in den Ohren wie eine Maschine.

»You fucking idiot!«

Der Fahrer scheißt den Aufpasser zusammen, weil der sie losgelassen hat. Wäre es nicht völlig irrational, könnte er ihr fast leidtun.

Weiter in die Dunkelheit. Etwas streift ihre Beine. Natürlich, Sträucher. Rund um Vegas gibt es ja keine richtige

Sandwüste, sondern eher so eine Art Steppe, das hatte Thorborg beim Landeanflug gesehen. Sie war ein bisschen enttäuscht – schließlich hatte sie sich die Stadt immer wie eine echte Oase zwischen Dünen vorgestellt.

Noch mehr wütendes Geschrei. Thorborg winkelt die Arme an, um besser Schwung holen zu können. Gleich werden sie ihre Waffen ziehen … Vielleicht sollte sie Haken schlagen? Der Kopf will sein Routineprogramm abrufen, das er schon Zehntausende von Kilometern abgespult hat, doch er darf nicht. Ein Strauch verhakt sich in ihrem Hosenbein, zerrt am Stoff. Thorborg stolpert, stürzt und stößt sich gleich wieder mit den Handballen vom Boden ab. Die Sträucher reichen ihr fast bis zur Hüfte und bremsen jeden Sprint nach wenigen Schritten ab, damit hatte sie nicht gerechnet.

Auf einmal ist es da – das Keuchen, vor dem sie sich so gefürchtet hat. Sie braucht sich nicht umzudrehen, um zu wissen, wer sie verfolgt. Sein Atem rasselt so laut, als stünde er direkt hinter ihr. Seine Hosenbeine kratzen an den Ästen entlang, die von ihrem Körper zurückflitschen. Wie kann es sein, dass er so dicht an ihr dran ist? Der Typ wirkte doch so unfit. Vielleicht hat er mehr Masse und wird weniger von den Sträuchern abgebremst? Die Arroganz des Sportlichen, jetzt rächt sie sich.

Verzweifelt rudert Thorborg durch die dornigen Büsche. Die Äste peitschen gegen ihre Handballen wie Stacheldraht. Wofür hatte sie all die Zeit eigentlich trainiert? Für sich? Um Adrian zu gefallen? Gegen die Leere? Wenn der Typ jetzt eine Waffe zieht und abdrückt, wären die ganzen endlosen Stunden auf dem Laufband umsonst gewesen. Sie wäre tot, und die sorgfältig definierte Muskelmasse würde in der Wüste verrotten.

»Get down!«

Wen meint der Fahrer mit dem Kommando – sie? Nein, das muss an den Aufpasser gegangen sein. Und der reagiert natürlich sofort: Sein Hecheln verstummt, das dumpfe Wummern seiner Schritte setzt aus.

Get down, natürlich, er soll sich hinwerfen, damit der Fahrer freies Schussfeld hat.

In ihrem Kopf sieht sie, wie er neben dem Kleinbus steht und seelenruhig seine Waffe ausrichtet – die rechte Hand am Griff, die linke unterm Magazin zum Abstützen.

»Stop!«

Die letzte Warnung.

Sie hatte den Gedanken zwar die ganze Zeit beiseitegeschoben, aber natürlich würden sie alles tun, um sie aufzuhalten – auch schießen. Immerhin scheint nur der Fahrer eine Waffe zu haben, und der steht an der Straße, ein gutes Stück weg. Hoffentlich. »Ab zehn Metern ist jeder Treffer mit einer Pistole reine Glückssache.« Wieder so ein Lieblingsthema ihres Vaters: die realitätsferne Darstellung des Schießens im klassischen Western. Dass der Sheriff beim Showdown auf der Hauptstraße den Revolver aus der Hüfte zieht, feuert und den Bösewicht auch noch umlegt – völlig unrealistisch! Keine Chance auf diese Distanz!

Sie muss einfach weiterlaufen, die Entfernung zu ihren Verfolgern vergrößern. Außerdem trägt sie einen schwarzen Blazer, der macht es ihnen schwer, sie in der Dunkelheit zu erkennen. Papa wäre stolz. Wie besessen kämpft sich Thorborg vorwärts durch die Dunkelheit.

»No. Put that gun down – now!«

Thorborg stutzt. Seltsam, diesmal kam das Kommando von einer anderen Stimme, einer bekannten Stimme. Das »now« klang wie »näaau«, genau wie vorhin, als der Polizist ihren Aufpasser aufforderte auszusteigen. *Get out now.*

Was hat der denn mitzumischen? *Put that gun down …* Wer soll seine Waffe runternehmen? O Gott, er versucht zu verhindern, dass die Entführer ihr in den Rücken schießen! Wie gerne würde sie sich jetzt umdrehen, um den Polizisten zu warnen. Aber das würde bedeuten, abzubremsen oder ein Hindernis vielleicht zu spät zu erkennen.

»Now!«

Näaau. Der Arme, er wird keine Chance haben.

Pop, pop-pop.

Wie immer, wenn ein Medienleben auf die Wirklichkeit trifft, ist das Ergebnis nichts als Enttäuschung.

Thorborg hört die Schüsse zwar, aber ihr Kopf weigert sich, die einzig vernünftige Interpretation anzuerkennen. Es klang doch nur, als ob Sektkorken knallen würden oder wie platzende Luftballons – das war doch nicht echt.

Aber natürlich weiß sie, dass der Polizist gerade gestorben ist.

Die Tränen auf ihren Wangen fühlen sich kalt wie Schneeflocken an.

30

Schon wieder ein Bulle, und dann auch noch mit Blaulicht. Haben sie mich im Visier?

Junge, der gibt ja Gas. Sein schwerer Chevy rast so schnell vorbei, dass meine Karre aus der demütigenden Mietwagenkategorie »Compact« einen Schlenker nach links macht. So viele Bullen auf so einem einsamen Highway? Um diese Uhrzeit?

Jetzt bloß nicht verrückt machen lassen. Der Aufmarsch kann unmöglich mit mir oder der Übergabe zu tun haben.

Trotzdem lieber noch mal alles durchgehen: Wer weiß, dass ich in diesem Moment hier langfahre? Chris? Nein, dem habe ich zwar gesagt, dass ich die Übergabe durchziehen werde, aber nicht wo. Okay, vielleicht hat er den Bullen in Deutschland Bescheid gesagt, und die könnten theoretisch ihre Kollegen in Vegas informiert haben. Aber alles in ein paar läppischen Stunden? Unmöglich. Und selbst wenn: Um rauszukriegen, wo ich bin, müssten sie die Position meines Telefons tracken lassen, und dafür bräuchten sie erst mal einen Wisch vom Richter. Wahrscheinlichkeit: null.

Bleibt noch dieser Clown, der eben angerufen hat, dieser von Irgendwas. Dem hatte ich aber auch keine Details verraten. Ein seltsamer Vogel. Sobald die Sache über die Bühne ist, sollte ich mal im Telefon checken, von wo aus der angerufen hat. Nicht dass es ein Inlandsgespräch war und der heute noch vor der Tür steht.

Ganz ruhig. Der Bulle ist ohnehin schon fast an der kalifornischen Grenze, bei dem Tempo. Also weiter den gesetzestreuen Bürger mimen, immer schön den Wagen in der Spur halten, den Reifen eine Handbreit vom gelben Randstreifen entfernt. Ablenken, nicht an die Übergabe denken. Wahrscheinlich jagen die Bullen nur einen Amateur-Rennfahrer, der versucht, den Küste-zu-Küste-Rekord zu brechen: New York – Los Angeles, so schnell es geht, ohne Rücksicht auf das Tempolimit. Ende der Nuller hat es ein Irrer angeblich in einunddreißig Stunden geschafft, völliger Wahnsinn, für viertausendfünfhundert Kilometer. Sein M5 war bis oben vollgestopft mit Scannern, um die Laser-Messgeräte der Bullen aufspüren zu können. Einunddreißig Stunden – diese Zeit wird sicher niemand mehr unterbieten können, wo doch an jeder Ecke immer mehr Überwachungsscheiß aufgebaut wird, auch hier, im vermeintlichen »Land of the Free«.

Wieder so ein Rekord für die Ewigkeit.

Genau wie … genau wie … die schnellste Atlantiküberquerung mit einem Flugzeug: eine Stunde und vierundfünfzig Minuten, mit diesem geilen schwarzen Aufklärer Lockheed-Blackbird, SR-71. Oder die höchste TV-Einschaltquote aller Zeiten, die nichts mit Sport oder so zu tun hatte: Jau, es war die liebe *Schwarzwaldklinik*, anno '85. Ob ich schon wanderte im finstern Glottertal? Keine Ahnung, ich kann mich nicht dran erinnern, zu lange her. Jedenfalls wird die Familie Brinkmann diesen Rekord mit ins Grab nehmen. In diesen ach so multioptionalen On-Demand-Zeiten wird sich niemals mehr eine ganze Nation vor dem Brownschen Lagerfeuer versammeln.

Alles Rekorde für die Ewigkeit.

Vielleicht ganz gut so. Vielleicht sind wir besser dran ohne öffentlich-rechtliches Verblödungsmonopol und ohne Kerosin saufende Mach-3-Schwanzverlängerungen. Und vielleicht ist die Welt wirklich sicherer ohne exzentrische Raser.

Vielleicht aber auch nicht.

Das Blaulicht ist zu einem flackernden Punkt geschrumpft, kaum heller als die Sterne. Eigentlich eine schöne Nacht, wenn es nicht so saukalt wäre. Die Anzeige auf dem Armaturenbrett zeigt vierzig Grad Fahrenheit, das wäre bei uns nur knapp über null. Hoffentlich halten sie Harriet nicht in irgendeinem Erdloch gefangen, da würde sie sich doch den Tod holen. Aber sie werden sie wohl nicht im Schlafanzug aus dem *Frontier* geschleppt haben!

31

Darüber, was sie in der Freiheit erwarten würde, hatte Harriet Thorborg nicht nachgedacht. Sie gegen die Männer – das war der entscheidende Kampf, den sie erst mal gewinnen musste. Dass sie einen weiteren Feind haben würde, sobald sie den Wagen verlässt, hatte sie nicht einkalkuliert. Bis jetzt. Jetzt schlägt die Wüste mit voller Wucht zu.

Sie zittert so stark, dass ihr das Fon des Fahrers fast aus der Hand fällt. Scheiße. So wird sie das Teil nicht entriegelt bekommen. Sie muss die Finger irgendwie aufwärmen, wieder Gefühl reinkriegen. Es hilft nichts: Sie schluckt kurz und schiebt Zeige- und Mittelfinger in den Mund. Steinchen und Sandkörner reiben über ihre Zunge.

Thorborg hat das Gefühl, nackt zu sein. Der Frost frisst sich gnadenlos in die Mitte ihres Körpers vor. Hosenanzug plus Pyjama gegen die eisige Wüstennacht – eine geradezu lächerliche Ausstattung. Es fühlt sich an wie damals, als sie alle betrunken nach der Party in den Fluss gesprungen waren: Schon nach wenigen Metern schrillten in ihrem Kopf – trotz all der Drinks – die Alarmglocken. Sie spürte, dass sie sofort umkehren musste, um nicht zu sterben. Und obwohl sie sofort handelte, musste Adrian sie am Schluss rausziehen – weil die Kälte ihre Arme so schnell gelähmt hatte.

Die scharfen Kanten der Steine drücken gegen ihren Brustkorb. Genau das, was man in der Wüste nicht tun soll – auf den Bauch legen. Dafür hätte es von ihrem Vater eine heftige Survival-Rüge gegeben. Denn so verliert man unnötig Körperwärme und lädt so ziemlich jedes Vieh in der Umgebung zum Beißen ein. Thorborg versucht, wenigstens die Beine anzuheben, doch der Schmerz im Brustkorb pocht zu stark. Scheiß auf die Unterkühlung. Wichtig ist jetzt nur, dass kein Teil ihres Körpers über die Sträucher hinausragt.

Bisher lief ihre Flucht erstaunlich reibungslos. Nachdem sie sich vielleicht einen Kilometer durch die Sträucher gekämpft hatte, ging es leicht bergauf, und das Gestrüpp wurde spärlicher. Bis zu diesem Punkt hatte sie einfach nur versucht, möglichst viele Meter zwischen sich und die Straße zu bringen. Es schien funktioniert zu haben. Um sich nicht völlig in der Wüste zu verfransen, entschied Thorborg, ab sofort parallel zur Straße zu laufen, in die Richtung, aus der sie mit dem Wagen gekommen waren. Vielleicht noch mal fünf Kilometer wird sie geschafft haben. Jetzt fühlt sie sich sicher genug, um kurz Pause zu machen. Und einen Notruf abzusetzen.

Sie zieht ihren Finger aus dem Mund und wischt über das Display. Das Programm-Menü faltet sich auseinander. Thorborg kneift die Augen zusammen. Unfassbar, wie hell so ein Display ist, wenn rundherum totale Dunkelheit herrscht. Sie kippt das Gerät ein Stück zur Seite, damit der Schein nicht ihre Position verrät. Nur wenige Icons sind zu erkennen, ein Diensthandy, das war ja klar. *Computer forensics for handheld devices*, erste Lektion des Seminars: Ist das Startmenü nicht mit Spielereien zugehauen, bedeutet das, der Besitzer verfügt über keine Administrator-Rechte, darf also nichts installieren. Sie hat das Fon eines Handlangers geklaut.

Thorborg tippt auf Navigation.

Acquiring satellites, meldet ein magerer weißer Schriftzug. Das Fon beginnt, am Nachthimmel nach GPS-Satelliten zu fahnden. Ihre Lippen zittern, die Unterkühlung schleicht sich an. Wenn sie noch lange auf dem Frostboden liegt, würde sie bald Stadium zwei erreichen: Schläfrigkeit, Apathie.

Thorborg schlägt mit der Faust auf den Boden. Warum

dauert das so lange? Hier draußen gibt es doch keine Hindernisse, die die Funksignale der Satelliten stören könnten. Und es gibt noch ein zweites Problem: Sie kann das Fon nicht unbegrenzt lange eingeschaltet lassen. *Computer forensics for handheld devices,* zweiter Seminartag: Auf dienstlich genutzten mobilen Endgeräten sind oft Tracking-Programme installiert. Kommt das Fon abhanden, kann von außen, ohne dass es der neue Besitzer merkt, eine Art von Notsignal aktiviert werden. Es sendet den aktuellen Standort des Geräts an die Firma. Das heißt: Sobald das Navigationsprogramm die Geokoordinaten ermittelt hat, geht der Peilsender im Hintergrund online, und ihre Verfolger wissen, wo sie ist. Ihr bleibt also kaum Zeit.

Endlich! Das Navi wacht auf und schaltet die grafische Darstellung auf Nachtmodus, damit sie nicht geblendet wird: Der Hintergrund verdunkelt sich bis auf einen blauen Streifen am Displayrand.

HWY 375 steht daneben in einem weißen Kästchen.

Highway 375, das muss die Straße sein, auf der sie gekommen sind. Thorborg haucht wieder und wieder in die Hand, bis ihr schwindelig wird. Shit, das reicht nicht als Positionsangabe, sie braucht einen zweiten Anhaltspunkt, den sie Schröder durchgeben kann. Ihr Zeigefinger rutscht aus und katapultiert die Hauptstraße aus dem Display.

Also noch mal alles von vorn. Wischen, wischen, wischen, der Highway erscheint wieder. Jetzt ganz langsam runterziehen. Da! Eine zweite, dünne blaue Linie sprießt aus dem blauen Balken. *Black Mailbox Road.* Das ist ihr Ziel. Thorborg wirft einen kurzen Blick auf den Maßstab am Rand; sie hält ihren Daumen dagegen, um die Entfernung zu dem roten Kreuz zu schätzen, das ihre aktuelle Position markiert. Noch mal zwei Meilen bis zur *Mailbox Road,* ein bisschen mehr als drei Kilometer. Es muss klappen. Wahrscheinlich machen die Typen jetzt genau dasselbe wie sie: Sie starren auf *ihre* Displays, nur dass da die Daten des Diebstahl-Programms erscheinen. Der Fahrer wird ganz cool die Peilung abwarten und seine Hand dann in ihre Richtung ausstrecken: *She's over there.* Die Uhr tickt.

Thorborg wischt das Navigationsprogramm ins digitale Nirwana. Sie haucht noch einmal in die Hand, jetzt muss jede Fingerbewegung sitzen. Die Zehnertastatur zum Wählen erscheint. Thorborg steuert auf die erste Ziffer zu.

0.

Dann zweimal die 1 und die 49 …

32

Schnee.

Auf den Bergen liegt wirklich Schnee, es ist deutlich zu erkennen. Ein grauer Schleier liegt über den Hängen, als ob jemand Backpulver von oben auf eine Märklin-Bahn gestreut hätte. Wie weit werden die Gipfel weg sein? Da verschätzt man sich ja superschnell. Als Stadtmensch würde man sagen: höchstens ein paar Kilometer, vielleicht eine Station mit der S-Bahn. In echt sind es wahrscheinlich Dutzende von Meilen, und zu Fuß wäre man schon tot, bevor man auch nur den Fuß der Berge erreicht hat.

Das Glimmen hinter dem Bergrücken ist in den letzten Minuten immer heller geworden, bis zum Sonnenaufgang kann es nicht mehr lange dauern. Eine gespenstische Landschaft: vorn platt wie ein gigantischer Parkplatz und dahinter diese riesigen schroffen Felsen. Ich bin auf dem Weg nach Mittelerde, auf dem Weg nach Mordor.

Hoffentlich haben sie Harriet nicht irgendwo da draußen versteckt.

Licht von rechts. Rappeln. Das Handy! Endlich. Hoffentlich sind es die Entführer mit den Instruktionen für die Übergabe – und nicht wieder dieser nervige Von-Irgendwas-Typ. Ich bremse und fahre rechts ran. Bloß nicht in letzter Sekunde ein Treffen mit den Bullen riskieren, weil sie mich beim Telefonieren am Steuer erwischen. Steinchen prasseln von innen gegen den Kotflügel.

Okay, Motor aus. Grüne Taste.

Räuspern und versuchen, nicht allzu aufgeregt zu klingen. Außerdem lieber das »ö« weglassen, sonst versteht der Ami wieder nichts.

»Schroder.«

In der Leitung knarrt es nur. Scheiße, nichts zu verstehen, nur Audio-Artefakte. Kein Wunder, hier draußen muss der nächste Sendemast ewig weit weg sein.

»Krrrr... Schröder?«

Mein Gott, sie es ist, Harriet ist dran! Das war ganz klar ihre Stimme. Wahrscheinlich pressen sie ihr das Telefon an den Mund, damit sie was sagt. Dieser »Wir halten die Zeitung des Tages ins Bild«-Scheiß, um zu zeigen, dass sie noch lebt. Diese Schweine.

»Harriet?« Mein Gebrüll plärrt als Echo gleich wieder zurück ins Ohr.

»Krrr.« Weitere Datenpakete gehen verloren, hoffentlich bricht die Verbindung nicht ab. Stille, die Interferenzen werden weniger.

»Schröder?«

Eindeutig, es ist ihre Stimme. Jetzt schnell alle wichtigen Fragen stellen.

»Geht es Ihnen, äh, werden Sie gut ...«

»Krrrrr Zeit. Wo sind Sie, Schröder?«

Na, auf dem *Extraterrestrial Highway*, verdammt, das ist viel zu lang, um es durchzusagen. Welche Nummer hat der noch mal? Kurz im Navi checken – genau: 375.

»Auf dem Highway 375 nach …«

»… gut.« Ihre Stimme klingt gepresst, als würde sie auf dem Rücken liegen. »Sehen Sie die nächste Stadt, krrrrr.«

Verdammt, welche Stadt meint sie? Ich hämmere auf das Navi ein, um zu sehen, welche Ortschaft auf der Straße als Nächstes kommt. Nichts, es kommt verdammt noch mal nichts. Nur dieses dunkelblaue Band mit der 375 drauf. Scheißescheißescheiße. Halt – doch da kommt was. Rachel.

»Hören Sie, Harriet, bei mir steht als Nächstes eine Stadt, äh, Rachel. Wo soll ich den Rechn…«

»Vergessen Sie den Rechner!« Sie versucht, gleichzeitig zu schreien und zu flüstern. Kurze Pause, Keuchen. »Okay, passen Sie auf. Ungefähr fünfzehn Meilen vor Rachel geht eine Straße nach Süden ab, *Black Mailbox Road*. Sehen Sie die?«

Ja, wo soll ich die denn sehen? Schnell noch mal die Strecke auf dem Navi durchscrollen. Mist, nichts zu erkennen, wahrscheinlich muss ich stärker reinzoomen in die Karte. Aber das lässt sich ja auch noch später machen.

»Ja, sehe ich«, lüge ich.

»Gut, wann können sie da sein?«

Gute Frage. Bis Rachel sind es vielleicht dreißig Meilen, das heißt …

»Keine Ahnung, in 'ner Viertelstunde vielleicht.«

»Krrrrr… ann sehen wir uns da.«

»Was ist mit den, äh, mit den Entfüh…«

»Unwichtig!« Sie versucht nicht mehr zu flüstern, sondern spricht die Worte jetzt mit normaler Lautstärke aus. »Kommen Sie schnell. Und, ach ja, Schröder: Sie können Ihr Handy jetzt abschalten.«

Klack, sie hat aufgelegt.

Beim letzten Satz klang sie wie ausgewechselt.

33

Ist das ihr Ernst? Hat sie wirklich diese Straße gemeint?

Oder habe ich sie vielleicht falsch verstanden?

Hier ist doch … nichts!

Ein letztes Schaukeln, der Wagen steht.

Ich blende kurz auf. Die Scheinwerfer tasten die nächsten dreißig Meter Schotter ab. Nur eine Schotterpiste, so breit, dass zwei Lastwagen nebeneinander fahren könnten. Nichts, kein Schild, kein Haus, kein Hinweis darauf, welche arme Seele am Ende dieser Straße lebt. So wie es aussieht, führt sie schnurgerade in die Wüste hinein. Ein graues Band in der Dunkelheit, wie ein Holzsteg nachts an einem See.

Doch die Anzeige im Navi ist eindeutig: *Mailbox Road.*

Und der Briefkasten ist auch da. Er gehört nicht zu dieser länglichen amerikanischen Sorte mit dem roten Winker an der Seite dran, sondern gleicht eher einer großen Kiste. Etwas damit stimmt nicht. Der Kasten sieht aus wie die Tür einer Kneipentoilette – er ist über und über mit Edding bekritzelt und mit Aufklebern von Indiebands gepflastert. Das sind ganz klar Spuren von Menschen, von zu vielen Menschen für diese gottverlassene Gegend. Harriet und ich sind nicht die Ersten, die sich hier verabredet haben. Sehr merkwürdig. Vielleicht sollte ich das Fernlicht lieber ausschalten, so sieht man den Wagen ja kilometerweit.

Halt! Fernlicht wieder an, dahinten hat sich was bewegt, am Straßenrand.

Ich lege die Hand auf den Knopf für die Zentralverriegelung. Fast hätte ich mich zur Beifahrertür rübergelehnt und das Knöpfchen zum Hochziehen gesucht. Wieder so eine Werkseinstellung.

Da zuckt es wieder, etwas Weißes, genau an der Grenze zur Dunkelheit, wo das Fernlicht nicht mehr hinkommt. Es bewegt sich. Ein Mensch.

Es ist Harriet.

Seltsam, sie sieht ganz normal aus, als ob man sie gerade aus einem Meeting geholt hätte. Schwarzer Hosenanzug, irgendwas Helles drunter. Ihre Arme sind leicht angewinkelt, und sie trabt ganz entspannt auf den Scheinwerferkegel zu. Da, wo ihre Schritte den Schotter berühren, wirbeln sie kleine Staubwolken auf. Sollte die ganze Entführung nur ein einziger Fake gewesen sein, eine Inszenierung wie bei *The Game – Das Geschenk seines Lebens?* Aber von wem und warum?

Nein, Fehler, nichts ist normal. Sie joggt nicht, sie humpelt eher vorwärts, als ob sie am Bein verletzt wäre. Außerdem sind ihre Klamotten völlig versifft, überall Staub.

Noch zwanzig Meter vielleicht.

Sie sieht schrecklich aus. Ihre Hände sind mit einer braunen Kruste überzogen. Das ist Blut. Was haben sie mit ihr gemacht?

Schnell, ich muss ihr entgegenlaufen. Tür auf, raus. Selbst mit Lederjacke erschlägt einen die Kälte. Sie wird sich den Tod da draußen geholt haben mit ihren dünnen Büroklamotten.

Ihre Augen sind zu roten Schlitzen zusammengepresst, von der Frisur sind nur noch wirre Strähnen übrig, die quer über der Stirn kleben. Sie ist am Ende. Nur noch ein paar Schritte durch den eisigen Wind.

Trotzdem fühlt sie sich warm an in meinem Arm.

Auf einmal zieht jemand den Stecker.

Sie sackt zusammen und fängt an, laut zu schluchzen. Ihr Körper schüttelt sich, als ob sie einen Anfall hätte. Schnell, ich muss ihr meine Jacke umlegen, sonst kriegt sie endgültig eine Unterkühlung. Also loslassen, schade.

»Schnell in den Wagen!«

Mal wieder eine völlig überflüssige Wortmeldung.

Sie nickt stumm. Teilnahmslos lässt sie sich die Jacke umlegen, nestelt nur kurz oben am Bund rum, um die kalte Luft auszusperren. Ich lege meine Hand um ihre Hüfte, damit sie nicht umkippt, und schiebe sie sacht zur Beifahrertür rüber. Ihre Schritte sind wackelig, als ob sie betrunken wäre.

Tür auf, ihren Kopf sanft runterdrücken, ja, so ist es gut. Mit einem Seufzen fällt sie in den Sitz. Shit, das ist ja gar keine Bluse, was sie drunter anhat, sondern ihr Schlafanzug! Die Typen haben sie also direkt aus dem Hotelbett gezerrt.

Ich renne umständlich einmal hinten um den Wagen rum und steige ein. Ein cooler Typ wäre vermutlich mit einem eleganten Schwung über die Motorhaube gerutscht.

Schnell Tür zu. Ich reiße den Schieberegler der Heizung bis zum rechten roten Anschlag.

»Besser?«

Sie nickt, während sie ihre Stirn mit der Hand abstützt.

»Harriet, ich …« Was wollte ich eigentlich sagen?

Unter ihrem Haarvorhang kommen genuschelte Worte raus.

»Wie bitte?«

Sie räuspert sich. »Hast du was zu trinken, Schröder?«

Selbstverständlich, kein Spießer fährt in Nevada rum,

ohne nicht mindestens eine Gallone Wasser auf den Rücksitz zu packen. Ich fummele die bauchige Plastikflasche hinter meinem Sitz raus und ziehe den Deckel ab.

Sie setzt an und trinkt. Ihre Lippen sehen toll aus ohne Lippenstift, sollte ich ihr mal sagen, wenn der Moment etwas passender ist.

»Danke«, haucht sie und reicht die Flasche zurück. Dabei zittert ihre Hand so stark, dass ein bisschen Wasser rausschwappt.

»Kein Thema.« Warum greife ich bei Worten immer so brutal daneben? *Kein Thema.* Als ob wir hier auf einer Betriebsfeier wären und sie mich fragt, ob ich ihr ein Schnittchen vom fliegenden Buffet mitbringen könnte. Kein Thema. Das hat Isabell auch immer so aufgeregt, diese krankhafte Flapsigkeit.

Ich stelle die Flasche zurück.

»Dann wollen wir mal.« Womit meine Serie der absolut selbstevidenten Feststellungen ihrem Höhepunkt entgegenstrebt. Rückwärtsgang rein, kurz nach hinten umdrehen, Gas. Die Vorderräder schleudern Geröll gegen den Briefkasten, bis er völlig eingenebelt ist. Lenkrad einschlagen, breit genug ist die Piste ja zum Wenden.

Langsam lichtet sich der Staubmantel rund ums Auto, und vor der Motorhaube taucht das schwarze Band des Highways auf – links geht es nach Kalifornien, rechts zurück nach Vegas. Also rechts, nach Hause.

Ich schaue noch mal zu ihr rüber. Sie bemerkt, dass ich sie ansehe, und nimmt den Kopf aus der Hand. Ihr glasiger Blick wandert erst raus zum Highway, dann zu mir rüber. Obwohl sie die Augen kaum noch aufbekommt, gelingt es ihr, die Lampen eine Winzigkeit anzuknipsen. Ihr Arm hebt sich zitternd, als wollte sie jemandem die Hand geben.

»Warp neun, Mister La Forge.« Sie haucht die Worte, sodass sie kaum zu verstehen sind. Sie zitiert aus *Star Trek*. Das muss Liebe sein.

34

Neil A. is ALIEN spelled backwards! We didn't send him to the moon, we've sent him HOME!!!

Thomas Leinhart prustet los. Neil Armstrong ist ein Außerirdischer? Das ist ja mal wieder eine von den besseren Spinnereien. Teilt sich das Treppchen mit der Theorie, dass die CIA die Dinosaurier erfunden hat, um Menschen von Zeitreisen abzuhalten.

Er legt seinen Rechner zur Seite und begutachtet seine Füße: Vor dem braunen Natursteinboden sehen sie noch käsiger aus als sonst. Er befindet sich definitiv nicht in seinem natürlichen Lebensraum. Dabei mag er das Meer schon, aber eher in der Version Timmendorfer Strand, nicht in der verdammt heißen Mittelmeervariante. Aber es musste ja unbedingt der Süden sein, tja, das war wohl einer der Kollateralschäden seiner Partnerwahl. Jetzt muss sich der teutonische Nerd an der Côte d'Azur bis zu seinem Lebensende einen Sonnenbrand holen.

Im Beet neben der Treppe zirpen die ersten Grillen. Früher hätte er keine Chance gehabt, das zu bemerken – damals, als die Mädchen noch hier wohnten. Denn sobald es auch nur halbwegs warm war, sind sie hier von morgens bis abends am Pool rumgetitscht. Reinspringen, rausklettern und wieder rein, wie am Fließband, in ihren pinkfarbenen Badeanzügen mit den Erdbeeren drauf. Guck mal, Papa, jetzt rückwärts. Oder sie übten Handstand unter Wasser, und er sah einen ganzen Vormittag lang nur Füße, wenn er von seiner *Monocle Mediterraneo* aufschaute. Papier mit Spritzern von Chlorwasser, die schönste Art, den Sommer zu genießen. Nach ungefähr fünf Stunden lagen sie dann unter einem Berg von Handtüchern am Fußende seiner Liege und zitterten vor sich hin.

Alles vorbei, genau wie die Zeit mit den Mädchen. Natürlich war es Azras Idee, sie nach England zu verfrachten, dabei hätten sie genauso gut hier auf die deutsche Schule gehen können. Für die Karriere der beiden ist es sicher das Beste, klar; darin, kleine raffgierige Global Player ranzuzüchten, sind die da oben ja ungeschlagen. Aber so früh? Wie viele erste warme Tage hatten sie hier gemeinsam am Pool zelebriert? Zu wenige, aus der Rückschau fühlt es sich an, als wären es nur zehn Minuten Lebenszeit gewesen.

Leinhart hält sich die Hand an die Stirn, um nicht von der Sonne geblendet zu werden. Immer, wenn Gäste da sind, kriegen die sich gar nicht über die Aussicht ein. Hinter dem Infinity-Pool geht es steil bergab, sodass man bis ganz nach unten zur Bucht sehen kann. Erst kommt das Dorf mit seinen rostbraunen Dachziegeln und dem alten, sonnengebleichten Kirchturm, dahinter schlängelt sich die Straße zwischen Kakteen runter zum Meer, und in der Ferne glitzert das Wasser. Hundertachtzig Grad nahezu perfekte Riviera – und jedes Grad hat sich der Vorbesitzer mit einem fünfstelligen Betrag vergolden lassen.

Leinhart wirft einen Blick auf seine Rolex Submariner: schon fast vier. Vielleicht sollte er den Lambo heute mal stehen lassen und zu Fuß ins Dorf gehen? Er könnte das tun, was die anderen Dotcom-Frührentner hier alle tun: sich mit einem blau-weiß gestreiften T-Shirt unter die Platane neben dem Bar-Tabac-Lädchen setzen, Espresso abschütten und stolz sein, den »Hotel Pastis«-Traum nahezu perfekt umgesetzt zu haben.

Okay, vielleicht noch eine Story.

Kondensstreifen enthalten Chemikalien, mit denen die Regierung alle Menschen gefügig hält.

Hat die X-37 einen chinesischen Satelliten abgeschossen?

Navy rüstet Haie mit Laserkanonen aus.

Leinhart muss über sich selbst lachen. »Laser« geht bei *Above Top Secret* ja immer, damit lösen die Jungs da alle Probleme der Menschheit. Ist aber auch wirklich geil.

35

Dreht sie jetzt völlig durch? Sich auf den scheißkalten Betonboden zu setzen. Da kriegt sie als Mädchen doch sofort eine Blasenentzündung. Und ist das ein *Feuerzeug*, mit dem sie da rumhantiert?

Ich muss unbedingt zu ihr rüber. Also Handtücher von den Beinen runter und los.

Dabei schien sie zuerst alles so gut verdaut zu haben.

Unsere Fahrt zurück ins normale Leben verlief ziemlich ruhig. Nach unserem Rendezvous am Briefkasten saßen wir erst mal zwanzig Minuten lang schweigend nebeneinander im Wagen. Als ich dann ein leises »Okay« wagte, sagte sie genau in diesem Moment auch »ja, also«, und wir lachten etwas gequält, weil jeder seine Geschichte zuerst loswerden wollte. Ich ließ ihr natürlich den Vortritt.

Sie sprach sehr langsam, als müsste sie im Kopf die Wörter einzeln hintereinanderreihen, vermutlich eine Spätfolge der Betäubung. Im Telegrammstil zählte sie die Stationen auf: im Wagen gefesselt aufgewacht, den Sehschlitz entdeckt, die Polizeikontrolle, das Tape an den Beinen mit den Zähnen durchgehobelt. Dabei klang sie völlig ungerührt, als würde sie einen Polizeireport vorlesen. Nach ihrer Story kamen mir meine Erlebnisse wie Pipifax vor, und ich ließ es bewenden mit irgendwas in Richtung »bei mir waren sie auch im Zimmer«. Meine Ankündigung, dass wir heute nach Hause fliegen würden, schien sie gar nicht zu hören. Sie spülte sich mit ein bisschen Wasser aus der Gallone notdürftig das Blut von den Händen ab – und schlief ein. Einfach so.

Kurz vor Vegas ging ziemlich unspektakulär die Sonne auf, ganz ohne rosarote Wolken, es wurde einfach nur hell. Wie immer, wenn Nebel über der Landschaft hängt, blendete der Kopf ein LOADING drüber, aus reiner Gewohnheit. Die Welt lädt den nächsten Level, ich muss nur kurz warten.

An der ersten Freeway-Kreuzung kam uns eine ganze Kolonne von Bullen entgegen, wahrscheinlich nur zufällig, doch das reichte schon, um die letzte Schläfrigkeit aus dem Körper zu jagen. Harriets Geschichte – von wegen »sie haben den Polizisten einfach erschossen, Schröder« – klang glaubhaft; vielleicht waren das die Kollegen auf dem Weg zum Tatort.

Ursprünglich hatte ich geplant, sofort nach unserer Rückkehr nach Vegas bei den Bullen vorbeizufahren und die ganze Geschichte zu Protokoll zu geben; vermutlich wäre das schon aus versicherungstechnischen Gründen angezeigt gewesen, so wie fast alles im Leben eines Deutschen versicherungstechnisch motiviert ist, doch dafür hätte ich sie wecken müssen, uns wären wertvolle Stunden verloren gegangen, und die Lufthansa wäre ohne uns abgeflogen.

Stattdessen bin ich beim erstbesten Motel 6 rausgefahren, bei diesem Übernachtungs-Aldi. Die Schlafburgen gibt's ja überall, und sie sehen überall gleich aus: zweistöckiger Flachbau, Zimmer zu den Parkplätzen raus, schwimmbadfarbige Türen mit Nummer auf gebürstetem Edelstahlschild. Sauber, kalkulierbar, schön unpersönlich. Klar, Mutters lauschige Herberge mit persönlichem Flair sieht anders aus, doch um die zu finden, hätten wir Ewigkeiten gebraucht. Irgendwann im Leben kommt der Moment, in dem man für diesen Pseudo-Nonkonformismus einfach keine Zeit mehr hat. Außerdem: Wird eine Sache schlechter, nur weil man sie tausendfach klont?

In der Rezeption, einer Neonhölle so gemütlich wie der Besuchsraum im Knast, teilte mir eine müde Mexikanerin die Nummer 187 zu, den Code der amerikanischen Polizei für Mord. Immerhin stand eine »1« am Anfang, also ein Erdgeschoss-Zimmer. So konnte ich Harriet leichter reintragen und aufs Bett legen. Das Zimmer war wie gewünscht überraschungsfrei: links ein alter Röhrenfernseher, der vermutlich nur den Sportsender ESPN in seinen unzähligen Varianten empfangen kann. Hinten das Bad, vorn zwei große Betten, keine Bilder an den Wänden. Um Harriet nicht wecken zu müssen, und weil meine Arme trotz ihrer paar Kilo langsam abzubrechen drohten, habe ich sie einfach auf die Polyester-Überdecke gelegt. Das Flickenmuster sieht aus, als hätte man eine Ladung Bodybuilder-Hosen aus den Achtzigern zusammengestückelt.

Danach bin ich raus an den Pool, damit sie weiter ihre Ruhe hat. Und schon war ich wieder der Freak: der Typ, der sich bei fünfzehn Grad Außentemperatur ans Schwimmbad legt und mit Handtüchern zudeckt. Wer nimmt nach Las Vegas schon einen Pulli mit? Trotz der Kälte fühlte es sich ein bisschen wie Sommerurlaub an, wahrscheinlich wegen des Chlorgeruchs. In ein paar Wochen würde der Pool eine kochende Suppe von Kindern sein, die ihr Bestes geben, um jede der ungefähr hundertneunzig Sicherheitsregeln zu brechen, die am Poolzaun angeschlagen sind. Der Schilderwald mit den alarmroten »NO«s nimmt fast die ganze Ostseite ein.

Im Liegen habe ich dann noch kurz im Büro angerufen – in der Horizontalen klingt die Stimme ja immer so schön leidend, als ob man krank wäre. Natürlich war es da schon Mittag, also Spätabend deutscher Zeit, und ich konnte sicher sein, dass Chris nicht mehr da ist und seine Voicemail drangeht: Ja hallo, Harriet ist frei, alles wieder paletti mit deinem Lieblingsteam. Klammer auf: Du Arschloch, übermorgen bin ich zurück, kannst ja schon mal das Kündigungsschreiben aufsetzen. Klammer zu.

Wichtig war ohnehin nur, unser Zimmer im Blick zu behalten, für den Fall, dass Harriet aufwachte. Gegen zwei bewegte sich die Tür zum ersten Mal, und sie blinzelte mit zusammengekniffenen Augen raus; ich winkte so lange, bis sie mich sah. Vor zwei Minuten kam sie dann endgültig raus, mit Jeans und dunkelblauem Kapuzensweatshirt! Hätte ich die Sachen nicht schon vorhin beim Einpacken gesehen – ich wäre schockiert. Die Studi-Klamotten machen sie glatt fünf Jahre jünger.

Jetzt kauert sie auf dem Boden direkt vor der Zimmertür und zündelt da irgendwas rum. Ganz klar: Die Flamme des Feuerzeugs ist deutlich zu erkennen. Hoffentlich dreht sie jetzt nicht völlig durch.

Ich muss schnell rüber. Verdammter Haken! Warum müssen diese Poolzäune immer gesichert sein wie Fort Knox. Und los.

Sie raucht doch nicht etwa? Nein, unwahrscheinlich bei der Generation. Die sind doch alle so was von brav, die kiffen ja nicht halb so viel wie wir. Letztens habe ich gehört, wie ein Kollege seinem Praktikanten berichtete, dass der Soundso »high ist«. Daraufhin der Prakti voll überrascht: »Was? Der isst Hai?« Dieser Pupsi kannte das Wort »high« nicht mehr. Dafür war er umso entrüsteter, weil er dachte, der Soundso verspeist eine bedrohte Tierart.

Nein, sie dreht natürlich keine Tüte.

Sie hat ihre Hand auf dem Knie abgestützt und hält irgendein kleines Plättchen über die Flamme. Es ist so groß wie zwei Briefmarken nebeneinander und wimmelt nur so vor kleinen schwarzen Chips. Wie Fliegen auf einem Misthaufen. Ein Elektronikbauteil, eine Platine ... Aber woher? Ihre rechte Hand umklammert das Feuerzeug, während sie das Plättchen direkt über der Flamme bedächtig hin- und herbewegt, so als würde sie irgendeine Droge anrühren.

»Harriet, was machen Sie da?«

Komisch, trotz allem bringe ich es nicht über mich, sie jetzt auch zu duzen. Muss mit dem Alter zusammenhängen.

Sie starrt auf das Bauteil und setzt ihre präzisen Bewegungen fort. Was immer sie da tut, sie tut es nicht zum ersten Mal. Beruhigend.

»Wollen Sie *nicht* wissen, wer die waren?«

Ihre Worte kommen stoßweise, es ist scheinbar ziemlich anstrengend, den Knopf des Feuerzeugs ständig runterzudrücken.

»Doch, klar, aber sollten wir das nicht der Polizei ...«

»Ach, bis die da ist ...«, brabbelt sie dazwischen, ohne die Platine aus den Augen zu lassen. Es hat keinen Sinn, sie ist wieder im Tunnel. Was nicht mit dem aktuellen technischen Problem zu tun hat, wird ausgeblendet. Wer Gehör finden will, muss eine sachdienliche Frage stellen. Ich hocke mich auch hin und zeige auf ihr Elektronik-Grillgut, bleibe aber auf sicherer Distanz, für den Fall, dass irgendwas davon hochgeht.

»Woher ist die?«

Sie grinst etwas bemüht.

»Sagen wir mal so: Meine Freunde haben ihr Fon im Auto liegen lassen.«

»Was?« Das erzählt sie jetzt erst? Sie hat ihren Entführern einfach mal so das Handy geklaut? Respekt. Das erklärt allerdings nicht ihr Barbecue.

»Und warum können wir uns das nicht einfach so anschauen, äh, ich meine, zusammengebaut, mit Display und so?«

»Geht nicht. Ist mir beim Laufen runtergefallen, jetzt isses gebrickt, geht also nicht mehr an.«

Hey, so alt bin ich ja nun auch wieder nicht! Was gebrickt bedeutet, weiß ich ja schon. Vermutlich denkt sie, der alte Sack kennt nur Sachen mit Kabel dran. Was ja im Großen und Ganzen auch stimmt. Aber wie soll eine ganze Generation auch einfach so auf *mobil* umschalten, die jahrelang mit der Gebührenpeitsche darauf trainiert wurde, jede Internettaste an einem tragbaren Gerät zu meiden wie das Kind die heiße Herdplatte? Wenn ich eine Sache selbst auf dem Totenbett nicht glauben werde, dann diese: Daten reisen durch die Luft genauso zuverlässig wie durch eine Kupferbahn. Drahtlos – das *klingt* nur toll. Aber so toll wie ein schöner Draht kann eigentlich nichts sein.

»Und jetzt machen Sie *was?*«, erkundige ich mich sehr wertfrei.

Warum reißt sie plötzlich die Augen auf? Aha, das Teil scheint durch zu sein. Sie lässt das Feuerzeug auf den Boden fallen und schnipst von unten gegen das Plättchen. Einer der schwarzen Chips springt heraus, zischt dicht an meinem Auge vorbei und landet mit einem leisen Klackern auf dem Beton.

Sie formt mit Zeigefinger und Daumen eine Zange, um die Beute vorsichtig aufzuheben. Erstaunlich, bis auf ein paar Kerben in den Nägeln hat die letzte Nacht keine Spuren an ihren manikürten Händen hinterlassen. Jede Art von Unordnung scheint an ihr magisch abzuperlen, bei mir ist es genau andersrum.

Triumphierend dreht sie ihre Beute vor meiner Nase.

Brillant: Sie hat mit dem Feuerzeug erst das Lötzinn flüssig gemacht, mit dem der Chip auf der Platine befestigt war, und ihn dann einfach rausgeschnipst; dafür brauchen andere Leute einen Haufen Equipment und viiiiel Zeit.

»Und jetzt, Schröder, schauen wir uns mal an, was die Herren so für Geheimnisse haben.«

36

»What?«

Jesko von Neumann brüllt in den Hörer, während er versucht, sich mit dem Oberkörper in die Telefonbox hineinzuzwängen. Was hatte Patty gerade gesagt? Wenn diese verdammten Trucks nicht so laut wären! In seinem Rücken heulen die Dieselmonster vorbei und entladen zischend ihre Bremsen.

Neumann ärgert sich. Ein deutscher Ingenieur hätte das einzig verbleibende Münztelefon im ganzen verdammten Bundesstaat nicht direkt neben der Ausfahrt eines Truck Stops platziert. Aber anscheinend gab es keine Alternativen, denn an allen vorherigen Ausfahrten hatte Neumann vergeblich nach dem quadratischen blauen Schild mit PHONE Ausschau gehalten.

Nachdem er die sechs Stunden bis zur Grenze von Nevada an einem Stück absolviert hatte, fühlte er sich sicher genug, um eine Pause einzulegen. Es war immer noch früh am Nachmittag, er würde es bis zum Abend auf jeden Fall bis nach Vegas schaffen, um diesen Schröder abzufangen.

Hinter der Telefonbox zerbröselt der Asphalt wie kleine Eisschollen. Auf dem nächsten Grundstück hat ein blauäugiger Mensch im letzten Jahrhundert einen Konsum-Außenposten eingerichtet: einen Drive-in. Das lang gezogene Dach, in dessen Schatten sich die Cadillacs und Oldsmobiles ausruhen sollten, steht noch, genau wie das kleine Restauranthäuschen. Den Rest haben die Wüstensträucher verschluckt, die schulterhoch aus den Betonfugen wuchern.

Neumann lässt vorsichtig ein paar Münzen in den Schlitz kullern. Wie alle Männer seines Alters liebt er jeden Zentimeter der alten Apparate: die verchromte Frontplatte, den großen silbernen Hebel, der überschüssige Vierteldollarmünzen unten wieder rausklimpern lässt, die Schutzbox aus gebürstetem Metall, in die der Umriss eines Telefonhörers eingestanzt ist. Besser und sicherer als jedes IP-Telefon.

Doch für Schwärmereien ist heute keine Zeit: Neumann muss sich konzentrieren, das Dröhnen der Lastwagen ausblenden, damit er versteht, was Patty sagt – beziehungsweise was sie nicht sagt, denn bisher war außer Schluchzen nicht viel durch die Leitung gekommen. Sie hatte nur gestammelt, dass Chuck sich seit zwei Tagen nicht mehr gemeldet habe und ob er, der gute Freund, nicht wisse, was los sei. Neumann versuchte, seine Beruhigungsformeln glaubhaft klingen zu lassen: Nein, er mache sich keine Sorgen, alles würde schon in Ordnung kommen, Chuck sei beim Feuer im Hauptquartier bestimmt nichts passiert. Dass er in Wirklichkeit nichts davon glaubt, gibt ihm das Gefühl, ein noch schäbigerer Mensch zu sein als ohnehin schon. All die Jahre hatte er sich immer ein bisschen schuldig gefühlt, wenn er beim *Project* mithalf – weil er so Chuck bei seinem erfolgreichen Versuch unterstützte, sich von seiner etwas anstrengenden Gattin fernzuhalten. Das hatte Patty eigentlich nicht verdient, an sich ist sie eine gute Frau.

Neumann senkt die Stimme, um besonders überzeugend zu klingen. »Everythings's going to be alright.«

Wieder nur Schluchzen aus der Leitung, gefolgt von einem lauten Schnäuzen. Was soll er tun? Er muss sie dazu bringen, diesen alles entscheidenden Nebensatz noch einmal zu wiederholen, den sie eben gemurmelt hatte. Es klang nämlich ganz danach, als hätte ihm Chuck noch eine Nachricht hinterlassen, bevor er untergetaucht ist.

»Now back to that message«, drängelt Neumann.

»Oh, of course.« Patty schnieft und sammelt sich. »It was something about an island, uhm. Right! Cooper's Island, and there's something …«

Cooper's Island.

Neumann nimmt den Hörer vom Ohr und starrt ihn an – wie die Helden in Hollywood, wenn sie eine unglaubliche Botschaft erhalten haben. Pattys Stimme krächzt weiter aus der Muschel.

Cooper's Island. Das Gerücht stimmt also doch, die Offiziellen hatten sie also die ganze Zeit belogen. Die Legende von Cooper's Island ist wahr. Das würde bedeuten: Es gibt noch eine Sicherheitskopie von den Mondfotos, sie könnten das *Project* zu Ende bringen – vorausgesetzt, ihre Gegner lassen das zu.

Verdammt, das war knapp!

Neumann presst seine Schuhspitzen an die Bordsteinkante, damit seine Hacken nicht unter die Räder des Trucks geraten, der hinter ihm vorbeirast. Er reißt den Kopf herum und sieht nur noch, wie das rotmetallic lackierte Ungetüm Richtung Freeway wegröhrt. Die Schmutzfänger, auf denen Frauensilhouetten aus Chrom angebracht sind, flattern im Wind. Neumann schüttelt den Staub aus seinem T-Shirt. Das wäre natürlich die unauffälligste Art, ihn loszuwerden: überfahren am Truck Stop, was für ein tragischer Unfall.

37

Harriet legt den Kopf schräg, als könnte sie sich nicht entscheiden, ob das Foto auf dem Bildschirm Hoch- oder Querformat hat.

»Eine Hosentasche, würde ich sagen, oder?«

Aus Solidarität und um die Komik zu steigern, mache ich ihre Kopfbewegung nach.

»Definitiv eine Hosentasche – von innen«, pflichte ich bei.

»Wahrscheinlich nachts«, legt sie nach.

»Oder eine Achselhöhle«, ergänze ich.

Wir prusten los, dass die Reste der *Reese's*-Schokolinsen nur so fliegen. Doch an ihren zusammengekniffenen Augen sehe ich, dass ihr jeder Lacher wehtut. Bisher hat sie sich geweigert, darüber zu sprechen, wie genau sie sich verletzt hat, doch dass ihr etwas wehtut, ist offensichtlich; als Großmeister des Verdrängens respektiere ich diese Haltung natürlich.

Sie scrollt noch einmal zur Kontrolle über das rabenschwarze Foto und klickt es mit einem Seufzer weg.

»Leider nur ein Butt-Call …«, klugscheiße ich. So nennen es die Amis, wenn sich jemand mit seinem Arsch aufs Telefon setzt und dadurch aus Versehen einen Anruf auslöst.

»Oder besser gesagt: ein Butt-Foto«, verbessert Harriet. Ein bisserl Klugscheißen geht bei ihr ja immer. Als Kind hat sie ihre armen Eltern sicher das ein oder andere Mal die Peitsche ihres Wissens spüren lassen.

Schade, dass auf dem Foto nichts zu erkennen ist, dabei lief bis hierhin alles so gut. Nachdem Harriet den Speicher aus dem Handy der Entführer herausgegrillt hatte, starteten wir eine richtige Bastelorgie. Besser gesagt: *Ich* startete eine Bastelorgie, denn hier ging es um Hardware, und Harriet war schnell am Ende ihres Lateins. Wie sollten wir die haardünnen Beinchen des Chips mit dem Parallelport ihres Rechners verbinden – und das auch noch ohne Ausrüstung?

Tja, hier konnte MacGyver noch mal richtig auftrumpfen. Zuerst musste ein Lötkolben improvisiert werden. Meine Konstruktion: eine auseinandergebogene Büroklammer oben ins Feuerzeug reingesteckt – wird schön heiß und macht Zinn genauso schnell flüssig wie ein Profi-Lötkolben. Für Drähte et cetera weideten wir das Netzteil ihres Epiliergerätes aus. Warum nimmt sie so was auf einer dreitägigen Reise mit? Egal, jedenfalls war es eine Schweinearbeit, das Zinn mit dem Schweizer Messer aus allen Ecken des Netzteils zusammenzukratzen. Am Schluss hatten wir nur ein paar Körnchen zusammen – aber es reichte. MacGyver gelang es tatsächlich, mit dem Feuerzeuglötkolben ein paar Drähte an die Beinchen des Chips dranzukleben.

An diesem Punkt dachte Harriet allen Ernstes, wir wären fertig. Sie wollte tatsächlich den Chip aus einem Handy, der es gewöhnt ist, nur magere zwei Volt zu nippen, an die fünf Volt ihres Rechners anschließen! Danach wäre das Teil auch von innen gut durchgebraten gewesen.

Also Runde zwei für MacGyver: Widerstände basteln,

diesmal mit Bleistift und Büroklammern. An sich eine simple Angelegenheit: einfach nur eine dicke schwarze Linie aufs Papier kritzeln und dann die Drähte am Anfang und Ende mit Büroklammern festmachen – fertig ist der Widerstand. Mit ein bisschen Probieren würgt das Grafit den Strom stark genug ab, um aus fünf Volt zwei zu machen, habe ich irgendwann mal bei Hackaday gelesen. So ganz konnte Harriet ihr Staunen nicht verbergen. Jaja, manchmal kann die Generation Elektor richtig was!

Unfassbar, dass die Daten durch dieses wackelige Drahtknäuel tatsächlich vom Handychip in ihren Rechner rübermarschiert sind. Allerdings war ein bisschen Geduld nötig. Wir mussten fast eine halbe Stunde vor dem Bett mit dem Bodybuilderhosen-Bezug knien und auf den Bildschirm starren. Sie verschwand zwischendurch kurz in die Lobby und kam mit zwei Packungen Schokolinsen aus dem Automaten zurück. Ein vollwertiges Frühstück, herrlich. Eigentlich war alles wie damals mit Leines, nur dass der keine Brüste hat. Und nicht so schöne Füße.

Viel gebracht hat die Bastelei allerdings nicht.

Keine Geheimnisse im Handy der Entführer. Das Telefon muss völlig steril gewesen sein, wie frisch ausgepackt. Wem auch immer es gehörte – er hatte penibel genau darauf geachtet, keine digitalen Spuren zu hinterlassen. Keine Nummernfragmente, keine Adressbucheinträge, keine Anwendungsdaten. Auf dem Chip fand sich nicht ein einziges verwertbares Byte – bis auf diese Fotodatei.

Ein komplett schwarzes Bild. Wahrscheinlich hat der Besitzer des Telefons es wirklich aus Versehen geschossen, während das Gerät noch in seiner Hosentasche steckte.

Obwohl es völlig irrational ist, spüre ich eine Art von Genugtuung.

Sich in diese Handysache zu verbeißen war von Anfang an Quatsch. Es wäre viel sinnvoller gewesen, erst mal zu den Bullen zu gehen. Oder ihren Rechner gründlich zu untersuchen, um herauszufinden, warum die Entführer überhaupt so scharf darauf waren, ihn in die Hände zu bekommen. Aber nein, die Dame musste ja unbedingt das Handy sezieren. Bestimmt eine Art von Übersprunghandlung. Ist bei Entführungsopfern wohl normal, dass die ein bisschen abdrehen. Immerhin konnte ich Harriet davon abhalten, die Bastelei *vor* dem Motelzimmer zu veranstalten. Kabelstränge und Feuerzeug an einem öffentlichen Ort – das hätte im paranoiden Homeland eine gründliche Untersuchung aller Körperöffnungen nach sich gezogen.

Sie schaut mich fragend an. »Und nu?«

»Tja …«, spiele ich auf Zeit. Sie hat sich im Schneidersitz aufs Bett gepflanzt und den Rechner auf dem Schoß abgestellt. Ihre Hand greift schon zum Bildschirmrand, als wollte sie ihn gleich zuklappen. Aus den Jeans schauen ihre nackten Füße raus: zierliche, blasse Zehen mit fast runden, dunkelrot lackierten Nägeln. Bei einer derart massiven Ablenkung reicht das Blut in meinem Kopf nur für Standardideen.

»Wir sollten noch die EXIF-Daten checken.«

»Stimmt.« Sie klappt den Bildschirm wieder auf.

EXIF-Dateien analysieren – eine Standardprozedur. Die technische Seite ist banal: Jede Fotodatei beginnt mit ein paar allgemeinen Infos – welche Kamera verwendet wurde, wie groß die Blende war und so weiter. Falls der Apparat einen GPS-Empfänger hat, schreibt er noch die Positionsdaten dazu, also den Ort, an dem das Foto gemacht wurde. Und genau das vergessen viele Leute, sogar die besten. John McAfee zum Beispiel, dieser durchgeknallte Antivirus-Mogul, ist deshalb sogar fast in den Knast gegangen.

Der hatte sich Ende der Nuller ja nach Afrika abgesetzt, um neue Antibiotika zu erfinden oder so. Eines Tages wurde sein Nachbar ermordet, und McAfee tauchte unter, obwohl er angab, nichts mit der Sache zu tun zu haben. Irgendein Schreiber konnte ihn trotzdem in Guatemala aufstöbern und hat ihn mit seinem Handy fotografiert. Dann nahm der Shit natürlich seinen Lauf: Das Foto wanderte ins Netz, samt der Positionsdaten, und schon war der geheime Unterschlupf des Herrn nicht mehr ganz so geheim.

Harriet lächelt verschmitzt, als hätte sie gerade ein verstecktes Geschenk unterm Weihnachtsbaum entdeckt.

»Schröder, halt dich fest: Der Idiot hat das Geotagging nicht ausgeschaltet.«

»Nicht wahr!«

»Doch wahr!« Sie dreht den Bildschirm zu mir um, damit ich mir die Zahlenkolonnen anschauen kann.

Seltsam, sechsunddreißig Grad Breite und minus hundertfünfzehn Länge.

Das Foto wurde in Vegas gemacht. Wenn das stimmt, wohnen unsere Gegner quasi um die Ecke.

38

»Komm schon, Schröder, gib mal Gummi!«

Völliger Schwachsinn, das ist absolut kindischer Schwachsinn – den Entführern in die Arme zu fahren.

Wir werden noch unseren Flug verpassen. Dabei ist es schon zehn nach sechs, wir müssten eigentlich seit zehn Minuten in der Abflughalle stehen und den Sicherheits-Schuhplattler tanzen. Stattdessen kriechen wir durchs Gewerbegebiet von North Las Vegas, besser gesagt: durch etwas, das einmal ein Gewerbegebiet werden soll. Zu sehen ist davon bislang nur ein Feld mit aufgeschütteten Geröllhügeln, kreuz und quer durchzogen von Raupenspuren. Die Baustraße, auf der wir entlangjuckeln, hat nicht mal Markierungen. Alle paar Meter zweigen Asphaltstümpfe ab, die aber sofort im Sand verschwinden.

Warp Drive? Skywalker Way? Was für Nerds durften denn hier die Straßennamen vergeben?

Als wir uns nach der Bastelorgie aus dem Zimmer geschält haben, war es schon Nachmittag, und der blaue Himmel hatte sich verabschiedet. Stattdessen lag ein milchiger Dunst über der Stadt, und bedrohliche Wolken türmten sich auf, so horizontfüllend wie die außerirdischen Raumschiffe in *Independence Day*.

Jetzt sieht es definitiv nach Gewitter aus, vielleicht müssen sie den Flug ja verschieben.

»Übernächste Straße links«, befiehlt Harriet. Aus jedem Knopfloch ihres Safarianzugs sprudelt der Spaß, bei einem ganz besonderen Räuber-und-Gendarm-Spiel mitmachen zu können. Für den Rückflug hat sie wieder das Geschäftsoutfit rausgeholt, als wäre nichts passiert. Reset, einfach alles zurück auf Anfang. Überhaupt verhält sie sich verstörend normal, so als würden wir nach einer erfolgreich absolvierten Incentive-Reise samt Erdbeer-Daiquiris wieder gen Heimat segeln. Vielleicht hat sie doch kein Trauma, sondern nur ein verdammt dickes Fell.

Eine schwierige Lage: Höre ich auf, den Besorgten zu spielen, und schalte auf Routine um, riskiere ich, dass sie mir später vorwirft, »total gefühlskalt« zu sein – Isabell liebte diese Schiene. Fasse ich Harriet dagegen weiter mit Samthandschuhen an, lacht sie sich womöglich innerlich über das Weichei Schröder kaputt.

»Hallo?« Sie zeigt mit der linken Hand aufs Gaspedal.

Bloß nicht stressen lassen. Immer schön den Tacho im Blick behalten, immer schön mit lähmenden fünfundzwanzig Meilen pro Stunde weiterzuckeln.

Warum müssen wir unbedingt persönlich zur Adresse der Entführer fahren und dabei riskieren, den Rückflug zu verpassen? Vielleicht will sie die Sache so verarbeiten. Andererseits machte sie bisher nicht den Eindruck, als sei sie jemand, der irgendetwas verarbeiten muss. Sie wirkt eher wie eine Kämpferin.

Was sie wirklich braucht, ist einen gleichaltrigen Kollegen. Ja, Riggs, ich bin zu alt für diesen Scheiß. »Riiiiiiigss!«, würde Danny Glover in *Lethal Weapon* jetzt brüllen. Ich bin zu alt für dieses dynamische Rumgerenne und Rumgefahre. Zu alt, um im Supermarkt auf den Einkaufswagen zu springen und die Gänge runterzurollen. Zu alt für drei Tage Festival ohne Dusche, für laute Kneipen mit versifften Klos. Zu alt, um im Regen zu spielen oder billiges Bier zu saufen. Zu alt für Optimismus. Und anscheinend auch zu alt, um noch als Druckmittel in einer Entführung herhalten zu können.

Okay, jetzt hier links.

Ende der Geröllwüste, es wird grüner. Anscheinend konnte die Stadt hier die Grundstücke losschlagen. Dem Bordstein wurde ein weißer Anstrich verpasst, im Beet dahinter liegt rotbrauner Kies, und jemand hat eine Reihe von Pinien gepflanzt. Sehr gepflegt. Und da kommt auch schon die Einfahrt der ersten Firma: Ein properes kleines Pförtnerhäuschen wandert auf Harriets Seite vorbei. Ihr Blick folgt dem Flachbau, der in einem See aus tiefschwarzem, brandneuem Asphalt zu schwimmen scheint. Dahinter Parkplätze so weit das Auge reicht … Merkwürdig – vielleicht Langzeitstellplätze für Flugreisende?

Es sei denn …

Kurz das Navi checken, die Koordinaten stimmen. Unsere Blicke treffen sich neben dem Rückspiegel.

Es ist die richtige Adresse.

Dieser Klotz am Horizont gehört *ihnen.*

Mein Fuß zuckt vom Gas runter, und das Gebäude gleitet langsam vorbei. Es verdeckt ein Drittel des Horizonts, hautfarbig wie der Wüstenboden, vielleicht drei Stockwerke hoch. Im Erdgeschoss zieht sich ein schwarzer Balken aus verdunkelten Fenstern um den Bau. Mehr Einzelheiten sind kaum zu erkennen, dafür ist der Parkplatz zwischen uns und diesem Kasten zu breit.

Doch, unter der Dachkante ist ein Schriftzug angebracht. Eine glatte Fläche aus spiegelnden schwarzen Buchstaben, die in der Mitte durchbrochen sind wie ein Star-Trek-Font aus den Neunzigern.

Blackarrow.

Der Sicherheitsgigant – wir haben uns einen mächtigen Gegner ausgesucht.

39

»Kommen Sie, nur noch einen Tag …«

Ha! Ein absolut durchschaubarer Zug: Sie quengelt absichtlich so laut, dass die Leute schon gucken, weil sie gemerkt hat, wie sehr ich es hasse aufzufallen. Sehr clever. Soziale Schmerzpunkte aufspüren und ausnutzen – das hat Isabell auch perfekt beherrscht.

Trotzdem falle ich nicht auf den Trick rein.

»Vergessen Sie's, keine Chance!«

Wir stolpern weiter durch die Flughafenhalle, die sich in

absolut nichts vom Casino im *Frontier* unterscheidet. Keine Fenster, kein Tageslicht, der gleiche taubenblau gemusterte Teppich, die gleiche Kakofonie aus den Zockautomaten, die gleiche verspiegelte Decke. Ich schaue hoch. Harriets Haare wehen von hinten auf meinen Rücken zu. Sie joggt ein paar Schritte, um sich wieder in Nervdistanz zu bringen. Um den linken Arm hat sie einen Mantel gekrumpelt, die Schulter ist mit einer überdimensionalen Handtasche behängt. Bei der ganzen Zuladung wird es natürlich schwer, den schlingernden Trolley im Schlepptau halbwegs unter Kontrolle zu halten. Warum können Frauen nur dann eine Reise beginnen, wenn sie auch wirklich keine Hand mehr frei haben?

»Schröööder, ich rede mit Ihnen!« Jetzt kreischt sie richtiggehend.

Ist ja gut. Ich laufe etwas langsamer, damit sie aufholen kann.

»Was ist denn mit Blackarrow?«, ruft sie rüber.

Jetzt geht das schon wieder los?

»Wie ich schon sagte: Die Firma ist der größte private Sicherheitsdienstleister hier drüben.« Wir springen auf eine Rolltreppe, und Harriet reißt mit brachialer Gewalt an ihrem Trolley, um ihn auf die erste Stufe zu hieven. Obwohl ihr die Schmerzen ins Gesicht geschrieben sind, sieht sie mich immer noch erwartungsvoll an. Na gut, also mehr Info.

»Wir reden nicht von aufgepumpten Asis, die im Bierzelt die Besoffenen rausschmeißen. Blackarrow ist ein waschechter Großkonzern, der eine Söldnerarmee mit hunderttausend Mann betreibt. Und die fordert Uncle Sam immer dann an, wenn er sich nicht selbst die Finger schmutzig machen will. Im Irak waren fast mehr Leute von Blackarrow unterwegs als reguläre Armeeangehörige. Mensch Harriet, die haben *Milliarden* in der Schatulle. Wenn die jemand auf uns angesetzt hat, sind wir *tot.*«

So passt natürlich alles zusammen: der geräuschlose Einbruch, die Nachtsichtgeräte, der nüchterne Kommunikationsstil der Entführer. Wir hatten es tatsächlich mit Profis zu tun, vielleicht mit den größten Profis, die in diesem Geschäft weltweit rumlaufen. Das Einzige, was nicht passt, ist der Einsatzort. Dass Blackarrow auch auf amerikanischem Boden Operationen durchführt, ist bisher noch nicht bekannt geworden. Wahrscheinlich haben sich die Söldner in Übersee so bewährt, dass ihnen die CIA jetzt auch im Inland die Drecksarbeit zuschanzt.

Harriet lässt sich von meinem Angstgerede natürlich nicht abschrecken. Wenn die ihre Sturkopf-Subroutine einmal abgerufen hat, wird einfach weiterdiskutiert.

»Ja, aber sooolche Profis können sie ja doch nicht sein, schließlich …«

»Ich sagte nein!« Verdammt noch mal. Selbst wenn ich mir dadurch den letzten Hauch einer Chance bei ihr verderbe – wir werden gleich in diese Maschine steigen und die ganze Geschichte hinter uns lassen.

Die Rolltreppe spuckt uns in einem neuen Stockwerk aus, diesmal sogar mit Fenstern. Draußen haben sich die Gewitterwolken verzogen, ohne auch nur einen einzigen Tropfen Regen zu hinterlassen. Die Abendsonne brennt durch die Fensterfront wie ein rosa Flakscheinwerfer, während einer dieser lustigen blauen Southwest-Jets gerade mit rauchenden Reifen die palmengesäumte Landebahn berührt.

Wo bleibt bloß der rettende Schalter mit dem Kranich-Logo? Die Sohlen meiner Timberland-Stiefel quietschen über den polierten grauen Marmor. Eine Teppichinsel rast auf uns zu, auf der – Überraschung! – einarmige Banditen lauern. Das Gesetz von Nevada verbietet, dass sich Menschen unter einundzwanzig in der Nähe der Maschinen aufhalten, belehrt uns das rote Schild an der Seite. Diesen Scheiß meinen sie ernst: Wer mit seinen Kindern hier langgeht, darf nicht anhalten. Bizarr.

Harriets Trolley hüpft über die Fugen, die Frequenz des Klackerns steigt, was bedeutet, dass sie sich wieder anpirscht.

»Schröder, also ich wollte doch nur …« Ha, jetzt schlägt sie den versöhnlichen Ton an, war ja klar.

Endlich wieder ein Infobildschirm. Kurz nachschauen, ob mit dem Flug auch alles glattgeht. Erste Zeile, zweite Zeile, nein, weiter unten, da: LH Soundso, ON TIME. Die Maschine ist pünktlich – anders als wir. Wahrscheinlich steigen die Leute schon ein. Auf dem Fernseher neben dem Infobildschirm laufen irgendwelche »Eyewitness News« ohne Ton. Was gibt es Neues aus der Rubrik Sex & Crime? Schwer zu erkennen. Es flimmern nur verwackelte Bilder über den Schirm, die aussehen, als wären sie aus einem Hubschrauber gefilmt. Er kreist über einem Polizeiwagen, der rundherum von Krankenwagen eingekeilt ist. Vermutlich werden wir gerade Augenzeuge einer beendeten Verfolgungsjagd, so was passiert hier drüben ja im Minutentakt.

Harriets Atem geht stoßweise. Anstatt weiter auf mich einzuquatschen, hat sie sich vor dem Schirm postiert und starrt ihn erstaunlich interessiert an.

Am Bildschirmrand entrollt sich ein rotes Band, über das in gelber Schrift die Schlagzeilen des Tages zischen.

Lincoln County Police Officer killed in Highway Shootout.

Sind das überhaupt Nachrichten aus Las Vegas? Die Landschaft, in der sie den Polizeiwagen abgestellt haben, sieht eher nach Pampa aus. Viel tut sich ja nicht gerade, nur ab und zu rennen ein paar kleine Figuren hektisch auf der Straße herum. Trotzdem dreht der Heli weiter unermüdlich seine Runden, wie ein Geier, der sich gleich auf einen Kadaver runterstürzen wird.

Endlich, die Regie schaltet ins Studio zurück. Eine verbraucht aussehende Sprecherin mit hochtoupierten Haaren, die mit einer Zeitmaschine aus dem Denver-Clan herüberteleportiert wurde, schaut überrascht von ihren Unterlagen hoch. Sie legt klischeemäßig den Kopf zur Seite, um den nun folgenden Worten Nachdruck zu verleihen – diese Bewegung lernen die auf der Anchorman-Schule bestimmt am ersten Tag. Unten scrollt irgendwas von wegen »Female Suspect« durch.

Plötzlich ist da dieses Foto, direkt neben der Nachrichtentante. Ein bekanntes Foto, ich hatte es vor ein paar Wochen selbst auf dem Schirm.

Es ist ein Foto von Harriet.

Ich schaue zu ihr rüber. Sie presst ihre Lippen zusammen und bewegt sich keinen Millimeter.

Was ist das? Etwas berührt meine Schulter und zieht mich nach unten. Es fühlt sich weich und warm an.

Ich drehe mich um.

III

40

»Guten Abend. Entschuldigen Sie. Ich hatte Sie …«

Jesko von Neumann stutzt. Der Mann vor ihm scheint ihn überhaupt nicht zu bemerken. Er fährt zwar seine Hand zum Gruß aus, stiert dabei jedoch ins Leere, als ob er mit seinen Gedanken in einem anderen Universum wäre.

Neumanns Angst, nicht formal genug gekleidet zu sein, war jedenfalls unbegründet. Dieser Schröder sieht ganz anders aus als auf dem Foto, das seine Firma von ihm ins Netz gestellt hat, weniger geschäftsmäßig. Als Neumann das gute alte Deutschland verlassen hatte, pflegten Männer, die bei einer Aktiengesellschaft arbeiteten, noch einen anderen Stil. Sie trugen dreiteilige Anzüge, reisten mit Aktenkoffer und ließen sich am Flughafen die Lederschuhe auf Hochglanz wienern. Dieser Mann dagegen wirkt eher wie ein Taxifahrer: Turnschuhe, Jeans, offene schwarze Lederjacke mit T-Shirt darunter.

Seine Assistentin passt schon eher ins Bild, ein äußerst korrekt gekleidetes Wesen. Hosenanzug, etwas zu blasse Haut für die Westküste, rotbraune, lange Haare. In früheren Tagen hätte er sie sehr attraktiv gefunden, schließlich hatten ihn die Kollegen im Lab schnell als »ginger lover« identifiziert – als Freund und Connaisseur aller Rotschöpfe. Und dennoch wurde es am Schluss Mary, die strohblonde Schönheit aus Maine. Als rationaler Mensch hatte Neumann das Konzept »Frauentyp« ohnehin immer für Mumpitz gehalten.

Schröders Assistentin starrt paralysiert vor sich hin.

Neumann ergreift ihre Hand und pumpt sie auf und ab, in der Hoffnung, die junge Dame so wachrütteln zu können.

»Jesko von Neumann. *Lunar Image Project.*«

Er spricht die Worte so laut und bedächtig aus, als müsste er sie einer schwerhörigen Dame am Telefon diktieren.

Doch die Assistentin reagiert nicht, sie dreht sich einfach wortlos um. Was lenkt die beiden bloß ab, dass sie sich derart unhöflich verhalten?

Neumann beugt sich zur Seite, um an Schröders Rücken vorbei einen Blick auf den Fernseher werfen zu können. Kanal 9, seine heimliche Leidenschaft, die *Eyewitness News.* Moderatorin Cathy hat es heute mit dem Haarspray aber wieder besonders gut gemeint, noch ein paar Zentimeter höher toupiert, und sie wäre bei der Beehive-Frisur der Sechzigerjahre angekommen.

Warum blenden sie ein Foto von Schröders Assistentin ein? *Female Suspect, Highway Shootout, Police Officer killed,* das Laufband ist zu schnell für Neumann, doch die wenigen Worte, die er erkennen kann, lassen ihn zusammenzucken.

Das Flowchart im Kopf läuft durch: Sehen diese Leute aus, als wären sie an einer Schießerei beteiligt? Nein, außerdem arbeiten sie in der Strafverfolgung, falls die Signatur dieses Herrn Schröder echt war. Ist es wahrscheinlich, dass sie zufällig an einer Straftat beteiligt sind? Nochmals nein.

Schlussfolgerung: Die zwei sind im Besitz wichtiger Informationen zum *Project* und stehen damit, wie Neumann selbst, auf der Abschussliste. Deshalb haben ihnen ihre Gegner eine Straftat untergeschoben – um sie aus dem Weg zu räumen. Sie haben sie auf die Fahndungsliste gebracht und dann auch noch als »Cop Killer« gebrandmarkt – dabei gibt es hier drüben nichts Schlimmeres, als einen Polizisten zu ermorden. Auf eine perfide Art sehr clever: Jeder Beamte im Südwesten wird sie jetzt jagen.

Und diese zwei Wahnsinnigen stehen direkt vor der Sicherheitskontrolle und starren Löcher in die Luft.

Neumann packt den Mann, der ihn gut und gerne anderthalb Köpfe überragt, und zieht ihn vom Bildschirm weg.

»Kommen Sie, ich habe einen Wagen. Hier sind Sie nicht sicher.«

Schröder scheint langsam wieder zu schalten.

»Von Neumann? Sie hatten mich doch vorhin …«, stammelt er los.

Neumann zerrt weiter an seinem Arm. »Ja, nun kommen Sie schon – und Sie auch.« Die Assistentin trottet wie ferngesteuert hinter ihrem Chef her.

»Sind Sie von der Polizei?«

»Nein, *Lunar Image Project*, sagte ich doch schon.«

Schröder schaut verwirrt. »Kommen Sie wegen der Bilder?«

Neumann spürt, wie es in seinem Brustkorb pocht. Sie haben also tatsächlich einige Fotos retten können, vielleicht können sie ihm Antworten geben.

Doch dafür müssen sie zunächst hier raus.

41

Zum ersten Mal seit Tagen vergehen zehn Minuten, ohne dass Chuck Gardner in den Rückspiegel schaut. Zum ersten Mal versäumt er es, im Kopf eine Liste mit den nachfolgenden Wagen zu führen, damit er merkt, wenn ihm ein Auto folgt. Denn ein anderes Problem fordert seine volle Aufmerksamkeit: ein orangefarbenes Symbol direkt neben dem Tacho. Ein unten ausgebeultes »U« , das einen platten Reifen darstellen soll. Vor gut zwanzig Minuten tauchte es das erste Mal auf, begleitet von einem warnenden »Pling«. Als Mensch, der an einer unasphaltierten Straße wohnt, kennt er das Symbol gut. Es warnt vor rapide abfallendem Druck in einem der Reifen. Gardner weiß aber auch, dass kein Grund zur Panik besteht. Solange man den Wagen in Bewegung hält und die Reifen warm bleiben, wird sich das Loch nur langsam vergrößern, und man kann noch mindestens zwanzig Meilen fahren.

Normalerweise. Aber ausgerechnet heute nicht. Heute scheint das Loch größer zu sein, vielleicht ist er über einen dieser riesigen Nägel gefahren, die hier noch aus der Zeit des Eisenbahnbaus rumliegen. Seit einer halben Meile vibriert das Lenkrad wie ein stumm geschaltetes Mobiltelefon, das angerufen wird. Natürlich, der labberige Pneu erzeugt eine Unwucht. Als Ingenieur kennt er die Folgen: Wenn er nicht bald anhält, fliegt ihm der Reifen um die Ohren. Widerwillig lässt Gardner den Subaru ausrollen. Ärgerlich. Er will mit der Faust gegen das Lenkrad schlagen, trifft aber schlecht und scheuert nur mit den Knöcheln über den Rand.

Immerhin, es ist noch nicht dunkel, und andere Fahrer sind auch noch unterwegs, das beruhigt. Durch den offenen Schlitz seines Fensters kann Gardner deutlich das Pfeifen eines Wagens in der Ferne hören. Zu sehen ist er noch nicht.

Als wollte ihn das Schicksal verspotten, taumelt eine Wüstenrose direkt vor seiner Stoßstange entlang. Jetzt, im Stillstand, ist der platte Reifen deutlich zu merken, der Wagen lehnt sich ordentlich nach links. Gardner geht im Kopf die nun folgenden Schritte durch. Kofferraum ausräumen, die Abdeckung am Boden entfernen, Wagenheber raus. Hat der Ersatzreifen genug Druck?

Es liegt schon Jahre zurück, dass er das letzte Mal selbst einen Reifen gewechselt hat. Zuletzt hatte er sich immer den Luxus gegönnt, bei einem Schaden den Wagen von einem Profi abschleppen zu lassen. Er musste sich eingestehen, dass das für ihn als Rentner und Mitglied im Automobilklub AAA einfach die bequemste Lösung war, auch wenn sie zunächst seinem Selbstverständnis als zupackendem Pionier widersprach.

Es würde ein Stück Arbeit werden, den Wagen auf diesem Untergrund aufzubocken. Was ist, wenn der Wagenheber auf dem Schotter keinen Halt findet? In Gardners Kopf türmen sich die Bedenken auf. Dass das Pfeifen des näher kommenden Fahrzeugs tiefer geworden ist, bemerkt er gar nicht.

Warum musste er auch ausgerechnet hierhin ziehen, nach California City? Was hatte man ihnen nicht alles versprochen: eine pulsierende Nachbarschaft, Hunderttausende von Menschen. Gardner wirft einen verächtlichen Blick aufs Navi: Ein dichtes Gitter an Straßen füllt das Display. Dann wandert sein Blick durch die Windschutzscheibe, und er sieht – nichts. Nur ein ödes Wüstental. All die Wendehammer, Ringstraßen und Boulevards sind Phantome, sie existieren nicht; die Stadtväter haben sie in vorauseilendem Optimismus in den Straßenkarten eintragen lassen, gebaut wurden sie nie. Statt Hunderttausenden kamen nämlich nur zehntausend Menschen, und die wohnen am anderen Ende des Tals. Gardners Haus in der Elm Street ist das einzige auf fünf Quadratmeilen.

So kurz vor dem Ziel verreckt, die Krönung des Pechs. Er schüttelt den Kopf, steigt aus und beginnt, aus dem Kofferraum alles herauszuräumen, was sich in den letzten Wochen dort angesammelt hatte, also in der heißen Phase des *Project.* Ein paar Blechcontainer, die überraschenderweise doch keine Datenbänder enthielten, Fläschchen mit Reinigungsalkohol für die Bandmaschinen, den Karton dieses modernen Berührrechners, den ihm sein Sohn zum Geburtstag geschenkt hatte. An den Ecken spannen sich noch die jungfräulichen Klebestreifen um die Verpackung. Der Junge hatte es ja gut gemeint.

Aber die letzten Tage waren einfach zu aufregend gewesen, um sich mit trivialen Dingen wie Geschenkeauspacken zu beschäftigen. Unglaublich, was der ehemalige Kollege aus Bermuda ihm da gesteckt hatte! Ein letztes Band vom Lunar Orbiter, eine längst verschollen geglaubte Kopie, versteckt in einem alten Bürotresor … Zunächst hatte er dem Mann nicht geglaubt, er dachte, es mit einem Spinner oder einem dieser verrückten Internet-Freaks zu tun zu haben. Doch dann beschrieb der Mann das Band so genau, wie es nur ein Insider hätte tun können, mit allen Details, bis hin zum Aufkleber auf der Spule: *Mission, Pass, Recording Speed* – alles stimmte. Kein Zweifel, es gab noch ein Band, von dem sie bisher nichts wussten. Vor lauter Aufregung war er sofort nach dem Ende des Telefonats zu Patty rübergestürmt und hatte ihr alles erzählt. Sie lächelte dieses solidarische Ehefrauen-Lächeln, hatte aber vermutlich kein Wort verstanden.

Motorheulen. Gardner lässt den Rand der Teppichabdeckung wieder aus der Hand gleiten, um sich besser auf das Geräusch konzentrieren zu können. Anders als seine Augen ist sein Gehör immer noch top.

Ein Wagen, ausgerechnet auf *seiner* Straße?

Sofort und mit überraschender Klarheit zieht sein Gehirn die Schlussfolgerung: Sie sind da, um ihn zu holen.

Sollte er versuchen, mit dem kaputten Reifen noch bis zu seinem Haus zu fahren? Nein, zu riskant. Also zu Fuß fliehen.

Für die Verfolger muss der Anblick fast lächerlich sein: ein alter Mann mit schwarzer Hose und weißem Kurzarmhemd, der verzweifelt versucht, mit den Armen vorwärtszurudern. Jesko hatte ihn oft den »Preacher« genannt, weil er fand, dass er mit seiner helmartigen, streng gescheitelten Frisur und der schwarz-weißen Kleidung immer wie einen Pfarrer aussah.

Gardner kommt gerade mal hundert Fuß weit, bevor ihn der Wagen erfasst. Die Wucht des Aufpralls ist so stark, dass er nicht mehr bei Bewusstsein ist, als sein Körper auf den Boden prallt.

42

Sie berührt mich.

Yess.

Schröder, der König des Wunschdenkens, schlägt wieder zu.

Alles ist wie sechsundachtzig bei Olaf im Partykeller, als diese Britta nach ungefähr fünfzehn Bailey's auf dem Sofa gegen mich kippte. Die Cutting Crew mit »Died in Your Arms« lief, was ihren medizinischen Status ganz gut beschrieb. Es war völlig klar, dass sie am nächsten Morgen sämtliche Freundinnen abtelefonieren würde, um ihnen zu versichern, dass die Annäherung an diesen Schröder nur ein bedauerlicher Ausrutscher gewesen sei. »Doch nicht mit *so* einem …« Klammer auf, nervöses Kichern, Klammer zu.

Mir war in dieser Sekunde auf dem Sofa natürlich auch

klar, dass sie alles leugnen würde, sobald sie das Bewusstsein wiedererlangt hat. Doch das spielte überhaupt keine Rolle. Entscheidend war, dass der Körper eines schönen Mädchens meinen Körper berührte. Nein, sogar die *Haut* eines schönen Mädchens, denn ihr blau-weißes Ringeloberteil war so weit runtergerutscht, dass eine Schulter freilag, so wie bei Jennifer Beals auf dem Plakat von *Flashdance*. Ihre Haut berührte mich. Dass sie dem Delirium tremens nahe war, schmälerte die Freude kein bisschen. Oder die Erektion. *Das* war das Leben, und besser könnte es nicht sein.

Erst wurde Harriet immer stiller, und ihre Energie, uns mit ihrem Wissen zu beglücken, ließ nach. Schließlich kippte ihr Kopf nach vorn, und sie döste weg.

Kein Wunder, nach den letzten achtundvierzig Stunden.

Dann kam diese Kurve, sie rutschte ein Stück zur Seite, und plötzlich lehnte ihr Kopf an meiner Schulter. Sie rückte sich sogar noch ein bisschen zurecht, als ob nichts dabei wäre.

Besser wird's nicht.

Keine Frage: Auch diesmal wird das Dementi folgen, sobald wir anhalten und sie merkt, woran sie sich da angelehnt hat. Oder vielleicht auch nicht?

Der Blick des alten Mannes streift meinen im Rückspiegel. Im grünen Schein der Tachobeleuchtung sehen seine Augen schmal aus, müde vom Rausstarren in die Nacht. Trotzdem spielt in seinen Augenwinkeln ein Lächeln, als würde er sich darüber freuen, was er sieht. Hätte mich mein Vater einmal mit einem Mädel von einer Party abgeholt, hätte er vielleicht auch so geguckt. Doch er war nie da. Okay, *physisch* war er natürlich schon da, aber er war nicht wirklich dabei. Zu müde von den Dienstreisen, zu müde vom Leben. Weißt du, Junge, ich hab so viel um die

Ohren und will euch ja auch den Lebensstandard bieten, den … Klar, kein Problem.

Und aus der Sicht des Fünfzehnjährigen war es natürlich großartig, der Einzige zu sein, dem man Taxigeld in die Hand gedrückt hatte und dem so das demütigende Ritual erspart blieb, vor der Partylocation bei Vattern ins Auto zu steigen. Trotzdem wäre es ab und zu mal schön gewesen, ihn auf dem Weg dabeizuhaben.

Alles fühlt sich taub an – Kopf, Arme, Beine. Wir sind nur noch drei Menschen, deren Körper über den amerikanischen Kontinent bewegt werden. Neumanns Honda Accord, den er sich bei einer windigen, zweitklassigen Autovermietung besorgt hat, summt seit Stunden anstandslos über die Interstates, rumpelt über Autobahnkreuze und Dorfstraßen. Er hatte uns ziemlich genau gesagt, wohin es gehen würde, jedenfalls zurück nach Kalifornien, »an einen sicheren Ort«.

Dann wurde noch mal groß ausgeholt, aber unsere ausgebrannten Hirne konnten nicht mehr folgen, zumal er seine Geschichte in dieser typischen Alte-Leute-Manier präsentierte: Nach wenigen Minuten zweigte vom Hauptstrang der Story der erste Ast ab, darauf folgte der nächste, und schon bald hatte er völlig den Faden verloren.

Zu müde, um wach zu bleiben, zu müde, um zu schlafen. Sobald ich die Augen länger als zwanzig Sekunden schließe, zuckt mein ganzer Körper zusammen und reißt mich sofort wieder aus dem Halbschlaf. Immerhin ist Harriet schon erlöst. Mit ihrem Kopf an meiner Schulter kann Neumann gerne noch bis Alaska fahren.

Er scheint okay zu sein. Warum auch immer, aber ich bin mir sicher, dass wir ihm vertrauen können. Er wird das Richtige tun.

Dabei könnte die Lage kaum bizarrer sein. Vorgestern waren wir noch zwei normale deutsche Staatsbürger auf Geschäftsreise in den USA. Und jetzt? Entführt, betäubt, von der Polizei gesucht, auf der Flucht, zusammen mit einem abgehalfterten NASA-Mann, der – nach seinen hängenden Schultern zu urteilen – mit dem Leben abgeschlossen hat.

Am Anfang unserer Flucht funktionierte die Vernunft noch. Da dachten wir drüber nach, uns von ihm zum deutschen Generalkonsulat in Los Angeles fahren zu lassen, um dort unsere Geschichte zu erzählen. Neumann hatte uns das sogar angeboten. Aber je länger wir sprachen, desto größer wurde die Unsicherheit. Harriet bekam kalte Füße, weil sie Angst hatte, dass die Diplomaten sie sofort den Amis übergeben würden. Mord an einem Polizisten? Keine Kleinigkeit, da ginge die Auslieferung sicher ruckzuck. Für diese zwei komischen Nerds würde man in Berlin die DAF nicht aufs Spiel setzen – wieder eine Abkürzung, die nur Leines versteht. Deutsch-Amerikanische-Freundschaft, wie diese Band halt.

Was auch dagegen spricht, sich den Behörden zu stellen, ist natürlich Neumanns Story. Sein Freund, ein gewisser Chuck, hatte ihn explizit davor gewarnt, zur Polizei zu gehen.

Hey, wo bringt der uns hin?

Neumann lenkt den Wagen mit viel Gekurbel auf einen kleinen Feldweg. Die hohen Sträucher zwischen den Spurrinnen scheuern über den Unterboden. Harriet schreckt hoch. Schade, sie hat gar nicht gemerkt, dass sie sich an meine Schulter gelehnt hatte.

Das gibt's ja nicht – das steht eine Boeing mitten auf dem Acker!

Korrektur: Das steht *das Cockpit* einer 737 auf dem Acker, mehr ist von der Maschine nicht übrig, direkt hinter der Einstiegstür ist die Aluminiumhaut glatt durchgeschnitten.

Harriet fährt sich mit der Hand durch ihre verwuschelten Haare.

»Wo sind wir, Schröder?«

»Willkommen in der Plant Forty-One«, verkündet Neumann ein bisschen stolz.

Eine Fabrik? Sieht eher nach einer Kulisse aus *Mad Max* aus – oder nach einem Schrottplatz. Neumann hält vor einem löcherigen Maschendrahtzaun. An der oberen Kante hat jemand alle paar Meter Tierschädel aufgehängt ... Zur Abschreckung? Widerlich. An einem sind vorn noch scharfe Eckzähne dran, sieht nach Hund oder Kojote aus. Von der Schädeldecke daneben ist nur noch eine Hälfte übrig, als ob jemand das Tier erschlagen hätte.

»Bitte warten Sie.« Der Alte steigt aus und marschiert auf ein Tor zu. Harriet hat sich aufgerappelt und die Schädel gesehen.

»Ist ja widerlich.« Ihre Stimme ist immer noch vom Schlafen belegt.

Scheint eine Art von Siedlung zu sein. Am Ende der Scheinwerferkegel sind zwei Mobile Homes zu erkennen, diese Papphäuser, die man mit dem Tieflader durch die Gegend fahren kann. Ein klassisches Asi-Domizil.

Neumann fummelt kurz an einem klobigen Vorhängeschloss rum, mit dem das Tor gesichert ist, dann schlurft er zum Wagen zurück. Vielleicht sollten wir ein bisschen interessiert tun, immerhin gewährt er zwei gesuchten Polizistenmördern Unterschlupf, was ihm theoretisch sicher auch einige Jahre im PMITA einbringen könnte – im Pound-Me-In-The-Ass-Gefängnis, wie der Insider sagt, wo man in der Dusche die Seife besser auf dem Boden liegen lässt, wenn sie runterfällt.

Harriet ist noch damit beschäftigt ist, ihr System hochzufahren, also muss ich wohl ran.

»Ein Flugzeug-Friedhof?«

»Nein«, er klingt etwas pikiert, »unser ehemaliges Testgelände.« Von Leines habe ich gelernt, dass es bei solchen Leuten völlig aussichtslos ist, danach zu fragen, was denn genau hier mal getestet wurde und von wem. Also lieber die Formalien klarmachen.

»Können wir hier schlafen?«

Der alte Mann zeigt zu den Papphäusern. »Ja, Sie können dort drüben einziehen – ich werde das andere nehmen.« Er fährt den Honda durchs Tor und hält sofort wieder an, um auszusteigen und es hinter uns zu schließen.

Ob es in der Bruchbude wohl getrennte Betten gibt?

Die Dinger sind ja völlig abgeranzt, meine Herren … An der weißen Hauswand hat jemand mit dunkelbrauner Autogrundierung ein paar Stellen ausgebessert. Drumherum nur Berge aus Schrott. Eine alte Klimaanlage lehnt sich gegen einen Kühlschrank mit halb offener Tür, daneben im Staub liegt ein Jet-Triebwerk ohne Verkleidung, aus dem Schläuche wie die Rastalocken des *Predator* raushängen.

»Well, hier wurde schon lange nicht mehr …«, stottert Neumann rum. Langsam scheint ihm das Panorama auch ein bisschen peinlich zu werden.

Das war knapp! Haarscharf rauscht der Wagen an einem T-Träger vorbei, der aus einem dem Haufen rausragt.

Anscheinend war das genug Aufregung für den Alten. Er schaltet den Motor aus, obwohl es bis zu den Wohnwagenhäusern noch ein paar Meter sind.

»Sie können ja ausladen und Ihre Sachen …« Er stockt. Ein Gedanke scheint ihm in den Kopf zu schießen. »Eine Frage noch, Herr Schröder …«

»Ja?«

Das Licht im Innenraum geht an. Neumann dreht sich

um und hält sich an der Kopfstütze fest. Er fixiert mich mit einem erstaunlich festen Blick. »Könnte ich mir wohl die Bilder anschauen, die Sie bei Kellermeister sichergestellt haben?«

Einem Dritten einfach so Einblick in Beweismittel gewähren? Ach egal, ich bin zu müde für Vorschriften. Harriet schaut geistesabwesend aus dem Fenster. Warum sollten wir Neumann nicht die paar Bilder auf ihrem Rechner zeigen? Was soll schon passieren?

43

Das Wummern ist infernalisch.

»Schröder? Machen Sie auf, Schröder!«

Klingt nach Neumann, er ist an der Tür. Bloß – wo ist die Tür?

Ich schwinge meine Beine über die Bettkette und patsche mit den Füßen auf warmen Boden. Erst mal aufs Licht zulaufen.

Ich wanke durch die Küche.

Durch einen Spalt zwischen den bordeauxroten Vorhängen schießt die Morgensonne rein und leuchtet Schwärme von Staubkörnchen an. Es riecht muffig, wie früher in einer Telefonzelle, nachdem wochenlang die Sonne geschienen hat.

»Komme.« Mein Hals fühlt sich trocken und kratzig an.

Die Bude ist größer, als sie gestern Abend aussah. Sogar eine richtige Einbauküche haben sie hier reingepackt – mit Eichenfurnier und Griffen aus Messing. Sehr geschmackvoll. Dafür, auch die Geräte mit Furnier zu verkleiden, reichte die Kohle aber wohl nicht, denn die gemütliche Gelsenkirchener Barockfront endet jäh mit einem Kühlschrank aus weißem Chinaplastik. Mitten im Raum steht eine Spüle. A nice home. Ein nettes Zuhause. Sein Haus auch als »house« zu bezeichnen ist in den Staaten schon seit Jahrzehnten out, weil »home« in den Ohren eines Wohnwagenpark-Bewohners ja so viel heimeliger klingt.

Immerhin sind die kotzgelben PVC-Fliesen nicht kalt. Neumann wollte uns bestimmt etwas Gutes tun und hat deshalb die Klimaanlage voll aufgerissen – das gilt ja hier drüben als Zeichen guter Gastlichkeit.

Wumm, wumm, wumm.

»Schröder?«

Komme ja! Was hat er denn so Wichtiges mitzuteilen, dass er fast die Bude einreißt?

Ich drehe am Türknauf, die Helligkeit schmerzt in den Augen wie ein ununterbrochener Fotoblitz.

Ein Kranz aus Licht umgibt Neumanns kleinen Körper, als ob er E.T. wäre, der gerade aus seinem Raumschiff steigt. Vor seine Brust hält er Harriets aufgeklappten Rechner, so wie die Zeugen Jehovas immer den *Wachturm* in der Fußgängerzone präsentieren.

»Schröder! Gut, dass Sie wach sind.« Wie hätte ich bei diesem Terror auch schlafen sollen? »Ich habe heute Morgen …« Diagnose: senile Bettflucht – Neumann ist wahrscheinlich schon um fünf aus der Kiste gefallen. »… noch mal die Fotos analysiert, und dabei ist mir aufgefallen, dass ein Foto fehlt!«

Er tippt mit dem Finger energisch auf den Bildschirmrand. Dass beim Photonenbeschuss hier draußen original überhaupt nichts zu erkennen ist, scheint ihm nicht einzufallen. Und dass ich in der Unterhose nur ungern computerforensische Analysen abgebe, ebenfalls nicht.

Ich halte ihm die Tür auf. »Kommen Sie doch erst mal rein.«

Neumann schlüpft eilig durch die Tür und zieht eine heiße Wolke hinter sich her, die nach Diesel und Teer riecht.

Er hat sich seit gestern noch nicht umgezogen: die gleichen abgewetzten grauen New-Balance-Sneaker, die gleichen Jeans, das gleiche weiße T-Shirt. Seine dünnen Unterarme sehen aus, als würden sie gleich unter der Last des Rechners durchbrechen. Trotzdem gelingt es ihm, Harriets Laptop so sacht auf der Arbeitsplatte abzustellen, dass kein Geräusch zu hören ist. Dann justiert er den Klappwinkel des Bildschirms.

»Hier: Sehen Sie die Markierung am Rand?«

Er hat in ein völlig unspektakuläres Mondfoto reingezoomt, auf dem nur kleine schwarze Kleckse zu sehen sind – anscheinend die Schatten von ein paar Felsbrocken. Während sein Zeigefinger über einer kleinen Nummer am Rand verharrt, schaut er mich auffordernd an.

»Fünf-Null-Sieben-Fünf«, lese ich wie ein Erstklässler vor.

»Genau. Die Abkürzung steht für das Bild Nummer 75, aufgenommen von der Sonde Lunar Orbiter 5. Doch das letzte Bild, das wir veröffentlicht haben, war 76! Das letzte Bild fehlt also!«

»Morgen.« Harriet steht im Türrahmen und streicht sich die Haare aus dem Gesicht.

»Ja, Morgen«, knattert Neumann zurück. Er mustert sie kurz und setzt seinen Vortrag fort. »Also grundsätzlich …« Gut, er hat gemerkt, dass er bei Adam und Eva anfangen muss, weil wir – aus seiner Sicht – total junge Hüpfer sind. »Grundsätzlich waren diese Sonden nichts als fliegende Fotolabore. Sie machten ein Bild von der Mondoberfläche, das wurde dann an Bord sofort entwickelt und als Videosignal zur Erde gefunkt. Dieser Prozess brauchte Zeit: Bis ein Foto übertragen war, verging ungefähr eine Dreiviertelstunde. Das heißt, am Schluss musste die Bodenstation jedes Mal fast ein ganzes Datenband opfern, nur um *ein* Foto aufzuzeichnen.«

Harriet hat sich lautlos angepirscht und ihre göttlichen Füße neben meinen Gehklötzen geparkt. Wir stehen um die Arbeitsplatte mit dem Rechner wie Ärzte um einen OP-Tisch.

Neumann genießt es sichtlich, dass ihm ein größeres Publikum zuhört, und macht beim Reden ausladende Bewegungen mit den Armen.

»Ich bin mir ganz sicher, dass Chuck als Letztes das Bild 76 digitalisiert und an die Community rausgeschickt hat. Doch Sie haben hier nur das *vorherige* Foto.« Er tippt wieder auf das Ziffernkürzel.

»Wahrscheinlich ist das Bild verloren gegangen, als wir die Daten aus Kellermeisters PC gerettet haben«, schaltet sich Harriet ein. Aus dem Ausschnitt ihres dunkelblauen Pyjamas lugt ein Stück weiße Spitze raus. Der BH schiebt ihre Brüste leicht nach oben, sodass zwei Beulen herausquellen. Blasse, gespannte Haut.

Jetzt ist es wieder Zeit, die einzige, die wichtigste Fähigkeit abzurufen, die in der Mittelstufe vermittelt wurde: Erektionstarnung.

Was war das für ein denkwürdiger Tag, als Jens Breuer diese amerikanische *Penthouse* mit in die Schule brachte. Oder besser gesagt: diesen »Schlüssel«, denn in unserer Verklemmtheit hatten wir für alle Herrenmagazine Tarnworte erfunden. Der »Hase« stand für *Playboy* und der »Schlüssel« für *Penthouse,* angelehnt an das Logo natürlich. So richtig aufregend fand die Hefte allerdings keiner mehr, da schon seit dem letzten Halbjahr etliche zerknickte Ausgaben auf dem Schulhof kursierten. Jemand hatte sie angeblich aus einem Baustellenwagen geklaut. In echt stammten sie vermutlich aus dem Fundus irgendeines Vaters – aber wer gibt schon gerne zu, dass sein Erzeuger so einen »Schweinkram« liest, wie man in den Siebzigern gesagt hätte.

Doch die amerikanische *Penthouse* war eine ganze andere Nummer. Da kniffen die Models nicht verschämt ihre Beine zusammen, da wurde die Ware offen präsentiert. Schamlippen. Als der Typ neben mir die erste Doppelseite unter der Bank aufschlug, fühlte es sich an, als würden alle fünf Liter Teenagerblut an einem einzigen Punkt des Körpers zusammengepumpt. Da half nur noch unauffällig nach vorn beugen, den Pullover über den Schritt schlabbern lassen und hoffen, dass keiner rüberguckt.

Später wurde die Erektionstarnung dann professionalisiert. Zum Videoabend, der völlig selbstverständlich mit einem raubkopierten Werk der Pornoqueen Sarah Young begann, wurde einfach eine knallenge Badehose über die Unterhose gezogen. So konnte man äußerlich gelassen der Handlung folgen, obwohl man innerlich der Explosion nahe war. Denn das war das Ziel: Wer cool war, schaute so gelangweilt Porno, als könnte ihn nichts mehr überraschen. Gruppensex mit sechzehn bisexuellen Kleinwüchsigen? Egal, der Blick musste sagen: »Schon wieder?«

Warum habe ich bloß keinen Pullover an? Schnell, ein neutraler Gedanke muss her. Fußball? Irgendein Datenblatt? Früher funktionierte Rita Süßmuth doch immer so gut als Erektionsblocker. Ich muss mich ablenken.

»Gibt es dieses Band 76 noch – oder ist es im McLuna verbrannt?«

Neumann pikt mir mit dem Zeigefinger gegen die Brust.

»Das … genau *das* ist die Frage!« Er wirbelt herum und stürzt aus der Küche. »Ich werde in die Stadt fahren und telefonieren. Rechnen Sie mit mir in circa einer Stunde.« Als er die Tür aufstößt, blitzt die Wüstensonne herein. Es wird ein heißer Tag.

44

Zur Abwechslung klingt Harriet so, als wüsste sie nicht weiter.

»Mal im Ernst, Schröder: Das mit dem Mondfoto ist ja echt seltsam und so, aber was *machen* wir denn jetzt?«

Das verlangt nach einer strukturierten, gut durchdachten Antwort – nicht gerade meine Kernkompetenz, wie Chris es ausdrücken würde.

Wir sitzen auf einem unlackierten Holzbrett, das als Treppenstufe fungiert, und lassen den Schrottplatz auf uns wirken. Bei Tag sieht alles noch chaotischer aus: Der Boden ist übersät mit Aluminiumblechen, Rohren, Schläuchen. Triebwerke schmoren mit abgepellter Haut in der Sonne. Hinterm Haus haben sie die großen Kadaver abgeladen: eine gigantische Aluminiumröhre, vermutlich der Rest der Boeing, außerdem irgendwelche silbrig glänzenden Zusatztanks, die wie kleine Bomben aussehen und hoffentlich keine sind. Willkommen auf Wattos Schrottplatz aus *Star Wars, Episode I.*

Doch was wirklich beunruhigend ist: Der Boden sieht exakt genauso aus wie das Terrarium im Zoo, also das, wo sich die ganz fiesen Schlangen tummeln. Nur Sand, blasse Wüstensträucher mit zentimeterlangen Dornen und ein paar Steinchen zur Deko. Obwohl ich sie mehrfach gewarnt habe, dass sich Klapperschlangen besonders gerne im Schatten unter Holzhäusern und Autos verstecken, weigert sich Harriet, ihre Schuhe anzuziehen. Stattdessen malt sie seelenruhig mit ihrem dicken Zeh Kreise in den Sand, während sie an ihrem Instantkaffee nippt.

Zum Glück haben wir den noch gefunden, ein angebrochenes Glas *Folger's* mit völlig ausgeblichenem Etikett. Beim Aufbrühen bediente Harriet die Mikrowelle mit dieser schlafwandlerischen Routine, an der man todsicher einen allein lebenden Menschen erkennt. Neue Hinweise auf einen Froind gab es die Tage nicht mehr. Gut.

Ach ja, sie wartet ja noch auf meinen kernkompetenten Plan.

»Wir wollen so schnell wie möglich nach Hause zurück«, taste ich mich vor. »Das geht aber nur, wenn wir die Sache mit dem ermordeten Polizisten aus der Welt schaffen. Und dafür müssen wir mehr über diese Typen erfahren, die Sie entführt haben. Ist Ihnen an denen was aufgefallen?«

Sie wendet sich ein bisschen ab; es ist ihr sichtlich unangenehm, wieder über die Sache nachdenken zu müssen.

»Da gibt's nicht viel: Sie haben sehr genau darauf geachtet, sich nicht mit Namen anzusprechen. Richtig gesehen habe ich ohnehin nur einen, den Aufpasser – so ein fetter Typ mit rosigen Backen. Den könnte ich vielleicht identifizieren. Vom Fahrer habe ich nur die Stimme gehört, weil er zwischendurch mit seinem Vorgesetzten telefoniert hat. Also ich denke, dass es sein Vorgesetzter war, denn er klang irgendwie unterwürfig, eben als würde er nur Befehle entgegennehmen.« Sie schnipst mit dem Finger. »Genau: *Jeff!* Der Fahrer quatschte davon, dass sich irgendein Jeff um die nötigen Papiere gekümmert habe und alles legal sei.«

»Wie soll so was legal sein?«

»Keine Ahnung, vielleicht haben die sich als Kautionsagenten ausgegeben oder so. Jedenfalls fiel definitiv der Name Jeff.« Sie schaut wieder auf ihre Tasse runter. »Hilft aber auch nicht viel.«

»Leider nicht.« Ich versuche, sehr empathisch zu klingen, bei Frauen muss man ja alles immer mit Zucker überziehen. Säße da jetzt Leines, würde ich sagen: »Du bist am Arsch«, und das wär's. Weil es genauso aussieht: Mit einem lächerlichen Vornamen allein kommen wir bei Blackarrow nicht weiter.

»Hm.« Sie klingt resigniert. In der Ferne ist das Rauschen eines Autos zu hören. Zu sehen sind nur die Telegrafenmasten, an denen der Highway entlangläuft. Sie wirken von hier aus winzig wie Haarstoppeln.

Komm schon Wickie: einmal mit dem Finger an der Seite über die Nase reiben, dann noch einmal drunter – und schnips! Die gelben Sterne flitzen über den roten Bildschirm, und die Idee ist da. Was können wir, was Blackarrow nicht kann? Wo liegt unser Vorteil?

Genau!

»Wenn wir übers Netz bei denen nicht reinkommen, könnten wir ja mal persönlich vorbeischauen!«

Harriet glotzt mich kurz verständnislos an, grinst dann aber sofort.

»Sie meinen, ein bisschen Social Engineering?«

»Genau. Ein kleines Geschenk unter Freunden. Ich habe da noch was von einem Fall im letzten Monat übrig …«

»Aber wir können doch unmöglich in die Blackarrow-Zentrale reinspazieren.«

Ich versuche mich ohne Erfolg an einem neckischen Augenzwinkern.

»Wer sagt denn, dass *wir* da reingehen? Ein alter Mann – obendrein noch mit einer mitleiderregenden Kriegsverletzung – hätte sicher bessere Chancen, oder?«

Ihre Lampen leuchten, und wir stoßen mit unseren Kaffeetassen an. Nein: Sie drückt ihre Tasse gegen meine, ohne sie direkt wieder zurückzuziehen.

45

Der Stick ist blau, unbedruckt und denkbar unauffällig. Eine Zeit lang wurden die Dinger ja auf jeder zweiten Konferenz verschenkt. Ein stinknormaler Speicherstick, der Klassiker mit dem rechteckigen Stecker unten dran, den man absolut immer zuerst falsch rum in den Rechner steckt.

Für die meisten Leute ein Centprodukt.

Für uns eine Waffe.

Und zwar die einzige, mit der wir Blackarrow angreifen können.

Ich drehe den Stick noch einmal dramatisch zwischen den Fingern.

»Ein Souvenir von meinem letzten Fall. Da hatte wieder ein Typ total aufgelöst angerufen, EDV-Leiter bei so einer kleinen Bude, die Walzen, Getriebe oder was auch immer herstellt. Jedenfalls war bei denen Alarmstufe Rot, weil eine Firma aus China plötzlich exakt die gleichen Maschinenteile im Angebot hatte wie sie selbst, auf den hundertstel Millimeter genau. Die Chinesen mussten also irgendwie an die CAD-Dateien, also die Baupläne, rangekommen sein. Wir also runter nach Hintertupfingen, der Chef lässt die ganze Mannschaft antreten und brüllt rum.«

Verdammt, sie guckt schon weg, ich muss die Story straffen. Langsam fange ich auch schon mit diesen Altherren-Verästelungsgeschichten an.

»… jedenfalls kommt raus, dass ein Mitarbeiter auf dem Firmenparkplatz diesen Stick gefunden hat. Und weil er ein sparsamer Schwabe ist und obendrein neugierig, nimmt er ihn mit und steckt ihn in seinen PC.«

Obwohl das blaue Plastikstäbchen optisch immer noch nicht interessanter geworden ist, mustert Harriet es wieder aufmerksam.

»Und was war drauf?«

»Nur ein ganz normal aussehendes PDF-Dokument, dem jemand allerdings einen sehr interessanten Dateinamen gegeben hat: *Q4 results* – und dahinter der Name des größten Wettbewerbers der Firma!«

»Schlau«, quittiert Harriet, »ein Geschäftsbericht von der Konkurrenz. Den will natürlich jeder lesen.«

»Genau, auch dieser Mitarbeiter. Er klickt also total geil auf das Dokument – und nichts passiert. Oder besser gesagt: Für ihn sieht es aus, als würde nichts passieren. In Wirklichkeit installiert sich im Hintergrund ein kleiner Trojaner, der still und heimlich anfängt, alle Mails, die der Mitarbeiter verschickt, als Kopie an einen Server im Chongqing zu senden – natürlich mit Anhängen.«

»… und schon landen die Baupläne in China.«

Wir nicken simultan, wie Wayne und Garth zu »Bohemian Rhapsody« in *Wayne's World*. Und wir sind immer noch nicht dazu gekommen, uns anzuziehen. Harriet hockt weiter in ihrem Pyjama da und ich mit meinen karierten, sträflich dünnen Boxershorts. Um nicht ständig auf ihre Füße starren zu müssen, spinne ich unseren Plan weiter.

»Vielleicht könnte ich den Schädling so verändern, dass er den Mailverkehr eines Blackarrow-Rechners zu uns schickt.

Das Teil ist in Assembler geschrieben, eine elegante Waffe aus zivilisierteren Tagen; ich denke, ein paar Fetzen Maschinensprache kriege ich noch zusammen.«

Dass ich zu den letzten Dinosauriern gehöre, die mit einem Computer in seiner Muttersprache parlieren können, perlt komplett an ihr ab.

»Die Frage ist: Wie kriegen wir den Stick bei Blackarrow rein? Die Sache mit dem Parkplatz scheint mir ein bisschen vage«, wendet Harriet ein.

»Stimmt. Die Masche ist zu bekannt. Nein, wir müssten näher rankommen, oder am besten gleich *rein*kommen in die Blackarrow-Büros. Ich habe da schon eine Idee.«

Sie legt ihre Stirn in Falten. »Glauben Sie, dass Neumann da mitspielt?«

46

Keiner der Passanten hält an. Alle hetzen an dem alten Mann vorbei, der mitten auf dem Parkplatz des Safeway-Supermarkts stehen geblieben ist. Bloß nicht über sein Schicksal nachdenken.

Der Arme, vermutlich wieder so ein verwirrter Veteran. Diese armen Schweine, warum kümmert sich denn keiner um die?

Jesko von Neumann steht bewegungslos in der prallen Sonne, mit angelegten Armen, während die Menschen ihre Einkaufstüten an ihm vorbeizirkeln, als ob er eine Verkehrsinsel wäre. Bis hierhin hatte er es vom Münzfernsprecher aus geschafft, dann versagten die Beine. Sie wollten nicht mehr weiterlaufen, *er* wollte nicht mehr weiterlaufen. Wohin auch?

Chuck ist tot.

Jetzt ist er wirklich alleine.

Wie lange waren sie befreundet? Jahrzehnte. Angefangen hatte alles mit diesem Abend am May Lake: Neumann war gerade mal ein paar Monate hier und steckte im Kopf noch über Neufundland fest. Trotzdem nahm Chuck ihn zum Campen mit, sie beide und Chuck junior. Sie saßen am Feuer, tranken Limonade, die Patty selbst aus frischen Zitronen angerührt hatte, und schauten hoch in den Nachthimmel, über dem die Milchstraße wie ein Brautschleier lag. Ihr gemeinsames Ziel.

Der Kleine konnte mit derlei Kontemplation natürlich nichts anfangen und verlangte nach einer Gutenachtgeschichte. Also erzählte Chuck eine Story vom Cowboy Joe, der die bösen Viehdiebe in einen Hinterhalt lockt. Und natürlich musste Neumann auch ran – Fresh-off-the-boat hin oder her. Now it's your turn, Jes.

Er hatte sich dann eine wirre Geschichte vom Rübezahl aus den Fingern gesaugt, zusammengestückelt aus allen Märchen, an die er sich aus seiner eigenen Kindheit noch erinnern konnte. Chuck junior saß mit großen Augen da und sog jedes Wort dieses seltsamen Mannes ein, den Dad noch so oft zum Abendessen mit nach Hause bringen sollte. Monate später flehte er ihn an, doch noch eine Geschichte vom »Ruubessahl« zum Besten zu geben.

In den Jahren danach hatten sie alles miteinander geteilt, die Champagnermomente genau wie die Tiefschläge. Chuck hockte neben ihm, als der Onyx-Satellit das erste Lebenszeichen zu ihnen runterfunkte. Und er klopfe ihm auf die Schulter, als die Bürokraten beim Aurora-Projekt endgültig den Stecker zogen.

Selbst als Mary nur noch ein Schatten war und alle anderen Freunde sich schon entschuldigen ließen, wich er nicht von seiner Seite. Die anderen sagten: Ja, wir hätten sie so gerne besucht, aber … Man konnte ihnen keinen Vorwurf machen, die Menge an Leid, der sich Menschen freiwillig aussetzen, ist begrenzt. Nur Chuck blieb, bis sie gegangen war.

Und jetzt soll *er* nicht mehr da sein?

Neumann lässt seinen Tränen freien Lauf.

Als er noch ein Kind war, kam der Tod oft – zu den Großeltern oder den Großeltern der Schulfreunde. Danach begann eine lange Periode, in der der Tod nicht vorkam – es sei denn, ein Unfall ereignete sich. In den letzten Jahren jedoch hatte er sich wieder angeschlichen. Erst starben die Eltern – etwas, das man noch als singuläres Ereignis hätte abtun können. Doch irgendwann begann *Tod* wieder regelmäßig zu passieren. Es war nicht nur Mary. Immer häufiger musste er Kollegen aus dem *Lab* beerdigen, mit denen er ein halbes Leben verbracht hatte. Chuck war immer vorn mit dabei, wenn es darum ging, Geld für die Familie einzusammeln oder für eine würdevolle Feier zu sorgen.

Dabei legte er selbst keinen Wert auf solche Rituale. Ihm wäre es niemals in den Sinn gekommen, seine Freunde mit einem extravaganten letzten Willen zu belasten. »Wouldn't make a difference«, sagte er immer. Es würde ja keinen Unterschied ausmachen. Dabei ist das letztlich eine größere Belastung für die Hinterbliebenen, weil sie so nichts haben, um sich vom Schmerz abzulenken.

Doch eine Sache hätte Chuck sicher gerne noch zu Ende gebracht: das *Project*.

Neumann schluckt und kämpft gegen die Tränen an.

Es gibt keine Alternative, jetzt muss er handeln. Band 76 zu finden und auszulesen, wird ab sofort *sein* Auftrag sein, und er wird ihn durchziehen, egal, was die Gegenseite macht, um ihn daran zu hindern.

Beim Reifenwechsel angefahren, auf einer Straße, an der nur ein einziges Haus steht? Bullshit! Sie haben ihn ermordet. Sie machen also weiter, und er, von Neumann, wird der Nächste sein. Viel Zeit bleibt nicht. Um ihr Versteck in der Plant Forty-One zu finden, braucht es keinen Raketenwissenschaftler, das dürfte nicht lange dauern. Er muss Schröder und das Mädchen aus der Schusslinie bringen.

47

Dass etwas nicht stimmte, war mir schon klar, als Neumann vorfuhr. Der Alte peitschte den Wagen so schnell über die Zufahrt, dass es aussah, als würde er hinter der nächsten Bodenwelle abheben. Vor dem Zaun sprang er raus und trat so lange gegen das Tor, bis es mit einem lauten *Klonk* aufflog. Viel Wut für einen Rentner. Er machte sich nicht einmal die Mühe, den Zaun wieder zu schließen, sondern bretterte gleich bis zu dem Haufen mit dem alten Kühlschrank. Das Auto ließ er offen stehen.

»Lassen Sie uns reingehen!«, fauchte er zu uns rüber. Seine Hand zitterte, als er sich den Türknauf schnappte.

Kaum waren wir drinnen, stotterte er die Nachricht raus. Sein Freund Chuck, die Nummer zwei beim *Lunar Image Project,* war von Unbekannten angefahren worden und ist tot. Neumann sprach es zwar nicht aus, doch für ihn schien festzustehen, dass es Mord war. Und dass wir die Nächsten auf der Liste sein würden.

Jetzt stehen wir am Spültisch und stieren betroffen runter aufs Plastikfurnier. Neumann macht eine fahrige Bewegung mit dem Arm, als wollte er schon im Vorhinein alle Einwände abblocken.

»Kurz gesagt: Sie sollten sich aus diesem Fall zurückziehen.«

Bis auf das Summen der Neonröhren und ein paar Grillen draußen ist es totenstill. Was sagt man einem Mann, der seinen besten Freund verloren hat?

»Das ist ja schrecklich«, flüstert Harriet und schluckt laut.

»Ja, also wirklich.« Mehr kriege ich nicht raus. *Reden ist nicht so seine Stärke,* hatte Mutter immer gesagt, wenn uns Leute besuchten und ich keinen Ton rausbekam. Viel hat sich daran nicht geändert. Bei allen Sachen, die über einen Plausch hinausgehen, versage ich. Alles, was mir einfällt, ist immer so … inadäquat.

Neumann erlöst uns schnell von unserem Unbehagen.

»Vielen Dank. Aber wir müssen jetzt nach vorn schauen. Ich werde Sie nach Los Angeles bringen, dort können Sie sich an das deutsche Konsulat wenden.«

Harriet beugt sich vor. »Und was machen Sie?«

»Ich werde das fehlende Band beschaffen.«

»Sind die nicht alle verbrannt?«, wendet Harriet ein.

»Ja, an sich schon. Aber so wie es aussieht, gibt es noch eine Kopie.« Neumann nimmt etwas Schärfe aus seiner Stimme. »Die Sache ist so: Nicht nur die NASA in Houston hat die Bilder der Sonden aufgezeichnet, sondern auch noch andere Horchposten, für den Fall, dass Texas in den Funkschatten wanderte. Eine in Spanien, zwei in Australien – und eine auf Cooper's Island, das liegt auf einer der Bermudainseln.«

Er macht mit der linken Hand eine Faust, die wohl die Erde darstellen soll, und lässt die Mondsonde – seine rechte Hand – darum herumwandern.

»Diese Bodenstation soll alle runtergefunkten Bilder vom Lunar Orbiter mit aufgezeichnet haben. Es hieß zwar immer, *the tapes have been degaussed,* alle Bänder seien gelöscht worden, um sie wiederverwenden zu können, doch richtig geglaubt hat das niemand von uns. Genauso gut hätte es sein können, dass jemand die Tapes auch einfach nur verbummelt hat – schließlich galten sogar die Originalaufnahmen von der Mondlandung vierzig Jahre lang als verschollen. Wie dem auch sei: Chuck hatte zuletzt gegenüber seiner Frau angedeutet, dass es auf Cooper's Island noch eine Kopie der Bänder geben könnte. Das ist die einzige Spur, und ich werde sie verfolgen.«

Sorry, alter Mann, aber das klingt nach keiner guten Idee. Schon, dass wir uns trennen sollen, ist blöd. Gerade er alleine wird keine Chance gegen die Blackarrow-Typen haben. Und dann will er auch noch eine Fünftausend-Meilen-Reise zu den Bermudainseln antreten? Nein, da muss es eine bessere Lösung geben.

Doch die sollte ich besser sachte ins Spiel bringen.

»Was das Band angeht, hätte ich da noch eine Idee.«

Neumann verschränkt die Arme. »Und die wäre?«

»Also ein Freund von mir, der könnte das übernehmen, der könnte das Band von dieser Bermudainsel holen. Der hat die, sagen wir mal, die Mittel und kennt sich mit solchen Sachen aus …«

Neumann und Harriet ziehen simultan die Augenbrauen hoch.

»Wirklich, und der hat auch IT-Kompetenz, ist ein genialer Programmierer und … ich werde ihn einfach mal direkt anrufen. Haben Sie ein Telefon?«

Neumann zieht ein uraltes Aufklapphandy aus der Tasche und lässt es auf die Arbeitsplatte klackern.

»Prepaid.«

Es fühlt sich leicht an, als wäre gar kein Akku drin. Schon ganz ungewohnt, beim Telefonieren wieder auf normale Tasten zu drücken.

Null, eins, eins, drei, drei... Hoffentlich hebt Leines ab – äh, geht dran. Wieder so eine Werkseinstellung: der Gedanke, dass man einen Telefonhörer *abnehmen* kann. Ich schalte auf laut und lege das Handy vor mich hin.

Es tutet.

»Leinhart.«

So schnell, wie er dran war, muss er direkt neben dem Telefon gesessen haben, wahrscheinlich aalt er sich wieder am Pool und hat nichts zu tun.

Skeptische Blicke treffen mich. Hoffentlich führt sich Leines jetzt nicht wie ein Idiot auf, die ganze Kohle hat ihn in den letzten Jahren ja ein bisschen freakig werden lassen.

»Äh, Leines, ich bin's«, haspele ich los.

Dumpfes Windrumpeln, er sitzt wirklich wieder oben in seinem goldenen Krähennest.

»*Schröder, du alte Sau!* Na, wo steckst du? Wieder auf Dienstreise? Zusammen mit diesem neuen Bürohäschen, die war ja ...«

»Ja, äh, Leines.« Wenn ich nur laut genug brülle, übertöne ich vielleicht seine Ausführungen über ihren Hintern, die er jetzt garantiert vom Stapel lässt.

»*Leines? Ich bin hier nicht alleine!*«

Ich schaue kurz zu Harriet rüber. Sie verdreht die Augen.

»Oh – okay«, stottert Leines.

Sein Grinsen ist deutlich zu hören.

Ich krame meine seriöse Kunde-ruft-an-Stimme raus.

»Hör mal: Ich habe hier einen Auftrag für dich: Hättest du Lust ...« Normalerweise hätte ich natürlich »Bock« gesagt, aber die Sache muss ja ernsthaft klingen. »... na ja, würdest du zu den Bermudainseln fliegen, um da aus einer verlassenen NASA-Bodenstation ein altes Datenband zu besorgen?«

Rauschen.

Langes Rauschen.

Ultralanges, unerträgliches Rauschen.

Neumann zieht die Augenbrauen so weit nach oben, dass seine Augäpfel die gesamten Brillengläser ausfüllen.

Es knackt aus dem Handy, Leines ist zurück.

»Aber klar, Alter. We're there, dude!« Seine Lieblingsphrase aus der Idiotenserie *Beavis und Butt-Head.*

Er war völlig klar, dass er bei diesem Auftrag nicht nein sagen würde.

48

Shit, ist das heiß hier drinnen. Kann nicht jemand mal eine Stand-Klimaanlage erfinden? Kaum ist der Motor aus, geht die Schwitzerei los. Vom Fahrzeughimmel grillt es so warm runter, als ob man im Biergarten unter einem Heizstrahler sitzt.

Ob Neumann die Aktion durchsteht?

Er rutscht auf dem Fahrersitz nervös hin und her, nestelt am Hemdkragen rum. Beim letzten Tankstopp war er mit Harriet Klamotten einkaufen gegangen, mit dem Resultat, dass er jetzt aussieht wie ein totaler Hinterwäldler. Er steckt in einem gestärkten Westernhemd aus Jeansstoff, das mit einer geschwungenen roten Naht über der Brust verziert ist. Vorn halten schwarze Lederschnürchen und eine silberne Schnalle den Kragen zusammen.

Seine Stirn glänzt.

»Okay so?« Er klingt sehr unsicher, als sei er es nicht gewohnt, anderen Menschen etwas vorzuspielen.

Harriet streckt ihre Hand von hinten zwischen den Sitzen durch und formt Daumen und Zeigefinger zu einem O. »Perfekt!«, lobt sie.

»Sieht sehr gut aus«, sekundiere ich. Wobei: Ausgesprochen cool kommt er nicht rüber, aber das war ja auch nicht das Ziel. Wichtig ist, dass er nicht wie ein Penner aussieht und dass das Hemd seine versengten Unterarme verbirgt. Diese Vorgaben sind erfüllt. *Adrett* – genau, das ist das Wort! Neumann sieht aus wie ein adrett gekleideter Rentner auf dem Weg zum Squaredance-Kurs, zu dem ihn eine ebenso adrett gekleidete Frau begleitet, die einen Namen wie Grace oder Gladys trägt.

Mal checken, ob er das Drehbuch noch weiß.

»Okay, also Sie gehen rein und …«

»… sage, dass mein Wagen liegen geblieben ist, und frage, ob sie mir ein Taxi rufen können«, leiert Neumann genervt runter, während er weiter an diesen albernen Bömmelchen rumzupft.

»Super!«, lobe ich und reiche ihm unsere Waffe rüber – den manipulierten Speicherstick. Quer über dem blauen Plastik klebt ein gelber Post-it-Notizzettel, auf den ich oben »Jeff« gekrakelt habe. Direkt darunter habe ich noch etwas schräg »Incident Report, Hwy 375« dazugeschrieben. Über den Zusatz gab's vorhin noch Streit: Harriet und der Alte meinten, das sei zu dick aufgetragen, also war ich gezwungen, den Zusatz chefmäßig durchzudrücken. Dieser Jeff *muss* einfach das Gefühl bekommen, dass die Sache auf dem Stick wirklich wichtig ist. Nur dann wird er das Dokument öffnen, und unser kleiner Spion kann seinen Job machen. Und was könnte schon wichtiger sein als die Tatsache, dass seine Leute am Highway einen Bullen erschossen haben?

Neumann schnappt sich den Stick und drückt mit dem Ellenbogen die Beifahrertür auf.

»Und nicht vergessen: humpeln – aber erst kurz vor der Lobby«, flüstere ich ihm noch hinterher. Den Trick hat mir mal ein Kollege verraten, der dafür bezahlt wird, bei Firmen die Sicherheitsmaßnahmen zu checken. Wenn der irgendwo rein will, wo er nicht rein darf, kommt er auf Krücken angetuckert. Schon kriegen die Leute Mitleid und drücken auf den Türsummer.

»Viel Glück«, haucht Harriet vom Rücksitz.

Flopp. Die klapprige Tür fällt zu, und wir brüten weiter im eigenen Saft.

Harriet liest meine Gedanken.

»Keine Sorge, Schröder, der kriegt das hin.«

»Wollen wir's hoffen.«

Wir starren Neumann hinterher, wie er mit überlangen Schritten auf die Einfahrt zustolziert.

Seit unserem Besuch gestern hat sich nichts verändert. Die Blackarrow-Zentrale ragt immer noch wie eine Burg aus dem flachen Brachland. Im Minutentakt fauchen die Boeings über unsere Köpfe Richtung Vegas Airport. Lange scheint Blackarrow an dieser Adresse noch nicht zu residieren, denn die Pflanzen in den Kiesbeeten sind noch winzig.

Gut, der Alte ist am Pförtnerhäuschen vorbei. Er hebt seine Hand zu einer Art von Cowboy-Gruß. Vermutlich hat er hinter den abgedunkelten Scheiben einen Security-Typen gesichtet. Hoffentlich kommt der nicht raus und kontrolliert ihn …

Nein, die Tür bleibt zu, Neumann marschiert weiter.

Er betritt die Asphaltfläche zwischen Straße und Gebäude. Mit den ganzen Stellplatzmarkierungen sieht sie aus wie ein überdimensionaler Zebrastreifen. Alle Plätze sind leer, bis auf die direkt neben dem Eingang. Hier drücken sich ein paar Wagen in den kleinen Schatten des Bürohauses. Klar, bei der Bullenhitze läuft niemand auch nur einen Meter zu viel.

Über Nacht hat sich der Winter endgültig aus Nevada zurückgezogen: Neunzig Grad Fahrenheit zeigt das Autothermometer an, das wären bei uns über dreißig, also solides Freibadwetter.

Sogar Harriet muss vor der Hitze kapitulieren. Sie schält sich aus ihrem Safari-Blazer und faltet ihn vorsichtig auf dem Platz neben ihr zusammen. »So sehe ich bei der Verhaftung wenigstens ordentlich aus«, hatte sie vorhin etwas säuerlich bemerkt, als ich sie wegen ihrer hyperkorrekten Garderobe aufziehen wollte. Mit Harriet müsste einfach mal jemand in einem normalen Laden einkaufen gehen. Andererseits sieht man durch die dünne weiße Bluse den BH durchscheinen.

Nur noch ein paar Autolängen. Neumann hat schon den Gürtel mit den geparkten Autos erreicht. Überwiegend vernünftige Karren: Ford, Saturn, ein paar Japaner – keine Front aus Hummer-Monstergeländewagen, wie man bei einer Söldnertruppe erwarten würde. Aber wahrscheinlich sitzen in dem Laden nur stinknormale Buchhalter, die die gekaufte Gewalt administrieren. Unfassbar, dass hier Leute arbeiten, die völlig harmlose Rentner einfach so über den Haufen fahren. Dafür, was er durchgemacht hat, hält sich Neumann fantastisch.

Vielleicht noch fünf Meter. Er fängt an, ein Bein nachzuziehen. Perfekt, die Bewegung wirkt ganz natürlich, als würde was mit seiner Hüfte nicht stimmen. Nur noch ein paar Meter, die automatische Tür zischt auf.

Zack, seine Jeanskombi verschwindet hinter den abgedunkelten Glasscheiben der Lobby.

Jetzt sind wir am Zug. Neumann muss den Stick unauffällig am Empfangstresen hinterlegen, damit ihn jemand an diesen Jeff weitergibt.

Was ist *das* denn für ein Vogel, der da auf die Tür zusprintet? Der sieht schon eher nach Söldner aus. Ein sehniger Typ mit Glatze, wie der Sänger von dieser australischen Kapelle – genau: Midnight Oil. Fies, glatt, wie ein Reptil. Bei dem Tempo wird er Neumann gleich eingeholt haben.

49

Was für eine hirnrissige Idee von diesem Schröder!

Jesko von Neumann perlt Schweiß von der Stirn, obwohl es in der Lobby eiskalt ist. Das Gebäude ist die reinste Festung! Der erste Sicherheitsmann – er bewacht eine Personenschleuse neben dem Aufzug – hat ihn schon erspäht und durchbohrt ihn mit seinem Kontrollblick. Neumann tut so, als hätte er den Beobachter nicht bemerkt, und humpelt auf den geschwungenen Empfangstresen aus Nussholz zu. Der Turnschuh, den er nachzieht, reibt über die glänzenden Marmorfliesen und produziert ein schrilles Geräusch. Aufgeschreckt schaut die Empfangsdame hoch. Sie ist jung, höchstens fünfundzwanzig, dafür allerdings schon ziemlich mollig. Mit ihrem schwarzen Pony erinnert sie Neumann an Monica Lewinsky.

»Can I help you, Sir?«, zwitschert sie freudig erregt, genauso, wie es das Angestellten-Handbuch vermutlich vorschreibt. Gleichzeitig schwingt eine Spur von Mitleid in ihrer Stimme mit. Schröders abscheulicher Trick mit dem Gehumpel funktioniert also wirklich.

Angeekelt von sich selbst spult Neumann seinen Text runter. »My car broke down, could you call me a cab?«

Er zeigt Richtung Tür, um ihr eine Ahnung davon zu geben, wo genau sein Wagen liegen geblieben ist.

»Sure«, trällert das Mädchen und greift zum Telefonhörer.

Die Wand hinter ihr ist komplett mit schwarzen Marmorplatten verkleidet. In eine Aussparung sind zwei gigantische Bildschirme eingelassen, auf denen abwechselnd weiße Schriftzüge aufblinken.

Building a Safer Future

und

Blackarrow.

Kein Zweifel, hier wird Big Business gemacht. Sie haben sich einen großen Gegner ausgesucht. Neumann kennt diese Art von Konzern, schließlich haben solche Giganten auch ständig dem *Lab* zugearbeitet. Die gehen über Leichen.

Sein eigenes Team dagegen macht keinen besonders professionellen Eindruck, das muss Neumann sich eingestehen. Dieser Schröder und sein Fräulein Thorborg sind ein seltsames Gespann. Einerseits scheinen sie sehr kompetent in EDV-Dingen zu sein, andererseits wirken sie überfordert wie kleine Pfadfinder, die man in fremdem Terrain ausgesetzt hat. Vermutlich sind sie einfach nur durcheinander: Sie war ja bis vor wenigen Stunden noch in der Gewalt von Entführern, und ihn haben sie im Hotelzimmer angeblich betäubt.

Seltsam ist auch ihr Verhältnis: Zunächst war Neumann davon ausgegangen, dass die Frau lediglich Schröders Assistentin ist. Doch so einfach liegen die Dinge nicht. Und dann noch dieser emotionale Subtext: Er ist definitiv an ihr interessiert, das verraten seine verstohlenen Blicke auf jedes Stück ihrer nackten Haut, vor allem auf ihre – zugegebenermaßen sehr schönen – Füße. Sie macht zwar keinen direkt abweisenden Eindruck, signalisiert aber auch kein Interesse. Verwirrend.

Das Empfangsmädchen legt den Telefonhörer auf und lächelt.

»The car should be here any minute. Why don't you have a seat over there?« Sie deutet auf drei schwarze Arne-Jacobsen-Sessel direkt neben der Eingangstür.

Neumanns Hände beginnen zu zittern. Ein ganz schlechter Vorschlag, denn wenn er in die Ecke rübergeht, muss er seinen Platz an der Theke aufgeben und kann dort nicht den Stick deponieren. Das Mädchen fixiert ihn regungslos. Jetzt muss ausgerechnet er, dem nichts weniger liegt als Improvisation, schnell umdenken.

»Um …« Wie kriegt er sie nur von der Theke weg? Er muss sie zwingen, sich wenigstens ein paar Meter wegzubewegen. Sie muss ihm irgendwas bringen …

Neumann lächelt unsicher.

»Would you mind, hm, can I have a glass of water?«

Jetzt soll sie auch noch Kellnerin spielen? Frau Lewinskys Freude über den neuen Serviceauftrag hält sich definitiv in Grenzen, ihr Geträller klingt jetzt schon leicht nach Moll.

»Sure. Just a second.«

Mit einem patzigen Gesichtsausdruck wirbelt sie herum und steht auf. Neumann folgt ihren keulenförmigen Waden, die sich vom Schreibtischstuhl wegschwingen.

Noch zwei Schritte, noch einen Schritt.

Sie ist in einem kleinen Durchgang verschwunden.

Jetzt.

Neumann reißt den Stick so hastig aus der Hosentasche, dass der angeklebte Notizzettel bedrohlich laut knistert. Sein Blick rast über den Schreibtisch hinterm Tresen. Der Zielplatz darf nicht zu exponiert sein, aber auch nicht zu versteckt, sonst würde sie den Stick womöglich gar nicht entdecken. Da, eine halbe Armlänge neben dem Mousepad leuchtet eine kahle Stelle. Aber verdammt weit weg. Neumann lehnt sich vor, bis sein halber Bauch auf dem Tresen liegt. Strecken, strecken – und …

Mit einem leisen Klickern landet der Stick nur Zentimeter von der Tischkante entfernt.

Neumanns federt zurück – und schon weht das Mädchen wieder um die Ecke.

»There you go.«

Sie hält ihm das Wasserglas direkt vor die Nase und stutzt. Neumanns neue Position, mit dem Bauch direkt an der Tresenkante, verwirrt sie. Er versucht sie abzulenken, indem er übertrieben erfreut tut.

»Thank you. That's *really nice!*«

»My pleasure«, freut sich das Mädchen. Noch mal gut gegangen.

Was ist das? Schritte hallen durch die Lobby, sie bekommen Gesellschaft. Verflucht! Jetzt kann er nicht weg, weil er erst das verfluchte Wasser austrinken muss. Neumann reißt sich zusammen und hebt die Hand, um das Glas in Empfang zu nehmen. Das Mädchen starrt mit einer Mischung aus Mitleid und Verwunderung auf seine spindeldürren zitternden Finger.

»Hi Megan!« Die fremde Stimme donnert durch die Lobby.

»Hi Jeff«, flötet das Empfangsmädel zurück.

Neumann zuckt so heftig zusammen, dass das Glas überschwappt. Ausgerechnet jetzt! Ausgerechnet jetzt muss dieser Jeff reinkommen – ihr Angriffsziel, der Mann, der den präparierten Stick schlucken soll.

Gott sei Dank! Nach der Blickrichtung des Mädchens zu urteilen ist er schon an der Personenschleuse. Der Wachmann spult sein serviles »Sir« ab, Neumann wagt einen Seitenblick.

Er ist es. Der Glatzkopf, der zusammen mit den anderen drei Männern vor seinem Haus auf ihn gewartet hatte. Der Mann, der ihn sucht und der weiß, wie er aussieht. Der Mann, der Chuck hat überfahren lassen. Oder saß er sogar selbst am Steuer? Neumanns Herz schlägt bis zum Hals.

Warum guckt diese Megan auf einmal so komisch? Ach, deshalb: Sie hat den Stick bemerkt und weiß mit dem Fremdkörper auf ihrem Schreibtisch nichts anzufangen. Mit kraus gezogener Stirn studiert sie den angeklebten Zettel. Jetzt – der Groschen ist gefallen. Sie grapscht sich den Stick und reißt den Arm hoch, als wäre sie in der Schule und wollte eine ganz besonders gute Note für Mitarbeit bekommen.

»Jeff? Je-heff!« Ihre Stimme schrillt durch die Marmorhöhle.

Kurze Pause, dann eilige Schritte. Er kommt rüber, zum Tresen, zu ihm.

Neumann kann sich nicht bewegen. Weglaufen? Unmöglich. Angriff? Unmöglich. Er sitzt in der Falle.

Ein Luftzug streift seine linke Hand. Sein Feind hat sich direkt neben ihn an den Tresen gestellt. Er riecht nach Schweiß.

»Yes?« Seine Stimme klingt rau.

Die Kleine studiert noch einmal sehr konzentriert den Post-it-Zettel.

»This, hm, seems to be for you.«

Der Glatzkopf beugt sich vor, um seine braun gebrannte Pranke auszufahren. Er überfliegt den Notizzettel, schnappt sich den Speicherstick und federt wieder zurück.

In dieser Sekunde kommt es zum Kontakt.

Sein Ellenbogen streift Neumanns Arm.

»Excuse me«, murmelt der Glatzkopf und schaut ihm drekt ins Gesicht.

Neumann nimmt seinen Gegner wie durch einen Tunnel wahr: Er registriert die dicke Ader an seiner Schläfe, die in schnellem Tempo pulsiert. Er sieht die winzigen Schweißtropfen in den blonden Augenbrauen, die wie Morgentau im Gras hängen. Doch der Rest des Mannes verschwindet in einem unscharfen Brei.

Seine Pupillen verengen sich, als würde er im Kopf eine Liste aller Personen durchgehen, die er kennt oder kennen sollte.

Neumann macht sich bereit: Noch ein Atemzug, dann wird der Mann seinen Mund aufreißen und losbrüllen. Der Wachmann dürfte nur wenige Sekunden brauchen, um herüberzusprinten. Er wird ihn zu Boden reißen, die Hände auf dem Rücken verdrehen. Den Rest übernehmen dann sicher Profis. Sie schleifen ihn in einen Wagen und entsorgen ihn irgendwo in der Wüste, mit einem glatten Genickschuss. Die Mühe, ihre Exekutionen wie einen Unfall aussehen zu lassen, scheinen sie sich ja nicht mehr zu machen. Neumanns Lippen zittern. Nun komm schon, bring es zu Ende, du Schwein.

50

»Äh – vite, vite!«

Thomas Leinhart krallt sich am Vordersitz fest und treibt den Taxifahrer an. Dazu stammelt er alle Französischbrocken, die er sich in den letzten Jahren widerwillig angeeignet hat.

»Je suis terriblement, äh, genau: pressé!«

Der Fahrer murmelt ein paar Worte und lehnt sich zur Windschutzscheibe vor, als könnte er so die auf ihn zurasenden Dinge schneller erkennen. Vollbremsung, Vollgas, immer abwechselnd, die rote »Eco«-Warnlampe flackert ordentlich. Der alte Peugeot röhrt von Ampel zu Ampel, haarscharf an den Touristen vorbei, die auf den weißen Bänkchen an der Promenade sitzen und weinselig in die Bucht hinausstarren. Laura Branigan versucht erfolglos, mit »Self Control« den jammernden Motor zu übertönen – auf RADIO RIVIERA, wie die Flüssigkristallanzeige des Kassettenradios verrät.

Leinhart klammert sich am Griff über der Fensterscheibe fest. Nizza bei Nacht rast vorbei. Ein Mädchen mit weißem Minirock steht an der Balustrade und streckt den Rücken durch wie ein Pin-up-Girl, während ihr Typ hinterm Handydisplay rumgestikuliert. Ein mittelaltes Pärchen mit Pullovern über den Schultern trottet vorbei und ärgert sich, dass Gott die Jugend an junge Menschen verschwendet hat. Britische Prolls in Dreiviertelhosen und Fußballshirts liegen sich grölend in den Armen.

Am Ende der Küstenstraße sind schon die Lichter des Airports zu erkennen. Leinhart reist in Gedanken voraus: In einer halben Stunde startet sein Privatjet nach Paris, danach geht es weiter mit American Airlines nach Miami, wo wieder ein freundlicher Herr von Netjets auf ihn wartet, um ihn zu seiner persönlichen Cessna Citation zu geleiten. Es folgt die letzte Etappe zum Bermuda International Airport; er wird morgen zur Kaffeezeit völlig entspannt dort eintrudeln. Das sind die Vorteile, wenn man zum Klub der *high net worth individuals* gehört, wie sich die Reichen hier untereinander nennen. Keine stressige Jagd nach dem billigsten Ticket, keine kleingeistige Airline-Abzocke, kein Geschacher um zusätzliche Kilos im Handgepäck. Ein kurzer Anruf bei seinem Butler von Amex – und zwanzig Minuten später ist der Trip geritzt. Gute Reise, Herr Leinhart. Mit der schwarzen Centurion-Card alles kein Problem.

Vor seinem Auge läuft der Bond-Film schon ab: Er wird mit einem weißen Dinnerjackett aus der Maschine steigen, zu einer mit Palmenwedeln gedeckten Bar schlendern und der Schönheit, die genau in diesem Augenblick mit ihren Wasserskiern dort anlandet, einen Drink spendieren. Oder eine rassige Rothaarige wartet mit einem 64er Ford Mustang, um ihn in halsbrecherischem Tempo über die Insel zu kutschieren.

Klar, alles nur gerührte und geschüttelte Jungsfantasien. In Wirklichkeit wird dort in Bermuda nicht Ursula Andress in ihrem Killer-Bikini aus dem Wasser steigen, sondern ein amerikanischer Fettarsch mit All-inclusive-Bändchen am Arm. Aber die Zeit lässt sich eben nicht zurückdrehen: Als Bond das erste Mal ausrückte, hatten von hundert Amerikanern gerade mal zwei eine Flugreise gemacht. Deshalb auch diese fetischartig langen Einstellungen von Pan-Am-Jets und die lahmen Durchsagen der Bodenkontrolle. »Hallo London, Ihr Flug PA1 ist soeben in Istanbul gelandet.« Eine glücklichere Zeit, in der so ziemlich alles noch verzaubert und exotisch war.

Leinhart spürt, wie das Abreise-High langsam nachlässt.

Azra hatte seinen plötzlichen Aufbruch natürlich völlig ignoriert. Um ihren Gleichgültigkeitslevel zu testen, hatte er ihr genau jenen Satz an den Kopf geworfen, den Schröder am Telefon gesagt hatte: »Liebling, ich fliege jetzt zu den Bermudainseln, um da aus einer verlassenen NASA-Bodenstation ein altes Datenband zu besorgen.«

Sie schaute nur kurz von ihrer *Vogue* auf und zog die Augenbraue hoch. Kein »Zieh dich aber warm an« oder »Wann bist du denn zurück?« – nichts. Sie wandte sich wortlos wieder ihrer Illustrierten zu. So blieb es wieder mal an Leinhart hängen, den Schein einer glücklichen Ehe zu wahren. »Bin spätestens übermorgen zurück«, fügte er mechanisch hinzu. Als er schon fast raus war, murmelte sie dann doch noch was in die Hochglanzseiten hinein: »Hat Schröder was damit zu tun?«

Diese Schlange! Dafür haben Frauen wirklich spitzenmäßige Sensoren. Wenn jemand anderes weisungsbefugt ist, gehen bei denen sofort die Alarmlampen an. Um wenigstens die letzte Runde dieses Kampfs für sich zu entscheiden, biss sich Leinhart auf die Zunge und zog wortlos die Tür hinter sich zu.

Nach diesem Tiefschlag musste er seine ganze Autosuggestionspower abrufen, um sich den Trip wieder schmackhaft zu machen. Kopf hoch, das wird das Abenteuer deines Lebens. Du wirst herausfinden, warum der McLuna brennen musste! Du wirst das verschollene Datenband finden! Du wirst für ewige Zeiten der König bei *Above Top Secret* sein, der Mann, der die größte Verschwörung aller Zeiten aufgedeckt hat.

German finds missing Moon Tape!

Fragt sich nur, was auf dem verschollenen Band überhaupt drauf ist.

Außerdem wäre da noch dieses kleine Problem: Wie ist das überhaupt, ein *Abenteuer* zu erleben? Also in echt – nicht nur ein Abenteuer, das mit den Fieberkurven der Börse zu tun hat. Alles, was ansatzweise Action beinhaltet, kennt Leinhart nur aus seinem Medienleben, zum Beispiel von seinen geliebten »Fünf Freunde«-Kassetten mit Timmy, »dem Hu-hu-hund«. Da endete das Ganze immer glimpflich und meistens in irgendeiner Höhle mit Geheimgang.

Er schaut an sich herunter. Über dem Hosenbund beult sich das weiße Kurzarmhemd kräftig aus. Verdammte Crème brûlée. Unter der Plauze schlackert eine Kakihose, an den Füßen glänzen Sebago Docksides frisch aus dem Karton. Mit leichten Segelschuhen und ohne nennenswerte körperliche Fitness eine potenziell gut geschützte NASA-Installation infiltrieren? Das klingt nach einem sicheren Rezept für *Death in the Caribbean*, oder wie dieses Abenteuerspiel für den Commodore 64 noch hieß. Müsste er nicht wenigstens so einen breiten Schminkstift kaufen, um sich – wie seine Helden – das Gesicht zu schwärzen, bevor er sich in den vietkongverseuchten Dschungel stürzt?

Leinhart spürt, wie Panik in ihm aufsteigt. Die Nachricht mit den Einzelheiten zum »Einsatz«, wie Schröder sich ausgedrückt hatte, klang ernst und war mit Halbsätzen gespickt, die sich wie Stiche anfühlten. Irgendein Nerd wurde in Deutschland erschossen, der Chef des *Lunar Image Project* von Killern über den Haufen gefahren. Vielleicht war Schröder einfach übergeschnappt?

Der Peugeot jagt über eine letzte Bodenwelle, dann steigt der Fahrer voll in die Eisen und bringt den Wagen vor der

Abholspur des Airports zum Stehen – da, wo die Frenchies in ihrer unendlichen Romantik ein Schild mit »Kiss and Fly« aufgehängt haben.

Quatre-vingt-und-noch-was, fordert der Fahrer. Weil Leinhart kein Wort verstanden hat, reicht er ihm präventiv einen Hunderter und quält sich aus der Tür. Stimmt so.

Hoffentlich ist Schröder nicht durchgedreht.

Wer ist der größere Narr, Doktor Jones: der Narr, oder der, der ihm folgt?

51

Junge, Junge, der alte Mann ist ja richtig in Fahrt.

»Das war *Wahnsinn!*«

Neumann zetert, als wären wir zwei Kinder, die seinen Rasen zertrampelt haben. »Wenn dieser Jeff mich erkannt hätte, wären wir jetzt *alle tot!*«

Konjunktive, Herr von Neumann, nur Konjunktive. Im Prinzip ist die Aktion doch reibungslos verlaufen. Dieser Jeff hat ihn in der Lobby von Blackarrow ein paar Sekunden angestarrt und ist dann wie geplant mit dem Stick in sein Büro abgezogen – na und? Der Fisch hat den Köder geschluckt, Mission erfüllt.

Harriet muss trotzdem wieder sehr mitfühlend tun.

»Das stimmt, Jesko.«

Im Gegensatz zu mir hat sie kein Problem damit, jemanden, der doppelt so alt ist wie sie, einfach so zu duzen. An dieser Stelle würde ein alter Mensch den Satz sagen: *Sie hat keinen Respekt vor dem Alter.* Ein mittelalter denkt ihn.

Eigentlich hätten wir uns jetzt ein Bier verdient. Drei Stunden hat die Fahrt von Blackarrow in unser neues Zuhause, zu diesem Flugzeugschrottplatz, gedauert. Und drei Stunden lang hat Neumann fast ununterbrochen über unsere riskante »Penetration« gemeckert – ein Wort übrigens, das ich selbst nach zwei Jahrzehnten im Geschäft nur ungern in der Anwesenheit von Frauen benutze. Außerdem passte dem Alten nicht, dass ich Leines nach Bermuda geschickt habe, um das geheimnisvolle Mondband zu besorgen. Damit hätte die Gegenseite »nur ein weiteres Ziel«, meinte er. Paranoid.

Ist er jetzt endlich fertig? Er ist. Wir hocken wie die Hühner auf einem Stück abgesägter Tragfläche und starren in den Sand. Am Anfang war das blanke Aluminium fast zu heiß, um sich draufzusetzen, aber seit die Sonne untergegangen ist, tut die Sitzheizung im Air-Force-Style richtig gut.

Vor uns tanzt ein Schwarm Insekten über einer umgekippten Reihe Flugzeugsitze. Ein Burning-Man-Festival für Mücken. Dahinter strecken sich ein paar Kakteen wie Orgelpfeifen in den rosa Himmel. Die Kulisse hat ein bisschen was von Western – oder eher von *Westworld,* mit dem ganzen Technikschrott im Vordergrund. War ein ganz großer Streifen, *Westworld,* mit Yul Brynner als durchgedrehtem Cowboy-Roboter. Zieh, Bübchen!

Jetzt ein Lagerfeuer – das wär's. Ein Bier und ein Lagerfeuer, um den Tag gemütlich ausklingen zu lassen. Wenn der Boden nicht diesen stechenden Kerosindunst ausschwitzen würde. Vielleicht besser doch nur ein Bier. Hatte Harriet vorhin an der Tanke nicht ein Sechserpack gekauft? Aber so, wie die hier Trübsal blasen, ist das wohl gerade kein passendes Gesprächsthema.

Harriet stiert durch ihren aufgeklappten Rechner hindurch.

Ich senke die Stimme. »Und?«

Sie zuckt zusammen, als hätte ich sie aufgeweckt. Sofort flitzen ihre Blicke wieder über den Schirm. So im Profil, mit dem kalkweißen Licht der Kommandozeile von vorn, sieht ihre Haut noch blasser aus, fast transparent.

Rein äußerlich hat sie sich von der Entführung gut erholt. Die roten Äderchen sind aus den Augenwinkeln verschwunden, und ihre Haare fallen wieder glatt nach hinten – was an ein Wunder grenzt, da wir in dem Papphaus nicht mal einen Föhn haben. Meine Frisur gravitiert währenddessen in Richtung Afro.

Aber irgendwas arbeitet noch in ihr. Sie fällt mir seltener ins Wort, und ihre Belehrungen tröpfeln nur noch. Vielleicht dämmert ihr langsam, was für ein Glück sie bei ihrer Flucht hatte. Oder sie brütet etwas aus. Ab und zu, wenn sie glaubt, dass ich nicht hinschaue, ruft sie den Hex-Editor auf, um noch mal Kellermeisters Datenmüll unter die Lupe zu nehmen. Sie verfolgt bestimmt eine Spur, aber sie will ihren großen Fund erst dann mit einem »Tadaa« präsentieren, wenn sie sich ganz sicher ist.

»Nichts«, haucht Harriet.

Natürlich nichts, genau wie vor zehn Minuten, vor zwanzig Minuten und den ganzen verdammten Abend schon. Unser elektronischer Maulwurf, den wir bei Blackarrow eingeschleust haben, meldet sich nicht.

Um hier draußen auf dem Schrottplatz überhaupt Netz zu haben, hat Harriet die Karte aus Neumanns uraltem Handy in ihren Rechner geschoben. Jetzt checkt sie alle naselang, ob der Fisch den Köder auch geschluckt hat.

Theoretisch hätte es so laufen müssen: Dieser Jeff liest die Notiz auf dem Stick von wegen »Incident Report Hwy 375«. Sofort fragt er sich, wer von dem Zwischenfall am Highway 375 weiß, bei dem der Polizist erschossen wurde.

Also schiebt er den Stick in seinen Bürorechner, öffnet das darauf gespeicherte Dokument – und schon hätte sich unser Spion auf seinem System eingenistet, und wir könnten schön seine Mails mitlesen.

Theoretisch.

Bisher kann Lieutenant Uhura von *Star Trek* allerdings noch keine Kontaktaufnahme melden. Zuerst hat Harriet noch freudig erregt in die Tasten gegriffen, um zu prüfen, ob unser Trojaner schon Daten geschickt hat. Jetzt, nach dem dreißigsten Versuch, kriechen ihre Finger nur noch über die Tastatur. Sie weiß natürlich auch, dass unsere Chancen ständig sinken. Es ist schon acht durch – wer schreibt um diese Zeit noch Mails? Nein, etwas muss schiefgelaufen sein. Möglicherweise hat dieser ominöse Jeff keinen Anschluss am Rechner, wo er den Stick hätte reinstecken können. Oder ein Filterprogramm hat den Trojaner entdeckt und Alarm geschlagen. Oder er hat einfach keine Zeit, um irgendwelche »Incident Reports« zu lesen.

Klar war die Sache mit dem Stick ein Glücksspiel, deshalb hat Neumann ja auch nur halbherzig mitgemacht.

Er hockt mit rundem Rücken neben Harriet und schaut auf seine gefalteten Hände.

»Wahrscheinlich bellen wir ohnehin den falschen Baum an …«

Harriet, das Mensch-Mensch-Interface in unserem Team, geht wie immer freundlich auf sein Gebrabbel ein.

»Was meinst du damit, Jesko?«

Der Alte schaut düster. »Unser wirklicher Feind heißt sicher nicht Blackarrow. Überlegen Sie mal: Was für ein Interesse sollte ein privater Sicherheitsdienst daran haben, den McLuna anzuzünden, Sie zu entführen und Chuck zu töten? Die führen nur Befehle aus, und deshalb werden wir von denen auch nicht viel erfahren. Die haben einfach kein need-to-know.«

»Was heißt das?«, hakt Harriet nach. Das muss man ihr lassen: Sie hat kein Problem damit zuzugeben, dass sie was nicht weiß. Sie ist wie ein Wissensschwamm, immer bereit, was Neues aufzusaugen.

Neumann schaut abwesend. Anscheinend sortiert er im Kopf, welche Informationen aus seinem Vorleben er uns verraten kann und welche nicht.

»Nun ja. Need-to-know ist der Grundsatz, nach dem die CIA vorgeht: Jeder, der an einem Projekt beteiligt ist, erfährt nur genau so viel, wie er braucht, um seinen Job zu machen. Dafür hat er ein need-to-know, das muss er wissen. Der ganze Rest, die Zusammenhänge und wer dahintersteht – das alles bleibt geheim. Bei jedem Topsecret-Projekt siehst du also immer nur, was direkt vor dir liegt. Allein deshalb werden wir aus diesem Jeff nicht viel rauskriegen – weil er seine Auftraggeber vermutlich nicht mal kennt.«

Eine deprimierende Analyse – die dringend mit einem Bier runtergespült werden muss.

»Also ich hol mal was zu trinken. Was für euch?«

Zwei entsetzte Menschen glotzen mich an. Heißt das nein? Okay, dann eben nicht. Ich setze langsam meine Füße auf den Boden, damit die Schlangen, die mit Sicherheit unter dem Flugzeugschrott Siesta halten, genug Zeit haben, um sich zu verziehen. Ob Giftzähne durch das Gummi von Chucks durchkommen? Und los Richtung Papphaus.

Dieser von Neumann gehört echt zu den Schwierigen. Der ist den Kollegen mit seiner Kleinkariertheit sicher mächtig auf den Sack gegangen. So einen Typ gibt's in jedem Laden, so einen Mister Winterbottom aus *Dinner for one,* der immer einen Sonderwunsch hat.

Sparsam ist er natürlich auch, wie alle Oldies. Er wollte partout nicht mit Harriet an der Tanke Klamotten kaufen, weil er meinte, dass die da zu teuer seien. Sein bester Kumpel ist absichtlich über den Haufen gefahren worden, und er macht sich Sorgen um die paar Dollar – wie mein Alter. Für den war so ziemlich alles, wofür man Geld ausgibt, »reiner Luxus«. Auswärts essen, Kino, Spaß haben – alles »reiner Luxus«.

Aber Neumann hat natürlich recht. Die Typen von Blackarrow sind wahrscheinlich Marionetten.

»Schröder!«

Warum keift Harriet denn so – will sie womöglich doch ein Bier?

»Schröder, kommen Sie her!« Jetzt brüllt auch noch der Alte.

Was ist denn? Ich komme ja schon.

Sie kleben beide vor dem Rechner und fuchteln wild mit den Fingern vor dem Schirm rum. Harriet winkt aufgeregt rüber.

Der Fisch hat den Köder also geschluckt.

Mal sehen, was Blackarrow so schreibt.

52

Immerhin: keine Bermudas.

Thomas Leinhart lehnt sich in das klebrige Kunstleder des Taxifonds zurück.

Er muss sein Trauma nicht noch einmal durchleben: Während alle Freunde bei dreißig Grad ganz normal mit Jeans und Daunenweste rausgehen durften – seit *Zurück in die Zukunft* war die Weste ganzjährig Pflicht –, musste er mit kurzen Hosen vorm Jugendzentrum auflaufen. Peinlich. Na, hat Mami dich wieder eingekleidet? Ein Trauma eben.

Seine Befürchtung, dass auf den Bermudas diese alte Wunde wieder aufreißen würde, war unbegründet. Zur Kontrolle wirft er einen Blick aus dem Autofenster: nein, keine Männer in kurzen Hosen. Alle Leute tragen ganz normale Sachen, anscheinend ist es ihnen noch zu kalt, um ihre Waden zu entblößen. Dabei fühlt sich der Wind, der durch einen Spalt reinzischelt, genau wie in Nizza beim Abflug an. Knapp über zwanzig Grad vielleicht.

Leinhart streckt sich. Privatjet hin oder her – einmal um die halbe Welt zu fliegen steckt sich auch nicht mehr so leicht weg. Er nimmt die schwarze Nerdbrille ab, um sich die brennenden Augen zu reiben. Schon vorhin auf der Flugzeugtoilette hatten sie kiffermäßig rot ausgesehen.

Und wofür ist Häuptling Adlerauge um die halbe Welt geflogen? Um ein Paradies gegen das nächste einzutauschen. Häuschen in Pink und Lindgrün ziehen am Autofenster vorbei, Palmen auf dem Bürgersteig und auf alt getrimmte Gaslaternen. Das Gras auf den Verkehrsinseln ist penibler manikürt als das Fairway zu Hause im Golfklub. Alles ein bisschen wie in einem Krimi von Agatha Christie. Es würde gut passen, wenn Hercule Poirot jetzt mit einem weißen Dreiteiler die Straße überqueren würde, um in einem Pool eine Leiche zu begutachten. Eine zitronengelb getünchte Filiale der *Hongkong and Shanghai Banking Corporation* strahlt in der Abendsonne. Natürlich: Bermuda ist ein Offshore-Geldhafen, hier parken die Konzerne ihre Kohle, daher also der Wohlstand.

Der Taxifahrer bremst den Nissan Minivan sanft ab. Okay, doch noch ein Kurzehosenmann: Mitten auf der Kreuzung fuchtelt ein Polizist mit weißen Handschuhen in der Luft herum. Er hat Shorts an und trägt einen hohen schwarzen Helm wie die Bobbys in England. Eine seltsame Mischung, dieser Ort: wie eine englische Kleinstadt, die in die Subtropen transplantiert wurde. Analfixiert-aufgeräumt wie ein Disney-Resort. Nein, besser! Genau wie das »Village« in dieser englischen Fernsehserie *Nummer 6*, da, wo der Typ in diesem pseudomediterranen Seebad eingesperrt ist. Zufrieden damit, die perfekte Retro-Referenz gefunden zu haben, dreht Leinhart Däumchen.

»Just a few minutes«, hatte der Fahrer versprochen, Cooper's Island sei nicht weit weg vom Flughafen, meinte er. Allerdings könne er ihn nicht bis ganz ans Ziel fahren, da die Insel ein Naturschutzgebiet und für Autos gesperrt sei. Als Mensch mit Hang zu Trotzreaktionen wäre Leinhart normalerweise sofort aus dem Wagen gesprungen, um sich bei der nächstbesten Autovermietung den größtmöglichen SUV zu beschaffen und damit den größtmöglichen Umweltschaden anzurichten. Naturschutzgebiet *my ass*. Doch leider erlaubt das Ihre Majestät nicht in der gepflegten Kronkolonie. Sorry, keine Mietwagen für Touristen, nur Motorroller. Unfassbar.

Der Taxifahrer manövriert den Nissan durch eine Neunzig-Grad-Rechtskurve.

Auf Leinharts Seite blitzt Hellblau zwischen den Palmen durch.

Wer zuerst das Meer sieht, hat gewonnen! Das hatten seine Mädchen früher immer gespielt, als sie noch in Hamburg wohnten und es Meer, in das man ohne Neoprenanzug reinspringen kann, nur im Urlaub gab. Zwei Tage auf der Autostrada mussten sie immer durchstehen, ab Como klebten die Mädels dann mit der Nase an den Seitenfenstern, um ja nicht den ersten Streifen Meer in der Ferne zu verpassen.

»It's monday. There won't be many people«, schreit der Fahrer von vorn.

»Hm«, quittiert Leinhart.

Sollte er sich darüber freuen? Dieses diffus schlechte Gefühl, das ihn seit dem Abflug verfolgt, ist in den langen, einsamen Stunden über dem Atlantik gewachsen. Dabei sind dunkle Vorahnungen sonst nicht sein Ding – so was überlässt er Horoskope-Lesern.

Fest steht, dass er bei diesem Auftrag alles andere als gut vorbereitet ist. Im Geschäft würde er niemals so planlos ans Werk gehen: Wie soll er auf das NASA-Gelände kommen? Wie das Band finden? Und was ist, wenn er bis Sonnenuntergang nicht zurück ist? Der Netjet für den Weiterflug nach L. A. kann nicht ewig warten. Seine Submariner zeigt achtzehn Uhr Ortszeit, bald wird es hier draußen, außerhalb der Stadt, stockduster sein.

Links öffnet sich eine paradiesische Bucht. Azurblaues Wasser mit Schaumkrönchen schwappt an den buttergelben Strand. Als ob jemand einen TUI-Katalog gegen das Fenster drücken würde.

»Beautiful, isn't it?«, preist der Fahrer an.

Leinhart starrt weiter stumm auf die Straße und versucht, das Risiko seiner Mission zu kalkulieren. Der Asphalt franst an der Seite aus, die propere Kronkolonie verwandelt sich langsam in Dritte Welt.

Der Fahrer schüttelt den Kopf.

Plötzlich schnellt Leinharts Oberkörper nach vorn. Er hat sein Ziel ausgemacht: Ein weißer Ball taucht aus dem Palmenmeer auf – eine Radarkuppel, abgestützt von vier Stahlstreben, in der Mitte mit einer Leiter zum Hochsteigen. Das müssen die Reste der NASA-Station sein, er ist also auf dem richtigen Weg.

Nein, sie sind schon da. Ein mannshoher Stacheldrahtzaun zwingt den Nissan zum Stopp.

»Well, here we are«, verkündet der Fahrer bissig, als ob er ahnen würde, dass sein Kunde nicht vorhatte, hier seine Reise schon zu beenden. Leinhart fischt ein paar zerknüllte Dollarscheine aus seiner Hose. Dabei spürt er, wie sein leichtes Unwohlsein in regelrecht schlechte Laune umschlägt. Denn vor seiner Nase baut sich nicht nur dieser Zaun auf, sondern es hängt auch noch ein Schild dran:

CAUTION

RADIATION AREA

Blutrote Buchstaben auf gelbem Grund, eingerahmt von zwei strahlenden Atomsonnen.

53

Keine Frage: Er ist es. Dieser Jeff hat die Mail geschrieben. Das erkennt man schon am Stil: Sie ist im gleichen Tonfall verfasst wie die Nachricht der Entführer – kurze Sätze, Technokraten-Jargon.

Wir hocken auf dem abgehackten Flügel und rücken Harriet auf die Pelle, um besser ihren Bildschirm erkennen zu können – Neumann von links, ich von rechts.

»Hey?« Sie schiebt mit gespielter Entrüstung meinen Kopf zur Seite, weil ich ihr anscheinend die Sicht nehme. Der Alte dagegen darf mit seinem Glatzkopf weiter ungestraft den Bildschirm verdecken. Wohl das Privileg des Alters. Außerdem ist er über den Verdacht erhaben, sich so Körperkontakt erschleichen zu wollen.

Natürlich handelt Harriet völlig richtig, wenn sie Neumann den Vortritt lässt. Wenn überhaupt jemand, dann kann er die unverständlichen Ami-Abkürzungen übersetzen, vor denen die abgefangene Mail nur so strotzt. Das Einzige, was selbst ich verstehe, ist die Adresse des Empfängers:

JTT047101111@*edwards.af.mil*

Die Domainendung .mil steht für Military, also das US-Militär. Neumann hatte also recht: Blackarrow handelt im Auftrag von oben – hey, sogar von ganz oben! Das Kürzel .af wird von der Air Force verwendet, die Mail ging an eine Luftwaffenbasis.

Neumann runzelt die Stirn. »Der Empfänger sitzt auf der Edwards Air Force Base, die liegt quasi um die Ecke.« Sein sonnengegerbter Finger wandert zur ersten Zeile.

Mit einer Anrede oder ähnlichen Freundlichkeiten gibt sich unser Freund Jeff nicht ab, er kommt direkt zur Sache.

Attached you will find the requested report.

Angefügt finden Sie den gewünschten Bericht. Sehr aufschlussreich, er hat also Ärger wegen der Ballerei auf dem Highway gekriegt. Anscheinend will sein Auftraggeber ganz genau wissen, was bei Harriets Entführung schiefgelaufen ist, sonst hätte er von Blackarrow ja keinen Bericht angefordert.

In der nächsten Zeile steige ich aus.

TPI-rule for EAFB security on 04/12 is approved.

Wir gaffen Neumann an. Er hat die Augen geschlossen, damit er ohne Ablenkung in seiner Vergangenheit kramen kann.

»TPI steht für Two-Person Integrity …« Er flüstert fast. »Bei streng vertraulichen oder sensiblen Projekten ist es die Regel, dass kein Beteiligter alleine handelt. Es muss immer mindestens ein Kollege dabei sein, damit niemand heimlich Dokumente einstecken kann oder so.« Wie ein Hellseher, der eine Vision hat, murmelt er mit geschlossenen Augen vor sich hin. »EAFB muss die Edwards Air Force Base sein … *security* ist die Sicherheit … dann ein Datum, 04/12, der 12. April nach amerikanischer Schreibweise, also morgen.« Langsam öffnet er die Augen wieder. »An diesem Tag muss auf der Base etwas sehr Bedeutsames passieren, wenn das verschärfte Sicherheitsprotokoll gilt.«

Harriet hat ihr Mailprogramm so eingestellt, dass der Text in weißen Fixedsys-Buchstaben auf schwarzem Grund erscheint – im puren unverdorbenen Look der Maschine, ohne knuffige Icons und Fensterlein. Hut ab, selbst bei der Einstellung des Mail-Clients beweist sie Stil.

Eine Sache hat sie seltsamerweise noch nicht kommentiert: Der Trojaner leitet nämlich alle Mails von Blackarrow direkt an unsere normalen Büroadressen weiter. Und das bedeutet: Sollte jemand den Angriff bemerken, könnte er ihn leicht zurückverfolgen, und bei Chris stünde ruckzuck die CIA vor der Tür. Hihi. Jedenfalls dürfte damit mein Rausschmiss bei der Forensecura AG besiegelt sein.

Nervös tippt Neumann auf den letzten Satz.

ELSUR of CG will be terminated.

Er sieht besorgt aus.

»Die erste Abkürzung steht für Electronic Surveillance, also elektronische Überwachung – Telefon abhören und dergleichen.«

Plötzlich reißt Neumann seine Augen auf, als ob er einen Toten gesehen hätte.

»Mensch, Schröder, verstehen Sie nicht?« Er hält mir eine Faust unter die Nase. Seine Stimme überschlägt sich. »Das CG in der Mail steht für Chuck Gardner – sie haben Chuck abgehört!«

»Und?«, unterbricht Harriet.

»Nun ja …« Neumann zuckt mit den Schultern, als müsste er ein peinliches Geständnis machen. »Ich hatte am Tag vor Chucks Tod noch mit Patty, seiner Frau, telefoniert, und dabei erwähnte sie ein paar Mal Cooper's Island.«

Also die Insel, auf der Leines gerade nach dem verschollenen Band stöbert. Aber das bedeutet ja …

Neumann läuft rot an.

»Das heißt: Blackarrow weiß, dass es eine Kopie von Band 5076 gibt, und zwar auf Cooper's Island. Ihr Freund wird ihnen direkt in die Arme laufen!«

54

Das war knapp, noch ein paar Minuten länger – und Thomas Leinhart wäre abgesoffen. Abgesoffen im Paradies.

Er kniet auf allen vieren im Sand und kotzt sich die Seele aus dem Leib. Das Salzwasser brennt in der Speiseröhre wie Erbrochenes nach einer Peperoni-Pizza. Er hatte sich brutal überschätzt, wie ein Junge, der gerade mal das Seepferdchen hat und im Schwimmerbecken den Helden mimen will.

Aber er hatte keine Wahl. Nachdem ihn das Taxi vor der Stacheldrahtgrenze abgesetzt hatte, war er kurz den Zaun in beide Richtungen abgelaufen. Zunächst sah die Sache übel aus: Die Amis hatten nach ihrem Abzug die schmale Landzunge, auf der die Basis untergebracht war, gründlich eingezäunt. Er konnte im Maschendraht nicht das kleinste Loch finden, außerdem war der Zaun mit Haken in der Erde verankert, damit sich keiner drunter durchbuddeln kann.

Dann fand er die Schwachstelle. Auf einer Seite endete der Zaun nämlich am Strand, und Leinhart konnte erkennen, dass das Ufer direkt dahinter nicht gesichert war. Um ins Sperrgebiet zu kommen, würde er also nur kurz aufs Meer hinausschwimmen müssen und in einem kleinen Bogen zurück auf die Landzunge. Das waren doppelt gute Nachrichten, denn es zeigte, dass es mit der RADIATION, also mit der radioaktiven Strahlung, nicht so schlimm sein konnte, sonst hätte man die ehemalige Basis besser gesichert.

Die Strecke, die er schwimmen musste, sah völlig läppisch aus: nur kurz durchs flache Wasser paddeln, um ein paar kleine Felsen herum, und direkt wieder zurück in die nächste Bucht. Ein Klacks. Leinhart legte sofort los. Raus aus den Klamotten, alles zusammen mit dem Rucksack über den Zaun feuern – und ab ins Meer. Ohne Schuhe oder Hose natürlich.

Das war sein erster Fehler.

Schon nach wenigen Zügen rentnermäßigen Brustschwimmens – alle anderen Techniken hat er längst verlernt – scheuerte sein Bein unter Wasser an einem Felsen entlang. Zunächst kratzte es nur ein bisschen, weil das kalte Wasser die Wunde betäubte. Doch dann zuckte ein Schmerz die ganze Wade hoch. Eine Felskante hatte die Haut tief eingeschnitten. Sollte er deshalb umkehren? Nein, das wäre eine zu große Schlappe für ihn, den businessmäßigen Durchbeißer. Also zog Leinhart weiter durch. Es würde reichen, einfach einen größeren Bogen um die Felsen zu machen und vorsichtiger zu sein, redete er sich ein.

Das war sein zweiter Fehler.

Denn durch den größeren Schlenker verdoppelte sich die Strecke zur nächsten Bucht. Ehe er merkte, wie sehr er sich überschätzt hatte, war er schon zu weit draußen, um umkehren zu können. Der Kampf fing an. Was vom Strand wie Geplätscher ausgesehen hatte, entpuppte sich als meterhohe Brandung. Wasser schoss ihm in den Mund. Er musste husten, bekam vor Seitenstechen kaum noch Luft. Lange verschollen geglaubtes Jacques-Cousteau-Wissen durchzuckte seinen Kopf. *Haie können eine Wunde auf einen Kilometer unter Wasser riechen.* Oder hatte er das bei Hans Hass gelernt? Als die Arme schwer wurden, dachte er sogar kurz an Azra. Was sie wohl den Mädchen sagen würde?

Er war ein verdammter Idiot gewesen.

Leinhart starrt auf die dünnen Blutfäden, die neben seiner Wade ins Wasser sickern. Erst jetzt bemerkt er das Postkartenpanorama hinter ihm: Der orangefarbene Sonnenball steht kurz über dem Horizont und lässt die Spitzen der Wellenberge wie Lametta glitzern.

Sein Gesicht verzieht sich zu einem Grinsen.

Ursula Andress war mit deutlich mehr Würde aus den Fluten gestiegen.

Kein guter Start, doch so schnell würde er nicht aufstecken.

Zumal er quasi schon am Ziel ist: Direkt vor ihm leuchtet ein sechseckiger Betonturm in der Abendsonne. Vermutlich das Fundament einer riesigen Empfangsantenne, mit denen die Jungs ins All rausgelauscht haben. Im Windschatten ducken sich ein paar Bungalows. Irgendwo da drinnen muss das Band mit der Nummer 76 lagern, mit dem verschollenen Mondfoto, das Schröder so dringend sucht. Er hatte den Schatz exakt beschrieben: *Wir suchen eine Edelstahldose, Durchmesser etwa so groß wie eine Langspielplatte, an der Seite mit einem neongelben Tape versiegelt. Es sollte von Hand mit der Nummer 5076 beschriftet sein. Falls du die Dose findest – nicht öffnen, sondern direkt zu uns bringen.* Dann folgte irgendeine Adresse in der kalifornischen Pampa.

Leinhart spürt einen Stich in der Magengegend, wie auf

dem höchsten Punkt der Achterbahn, kurz bevor der Wagen ins Leere stürzt. Der Gedanke an die Mission, an *seine* Mission, treibt den Puls sofort hoch; die Erinnerung an seinen Kampf eben im Wasser beginnt schon zu verblassen. Kein Gedächtnis für Schmerz, was für ein Geniestreich der Natur.

Wie ein frisch aufgezogener Roboter sprintet Leinhart den Strand hinauf. Der Wind rumpelt in seinen Ohren und fegt die letzten Bedenken hinweg.

Wäre er normal gelaufen, hätte er das leise Brummen in der Ferne vielleicht gehört.

55

Genau: Doris Day.

Leinhart schüttelt sich. Aus dem Bungalow könnte jeden Moment Doris Day rauskommen. Alles würde harmonieren: ihr fliederfarbenes Kleid, die hellblauen Wände und das weiße Treppchen zum Eingang hoch.

Was für eine Qual. Mit seiner Schwester diese grauenvolle Sülze gucken zu müssen, während im Zweiten *Shogun* lief. Da präsentierte die Alte ihre Möpse, wenn »das Kopfkissen geteilt wurde« – *Brüste,* verdammt noch mal! Aber die Eltern waren eben superpenibel, was die gerechte Aufteilung der Fernsehzeit anging, also musste er Doris Day ertragen. Immerhin ging es in *Spion in Spitzenhöschen* um irgendeinen Agentenkram, und in einer Szene wurde ein Funksender in einem Kanapee versteckt, zumindest ein Anflug von Technik. Mehr ist im Jungshirn nicht hängen geblieben.

Leinhart tänzelt die erste Stufe hoch. Mitten im Sprung jedoch fällt sein Blick auf seine Hose, und er bremst ab.

Er hatte den Rucksack hinterm Zaun eingesammelt und war direkt in seine Klamotten geschlüpft, ohne sich abzutrocknen. Mit dem Erfolg, dass die nasse Unterhose einen großen braunen Fleck im Schritt hinterlassen hat. Er sieht aus wie ein inkontinenter Indiana Jones. Aber vor wem sollte ihm das eigentlich peinlich sein? Er ist ja allein im Sperrgebiet. Leinhart schnappt sich wieder das weiße Geländer.

Früher muss die Basis wie ein tropisches Ferienparadies ausgesehen haben, mit sorgsam gejäteten Beeten, Palmen und sattgrünem Rasen. Ein Vierteljahrhundert Entropie hat davon nichts übrig gelassen: Die Rasenflächen sind zu braunen Wüsten verbrannt, und am Vordach des Bungalows pellt die Farbe ab.

Endlich da. Es war klar, dass er hier nicht der erste Besucher sein würde. Aber so viele Vorgänger? Sprayer haben die ganze Tür mit Tags zugehauen, sodass kaum noch das blaue Holz zu erkennen ist. Vielleicht ist der Einbruch hier ja eine Mutprobe für die Vorstadtkrokodile von Bermuda? Radioaktive Strahlung? Du Schisser!

Leinhart drückt mit der Fußspitze vorsichtig gegen die Tür, bis sie knarrend nachgibt. Eine feuchtheiße Wolke schlägt ihm ins Gesicht, wie am Eingang zum Affenhaus im Zoo. Auch der Gestank ist derselbe – Körperausdünstungen und abgestandene Pisse. Jetzt ganz vorsichtig reinmarschieren, vielleicht leben hier ja irgendwelche Penner.

Er starrt in einen langen, leeren Flur. Anscheinend war hier mal das Büro untergebracht. An der rechten Wand stapeln sich immer noch die Aktenschränke – die Sorte, bei der man vorn Schubladen rausziehen kann. Da kann der desillusionierte Detektiv dann seine Finger über die Ordner spazieren lassen. Doch das Filmklischee lässt sich nicht mehr nachspielen, denn jemand hat alle Schubladen aufgerissen und die Papiere auf dem Boden verteilt.

Leinhart schaut hoch. Aus einem Loch in der Decke seilt sich eine gelbe Dämmwolle-Liane ab. Sicher nicht gesund, aber auch keine unmittelbare Gefahr, solange seine Wunde am Bein nicht mit irgendetwas in Kontakt kommt.

Vorsichtig tastet er sich an Inseln aus Papier und Kabeln vorbei. Bloß nicht in eine Scherbe oder ein scharfes Metallteil treten! Sein Blick gleitet über die kahlen weißen Wände. Seltsam, keine Tags mehr. Vermutlich zu langweilig für Sprayer – oder zu stark kontaminiert?

Was in den Aktenschränken lagert, lässt sich nicht mehr erkennen, weil die Karteikarten vorn rausgerissen wurden. Leinharts Erregung lässt nach. Hier wird das Datenband kaum rumliegen, schließlich wäre es total fahrlässig, in der aggressiven Salzluft *irgendetwas* von Wert zu lagern. Schröders Infos müssen falsch sein, wahrscheinlich ist er einem anderen Traumtänzer auf den Leim gegangen.

Halt, etwas am letzten Schrank war anders.

Leinhart macht mechanisch einen Schritt zurück, als ob in seinem Kopf jemand den Hebel einer Fernbedienung umgelegt hätte. Er beugt sich zu dem seltsamen Schrank runter, der als einziger keinen Griff zum Rausziehen hat. Von der Größe her könnte es ein Kühlschrank sein, wäre da nicht diese bronzefarbene Zehnertastatur mitten auf der Tür.

Ein Safe.

Mitte bis späte Achtziger. Leinhart kennt die Bauart: Sein Vater hatte genauso einen Mini-Tresor angeschafft, als Oma gestorben war und er vom Ausmisten ihrer Wohnung einen Schwung Goldschmuck mit nach Hause gebracht hatte. Archaische Digitaltechnik, der Schrank geht erst auf, wenn ein fünfstelliger Code eingetippt wird. Man hat drei Versuche, danach blockiert der Safe das Schloss für vierundzwanzig Stunden.

Natürlich war es damals für Leinhart, den angehenden Nerd, eine Ehrensache, so lange mit dem Safe rumzuspielen, bis er seine Schwäche gefunden hatte. Es ging schneller, als er gedacht hatte.

Sein Blick rast über den Boden. Alles, was er bräuchte, wäre ein längliches Metallstück ... Nur das Licht könnte ein Problem werden. Durch ein eingeschlagenes Fenster am Ende des Flurs schimmert ein Rest Sonnenuntergang.

Leinhart schreckt hoch.

Hinten klappert ein Fenster.

Doch da ist noch ein Geräusch, und es kommt definitiv von draußen.

56

Zum Glück nur ein Motorboot.

Außerdem kreuzt es so weit draußen vor der Küste, dass es nur an der kleinen Gischtfahne hinter dem Bug zu erkennen ist.

Keine Gefahr. Beruhigt dreht sich Leinhart um und stürzt zurück in den Flur, um sich wieder dem Safe zu widmen. Vorsichtig schiebt er die Schicht aus vergilbten Papieren beiseite und kniet sich aufs graue Linoleum. Der Safe erlaubt nur drei Versuche, bevor er blockiert, also sollte schon die erste Kombination sitzen. Sachte wischt Leinhart den Staub aus den Spalten zwischen den Tasten.

Erst mal testen, ob die Batterie überhaupt noch funktioniert, schließlich muss der Tresor schon seit Jahrzehnten hier stehen. Leinhart entscheidet sich für den Klassiker Eins-zwei-drei-vier-fünf.

Er lässt seinen Finger kurz über den Zahlen kreisen, dann drückt er auf die Eins.

Fiep.

Der Piezo-Summer wimmert zwar schon ein bisschen, doch der Quittungston ist deutlich zu hören, das Schloss hat also noch Strom. Zügig tippt Leinhart weiter.

Zwei – fiep – drei – fiep – vier – fiep – fünf – fiep.

Eins-zwei-drei-vier-fünf, das zweithäufigste Passwort auf diesem Planeten, direkt hinter dem grenzdebilen »passwort«. In jede zehnte Maschine kann man damit einbrechen. Wie lässt sich noch mal die Eingabe quittieren? Leinharts Finger wandert unschlüssig über das Tastenfeld und landet kurz entschlossen auf dem Rautezeichen.

Dreimal kurzes Piepen. Das Signal für einen falschen Code.

Leinhart rückt noch ein bisschen näher an die zerkratzte Stahltür, als könnte er so in die Schaltkreise hineinhorchen. Der Pissegestank wird stärker, vermutlich von jemandem hinterlassen, der in dieser Ruine gelebt hat.

Das Motorboot brummt weiter die Küste entlang, sicher ein Pärchen, das auf der Suche nach einer stillen Bucht ist. Brummt es lauter? Leinhart beschließt, nach dem nächsten Versuch noch einmal an der Tür schauen zu gehen. Doch für viel Hin- und Hergerenne ist die Zeit zu knapp, das Tastenfeld lässt sich kaum noch erkennen. In ein paar Minuten wird es stockduster in dieser Höhle sein.

Welche Kombination als Nächstes? Hotelsafes lassen sich oft mit einem Werkscode öffnen, für den Fall, dass der Gast seine Kombination vergisst: nur Nullen.

Das könnte einen Versuch wert sein, schließlich haben

die Amis auf dem Höhepunkt des Kalten Krieges ihre Interkontinentalraketen auch mit diesem genialen Code geschützt – nur Nullen.

Während er im Kopf mitzählt, drückt Leinhart fünfmal auf die Null, dann Raute.

Piep-piep-piep.

Wieder nichts! Das Fehlersignal klingt feixend, als würde sich der Safe über seinen kruden Hackingversuch lustig machen.

Was ist denn da draußen los? Genervt springt Leinhart zur Tür. Können die nicht einfach wie alle anderen im Hotelzimmer poppen?

Shit, das Motorboot kommt direkt auf ihn zu.

Durch die getönte Frontscheibe lässt sich nicht erkennen, wie viele Leute an Bord sind, doch sie steuern definitiv seine Bucht an. Ein ziemlich fettes Powerboat, die Kategorie kennt Leinhart gut von zu Hause. Zehn Meter, mindestens fünfhundert PS, und nach der Bugwelle zu urteilen geben die Typen voll Stoff. So werden sie gleich hier sein, er muss den Safe jetzt knacken, und zwar ohne langes Rumgetippe.

Leinhart hechtet zurück in den Flur. Keine Zeit mehr für Zimperlichkeiten: Er schnappt sich den erstbesten Hängeordner vom Boden und reißt am Pappteil, bis nur noch die dünne Metallschiene vom Rand übrig ist. Er rammt die Schiene zwischen zwei Aktenschränke, um sie zu fixieren, dann lehnt er sich gegen das Metall, bis es nachgibt. Ein Knick, zwei Knicke, wie eine Treppe, fertig ist das improvisierte Einbruchswerkzeug.

Das Boot wird langsamer. Leinhart hört deutlich, wie der Steuermann Gas wegnimmt, der Motor blubbert satt wie der Auspuff einer Harley. Er nutzt die verbleibende Fahrt, um das Boot vorsichtig ins seichte Wasser zu manövrieren.

Ein Riesenspaß, den sich Leinhart selbst ab und zu gönnt. Azra kann Powerboat fahren natürlich nicht ausstehen, da würde ihr bei jeder Welle »die Gebärmutter rausfallen«, wie sie sich ausdrückt. Dabei fängt der Spaß ja erst an, wenn einen die Wellen wie Knüppel von unten durchprügeln.

Der Schweiß löst das getrocknete Meersalz auf seiner Stirn und rinnt brennend in die Augenwinkel.

Jetzt kommt es drauf an. Gehört der Safe zur billigen Sorte? Bei denen ist auf der Rückseite der Tür nämlich ein kleiner Reset-Schalter eingebaut. Wird er gedrückt, lässt sich ein neuer Code programmieren. Leinhart muss ihn nur mit seinem Einbruchswerkzeug erreichen.

Mühelos taucht die flache Stahlschiene in den Spalt zwischen Tür und Schrank ab. Sie gleitet bis zum ersten Knick rein. Leinhart biegt die Schiene sachte nach oben. Geschafft, das Ende liegt auf der Rückseite der Tür auf. Jetzt braucht er nur noch den Reset-Schalter zu ertasten.

Fuck. Der Motor des Boots geht aus, jetzt springt die Crew vermutlich ins Wasser und watet auf den Strand zu. Von da sind es nur ein paar Meter bis zum Bungalow.

Wo ist bloß der verfickte Reset-Schalter? Leinhart ruckelt mit der Schiene im Türspalt hin und her. Wieso ist das so schwer? Damals bei Vaters Tresor hatte es ja auch funktioniert. Okay, damals konnte er sich genüsslich eine halbe Stunde Zeit lassen, bis Mutter vom Edeka zurückkam. Eine halbe Stunde, um ausgiebig zu schrubben – oder Vaters Safe zu knacken.

Wenn er doch wenigstens etwas sehen könnte! Ganz ruhig. Langsam ein- und ausatmen, noch einmal den ganzen Spalt sauber abtasten. Links oben anfangen, vorsichtig runterziehen, dann ein paar Zentimeter weiter das gleiche Spiel, wie ein Scanner, der sich über ein Foto vorwärtsarbeitet.

Stimmen, das waren definitiv Stimmen, aufgeregte Stimmen. Amerikaner. *Check out that building over there.* Sie kommen rüber.

Komm schon, komm schon! Die Schiene ist fast am Türscharnier angekommen.

Da! Ein Widerstand, der Schalter. Vorsichtig zieht Leinhart an der Metallschiene, bis sie ihn im Innern des Tresors komplett runtergedrückt hat.

Piep-Piep. Das Schloss ist zurückgesetzt und wartet auf die neue Kombination.

Leinhart drischt auf die Tasten.

Eins-eins-eins-eins-eins-Raute.

Piep-Piep. Der Code wurde geändert.

Und gleich noch mal, die neue Kombi reinhacken.

Eins-eins-eins-eins-eins-Raute.

Klack.

Leinhart reißt die Tür auf und greift blind hinein. Seine Fingerspitzen berühren etwas Rundes. Er packt den Gegenstand und stopft ihn in seinen Rucksack.

Hektische Kommandos schallen von draußen rein. *Going in!* Schritte knallen auf der Treppe vor dem Bungalow.

Zu spät, sie stehen schon vor der Tür.

Vorn kommt er nicht mehr raus.

57

Dotcom-Millionär im Paradies erschossen! Leinhart sieht die Schlagzeile schon vor sich. Für die Startseite ist er natürlich nicht mehr prominent genug, aber vielleicht würden sie die Meldung noch im Hamburg-Teil bringen. Und wenn, dann auch nur, um ein Foto von Azra abdrucken zu können, auf dem sie – wie üblich – sensationell aussieht. *Die schöne Witwe des ehemaligen Internet-Superstars.* Was für eine Tragödie! Ach ja, und checkt die Möpse von der Alten ab!

Leinhart zittert am ganzen Körper. Er presst den Rucksack gegen seinen Bauch, als ob der ihn gegen einen Angriff schützen könnte. Sein lächerlicher Plan, sich im Haus zu verstecken, bis die Motorboot-Typen wieder abziehen, ist geplatzt. Einer der Männer ist geradewegs zur Tür reinmarschiert. Leinhart blieben nur noch ein paar Sekunden, um sich tiefer im Bungalow zu verkriechen. Doch der Flur mit den Aktenschränken bog nur einmal kurz ab – und endete mit einer Wand.

Sackgasse, keine Verbindung nach außen, bis auf ein schmales Fenster direkt unter der Decke. Leinhart starrt auf das dunkelblaue Rechteck Tropennacht. Es ist viel zu klein, um rauszuklettern.

Ein Knirschen. Der Angreifer muss im Flur auf eine Scherbe getreten sein. Anscheinend hat er längst gewittert, dass er nicht alleine im Gebäude ist, sonst würde er einfach durchmarschieren. Doch er arbeitet sich langsam voran, ohne groß Lärm zu machen.

Er muss kurz vor der Ecke stehen, hinter der sich Leinhart versteckt.

Wie konnte er nur das ganze Glück, das ihm der große Ringmeister in den Hintern geblasen hatte, so leichtsinnig verspielen? Bisher war sein Leben eine einzige Glückssträhne: Thomas Leinhart, der Exit-König, der zwei Wochen *vor* dem großen Internetcrash alle Aktien verkauft. In Interviews danach hatte er viel von Strategie gefaselt, aber letztendlich war es nur Glück, dass er rechtzeitig den Stecker gezogen hatte. Niemand konnte auch nur ahnen, dass der

Neue Markt schneller umkippen würde als ein abgeballertes Moorhuhn.

Metall scheppert, Leinhart zuckt zusammen.

Der Typ muss gegen einen Aktenschrank gelaufen sein. Hat der denn keine Taschenlampe? Und wenn nicht, warum nimmt er nicht sein Handy, um den Weg auszuleuchten?

Natürlich! *Sein* Handy. Es steckt immer noch im Rucksack und ist auf Flugmodus geschaltet.

Das ist es! Die Bullen anzurufen bringt jetzt nichts mehr; bis die hier sind, hat der Typ ihm längst den Bauch aufgeschlitzt oder was auch immer. Aber vielleicht kann er seinen Verfolger dazu bringen, dass er umkehrt?

Leinhart ertastet die Außentasche des Rucksacks und umschließt mit seinen schweißnassen Fingern den Schieber des Reißverschlusses. In Superzeitlupe zieht er ihn nach rechts. Rrrt, rrrt, rrrt – Häkchen für Häkchen.

Warum hatte er sich von Schröder nur zu dieser Aktion überreden lassen?

Schröder, der Idiot.

Der hätte damals einfach nur ja sagen müssen und wäre bei der Achterbahn dabei gewesen. Ein paar Mark reinbuttern, eine kleine Beteiligung zuschießen, und schon wäre er mit von der Partie gewesen. Aber nein: Der kümmerte sich ja nie um die Kohle. Der Herr Informatiker wollte ja weiter im dunklen Tal der wahren Nerds wandern.

Nein, Schröder hatte ihn nicht überredet hierherzukommen. Er selbst wollte es, weil er glaubte, so wieder das Leben zu spüren. Und jetzt wird es hier zu Ende gehen.

Tränen schießen ihm in die Augen. Peinlich, wie leicht sich die dünne Schicht Selbstbewusstsein abkratzen lässt, die er sich in den letzten Jahren so hart erarbeitet hatte: einmal kurz im Meer absaufen, ein bisschen im Dunkeln

Räuber und Gendarm spielen – und schon ist nur noch der kleine Leines übrig, der bei der kleinsten Gefahr heulend wegrennt.

Er schluckt.

Fertig, der Reißverschluss ist auf. Vorsichtig zirkelt Leinhart das Handy an der Nylonwand des Rucksacks vorbei. Es ist raus. Sofort drückt er das flache Gerät an die Brust, damit die Hintergrundbeleuchtung nicht seine Position verrät.

Jetzt schnell entsperren und den Flugmodus deaktivieren. Zielsicher flitzen Leinharts Finger über die Oberfläche des eleganten schwarzen Mobiltelefons, das mit messingfarbenen Leisten eingerahmt ist. Wenn er eine Sache in den endlosen, langweiligen Stunden am Pool gelernt hat, dann die Bedienung von so ziemlich jedem aktuellen Gadget.

Anwendung *Nachrichten* auswählen, neue Mitteilung verfassen, Adressat: die letzte empfangene Nummer, irgendwas mit 001 vorn, genau, die hatte Schröder gestern verwendet.

Zong! Verdammt, der Typ ist wieder gegen einen Schrank gedonnert. Diesmal klang es wirklich, als stünde er gleich hinter der Ecke.

Leinharts Herz hämmert.

Sein Daumen tanzt zielsicher über die Pixeltastatur.

SOFORT ANRUFEN

Jetzt noch an Schröders letzte Nummer senden.

Okay, die Nachricht ist raus.

Hoffentlich hat Bermuda ein halbwegs vernünftiges Netz.

Scherben knistern unter Schuhsohlen. Plötzlich Stille. Der Verfolger scheint stehen geblieben zu sein. Leinhart presst seine Schulterblätter gegen die Wand.

Hat er ihn bemerkt? Vielleicht leuchtet sein Handy doch zu hell?

Egal, das ist seine letzte Chance.

Klingelton wieder aktivieren, volle Lautstärke. Okay.

Leinhart steigt auf die Zehenspitzen, um seine Hand noch näher an das Fenster zu bringen. Er nimmt Schwung und schleudert das Handy mit voller Wucht durchs Fenster. In seinem Kopf sieht er, wie das leuchtende Display durch die Tropennacht zischt, wie eine Silvesterrakete, die aus einer halb umgekippten Sektflasche abgefeuert wird.

Jetzt kann dieses scheißteure Vertu mal zeigen, ob es wirklich so stoßsicher ist, wie der schleimige Verkäufer behauptet hatte.

Würde nicht sein Leben davon abhängen, könnte er sich über den Plan kaputtlachen. Er ist so kindisch, dass er aus einem »Tim und Struppi«-Comic stammen könnte – dem einzigen Druckwerk, das er jemals von vorn hin bis hinten durchgelesen hat. Also: Schröder bekommt die Kurzmitteilung, die er ihm in dieser Sekunde geschickt hat, und ruft sofort zurück. Der Anruf geht auf Leinharts Handy ein, das jetzt weit draußen vor dem Bungalow liegt. Es fängt brüllend laut zu klingeln an und lockt alle Typen aus dem Motorboot rüber – auch den, der im Flur auf ihn lauert. Die Männer fangen an, das Telefon im Unterholz zu suchen, und schon ist der Fluchtweg frei.

Doch sosehr er sich auch anstrengt: Leinhart hört nicht mehr, wie das Handy aufschlägt.

Dafür lenkt ihn das Knirschen vor ihm zu sehr ab.

58

»Lass gut sein, Schröder.«

Harriets Hand fühlt sich so leicht auf meiner Schulter an, als wäre nur ein Blatt daraufgefallen. Ein warmer Punkt ohne Gewicht. Sie lässt die Hand einfach so liegen, viel länger, als es unter normalen Kollegen angebracht wäre.

So eine Scheiße. Sie haben Leines erwischt, und es ist meine Schuld.

»Du kannst es doch nachher noch mal versuchen. Komm …« Sie streckt mir ihre offene Hand entgegen.

Ich lege Neumanns olles Handy rein.

Stimmt, weiter im Sekundentakt bei Leines anzurufen bringt überhaupt nichts. Er sitzt bestimmt noch im Flugzeug nach Bermuda und hat deshalb abgeschaltet. Bestimmt. Aber warum schickt er nicht mal 'ne Message?

Vielleicht weiß Blackarrow überhaupt nichts von dem zweiten Band auf Bermuda, und Leines kann da unten völlig ungestört rumspazieren? Wir machen uns unnötig kirre.

Harriet legt das Handy auf den Flügel. Die Kälte der Nacht kriecht von unten hoch. Neumann ist schon vor ein paar Minuten aufgesprungen, um sich aufzuwärmen. Jetzt hat er sich im Sand aufgebaut und starrt in die Nacht hinaus. Die Silhouette seines knöcherigen Rückens ist kaum breiter als die der Kakteen.

Das angenehme Gewicht von Harriets Hand auf meiner Schulter verschwindet. Sie rückt wieder auf ihren Platz zurück und legt den Kopf in den Nacken, als ob sie sich Beistand von oben erhofft. Ob sie an irgendwas glaubt? Nein, das würde nicht zu ihr passen.

Ihre Schulter berührt die ganze Zeit meine Schulter, doch

das scheint sie nicht zu stören. Anders als auf der Hinfahrt im Auto ist es kein zufälliger Kontakt, sondern klare Absicht. Sie will mich berühren. Unter anderen Umständen würde ich jubeln oder sogar versuchen, einen Schritt weiterzugehen. Aber jetzt? Klar, Leines wäre dafür, der würde seinen üblichen Scheiß von wegen »Alter, die braucht's« vom Stapel lassen.

Was war das für ein *Brummen?*

Etwas glüht neben Harriets Bein. Natürlich! Neumanns dampfbetriebenes Handy wacht auf, weil eine Nachricht reingekommen ist.

Sofort nachschauen. Harriet beugt sich nach hinten, damit ich besser an den Klotz rankomme.

NEW MESSAGES (1).

VIEW □□□ CANCEL

Punktmatrix-Buchstaben vor leichengrüner Hintergrundbeleuchtung, nur Großbuchstaben, wie bei dem Jahrgang üblich. Da sieht jeder Text aus, als würde der Absender schreien. Ich wähle VIEW, um die Nachricht anzuzeigen.

SOFORT ANRUFEN.

Darunter die Nummer des Absenders, sie fängt mit 0033 an.

Französischer Ländercode, eine Nachricht von Leines.

Ich muss ihn sofort anrufen.

Also Wahlwiederholung, zweimal hintereinander die grüne Taste drücken.

DIALING, meldet das Klapperding. Vielleicht sollte ich die Antenne rausziehen, um den Empfang zu verbessern; bei den Dingern hilft das ja manchmal noch.

Es tutet. Der Ton eiert ein bisschen, anscheinend ist der Empfang auf Bermuda nicht so berauschend.

Komm schon, Alter. Wozu soll ich dich anrufen, wenn du nicht rangehst?

Noch ein Tuten. Vielleicht sitzt er ja schon in dieser alten NASA-Station, und deshalb ist das Signal so mies.

Klick. Endlich!

»Hello?« Shit, das ist nicht Leines, jemand muss ihm sein Handy abgeknöpft haben. Aber wer hat dann die Nachricht geschrieben? Das »Hello« klang nach einem Amerikaner, einem Muttersprachler. Was soll ich denn jetzt sagen?

»Yes, äh, this is …«

Rumpeln in der Leitung. Es klingt, als ob jemand das Handy runtergeworfen oder hingelegt hätte.

»Who dat?« Eine neue Stimme, der Frage nach zu urteilen ein Schwarzer. So hatten sich zumindest die Typen bei *Boyz n the Hood – Jungs im Viertel* immer am Telefon gemeldet, unser einziger Kontakt zum Ghettoleben.

»Yes, äh, hello. My name is Schroder. I'm calling …« Jes, mei näim is Lübke änd … warum ist man auf Englisch immer doppelt so doof?

Ohrenbetäubendes Knattern am anderen Ende. Ich kann mir meinen Vortrag sparen, wer immer Leines sein Handy weggenommen hat, ist mit etwas anderem beschäftigt. Dumpfes Murmeln, als ob jemand das Mikrofon unten zuhalten würde. Ritsch, das Mikro ist wieder frei.

Amorphe Ami-Flüche plärren aus dem Hörer.

»It's a fucking decoy!«

Es ist ein Köder.

Was ist ein Köder?

Wieder hektisches Gebrüll, wie in einem Bullenwagen, der gerade an einer Verfolgungsjagd teilnimmt.

»He's gotta be over there!«

Er muss da drüben sein?

Verfolgen sie Leines?

59

Thomas Leinhart bemerkt das Sirren neben seinem Ohr zunächst nicht. Dafür ist keine Prozessorleistung im Kopf mehr übrig: vorwärtstaumeln, den Palmen ausweichen, mit der Hand versuchen, das Seitenstechen wegzudrücken. Außerdem überdeckt der heulende Wind vom Strand jedes Geräusch. Zzzzzt. Wieder zischt etwas durch die Luft, diesmal ist das Sirren lauter, als ob eine Mücke direkt neben seiner Schläfe vorbeigeflogen wäre. Plötzlich ein ohrenbetäubender Knall. Leinhart reißt die Hände über den Kopf, um sich zu schützen. Ein Feuerwerk?

Nein, es sind Schüsse. Zum ersten Mal im Leben hört er einen echten Schuss. Sie schießen auf *ihn*. Er lässt sich wegsacken, scheuert mit dem Bauch über eine Wurzel auf dem Boden. Wie können sie wissen, wo er ist?

Er wälzt sich vorsichtig herum. Bis auf schwarze Palmenwedel ist nichts zu erkennen. Doch! Zwei Lichtpunkte tanzen durchs Gebüsch, aber sie sind fast so weit weg wie der Sportlehrer früher mit seiner Stoppuhr am Ende der Aschenbahn, also vielleicht fünfzig Meter.

Popp-popp-popp. Leinhart presst sich noch dichter an den Boden, Gedanken rasen durch seinen Kopf, er ruft das theoretische Handfeuerwaffen-Wissen aus Film und Fernsehen ab: *Hörst du den Knall, bist du auf einer geraden Linie mit dem Schützen.* Sie müssen ihn also irgendwie erkennen können.

Popp. Popp. Diesmal klingen die Schüsse dumpf, als hätte sich der Schütze umgedreht. Popp. Und noch ein Nachzügler, die Schussfolge klingt so zufällig, als würden sie einfach nur rumballern – wie Leinhart und seine Kumpels damals am höchsten Feiertag des Jahres: am gelobten Tag vor Fastnacht, als der Schreibwarenladen zum ersten Mal Munition für ihre Spielzeug-Colts reinbekam. Diese langen roten Papierstreifen! Manchmal haben sie die Hunderter einfach unterm Fingernagel durchgezogen, gab ein geiles Sperrfeuer.

Stop it, you fucking idiot! Die Truppe schreit sich gegenseitig zusammen, es scheint Streit zu geben.

Natürlich! Sie feuern einfach durch die Gegend, um ihn einzuschüchtern. Einer scheint dagegen zu sein und will den Schützen stoppen. Sie wissen also gar nicht, wo er ist.

Leinhart robbt weiter. Sicher ist, dass er ihnen nicht weglaufen kann.

Dabei ging eben alles noch glatt. Sein Plan lief perfekt: Als das Handy zu klingeln anfing, stürzte sein Verfolger sofort aus dem Bungalow nach draußen. Leinhart schlich sich raus und kroch blitzschnell ins schützende Dickicht. Doch die Ablenkung wirkte nur kurz, schon nach wenigen Sekunden schwärmten die Männer wieder aus. Leinhart war gezwungen, in der Hocke weiterzurennen.

Das ging nur ein paar Meter gut, dann fühlte sich das Seitenstechen an, als würde ihm jemand ein Messer in die Plauze rammen. Das letzte bisschen Kondition war aus seinem Verdammt-früh-Rentnerkörper entwichen.

Leinhart ekelt sich vor sich selbst, aber er muss auch realistisch bleiben: In die nächste Bucht zurückzuschwimmen ist nicht mehr drin, erst recht nicht im Dunkeln, er würde gnadenlos absaufen. Über den Zaun klettern fällt genauso flach.

Nutzlose Szenen flackern vor seinem inneren Auge vorbei. Er könnte sich ins flache Wasser legen und durch ein abgebrochenes Schilfrohr atmen. Schwachsinn! Kein Schilfrohr, kein ruhiges Wasser, außerdem würde das Band dabei nass werden. Wahnsinn, wie schlecht das Fernsehen aufs echte Leben vorbereitet.

Sein Kopf ist komplett leer.

Popp-popp. Leinhart zuckt zusammen. Sie fangen wieder an zu ballern. Selbst wenn er geduckt läuft, wird sich bald eine Kugel in seinen müden Körper bohren, und wenn auch nur durch Zufall.

Komm schon, Leines: Womit rechnen sie nicht?

Natürlich – mit Angriff.

Leinhart rennt los, ohne den Blick vom Boden zu lösen.

Seine Hosenbeine werfen Schatten. Auch das noch – Vollmond. Fast unrealistisch hell alles, wie früher in den Filmen. Da haben sie die Sachen einfach bei Tag gedreht und nur einen dunklen Filter vor die Linse geschraubt. Sah immer total unecht aus – wenn Roger Moore beim Anpirschen an die Bösewichtzentrale einen Schatten warf, als wäre es zwölf Uhr mittags. Ist ihm sogar als Kind aufgefallen.

Der Strand ist schon zu sehen, die silberne Wasserscheibe glänzt zwischen den Zweigen. Damit werden sie nicht rechnen: dass er zum Boot läuft, ihnen quasi in die Arme. Sie denken bestimmt, dass er versucht, den Zaun zu erreichen. Hier am Strand werden sie ihn als Letztes suchen.

Jetzt gut verstecken. Leinhart sucht die Wasserlinie nach Höhlen oder Hindernissen ab. Scheiße, nur Sand, nichts, wohinter man sich verstecken könnte. Da ist auch das Boot: ein schwarzer Blob mitten in dem Lichtstreifen, den der Mond aufs Wasser wirft.

Popp-popp. Leinhart geht nur noch leicht in die Knie. So schnell gewöhnt man sich daran, dass auf einen geschossen wird. Männlicher Leichtsinn vom Feinsten. Diesmal klangen die Schüsse wirklich leise, nur noch wie ein paar Ladykracher auf dem Garagenhof. Rennen die Typen wirklich zum Zaun rüber?

Er muss auf jeden Fall ein Versteck finden. Am besten zwischen den Felsen am Rand der Bucht. Doch um dahin zu kommen, muss er den Strand überqueren, ohne Deckung.

Leinhart stützt die Hände auf den Knien ab. Seine Lunge brennt wie früher beim Nerd-Armageddon – Bundesjugendspiele, Zehntausend-Meter-Lauf. Nur noch einmal zusammenreißen. Wenn er die Felsen erreicht und sich dazwischenklemmt, wird er nur noch schwer zu entdecken sein; und die Typen können ja nicht ewig nach ihm suchen. Überhaupt kann es nicht mehr lange dauern, bis jemand das Geballere hier draußen bemerkt und nachgucken kommt. Schüsse, nur einen Steinwurf vom Flughafen entfernt – da müssten die Bullen doch eigentlich sofort anrücken.

Leinhart holt tief Luft und rennt los. Seine Docksides sinken tief in den lauwarmen Sand ein, seine Füße fühlen sich an, als würden Gewichte dranhängen. *Durch die Nase einatmen, durch den Mund aus, dann gibt's auch kein Seitenstechen,* hatte der Sportspasti immer gebrüllt. Das hat schon damals nicht funktioniert, und es funktioniert immer noch nicht. Bei jedem Atemzug pocht es unter den Rippen.

Seine Schuhspitzen schaufeln Sandfontänen hoch. Aus dem Augenwinkel sieht Leinhart die Silhouette des Powerboats. Niemand an Deck.

Seine Schritte werden langsamer.

60

In welchem Moment war aus ihm eigentlich das satte Arschloch geworden? War es an dem Tag, als ihn die *Wirtschaftswoche* einlud, im Dreiteiler fürs Cover zu posieren? Der Fotograf warf sich auf den Boden, um ihn – sehr heroisch – von schräg unten abzulichten, als wäre er einer von den *Untouchables.* Am nächsten Tag schoben die Investoren den ersten Batzen Geld rüber, und die Stimmung ging endgültig durch die Decke: Sie hatten das ganze Cookies gemietet und durchgetanzt. Am nächsten Morgen saß er ausnahmsweise nicht um halb acht vorm Rechner, anders als in den mageren drei Jahren zuvor. Da war er auf einmal satt.

Leinhart starrt auf das schaukelnde Motorboot. Eigentlich müsste er weiterrennen, zu den Felsen rüber, um sich zu verkriechen, bis seine Verfolger abziehen. Aber würde das hinhauen? Vielleicht würden sie einfach nur den Sonnenaufgang abwarten und dann alles in Seelenruhe durchkämmen. So klein, wie die Landzunge ist, hätten sie ihn in ein paar Minuten gefunden.

Außerdem: in einem Loch verkriechen und warten? Darüber hätte der legendäre Leines nicht mal nachgedacht.

Nein. Neuer Kurs: rein in die Brandung.

Do not go gentle into that good night.

Bloß nicht sanft in der Nacht verschwinden, stand auf dieser Maxi von Frankie goes to Hollywood hintendrauf. Ein Zitat von irgendeinem Heizefeiz-Dichter. Wenn schon abtreten, dann mit Krawall.

Das Salzwasser beißt in der Wunde, doch er rennt weiter gegen die Wellen an, wie seine Mädchen, wenn sie endlich am Meer angekommen waren.

Was denken sie von ihm? In den letzten Jahren hatten sie kaum noch geredet, da alles Wichtige ohnehin von Azra entschieden wurde. Und sollten sie ihn doch mal aus Versehen etwas gefragt haben, warteten sie oft nicht seine Antwort ab. Schon okay, ich frag Mama.

Das Ufer fällt unter Wasser steil ab, Leinhart muss die Fußspitzen ausstrecken, um den Boden noch zu spüren. Er paddelt mit dem rechten Arm, während der linke den Rucksack auf den Kopf presst. Das Boot kommt näher, sie haben keine zehn Meter vom Strand entfernt geankert.

Und dann? Leinhart kalkuliert durch: reinklettern, Schlüssel steckt sicher, Anker einholen, starten, Vollgas. Die Kiste macht bestimmt vierzig Knoten, das heißt, in ein paar Sekunden kann er so weit weg vom Strand sein, dass ihre Kugeln ihn nicht einmal bei Tageslicht erwischen würden.

Nur noch ein paar Meter, verdammt, vom Strand aus sah der Rand des Boots nicht so hoch aus. Erst mal den Rucksack reinwerfen. *Kloing,* meldet die Blechdose beim Aufschlag. Hoffentlich hat das Band nichts abbekommen.

Endlich wieder beide Arme frei. Leinhart bekommt einen Poller zu fassen und zieht seinen Oberkörper mit einem Ruck auf das glitschige Deck. Er rollt weiter und schlägt mit der Schulter auf den Boden auf.

Wo ist das Steuerpult? Seine Hände patschen wild herum, bekommen bekannte Formen zu spüren: Drehzahlmesser, Öldruck, Bordspannung. Es fühlt sich nach Rundinstrumenten an, das Längliche ist der Gashebel – und direkt daneben der Schlüssel. Wenn er ihn jetzt dreht, gibt es kein Zurück mehr.

Nie wieder vor Azra so tun, als würde er Aktienkurse lesen.

Nie wieder den Tag mit dem Sundowner beginnen.

Nie wieder die Mädchen wegschicken.

Bordspannung, Benzin und Blower an, Zündung. Ein Beben erschüttert das Boot. Was für eine Maschine! So muss der letzte V8 auf diesem Planeten klingen.

Shit! Er hätte zuerst den Anker einholen müssen. Was für ein idiotischer Fehler, und er passiert ausgerechnet ihm, dem Profi. Leinhart hechtet zum Rand des Boots. Der Motor grollt vor sich hin, der Boden vibriert. Diesen Lärm haben seine Verfolger garantiert gehört. Und jetzt haben sie auch noch ein klar erkennbares Ziel, wenn sie schießen. Im glänzenden Wasser der Bucht können sie das Boot nicht verfehlen.

Wo ist bloß der Scheiß-Anker festgemacht? Wie ein Tier im Käfig springt Leinhart von einem Rand des Boots zum anderen und fingert die Reling ab.

Da, etwas Strammes am Heck, die Trippleine. Leinhart beugt sich vor und zieht am Tau. Es bewegt sich kein bisschen. Hat sich die Flunke so tief in den Sand eingegraben? Nein, der Anker gibt nach, er ist bloß irrsinnig schwer. Oder Leinhart ist nur irrsinnig schwach. Er setzt eine zitternde Hand vor die andere, zerrt die Leine zentimeterweise hoch. Seine Unterarme fühlen sich hart wie Stein an, als würden die Sehnen gleich reißen.

Wenn die Aktion vorbei ist, muss sich was ändern. Diese Unsportlichkeit geht nicht mehr. Er wird rohe Eier runterkippen und irgendwelche Treppen tausendmal rauf- und wieder runterrennen. Das wäre doch ein gutes neues Ziel. Oder vielleicht sollte er wieder was mit Schröder machen, ein echtes Business starten? Der ist doch noch in der IT-Sache drin, vielleicht könnten sie gemeinsam was in Richtung Consulting aufziehen?

Pitsch. Eine Welle schlägt Leinhart ins Gesicht. Nein, es

war keine Welle, etwas ist neben dem Boot ins Wasser gefallen – nein: eingeschlagen. Eine Kugel.

Popp-popp-popp knattert es aus Richtung Ufer. Leinhart schmeißt sich auf den Boden, zerrt aber weiter an der Trippleine. Krass, die Typen haben kein Problem damit, ihr eigenes Boot zu Klump zu schießen.

Okay, Notfallplan: Es muss sofort starten. Keine Zeit mehr, um den Anker richtig einzuholen. Dann schleift er zwar unter Wasser mit und könnte sich im Propeller verfangen, aber das Risiko muss er eingehen. Er schwingt das Seil um einen Poller und springt zum Führerstand.

Es gibt kein Zurück mehr.

Leinhart drückt den Ganghebel bis zum Anschlag nach vorn. Das Boot bäumt sich auf, sein Körper wird nach hinten geschleudert. Er rutscht über den Boden, seine Fingernägel finden keinen Halt, knicken ab. Wenn er nicht wenigstens eine Hand ans Steuer kriegt, kann es sein, dass der Kahn direkt zum Strand zurückrast.

Popp. Popp. Popp. Aus dem wilden Geballer sind gezielte Fangschüsse geworden. Von allen Seiten spritzt Wasser rein. Krack! Ein Schlag geht durchs Boot. In einer völlig irrationalen Bewegung tastet Leinhart seine Arme ab. Nein, nichts tut besonders weh, die Kugel muss am Rumpf abgeprallt sein.

Nur noch ein paar Sekunden warten, nur noch ein paar Bootslängen weiter vom Strand wegkommen, dann kann er hochkommen und sich das Steuerrad schnappen.

Seltsam. Er muss an Azra denken, obwohl sie es eigentlich nicht verdient hätte, mit letzten Gedanken geehrt zu werden. Oder doch? Irgendwie taucht sie in seinem Plan vom Neustart nicht auf. Sollte er sich wie die anderen alten Säcke im Golfklub eine Neue anlachen – ein Meter achtzig

Frischfleisch aus dem Ostblock, Doppel-D, im Leben nichts anderes gelesen als Klatschmagazine? Oder vielleicht sollten sie es noch mal versuchen: Wenn er wieder der kleine Leines wird, könnte sie sich wieder in die kleine Azra von der First-Tuesday-Party verwandeln.

Endlich, die Schüsse werden leiser. Sofort den Kurs checken, sonst rebelt er noch über einen Felsen.

Leinhart lugt vorsichtig über die Kante des Hecks hinaus. Die Bucht ist zu einem schwarzen Streifen zusammengeschrumpft, aus dem nur noch der Radarturm herausragt. Ein kleiner Blitz. Mündungsfeuer. Aber das *Popp* ist schon zu leise, um den V8 noch zu übertönen. Unmöglich, dass sie ihn jetzt noch treffen.

Leinhart rutscht auf den kleinen Hocker hinterm Steuer.

Endlich Schluss mit dem Blindflug: Der Fahrtwind zerrt an seinen dünnen Haarsträhnen, die Gischt prasselt gegen seine Stirn. Leinhart streckt das Kinn vor und genießt den Anblick der glänzenden Wellen, die gleichmäßig wie Dünen unter dem Bug verschwinden. Die großen Kämme heben das Boot kurz an, um es sofort wieder fallen zu lassen. Leinhart nickt zufrieden im Takt, während er die Salzluft inhaliert. Endlich lässt das Hämmern in der Halsschlagader nach.

Was auch immer auf dem verfickten Datenband drauf ist – allein diese Aktion war es wert.

Zur Kontrolle legt Leinhart noch einmal die Hand an den Ganghebel. Eine rein symbolische Geste, er weiß, dass er am Anschlag ist. Leinhart muss grinsen.

Schröder hat in solchen Momenten immer den großen Homer J. Simpson zitiert.

Macht's gut, ihr Idioten!

IV

61

Sie muss aussteigen.

Harriet Thorborg strengt sich an, um das Rauschen des Highways zu hören, der sich hinten durchs Tal zieht – wie ein Kind, das sich einredet, die Muschel rauschen zu hören, weil es einfach gerne am Meer wäre. Denn der Highway bedeutet Normalität. Da fahren normale Menschen lang, die normale Dinge tun, zur Arbeit pendeln, die Kinder vom Hockey abholen oder was auch immer.

Sie dreht den Kopf zur Seite, bis das kalte Aluminium des Flügels ihre Wange berührt.

Es ist höchste Zeit, ins normale Leben zurückzukehren.

Schröder und Neumann haben sich völlig verrannt, und dieser Leinhart scheint auch so ein Spinner zu sein. Es sind kleine Jungs, die zu lange vorm Fernseher gesessen haben und jetzt versuchen, kurz vor Schluss noch mal ihren Astronautentraum auszuleben.

NO STEP steht neben der Nietenlinie direkt vor ihrer Nase. Die Buchstaben sind mit einer Sprühschablone aufgetragen und leuchten so weiß, dass sie selbst noch in der Dunkelheit zu erkennen sind. Thorborg dreht ihren Kopf zurück, bis nur noch Schwarz zu sehen ist. Es ist ein so perfektes Schwarz, dass sie nicht mehr sagen kann, ob ihre Augen noch offen sind oder schon zu.

Schlaf drüber, dann sieht die Welt anders aus, hatte Mutter immer gesagt. Es stimmt. Thorborg hatte zweimal darüber geschlafen und war zu dem Schluss gekommen, dass alles nur ein dummer Zufall war. Die Entführer hatten sie mit jemandem verwechselt. Alles andere waren wirre Interpretationen von alten Männern, die in einer Fantasiewelt leben.

Okay, es hatte Spaß gemacht, sich eine Zeit lang von der Fantasie mitreißen zu lassen. Es war aufregend, im digitalen Nachlass von Kellermeister zu stöbern. Und es hat im Bauch gekribbelt, als sie Neumann mit dem verseuchten Stick bei dieser Firma eingeschleust haben. Aber jetzt ist es höchste Zeit, sich aus der Show zu verabschieden, bevor noch was richtig Schlimmes passiert. Sie muss wieder an sich selbst denken.

Vorsichtig berührt Thorborg ihren Brustkorb. An dieser Stelle zwischen den Rippen brennt es seit gestern wieder doller. Es fühlt sich nicht mehr nach einem harmlosen Bruch an, der von selbst verheilt. Sie muss sich aus der ganzen Aktion allein schon deshalb ausklinken, um mal zum Arzt zu gehen.

Wenn da nur nicht Schröder wäre.

Ihn zurückzulassen wird schwer.

Wie ein angeschossener Bär ist er in den Trailer zurückgekrochen, nachdem er diese fremden Stimmen an Leinharts Handy gehört hatte. Er wollte nicht, dass die Squaw sieht, wie der tapfere Indianer weint. Dabei könnte sie seine Tränen nur allzu gut verstehen. Wenn sein Kumpel da unten wirklich Probleme mit Blackarrow gekriegt hat, würde er sich ewig Vorwürfe machen, schließlich hatte *er* ihn da ja reingezogen.

Thorborg muss lächeln. Klar ist Schröder ein schwanzgesteuerter Primat, aber er hat auch was: diese gnadenlose Kein-Bullshit-Art. Wenn er sich für etwas entschieden hat –

aus was für lächerlichen Gründen auch immer –, bleibt er dabei. Der würde niemals im Restaurant den Kellner zurückwinken, um seine Bestellung zu ändern.

Außerdem scheißt er auf sein Image. Anders als Adrian: Der hatte ihr mal verraten, dass er sein ganzes Leben aus der Perspektive einer Überwachungskamera wahrnimmt, die schräg über ihm schwebt. Der tat alles für sein Image. Schröder besitzt nicht mal eins. Und das tut verdammt gut. Wie angenehm es sein muss, mit so einem Menschen seine Zeit zu verbringen …

Thorborg schüttelt sich. Es fängt schon wieder an: Dieser Weibchen-Schalter ist schon wieder dabei umzuspringen, genau wie damals bei Adrian. Bei ihm hatte sie diese Veränderung an sich zum ersten Mal bemerkt: Nachdem sie einige Monate zusammen waren, schlugen ihre Gene mit archaischer Wucht durch. Die ach so selbstbewusste Harry verschwand und wurde durch ein Heimchen aus den Fünfzigerjahren ersetzt. Sie sorgte sich darum, dass Adrian warm genug angezogen war. Sie nahm sich das letzte Stück Fleisch vom Buffet, um es ihm zu geben. Sie versuchte, jedes Stirnrunzeln von ihm zu interpretieren, und tat alles, um seine Depressiönchen zu lindern. Sie lebte nicht *mit,* sondern *für* ihn. Sie war wie ihre Mutter geworden.

Das soll nicht noch mal passieren.

Nein, Schröder muss alleine weitermachen.

Morgen würde sie sich verabschieden, am besten leise. Bloß kein großer Abschied.

Thorborg lässt sich vom Flügel runtergleiten und schlendert zum Pappkarton-Haus rüber. In der Firma wird Schröder sicher nicht mehr auftauchen. Wenn sie sich jetzt verabschiedet, ist es ein Abschied für immer.

Vielleicht könnten sie sich ja mal zufällig auf einem dieser Kongresse für Computerforensiker treffen? Wo sich eine todlangweilige Präse an die nächste reiht, weil keiner dem anderen seine geheimen Ermittlungstricks verraten will. Er käme auf sie zu und würde so tun, als ob er ihr Namensschild inspiziert, um dann irgendeinen kalten Witz vom Stapel zu lassen wie: »Seven of Nine von den Thor-Borg, vermute ich?« Es wird schwer ohne ihn.

62

Nicht mal das »Ö« kriegen sie hin. Kennt dieser Idiotensender keine Umlaute? Schon mal was von Unicode gehört?

Es war einfach ein Fehler, die Glotze anzuschalten.

Toll, mein Name steht jetzt also auch auf der Fahndungsliste, ein weiterer Karrierehöhepunkt, den es im Lebenslauf zu vermerken gilt.

The second suspect in the Nevada highway shoot-out has been identified.

Lustig, wie sich die Moderatorin aus dem Denver Clan mit meinem Namen abmüht.

... Schroder, a German citizen ...

Mann, den Namen müsste sie doch eigentlich von den *Peanuts* kennen, da heißt doch auch einer Schroeder!

Und dann dieses Foto. Sie haben es direkt von der Forensecura-Webseite runtergezogen, dieses beschissene Oberkörperporträt, bei dem mich der Fotograf genötigt hatte, mir ein Sakko über die Schulter zu hängen. »Das sieht immer sehr entschlossen aus«, hatte er versprochen. Ja, dieser Mann ist finster entschlossen, Ihnen einen Gebrauchtwagen zu verkaufen.

Sensationsheischendes Ami-Stakkato plärrt aus dem

Fernseher. »Breaking news … live update … just coming in to our newsroom.« Der Kasten ist so ein uraltes Modell, Marke Zenith, bei dem der Kanal noch mit einem riesigen verchromten Drehschalter eingestellt wird. Er steht auf »9«, auf Kanal 9 mit den *Eyewitness News.* Auf diesem Fernseher wurde unter Garantie schon die Mondlandung geguckt. Die Elektronik ist so ausgelutscht, dass mein weißes Gebrauchtwagenhändler-Hemd rosa flimmert. Amerikanisches Fernsehen halt, NTSC-Norm, *Never The Same Color,* niemals die gleiche Farbe.

Erlösung, sie blenden das Foto weg.

Die Tante pausiert kurz bedeutungsschwanger, dann rattert sie den Rest der Meldung runter. Währenddessen nudelt die Regie weiter die Bilder von dem verlassenen Bullenwagen in der Wüste ab.

… has confirmed that the suspects will be treated as enemy combattants …

Was, wir werden als *feindliche Kämpfer* behandelt?

Nicht gut. Das heißt, wenn die Bullen uns kriegen, schmeißen sie uns ohne Prozess ins Militärgefängnis. Endstation Guantanamo, für immer. Das ist doch diesem einen Deutschen auch fast passiert, diesem El Tralala, oder wie der hieß. Den hat die CIA einfach so am helllichten Tag einkassiert und für ein paar Monate in ein afghanisches Foltergefängnis gesperrt. Als er nachher rauskam, hat ihm natürlich keiner geglaubt.

Scheiße, jetzt sind wir also schon Terroristen.

Warum?

Wem haben wir bloß auf die Füße getreten, dass die uns so fertigmachen wollen? Warum bedrohen wir die Sicherheit der Vereinigten Staaten? Und warum haben die es so eilig, uns einzubunkern?

Es hat bestimmt mit dieser Sache zu tun, die am 12. April stattfindet, sonst hätte Jeff das Datum in seiner Mail nicht extra erwähnt. Etwas ganz Besonderes passiert morgen auf dieser Air-Force-Basis, und wir scheinen eine Bedrohung für das Ereignis darzustellen. Es muss etwas sein, das wir *wissen.*

Nur welches explosive Wissen besitzen wir, das uns zu Staatsfeinden macht? Es kann unmöglich alles mit diesem armen Nerd Kellermeister zu tun haben. Wir haben uns doch bloß seine Mondfotos und das bisschen Achselporno angeguckt. Und jetzt gehören wir zur Achsel des Bösen?

Haha. Leines hätte sich bei dem glatt weggeschmissen.

Nein, er *wird* sich über den Witz wegschmeißen. Er ist nicht tot. Es kann nicht sein, dass er einfach so mir nichts, dir nichts in der Karibik ermordet wurde – obwohl er es selbst natürlich super fände, ausgerechnet im Bermudadreieck zu verschwinden.

Es klopft.

Schnell die Glotze ausmachen, Harriet muss ja nicht mitkriegen, wie sehr die Kacke am Dampfen ist. Unauffällig aufs Bett fläzen.

Frech, wie sie ist, steckt sie den Kopf durch die Tür, ohne vorher ein »Herein« abzuwarten.

»Alles okay, Schröder?«

»Klar.« Alles bestens. Ach übrigens, Harriet, wir sind ab sofort landesweit gesuchte Terroristen. Nein, vielleicht kein geeignetes Thema.

»Hat Jeff noch Mails rausgeschickt?«, erkundige ich mich.

»Ne. Kann ich reinkommen?«

»Klar.« Sie schlendert etwas unsicher mit dem Laptop unterm Arm aufs Bett zu. Ihre beigefarbene Hose, die natürlich faltenfrei wie frisch vom Bügel aussieht, spannt sich um die Oberschenkel. Über dem Knie beulen ihre Muskeln den Stoff ein wenig aus, wie bei einem Gewichtheber. Leicht einschüchternd.

Sie setzt sich auf die Bettkante, als ob sie mir was vorlesen wollte.

Oder doch nicht? Ansonsten wäre es jetzt nämlich Zeit, mal den Laptop aufzuklappen.

Nein, Harriet sitzt nur schweigend da und schaut mir in die Augen. Wohin, bitteschön, geht denn diese Reise? Gott sei Dank habe ich noch die Jeans an, sonst müsste Rita Süßmuth wieder ran. Halt, unpassender Gedanke, wie immer.

Sie hat irgendwas auf dem Herzen.

In ihren Augenwinkeln glitzert es verdächtig, als würde sie gleich weinen. Warum können Frauen so was nicht vorher ankündigen, damit man sich drauf vorbereiten, schon mal ein paar einfühlsame Sätze zurechtlegen kann. Stattdessen liege ich mit angelegten Armen da, wie ein kleiner Junge, der darauf wartet, dass ihm seine Mutter einen Gutenachtkuss gibt.

Sie versucht zu lächeln, doch die Lampen wollen nicht anspringen.

Langsam wandert ihre Hand auf mich zu, bis ihre Finger ganz leicht meine Wange berühren. Es fühlt sich gut an.

So gefühlsverkrüppelt, wie Isabell immer behauptet hatte, bin ich also doch nicht. Da läuft was. Dabei ist ja in den letzten Tagen eigentlich nichts Besonderes passiert, jedenfalls nichts, was nach dem Beginn einer Affäre ausgesehen hätte. Wir haben einfach weitergemacht, professionell, wie zwei Kollegen, die, so gut es geht, einen Auftrag abarbeiten. Der Rest hat sich eher angeschlichen: ein bisschen mehr rumalbern, ein längerer Blick in die Augen, eine Berührung, die einen Tick zu lange ausgekostet wurde.

Es führt natürlich zu nichts. Xbox und Atari sind nicht kompatibel.

Sie wird bald weiterziehen. Komisch, der ganze Blackarrow-Terrorismus-Entführungs-Scheiß perlt völlig an ihr ab. Früher oder später wird sie alles als unglückliche Episode abhaken und zur nächsten Karrierestation weiterhecheln. Ohne den alten Schröder.

Sie lächelt tapfer weiter.

»Habt ihr denn irgendwas gemeinsam?«, hatte Mutter mich damals gefragt, als Isabell das erste Mal zum Kaffee mitgekommen war. In einem letzten Anflug von postpubertärer Rebellion hatte ich ihr ein »Absolut nichts« an den Kopf geworfen. Wie würde die Antwort bei Harriet ausfallen? Okay, den Job haben wir gemeinsam, aber sonst nicht viel, außer diesem ewigen Leben im Transit vielleicht.

Schade. Sie zieht ihre Hand zurück und umklammert wieder ihren IBM-Oldie wie ein kleines Mädchen ihr Plüschtier.

»Schlaf gut, Schröder.«

»Du auch.«

Und da ist sie auch schon rausgeweht, ohne sich noch einmal umzudrehen.

63

Warum muss es immer so enden?

Warum kann die liebe Harry nicht auch mal ein Stück vom unkomplizierten Glück abbekommen?

Um nicht ihr verheultes Gesicht im Spiegel sehen zu müssen, tappt Harriet Thorborg, ohne das Licht anzuschalten, zum Bett und lässt sich hineinfallen. Wäre sie nicht so müde, würde sie gegen die butterweiche Matratze boxen. Vor Wut über diesen verdammten Weibchen-Schalter und darüber, dass sie mal wieder weiterzieht, obwohl sie es gar nicht will.

Und dann auch noch der halb fertige Job.

Das würde sie normalerweise nicht machen – einen Auftrag vorzeitig abbrechen. Nicht die gewissenhafte Harry, die schon in der Grundschule freiwillig die schweren Matheaufgaben mit dem kleinen Nuss-Symbol löste, obwohl es auch die leichten mit der Feder daneben getan hätten.

Frustrierend: Bei allem wahnwitzigen Scheiß, den sie in den letzten Tagen erlebt haben, sind sie bei der entscheidenden Frage kein bisschen weitergekommen. Warum wurde dieser Kellermeister mit Kopfschuss hingerichtet? Das war eigentlich der Fall, den sie hätten lösen müssen, und morgen würde sie Schröder damit allein zurücklassen.

Thorborg schnellt aus dem Matratzen-Tal hoch.

Nein, so nicht.

Sie stemmt den Deckel des Rechners hoch. Noch einen Versuch starten, noch einen letzten Blick auf Kellermeisters Daten werfen. Vielleicht haben sie doch was übersehen.

Ihre Nägel kratzen über das Touchpad.

Der bekannte Zeichensalat strahlt sie an, sinnlose Reihen aus Klammern, Buchstaben und Apostrophen.

Sie haben schon alles probiert. Nach digitalen Schlüsseln gesucht, nach den Prüfsummen bekannter Würmer gescannt, eine String-Analyse durchgeführt, um auch nur einen Fetzen sinnvollen Text aufzustöbern. Nichts.

Kellermeister hat bis auf seine Pornosammlung und die Mondbilder nur Datenmüll hinterlassen.

Der große Big Endi-Jan.

Plötzlich bleibt ihr Finger auf dem Touchpad stehen.

Ein Wortspiel. Jan ist Big Endi-Jan, benannt nach Big Endian. Nachdenken, zurückspulen zum ersten Semester: Big

Endian beschreibt ein Verfahren, mit dem Zahlen im Speicher eines Computers abgelegt werden. Der Prof hatte damals doch so eine gute Eselsbrücke, wie ging die noch mal … genau! Big Endian ist Amerikaner, das heißt, wenn er eine Zahl ausspricht, nennt er den höchsten Wert zuerst, also zum Beispiel »twenty-one« für einundzwanzig. In diesem Fall legt der Computer also zuerst die »2« im Speicher ab und dann die »1«. Der Deutsche dagegen ist Little Endian, er fängt mit der kleinen Ziffer an, er sagt »einundzwanzig«.

Vielleicht hat Kellermeister nach diesem Prinzip seine Daten getarnt – indem er die Bits einfach nur von vorn nach hinten umsortiert hat? Das ginge schnell und würde jeden Text in unleserlichen Salat verwandeln. Der Buchstabe »d« zum Beispiel entspricht 0110 0100 im ASCII-Code. Durch Änderung der Bit-Endianess würde dadurch »&«, also 0010 0110. Statt dem kleinen »d« zum Beispiel sähe man ein »&«, andere Buchstaben würde der Editor vielleicht gar nicht anzeigen.

Kann es so simpel sein – hat er den Schlüssel zum Datenschatz einfach in seinem Nickname versteckt? Hat er seine Daten eben nicht mit CIA-sicherer Verschlüsselung vor fremden Augen geschützt, sondern mit einem idiotischen Kindertrick?

Schnell den Skript-Editor öffnen, Sperrfeuer auf die Tasten. Ja, Mutti, da guckste! Thorborg hatte sie immer bewundert, wenn sie daheim die Olivetti-Reiseschreibmaschine mit vierhundert Anschlägen pro Minute bearbeitete, die geübten Hände einer Vorzimmerdame. Es hatte Thorborg viele quälend lange Stunden Üben gekostet, bis sie dieses Tempo toppen konnte.

Okay, einfach alle Bits kurz umsortieren, immer die ersten vier mit den letzten vier vertauschen.

Eingabe, und wieder nach Texten scannen.

Die Buchstabenkolonnen formieren sich neu. Aus dem Zeichendschungel tauchen plötzlich Worte auf, an denen der Blick kleben bleiben kann. Ein Wust aus englischen Fachworten.

Feasibility Assessment, Orbital Payload Retrieval, Object One, X-37B …

Seitenweise irgendein Weltraum-Kram. Kellermeister hat also nicht nur Mondfotos gebunkert, sondern sich nebenher bei der NASA reingehackt. Das wird die Staatsanwaltschaft in Deutschland interessieren, sie können ihren Auftrag also doch noch abschließen.

Warum wird immer wieder dieses Datum genannt? 12/04, 12. April, morgen.

Egal. Thorborg klappt zufrieden den Rechner zu. Schröder wird ausrasten, wenn sie ihm das morgen zeigt. So hat sie immerhin *ein* Abschiedsgeschenk.

Bleibt nur noch diese eine Sache zu tun, die sie schon viel zu lange aufgeschoben hat: das FBI anzurufen.

64

Ein Kojote?

Wahrscheinlich. Der Schädelknochen vorn am Zaun muss ja irgendwoher kommen. Fallen die auch Menschen an? Jetzt würde es sich auszahlen, wenn ich damals auf dem Schulausflug in den Zoo die Schilder gelesen hätte, anstatt die ganze Zeit Panini-Bildchen von *Mondbasis Alpha 1* zu tauschen.

Wieder dieses jämmerliche Jaulen. Es klingt wie Hund, dem sein Herrchen das Fressen weggenommen hat. Und dieses lächerliche Geräusch hat mich aus dem Schlaf gerissen … Peinlich, wie man im Alter zu einer lärmempfindlichen Jungfer verkommt. Höchste Zeit, die Ohropax wieder rauszuholen.

Määääk.

Nein, es war nicht nur das Jaulen. Da ist noch etwas, eine Hupe.

Mitten in der Nacht?

Schnell in die Jeans rein. Sie vorm Einschlafen sicherheitshalber unters Kopfkissen zu legen, damit ich im Notfall nicht lange suchen muss, war eine gute Idee. Das ist das Schlimme daran, ein Planungsspießer zu werden: Das Leben belohnt einen auch noch.

Rein in die Chucks und rüber zum Fenster.

Draußen ist es noch stockduster, bis auf einen schmalen rosa Streifen direkt hinter dem abgehackten Boeing-Cockpit.

Und da ist auch die Lärmquelle: ein paar Scheinwerfer direkt hinterm Zaun.

Määääk, Määääk.

Wer auch immer da mit seinem Auto steht – ihm scheint langsam die Geduld auszugehen.

Ganz ruhig, nachdenken. Die Typen von Blackarrow können es nicht sein, genauso wenig wie die Bullen. Die würden sicher nicht hupen, um sich anzukündigen. Trotzdem nichts überstürzen, lieber mal das Licht auslassen, damit unser Besucher nicht sieht, dass er uns geweckt hat. Ich schlüpfe rüber in die Küche. Rechts knarrt irgendwas.

»Schröder? Haben Sie das auch gehört?«

Ist die wahnsinnig, hier so zu krakeelen?

»Pscht!«

Womit ich meiner Rolle als akustisch sensibler Senior endgültig gerecht geworden wäre.

»Jau, da steht einer vorm Zaun. Ich schau mal nach.«

Na, das war ja wieder eine steile Ansage, Schröder. *Ich schau mal nach.* Ganz toll, warum rutscht mir immer dieser Beschützerscheiß raus?

»Komme mit«, flüstert Harriet.

Rumms. Scheiße, meine Kniescheibe ist gegen die Spüle gedonnert. Zum Glück sieht sie nicht, wie ich mein Gesicht verziehe.

Määääk-Määääk-Määääk.

Okay, langsam wird es ein bisschen lächerlich, hier drinnen rumzuschleichen, während der da draußen die Hupe abreißt. Ich linse durchs Mückengitter, um die Lage draußen zu checken.

Da steht echt ein Wagen vorm Zaun. So hoch, wie die Lampen über dem Boden schweben, muss es ein Pick-up sein oder ein SUV. Vor den Scheinwerfern ziehen Wolken aus Staub und Mücken vorbei. Im Gegenlicht ist zu erkennen, wie ein Typ vorm Tor auf und ab tigert. Er hat seine Hände in den Hosentaschen vergraben, wahrscheinlich ist es draußen noch saukalt. Immer wenn er wendet, um in die andere Richtung zurückzumarschieren, ist sein Profil zu erkennen. Ein paar dünne Haarfäden wehen um seinen Kopf rum, aus den Ärmeln seines Hemds ragen magere Ärmchen raus. Definitiv keine Figur, um beim Sondereinsatzkommando mitzumischen.

Dieser Gang, diese herumschlackernden Arme …

Das gibt's doch nicht.

Tür auf.

Harriet packt mich an der Schulter.

»Schröder?«

Ich ducke mich unter ihrer Hand weg und stürze raus, keine Zeit zu fummeln, Schätzchen.

Aber auch nicht übermütig werden. Weiter auf den Boden gucken, nicht noch kurz vor Schluss in eine Schlange reinlatschen. Im schrägen Scheinwerferlicht wirft der Schrott meterlange Schatten. Da könnte das Vieh vor mir liegen, und ich würde es nicht sehen. Ein verrostetes Blech! Ich bremse und laufe mit Sicherheitsabstand drumherum, schließlich ist meine Tetanus-Impfung das letzte Mal in den Neunzigern aufgefrischt worden. Wie mein Sexualleben.

Er hat es also geschafft, er hat sich wirklich aus Bermuda rausgewurschtelt. Hut ab, eine unfassbare physische Leistung für einen Menschen, der sich zeitlebens nur von Erdnussflips ernährt hat.

Ich werfe die Arme in die Luft.

»Leines! Leines!«

Er bemerkt mich, bleibt auf der Stelle stehen. Dann hechtet er am Kühler vorbei zurück zur Fahrerseite. Steigt er wieder ein?

Vorsichtig, lieber stehen bleiben und kurz abwarten. Meine Pumpe hämmert ohnehin so doll, dass ich ohne Pause gleich umkippen würde. Knuff. Harriet konnte nicht schnell genug abbremsen und ist mir ins Kreuz gerannt. Natürlich habe ich nicht gemerkt, dass sie hinter mir ist, weil sie beim Laufen so gemächlich atmet, als säße sie am Schreibtisch.

Leines krabbelt umständlich wieder aus der Kabine raus und schiebt mit dem Hintern die Fahrertür zu.

Im Scheinwerferlicht flattern seine Klamotten vorbei: ein weißes Hemd, eine beige Hose – sieht eher nach Ferienklub aus als nach Wüsteneinsatz. Plötzlich bewegt er sich langsamer. Er baut sich vor dem Kühler auf und senkt den Kopf. Harriet zischt mir von hinten ins Ohr.

»Was macht der da – beten?«

»Keine Ahnung.«

Da, er reißt seine Arme hoch. In den Händen hält er etwas Rundes, etwas Glänzendes. Wie ein Fußballspieler, der den Fans den hart erkämpften Pokal präsentiert, reckt er das Teil immer wieder in die Luft.

Dann schmeißt er den Kopf mit einem dramatischen Schwung in den Nacken.

»KALI MA!«

Sein Geschrei übertönt sogar das Blubbern des Motors.

Alles ist gut.

Es gibt nur einen Menschen auf diesem Planeten, der sich mitten in der Nacht in die Wüste stellt und die Szene aus *Indiana Jones und der Tempel des Todes* nachspielt, wo dieser durchgeknallte Priester dem Typen das Herz rausreißt und in die Luft hält.

65

Es ist der schönste Morgen meines Lebens.

Okay, der zweitschönste. Aber der schönste, wenn man den Morgen weglässt, an dem Isabell das erste Mal bei mir übernachtet hatte. Sie wollte natürlich keine von den Sachen ausprobieren, die ich mir erhofft hatte, aber das ist wohl das Schicksal des modernen Porno-Connaisseurs: alles Menschenmögliche schon gesehen, aber nichts davon selbst gemacht.

Der Morgen begann – und hier ist das Wort ausnahmsweise mal angebracht – einfach episch. Leines verharrte noch ein paar Sekunden in seiner Kali-Ma-Pose, damit das Publikum sie auch richtig würdigen konnte. In Harriets Augen stand geschrieben »O Gott, was ist das denn für ein

Freak?«, aber es war ein verdammt cooler Auftritt, daran gab es nichts zu rütteln.

Dann spulten wir die maximal rührselige Männerbegrüßung ab: auf den Rücken klopfen in der für Heterosexuelle vorgeschriebenen Länge von null Komma fünf Sekunden.

Richtig bei der Sache war Leines aber nicht, weil er neunundneunzig Prozent seiner ohnehin schon knappen Aufmerksamkeit auf Harriets Hintern in der pinkfarbenen Pyjamahose konzentrierte – Zitat: »Und *Sie* sind also die berühmte neue Kollegin hier.« Sein Hirn war derart eingefroren, dass er Neumann beim Händeschütteln nicht mal anschaute. Er murmelte nur kurz »Leinhart, angenehm« und reichte ihm wortlos den Rucksack, als wäre er unser Butler oder so was.

Dem war's egal. Sein Blick klebte ohnehin die ganze Zeit nur an der Dose in Leines' Hand. Sie sah genauso aus, wie Neumann sie beschrieben hatte: polierter Edelstahl, am Rand mit neongelbem Klebeband versiegelt, vorne mit Edding »5076 H3« draufgekliert.

Nachdem Leines seinen Mietwagen, einen ungefähr zwei Stockwerke hohen, prolligen Geländewagen von Cadillac, hinter unserem Papphaus geparkt hatte, sind wir dann rein in Neumanns Trailer.

Da wartete eine ziemliche Überraschung. Während unsere Bude eher WG-Flair verströmt, sieht es bei ihm nach ernsthafter Forschung aus. Alles steht voll mit Geräten, wie in einem richtigen Labor. Neunzehn-Zoll-Racks bis unter die Decke, vollgestopft mit Verstärkern, Oszilloskopen und Patch-Bays, aus denen die Kabelstränge nur so rausquellen. Und natürlich hat er auch das alles entscheidende Gerät da: die Bandmaschine, mit der wir das verschollene Tape auslesen können. Hoffentlich.

Neumann fing sofort an, nervös an dem Teil herumzufummeln. Wir hockten auf bordeauxrot bezogenen Bürostühlen daneben und kippten Kaffee runter, den ich uns aufgebrüht hatte. Harriet hatte zwar angeboten, das zu übernehmen, aber ich wollte Leines gleich klarmachen, dass sie kein Hiwi ist oder so.

Es war ein bisschen wie früher am ersten Schultag nach den Ferien. Eine fast Waltons-mäßige Harmonie wehte durch den muffigen Wohnwagen.

Wir saßen im Kreis und erzählten reihum von unseren Erlebnissen, wobei Harriet und ich versuchten – ganz anders als in der Schule –, alles möglichst *unspektakulär* klingen zu lassen; Leines sollte nicht gleich denken, dass er bei Irren gelandet ist. Dass uns zum Beispiel das FBI sucht, fiel erst mal unter den Tisch. Und Harriet erzählte von ihrer Entführung so beiläufig, als ob sie eine Reifenpanne gehabt hätte.

Als ich das erste Mal Blackarrow erwähnte, klappte Leines allerdings die Kinnlade runter. Das war anscheinend der Moment, in dem er realisierte, dass bei uns kein abgefahrenes Alternate Reality Game abläuft, sondern der Scheiß echt passiert. Er wurde dann für ein paar Minuten ziemlich still.

Aber nur, bis er seine eigene Geschichte servieren durfte. Da drehte er richtig auf, wie ein kleiner Junge, der zum ersten Mal einen Hitchcock sehen durfte und am nächsten Morgen seinen Klassenkameraden davon vorschwärmt.

»Und ich so um die Ecke ... und dann der Typ im Gang so ... ich dann rüber zum Safe ...« Atemlos stotterte er seine Sätze raus, großzügig garniert mit Achtzigersplittern, wie es sich für ihn gehört. Das Popkultur-MG durfte ungestört feuern. »... und ich dann so rauf aufs Boot – im Chuck-Norris-Style, du weißt schon, so wie bei *Missing in Action.*«

Als ich zwischendurch zu Harriet rüberschaute, guckte sie

leicht verstört. Hier deutet sich ein neuer Konflikt an, ein Kampf zwischen zwei Menschen, die beide seeeehr viel wissen: das Duell der *Monsters of Klugscheißerei.*

Jetzt ist der Kaffee fast leer und Leines endlich fertig.

Er grinst.

»… und dann habe ich das Boot einfach am Ufer vorm Airport stehen lassen und bin rüber zum Jet. Und jetzt bin ich hier!«

Er nippt an seinem Kaffeepott, und zwar in der gleichen Art, wie er das immer tut: Er führt die Tasse zum Mund und zieht dabei den Ellenbogen so hoch, dass er über seine Schulter hinausragt. Da in seinem Leben alles, aber auch wirklich alles ein Zitat ist, wird auch das eins sein. Aber aus welchem Film, aus welcher Serie? Ihn zu fragen wäre natürlich äußerst uncool, denn es würde bedeuten einzugestehen, dass im eigenen Popkulturwissen eine Lücke klafft.

Plötzlich stoppt er mitten in der Bewegung.

»Eines verstehe ich allerdings nicht: Warum lag in dem Safe nur dieses eine Band?«

Neumann schaut von seiner Bandmaschine rüber.

»Ja, merkwürdig. Ich könnte mir vorstellen, dass Chuck jemanden da unten angewiesen hat, das Tape dort zu deponieren. Er schien ja Verbindungen nach Bermuda zu haben.«

Er schlägt sich mit den Händen auf die Oberschenkel.

»Wir wär's denn, wenn wir jetzt mal anfangen?« Auf diesen Einsatz hat er offensichtlich nur gewartet. Er schnappt sich die Metalldose aus Leines' Schoß und piddelt mit zitternder Hand das neongelbe Klebeband ab. Ritsch, der Streifen segelt auf den Boden. Dose auf. Neumann hebelt die Spule raus; sie ist ebenfalls aus silbergrauem Metall und an der Seite mit Löchern durchbrochen.

Routiniert zieht er am Tape, bis ein armlanges Stück abgespult ist. Es ist unheimlich breit, mindestens wie drei VHS-Bänder nebeneinander. Neumann tänzelt zur Bandmaschine. Das Monster ragt glatt einen Kopf über seine Glatze hinaus. Er öffnet die Glastür an der Front und platziert die Spule auf einer Achse. Dann fängt er an, das Tape an diversen Umlenkspulen vorbeizufädeln.

Unten angekommen schlängelt er das Tape in eine zweite, leere Spule. Seine Hand flitzt über ein paar Knöpfe, die mit einem satten Klacken einrasten und von innen beleuchtet sind – wie auf der Brücke der *Enterprise.*

Neumann wirbelt herum.

»Dann wollen wir mal sehen, was uns die Air Force vorenthalten will.«

66

Leines muss natürlich wieder den Chef mimen.

Er verschränkt die Hände hinterm Kopf und lehnt sich so weit nach hinten, dass die Chrombeine seines Stuhls vorn bedrohlich abheben. Dabei wandert sein Blick gelangweilt über Neumanns Maschinenpark.

»Was passiert denn da jetzt so?«

Er klingt, als würde er den Kellner fragen, was heute auf der Tageskarte steht.

Gott sei Dank kriegt der Alte diesen Affront nicht mit. Er ist viel zu beschäftigt damit, die Knöpfe seiner Bandmaschine zu streicheln.

»Wie gesagt: Das Band stammt von der Sonde Lunar Orbiter 5. Sie wurde vor der Apollo-Mission zum Mond geschickt, um mögliche Landestellen zu erkunden. Ihre einzige Aufgabe bestand darin, Fotos von der Oberfläche zu machen.

Wir schauen uns jetzt das Bild mit der Nummer 76 an – eine Aufnahme von der Seite des Mondes, die schon fast im Schatten liegt.« Schulterblick zu Leines. »Das Band, das Sie dankenswerterweise wiederbeschafft haben.«

An Neumanns Unterarmen sind immer noch dunkle Streifen aus Schorf zu sehen. Und Gänsehaut. Kein Wunder, schließlich pustet uns die Klimaanlage einen eisigen Chlor-Wind gegen die Füße. Wahrscheinlich würden die Geräte bei Wüstentemperatur nicht laufen.

Neumann nickt einmal kurz, als ob er im Kopf eine Checkliste abgehakt hätte, und klappt einen brandneuen Laptop auf. Ein Spitzenmodell vom Infinity Loop; aha, hierhin ist also die NASA-Kohle geflossen. Erstaunlich, wie sicher er die Flunder bedient. Und ich Idiot hatte erwartet, dass er sich wie ein Tattergreis durch die Menüs quält. Stattdessen fliegen seine Finger leichter über die Tastatur als bei Harriet. Mit gezielten Griffen, und ohne das Touchpad auch nur ein einziges Mal zu berühren, fährt er die Programme hoch.

Ein schwarzes Fenster poppt auf.

»Früher hat die NASA die heruntergefunkten Bilddaten wieder auf Fünfunddreißig-Millimeter-Film ausbelichtet – doch dabei wurden die Tiefen und Highlights stark abgeschnitten. Wir werden die Daten vom Band etwas eleganter auslesen: mit diesem Programm. Es sampelt die Signale mit fünf Megahertz und rekonstruiert daraus ein sauberes Digitalfoto. Ich starte die Aufzeichnung …« Er lehnt sich zur Bandmaschine rüber und drückt einen Knopf. »… jetzt!«

Summend laufen die Spulen hinter der Glastür an. Ein Bild aus einer längst vergangenen Zeit, als Computer noch »Elektronenhirne« hießen und die »Räder des Fortschritts« sich tatsächlich noch drehten. Heute kommt er ohne physische Bewegung aus.

Ein halbes Jahrhundert ist es her, dass das Band aufgenommen wurde. 1966: Starfighter fallen vom Himmel, Breschnew kommt ans Ruder, Wembley-Tor, alles Kram aus dem Geschi-Buch. Und trotzdem sind die Daten auf der zerbrechlichen Magnetschicht noch lesbar. Ein Wunder.

Neumann sinkt in seinen Bürostuhl und richtet den Laptop auf seinem Schoß so aus, dass wir ihn alle gut sehen können. Er streicht über ein paar graue Pixel, die das schwarze Fenster langsam von links oben füllen. »Sehen Sie, da kommen die Daten rein. In circa dreiundvierzig Minuten ist das Foto fertig ausgelesen, dann wissen wir mehr.«

Hihi, lustig, sieht aus wie beim Commodore 64, wenn man sich diese schwarz-weiß eingescannten Bildchen aus dem *Playboy* angeschaut hat. Alberne dreihundertzwanzig mal zweihundert Pixel. Der Erregung hat es nicht geschadet. Ein weiterer Beweis dafür, dass der beste Anti-Aliasing-Algorithmus im männlichen Hirn abläuft.

Leines zeigt auf die Bandmaschine. »Wo kommt das ganze Zeug her?«

Obwohl bei »Zeug« Neumanns Mundwinkel kurz zucken, bleibt er cool. »Überwiegend Restbestände aus dem *Lab?*«

Leines federt nach vorn, als hätte jemand von hinten gegen seine Lehne getreten. »Reden wir hier vom *Jet Propulsion Laboratory* in Pasadena?«

Der Alte lächelt etwas unsicher. »Genau von dem.«

Leines faltet die Hände wie zum Gebet, während sein Blick an Neumanns Lippen klebt. »Das heißt, Sie haben da gearbeitet, wo der Mars Pathfinder gebaut wurde?«

»Ja, wobei ich an dem Projekt nicht …«

Doch die Tiefstapelei kann Leines' Begeisterungssturm nicht mehr aufhalten. Hektisch zerrt er an meinem Unterarm rum. »Hast du das gewusst, Schröder? Warum hast du mir das nicht gesagt? Das ist ja der Hammer. Vom *Jet Propulsion Lab* …« Er spricht die Worte bedächtig wie eine Beschwörungsformel aus.

War ja klar, dass er total ausrasten würde. Da sitzt plötzlich ein Mensch vor ihm, der von der anderen Seite des Vorhangs kommt: aus dem militärisch-industriellen Komplex. Der sein Leben in der dunklen Welt der Geheimprojekte verbracht hat, von der Leines immer träumt.

»Also Herr von Neumann, Sie müssen unbedingt …«

Der Alte senkt den Kopf, als ob ihm die Verehrung peinlich wäre. Doch ein bisschen scheint ihm die Sache auch zu gefallen, sonst würde er seinen Verehrer abwürgen.

»Sie können gerne Jesko sagen.«

Leines fängt an zu stottern wie ein pubertierendes Mädchen, das eine Backstage-Karte für ihre Lieblings-Boygroup gewonnen hat.

»Ja, also gerne, Jesko, ich bin der Thomas. Da müssen Sie unbedingt, ja *unbedingt* … also ich hätte da ein paar Fragen …«

Harriet tritt gegen meinen Stuhl, bis ich mich umdrehe. Leider hat sie den niedlichen rosa Pyjama wieder gegen ihre Businessrüstung eingetauscht – weiße Bluse, blaue Hose.

Sie grinst und drückt beide Hände so zusammen, dass die Lücke zwischen den Daumen und Fingern wie ein Herz aussieht.

Sie hat recht, wir sollten Leines und seinen Helden jetzt alleine lassen.

Ich schleiche hinter Harriet zur Tür raus und flüstere den Turteltauben noch einen Abschiedsgruß zu.

»Wir gehen mal rüber, gelle?«

»Ja, okay, macht nur.« Leines dreht sich nicht mal um,

sondern starrt dem armen Neumann ein Loch in den Kopf. »Also, Jesko, äh, Doktor Neumann, Sie müssen unbedingt von diesem NERVA-Projekt erzählen …«

Oha, jetzt hat er ihn schon promoviert, das ist echte Liebe.

67

»O Gott, alle Tassen sind ja noch halb voll … voll … voll!«

Die beiden letzten »voll« flüstere ich nur noch, damit sie wie ein Echo klingen.

Harriet starrt durch mich durch.

Und wieder ist eine total ausgefeilte Popkultur-Anspielung ins Leere gelaufen. Sie kennt weder die Jacobs-Krönung-Reklame, noch kann sie meinen improvisierten Echoeffekt würdigen. Schade. Leines hätte den Ball sofort mit irgendeinem anderen Stuss zurückgespielt wie: »Sie baden gerade Ihre Hände drin.«

Doch das jugendliche Publikum deutet lediglich ein Kopfschütteln an und kümmert sich wieder um den Toaster.

Dabei sind die Tassen auf dem Tisch ja wirklich halb voll! Wir haben nämlich Defcon One, Alarmstufe Rot, der Kaffee geht langsam zu Ende – genau wie alle anderen Lebensmittel, die in dem Papphaus zu finden waren.

»Was gibt's zum Frühstück, Schatz?«, erkundige ich mich.

Sie dreht sich mit einem Teller in der Hand um und setzt ein breites Werbelächeln auf.

»Ich präsentiere Ihnen: gepresstes Altpapier mit Geschmacksverstärkern!«

Der Teller scheppert auf den Küchentisch.

»Großartig, Wilma«, knödele ich mit Fred-Feuerstein-Stimme. Yabba. Dabba. Doo.

Der Plastikstuhl geht unter der Last meines Hinterns knarrend in die Knie. Wenn wir weiter diesen Müll in uns reinstopfen, endet die Reise mit Typ-2-Diabetes. Seit Tagen leben wir nur von Pop-Tarts, diesen fiesen Teigtaschen mit Marmelade in der Mitte, die man – warum auch immer – im Toaster aufwärmen muss. Harriet hat eine Großpackung aus dem Schrank unter der Spüle gezogen. Anscheinend werden die Dinger in der Fabrik radioaktiv bestrahlt, jedenfalls halten sie sich ungefähr ein Jahrzehnt. Unsere Sorte wurde in Zuckerguss ertränkt und sieht aus, als hätte eine komplette Porno-Besetzung darauf ejakuliert.

Ich tunke den dampfenden Gangbang-Keks in meinen Kaffee, während Harriet von ihrer Ration nur ein paar Moleküle abknabbert. Als Sportskanone kann sie ihrem Körper natürlich unter keinen Umständen diese potenziell tödlichen Kohlenhydrate zuführen. Erstaunlich, dass sie sich überhaupt noch auf den Beinen halten kann.

Wir kauen und hören dem rhythmischen Schaufeln des Klimaanlagen-Ventilators zu. Peinlich ist das Schweigen aber nicht. Es ist die angenehme Abwesenheit von gesprochenen Worten, wie sie Leines und ich während unserer WG-Zeit perfektioniert hatten.

Was sie gestern Abend an meinem Bett wollte, hat sie nicht verraten, aber *dass* etwas im Busch ist, sieht man sofort. Sie hibbelt genauso aufgeregt mit dem Bein rum wie vor unserer Abfahrt nach Vegas. Außerdem schielt sie ständig zum Fenster rüber, als würde sie erwarten, dass jeden Moment jemand anklopft.

Da, schon wieder! Diesmal hat sie bemerkt, dass ich sie beobachte, und versucht, unbeeindruckt zurückzustarren. Na, so richtig klappt es nicht … und zack, ihr Blick geht zu Boden. Komm schon, Harry, spuck's aus.

Aha, sie fängt an.

»Schröder, was ich noch sagen wollte: Ich …«

Wumm.

Leines' klopsiger Körper poltert durch die Tür.

»Kinder …« Er röchelt. »Das müsst ihr euch ansehen. Sofort!«

68

Dass die Netzhaut noch richtig überrascht wird, passiert ja nicht mehr so oft. Ein paar Pixel pro Inch mehr, ein bisschen größere Bildschirmdiagonale – na und? Früher sah die Sache anders aus, da gab es noch wahrhaftige visuelle Erweckungsmomente: als auf dem Commodore 64 zum Beispiel dieses riesige Bild von Tutanchamun erschien und klar wurde, dass Grafikprozessoren irgendwann schnell genug wären, um *echte Fotos* zu zeigen. Oder als der erste Videorekorder es schaffte, das Standbild wie in die Röhre gemeißelt aussehen zu lassen, ohne weiße Streifen. Ganz zu schweigen vom ersten Morphing in *Terminator* 2. Das waren elementare Netzhaut-Erlebnisse.

Dieses Foto könnte wieder eines sein, ein Wow-Signal.

Fertig übertragen ist es noch nicht, nur ein schmaler Streifen Mondlandschaft hat sich wie eine Fototapete abgerollt. Alles ist ein bisschen verschwommen: ein graues Feld, das mit kleinen Kratern übersät ist, wie diese Mondplatten von Lego-Raumfahrt. Die Mitte füllt ein dicker schwarzer Klecks, anscheinend der Schatten eines größeren Hügels. Und genau da sitzt es, dieses Ding, direkt am Abhang, wo der Schatten in die graue Ebene übergeht.

Ein helles Dreieck.

Genauer gesagt: ein Dreieck, von dem links unten ein Stück fehlt.

Könnten Pixel durch Anschauen verschleißen, wäre an dieser Stelle jetzt ein Loch in den Monitor gebrannt, so intensiv wie sich der Blick von vier Augenpaaren in das weiße Dreieck bohrt. Leines atmet stoßweise, als würde er gleich kollabieren, und auch Neumann schnauft tierisch. Ich wage kaum, die Andacht zu stören.

»Wie groß ist das Ding?«

Neumann hält seinen Daumen neben das Dreieck.

»Schwer zu sagen. Der Lunar Orbiter flog ziemlich hoch. Ich schätze mal, jeder Punkt auf dem Monitor entspricht einem halben bis zu einem Meter auf der Mondoberfläche.«

»Aber das sind doch mindestens – was weiß ich – fünfzig Pixel«, stößt Leines aus.

»Ja ...« Der Alte lässt das »a« bedächtig ausklingen. »... das Objekt könnte also eine Kantenlänge von fünfzig Metern haben.«

Unfassbar, so groß wie ein halber Sportplatz.

»Für mich sieht es eher nach einem Fleck aus«, feixt Harriet von hinten.

Leines wirbelt herum, um sie sofort mit einem Todesblick zu bestrafen. Sie hebt die Arme, als würde ihr jemand eine Pistole auf die Brust halten.

»Hey, ich habe ja nicht gesagt, dass es ein Fleck *ist.*«

Schiedsrichter Neumann schaltet sich ein.

»Frau Thorborg hat völlig recht. Sie müssen bedenken, dass dieses Bild an Bord der Sonde erst chemisch entwickelt und dann wieder gescannt wurde. Dabei kann es leicht zu Störungen kommen. Wir hatten beim *Project* ständig mit Kratzern und Flecken auf den Bildern zu kämpfen.«

»Auch mit *völlig symmetrischen* Kratzern?«, giftet Leines. Um zu zeigen, wie sehr ihn Harriets Anflug von Vernunft anwidert, malt er mit den Fingern vor und nach »Kratzern« Gänsefüßchen in die Luft.

Neumann klebt seine Nase an den Schirm. »Nein, so was hatten wir noch nicht.«

Die nächste Bahn Fototapete rollt sich ab, diesmal ohne auffällige Objekte, nur noch mehr Krater. Unermüdlich schaufelt die Bandmaschine weiter Daten rüber, während ein Oszilloskop darunter das Signal analysiert. Immer wenn ein paar helle Pixel kommen, zuckt die grüne Pulslinie nach oben.

Seltsam, das Objekt muss senkrecht auf die Oberfläche gefallen sein, ansonsten hätte es in der Umgebung Schleifspuren hinterlassen. Und es scheint beschädigt zu sein, denn neben der linken Kante des Dreiecks leuchten ganz klar ein paar weiße Punkte. Trümmer.

»Puh«, lässt sich Harriet leise vernehmen, »aber wenn es kein Kratzer ist – was ist es dann?«

»Na, das dürfte doch wohl klar sein!«, platzt Leines raus. Beim »klar« rutscht er vor Erregung in die Kopfstimme, sodass es wie Jodeln klingt.

Der Alte fährt sich durch die grauen Bartstoppeln, dass es nur so knistert. »Sicher ist: *Wir* haben es nicht hochgeschickt.«

69

Damit wäre zumindest eine Frage beantwortet. Jan Kellermeister, der einsame Nerd im Jugendzimmer, wurde erschossen, weil er die größte Entdeckung der Menschheitsgeschichte gemacht hat. Er hat *das Objekt* gefunden. Aber anscheinend soll die Menschheit davon nichts erfahren.

Lustig.

Es ist wie dieser geniale Moment in *Galaxy Quest – Planlos durchs Weltall,* wo Tim Allen dem Fanboy verrät, dass alles, was in der Fernsehserie abläuft, genauso in echt passiert. »Es ist alles real!« Es ist der ultimative Traum jedes Science-Fiction-Nerds: all den Idioten, die ständig und immer verlangt haben, man möge doch bitteschön mal »auf den Boden der Realität zurückkehren«, den ganz großen Stinkefinger zu zeigen. Die Realität ist eben doch nicht auf diesem bescheuerten Boden hier unten.

Wir haben es nicht hochgeschickt.

Das hat Neumann wirklich schön formuliert. Als ob 1966 *irgendeine* Nation in der Lage gewesen wäre, ein Fünfzig-Meter-Objekt auf den Mond zu schießen …

Das war seine Art zu sagen: Es kommt nicht von der Erde.

Danach war erst mal Ruhe im Karton. Keiner traute sich, was zu sagen, bestimmt zwei oder drei Minuten lang, sogar Harriet schlich sich raus, um die Andacht nicht zu stören. Drei zumindest äußerlich erwachsene Männer sitzen da und starren auf ein fünfzig Pixel hohes Dreieck – da gibt es in ihrem Alter sicher Dinge mit höherem Unterhaltungswert.

Jetzt ist sie wieder zurück und verbreitet Unruhe: Sie steht im Türrahmen und schnipst mit dem Finger wie ein Schulmädchen, das unbedingt drangenommen werden will.

Ist ja gut, Harriet, wir hören dich …

Es gibt schon gute Gründe, warum es im alten Vorspann von *Raumschiff Enterprise* hieß: *To boldly go, where no* man *has gone before.* Dahin gehen, wo noch kein *Mann* zuvor gewesen ist. Schließlich hätte die Frau das Geld lieber – wie sagte Harriet noch mal? – »hier unten« ausgegeben. Für soziale Dinge.

Neumann dreht sich zu ihr um.

»Ja?«

Harriet räuspert sich. »Okay, ich störe ja nur ungern das kollektive Abnerden, aber vielleicht gibt es eine simple Erklärung für das Ganze.« Sie zieht ihren Rechner unterm Arm raus. »Ich habe gestern noch ein paar Daten aus Kellermeisters Rechner entschlüsselt …« Ich lag also richtig mit meinem Verdacht; jetzt kommt ihr großer Tadaa-Auftritt. »Die Texte ließen sich durch eine simple Bitvertauschung entschlüsseln. Für mich sieht es aus, als hätte er sich bei der NASA reingehackt. Was denkt ihr?«

Sie hält Neumann ihren Laptop hin. Der reicht seinen eigenen Rechner mit dem Foto vom Objekt weiter an Leines.

»Dann wollen wir mal sehen.« Er versucht, betont gelassen zu klingen, so nach dem Motto: Mal sehen, was das kleine Fräulein da ausgegraben hat.

Er scrollt ein paar Mal ungeduldig hoch und runter. »Ach Gott, das ist aber eine Menge! Also mal sehen: *Feasibility Assessment.* Es scheint sich um ein Gutachten zu handeln, in dem geprüft wird, ob eine Mission durchführbar ist. Es geht um … *Orbital Payload Retrieval,* also darum, eine Nutzlast aus der Erdumlaufbahn zu bergen. Vielleicht ein altes Dokument aus der Zeit, als das Shuttle noch flog, auf jeden Fall NASA-Material, da stimme ich Ihnen zu …«

Seiten huschen vorbei. Neumann springt routiniert per Tastatur-Shortcut zwischen den Textabsätzen hin und her, obwohl es nicht sein eigener Rechner ist.

Auf einmal stockt er. »*Object One* … Dieses Wort kommt häufig vor.« Sein forscher Schau-mer-mal-Ton schrumpft zu einem Raunen zusammen.

Leines springt auf. »Stopp!« Er packt Neumann an der Schulter. »Entschuldigung, Jesko. Kannst du noch mal zum letzten Absatz zurückgehen?«

Der Alte zuckt kurz zusammen und gehorcht.

»Genau – da.« Leines Finger bleibt auf ein paar Großbuchstaben hängen.

X-37B.

»Was ist das?«, hakt Harriet nach.

Na, Leines, dann mach mal dein Heimspiel …

»Die X-37 ist eine Art von Weltraum-Drohne, sieht aus wie ein geschrumpftes Spaceshuttle, unbemannt«, rattert er los, »schießt die Air Force regelmäßig hoch. Die X-37 kreist ein paar Monate um die Erde und landet dann wieder autonom auf einer Basis in Kalifornien. Niemand weiß, was sie da oben macht. Manche Leute …«, damit meint er die Freaks in seinem Topsecret-Forum, »glauben, dass die X-37 Satelliten im Orbit zerstören soll. Soweit ich weiß, kommt sie dieser Tage wieder von einer Mission zurück.«

»Zum Beispiel heute?«, platzt Harriet raus.

»Kann sein. Warum?«

Sie verschränkt zufrieden die Arme.

»Weil in den Texten nämlich oft das Datum 04/12 auftaucht.«

Leines' Mund steht sperrangelweit offen.

»Das gibt's ja nicht!«

Neumann tippt auf den Bildschirm.

»Doch, tatsächlich. Es steht hier und hier und … hier ist eine Uhrzeit: 22.37, halb elf abends.«

»Ja, wisst ihr denn nicht, was das bedeutet?«, kreischt Leines. Er hat seine Arme wie ein gekreuzigter Jesus ausgebreitet.

Nein, Alter, das wissen wir nicht.

»Hallo? Es bedeutet, dass sie *das Objekt* mit der X-37 runterbringen, und zwar noch heute Nacht!«

Harriet drückt den Zeigefinger so heftig gegen ihre Stirn,

dass die Stelle rot wird. Dann schaut sie wieder hektisch zum Fenster rüber.

70

»Das ist der *absolut größte Quatsch*, den ich jemals gehört habe. Ihr seid doch total …« Sie lässt die Schultern sinken. »Ach, auch egal.«

Leines nimmt es natürlich wieder persönlich. »Warum Quatsch?«, schießt er zurück. »Ich denke, wir sind uns einig, dass dieses Objekt nicht irdischen Ursprungs ist.« Irdischen Ursprungs – wenn er sich aufregt, redet er immer so hochgestochen. »Wer weiß, was da für Technologie an Bord ist? Und um überlegene Technologie in die Finger zu bekommen, wird Uncle Sam alles tun – *absolut alles*. Das war schon immer so: 1968 zum Beispiel, da ist in der Nähe von Hawaii ein russisches U-Boot mit Atomraketen gesunken. Und was hat die CIA gemacht? Sie lässt ein Schiff bauen mit einer riesigen Kralle unten dran und holt damit das U-Boot hoch. Schlappe achthundert Millionen Dollar hat diese Aktion mit dem Decknamen Azorian gekostet – das sind *Milliarden* in heutigem Geld! Was werden sie erst dafür ausgeben, Alien-Technologie in die Finger zu kriegen?«

Er hat das »A«-Wort gesagt, nicht gut. Harriet hält sich die Hand vor den Mund, als würde sie gleich losprusten. Vielleicht kann der Alte ja was Qualifiziertes dazu sagen? Der ist so seltsam still geworden.

»Was meinen Sie, Jesko: Ist das möglich? Könnte man ein Objekt vom Mond holen?«

Neumann massiert sein Kinn. »Nun ja, unmöglich ist es nicht. Ich denke, man würde zunächst versuchen, ein kleines Trümmerteil zu bergen; auf dem Foto waren ja einige zu erkennen. Dafür müsste eine Sonde gestartet werden – das wäre relativ einfach. Knifflig wäre, das Wrackteil von der Mondoberfläche wegzuschaffen, dafür bräuchte man ein Rückkehrmodul. Und dann müsste das Wrackteil noch sicher durch die Erdatmosphäre gebracht werden …«

»… zum Beispiel mit der X-37«, fährt Leines dazwischen. »Sie packen das Trümmerteil in die Ladebucht, und schon ist es …«

Kann er den Alten nicht mal ausreden lassen?

»Hallo?« Ich nicke Neumann zu. »Was denken Sie: Ist das zu finanzieren?«

»Nun ja, eine Sonde zum Mond zu schicken kostet um die fünfhundert Millionen. Vielleicht noch mal dasselbe für den Rest der Mission, ich weiß nicht. Eine Menge Geld jedenfalls, gerade in heutigen Zeiten …«

»Eine Menge Geld?« Leines japst nach Luft. »Das sind *Peanuts!* Der Kongress lässt jedes Jahr fünfzig Milliarden Dollar für Geheimprojekte springen, und nicht einmal der Präsident weiß, was mit der Kohle aus dem *Black Budget* passiert. Da werden doch noch ein paar Dollar übrig sein, um sich den größten Technologievorsprung aller Zeiten zu verschaffen. Das Militär schreckt doch auch sonst vor nichts zurück, in den Fünfzigern wollten sie sogar eine Atomwaffenbasis auf dem Mond errich…«

»Jungs.« Harriet dreht sich zur Tür um. »Ich bin raus.«

»Geh doch!«, zickt Leines zurück.

»Wenn ich kurz unterbrechen darf …« Neumann hebt die Hand. »Die Frage ist doch: Was machen *wir* jetzt? Gehen wir mit dem Foto an die Öffentlichkeit?«

Klingt nach Schwachsinn.

»Da schreit doch jeder Idiot sofort: *Photoshop!* Niemand

wird uns glauben, dass das Foto echt ist. Und dafür, dass Kellermeisters geklaute NASA-Dokumente in unserem Besitz sind, wandern wir außerdem in den Bau.«

Leines weiß, dass ich recht habe. Er klappt in sich zusammen, als hätte man den Stöpsel aus einer Luftmatratze gezogen.

Nur Neumanns Augen funkeln weiter. »Es sei denn, wir erbringen den ultimativen Beweis«, sagt er.

71

Arme Harriet, da muss sie jetzt leider durch: Das männliche *Juwelenraub*-Gen wurde aktiviert. Wir *müssen* den Coup jetzt einfach durchspielen, und zwar bis ins letzte Detail. Das war schon so, als wir noch über die Lehmhügel im Neubaugebiet turnten. Das Blasrohr in der Hand, die Fünfhundert-Gramm-Packung Erbsen als »Muni« im Rucksack, den Kopf voller Überfall-Pläne. Dabei war der geplante Überfall fast nebensächlich, solange das Vokabular stimmte. »Okay, ihr kommt von rechts und gebt uns Feuerschutz, wir nehmen sie von hinten in die Zange.« Yeah, das klang gut.

Wie werden *Neumann's Four* das Ding drehen? Egal, wie ernst die Lage ist, für diese Sandkastenspiele ist immer Zeit.

Was der Alte meinte, ist klar: Wir müssen die ganze Sache öffentlich machen. Alle Welt muss sehen, welche Fracht heute Nacht still und heimlich auf die Erde gebracht werden soll. Und das geht nur, wenn wir dabei sind, sobald sich die Ladeluke dieser Drohne öffnet.

Da für Leines ohnehin alles nur ein großes buntes Abenteuer ist, spinnt er sofort lustvoll rum: »In eine Airforce Base einbrechen – geil!«

Das sagt sich natürlich leicht, wenn man die Kohle hat, um sich von den besten Anwälten der USA später raushauen zu lassen …

Neumann schüttelt energisch den Kopf. »Viel zu riskant. Die Sicherheitsmaßnahmen werden extrem, äh, tight sein. Da kommen wir nicht mal in die Nähe. Aber wenn *wir* nicht zur X-37 kommen, könnte doch …« Anstatt den Satz zu vollenden, zieht er die Augenbraue hoch.

»Brillant, Jesko!«, schleimt Leines rum. »Wir funken einfach neue Landekoordinaten hoch. Dann landet die X-37, wo *wir* wollen, und die Ladung ließe sich in Ruhe inspizieren. Das müsste gehen, ähnliche Hacks gab's ja schon.« Er kratzt sich mit gespielter Zerstreutheit am Kopf. »Das fing '86 mit Captain Midnight an: Dieser Typ hat eine dicke Schüssel auf 'nen Fernsehsatelliten von HBO gerichtet und sein eigenes Programm hochgeschickt. Viereinhalb Minuten lang konnten alle Amis kein Pay-TV mehr sehen, sondern nur noch ein Testbild mit der Message: *Guten Abend von Captain Midnight.*«

Das hast du dir ganz toll gemerkt, Leines. Und was nutzt uns das nun?

Unser Schweigen hat seinen Nerdflow gestört, er stottert weiter. »Äh, das zeigt jedenfalls, dass man Raumfahrzeuge hacken kann. Ende der Neunziger zum Beispiel, da hat sich dieser deutsche Forschungssatellit ROSAT plötzlich einfach so in die Sonne gedreht.« Seine Hand rotiert mit ausgestreckten Fingern. »Zack: Dadurch schien die Sonne voll in die Optik und hat die Kamera an Bord gegrillt. Später kam raus, dass sich Russen in die Bodenkontrolle reingehackt hatten und das Manöver so initiiert wurde.«

Harriet scharrt mit den Füßen. Die hat bestimmt schon einen Krampf in der Hand vom vielen Facepalm machen. Ist aber auch wirklich harter Tobak. Selbst mir ist die Sache ein bisschen zu dünn.

»Ja, aber Leines, das war irgendein unwichtiger Forschungssatellit. Bei einer Drohne – außerdem mit der Fracht – macht die Air Force bestimmt alles megasicher. Die werden ihre Bodenstation sicher nicht ans öffentliche Netz hängen, damit sich jedes Skriptkiddie reinhacken kann. Der Funkverkehr ist garantiert verschlüsselt. Und selbst wenn wir die Codes hätten: Weißt du, wie man so ein Ding steuert?«

Plötzlich fängt Neumann an, vor sich hin zu brabbeln – im klassischen Opa-Style, also ohne auf das einzugehen, was vorher gesagt wurde.

»Nur ein paar Meilen neben Edwards liegt dieser Salzsee, der El Mirage Lake. Die Salzkruste ist so glatt, dass diese Hot-Rod-Bastler da manchmal ihre Rennen veranstalten. Zusammengenommen bietet das Tal gut und gerne zwei Meilen natürliche Landebahn. Wenn es gelänge, die X-37 nur ein kleines bisschen vom Kurs abzubringen …«

Elegant. Wir würden nichts klauen, es käme niemand zu Schaden, und es wäre kein Einbruch, zumindest kein physischer, weil der Salzsee öffentliches Gelände ist. Wir müssten nur warten, bis die Drohne ausrollt, und einen Blick in die Ladebucht werfen. Auf das Objekt.

»Ist das dein Ernst, Jesko?« Harriets Stimme schneidet durch die ehrfurchtsvolle Stille. Sie klingt so, als hätte sie von einem alten Mann mehr Vernunft erwartet. »Unerlaubtes Eindringen in ein militärisches Computernetzwerk, gefährlicher Eingriff in den Luftverkehr, Entwenden öffentlichen Besitzes – und wofür? Weil ihr denkt, dass die Air Force Ufo-Wrackteile vom Mond holt?«

Neumann schluckt die Predigt erstaunlich gelassen. Er

senkt nur kurz den Kopf, als wollte er sagen: Einwand zur Kenntnis genommen.

»Ein absolut legitimer Standpunkt, Harriet. Aber denken Sie doch mal an diesen Kellermeister. Warum wurde er erschossen? Weil er ein Foto des Objekts hatte und diese NASA-Dokumente besaß.«

Harriet nickt widerwillig.

Der Alte setzt einen selbstzufriedenen Blick auf. »Und wer besitzt diese Informationen jetzt?« Kunstpause. »Genau: wir. Wir sind die letzten Personen, die – sagen wir mal – von dieser *Angelegenheit* wissen. Alle anderen wurden getötet. Und jetzt frage ich Sie: Warum sollten ausgerechnet wir verschont werden?« Noch längere Kunstpause. »Ich denke, wir haben keine Wahl mehr: Entweder wir gehen an die Öffentlichkeit, oder wir enden wie Chuck oder dieser Kellermeister.«

Plötzlich entspannt sich Harriets Gesicht. Diese Genervtheit verschwindet, sie schaut fast gütig.

»Okay, Jungs, dann bin ich wirklich raus.«

V

72

»Komm schon, kleiner Schlagmann, mach mit!«

Mit knallroten Wangen wankt Leines vor meinen Füßen rum, während ein bierkastengroßes Alugehäuse dabei ist, seine spillerigen Arme abzureißen.

Jaja, wunderbar, tolle Rede, Mann, und was ist, wenn ich keinen Bock mehr habe, bei eurem Abenteuerspiel mitzumachen?

Die zersetzende Wirkung von Frauen ist immer wieder unglaublich: Klimpern einmal mit den Augen, und schon ist es nur noch halb so lustig, bei der Bergung eines extraterrestrischen Artefakts dabei zu sein. Hatte Harriet recht? Hätten wir einfach mit ihr zusammen zu den Bullen gehen sollen?

Zu spät.

Die Gedanken klappern die üblichen Stationen ab.

Erster Stopp – völlig ungerechtfertigte Hoffnung: Sie kommt bestimmt zurück! Allein schon dieser seltsame Abschiedskuss – das kann ja wohl kein Zufall gewesen sein. Nein, in fünf Minuten rattert sie hier wieder mit dem Honda an. Bestimmt.

Dann Wut: Blöde Tante, warum hat sie überhaupt mitgemacht bei der Aktion? Hätte sich ja schon in Vegas den Bullen stellen können!

Als Nächstes fängt der Kopf zu feilschen an: Vielleicht kommt sie ja zurück, wenn ich versuche, ein sozialkompatiblerer Mensch zu werden?

Und schließlich die Resignation: Ach, hat doch alles keinen Sinn.

Sie ist weg.

Schätze, dabei bleibt es.

Das ist das Problem daran, zu dieser beschissenen, ach so aufgeklärten Generation X zu gehören: Man kann an sich selbst total super die *Stufen der Trauer* diagnostizieren – doch dadurch tun sie kein bisschen weniger weh.

Was will Leines denn jetzt?

Er kommt rübergestapft, mit seinen komischen Popper-Segelschuhen. Was soll überhaupt dieser Club-Med-Look mit dem weißen Leinenhemd? Er sieht aus, als hätte man ihn aus dem Video zu »Save a Prayer« von Duran Duran geschmissen, das, wo sie mit weißen Anzügen durch den Dschungel pirschen.

Er baut sich neben mir auf, die Hände in den Hosentaschen vergraben, und starrt schweigend auf den Boden. Reihenweise Schweißtropfen plattern in den Sand.

Seit er wieder da ist, haben wir noch kein einziges Mal richtig miteinander geredet. Hoffentlich fühlt er sich nicht genötigt, irgendwas zu Harriets Abgang zu sagen. Das würde schließlich eines unserer wichtigsten Kumpelgesetze verletzen: Sprich niemals über die Partnerin. Niemals. Wir haben das Thema Freundin immer Fight-Club-mäßig behandelt, und das hat sich bewährt.

Isabell konnte das natürlich nie verstehen. »Da teilt ihr mit einer Frau vielleicht euer ganzes Leben, und trotzdem redet ihr niemals über sie? Ihr seid solche Primaten!«, hat sie immer gezetert. Und natürlich war sie der Ansicht, dass sie als meine Freundin selbstverständlich auch mit meinem besten Freund total dicke sein müsse. Mal wieder nichts verstanden, die Gute. Frau hier, Kumpel da – das sind zwei Welten, die am besten funktionieren, wenn sie fein säuberlich getrennt werden. Ansonsten droht unendlicher Er-hat-gesagt-sie-hat-gesagt-Terror.

Leines schmiert sich eine dünne Haarsträhne aus dem Gesicht und kneift die Augen zusammen. Er hat irgendwas auf dem Herzen, sonst würde er nicht so rumdrucksen. Wahrscheinlich ein leicht schlechtes Gewissen, weil er Harriet vorhin so angepfiffen hat.

Er räuspert sich.

»War die schon lange in eurer Firma – also, ich meine Harriet?« Seine Stimme klingt leicht belegt.

Mensch, Alter, ist ja echt nett von dir, aber diesen Small Talk braucht jetzt wirklich keiner.

»Ne, war ganz neu«, beruhige ich ihn.

Sein Gesichtsausdruck entspannt sich.

Schweigen.

Wenn man sich so lange nicht sieht, fällt vieles unter den Tisch. Da wird nicht davon gebrabbelt, dass man gestern den Soundso-Level im Tralala-Game geschafft hat, sondern man siebt die Gesprächsthemen aus, überlegt, was in der Zwischenzeit wirklich Wichtiges passiert ist. Und da in der Zwischenzeit meistens nichts wirklich Wichtiges passiert ist, steht man stumm wie ein Fisch da. All die tausend Sachen, denen ich im Kopf das Label »Muss ich dringend Leines erzählen, wenn ich ihn mal wieder sehe« gegeben habe, sind wie weggeblasen, aus dem Hirn gelöscht. Mir fällt kein sinnvolles Gesprächsthema ein.

Bleibt also nur Frotzelei.

»Was treibt Azra so? Die muss ja mittlerweile eine echte MILF sein. Har, har!«

Eine »Mother I'd like to fuck« – nach wie vor die beste Sorte Pornodarstellerin, wie ich finde: Die Dame ist nicht mehr ganz taufrisch und sieht aus, als könne sie nach dem Koitus noch ein paar leckere selbst gebackene Schokokekse reichen.

»Chh, chh …«, hustet Leines zurück.

Okay, sein angetäuschtes Beavis-und-Butt-Head-Röcheln hatte auch schon mal mehr Inbrunst. Es klingt so halbherzig, als hätte er bei Azra auf den »ILF«-Teil nicht mehr so recht Lust.

»… doch, doch, klaro«, schiebt er hinterher, als ob er meine Gedanken lesen könnte. Tief in sich drin ist er ein erzkonservativer Typ, und den Eindruck, dass seine Ehe irgendwie zerrüttet sein könnte, will er dann doch nicht hinterlassen. »… alles bestens.«

Na, dann ist ja gut.

Schweigen.

Worüber haben wir früher immer gesprochen? Was hatte ihn denn so interessiert? Ach genau!

»Mal wieder ein Revell-Projekt gestartet?«, erkundige ich mich.

Früher, als er noch ein Leben hatte, bastelte Leines sich häufig so kleine Landschaften zusammen, aus Plastikmodellen, mit kleinen Männchen und so. Maßstab 1 : 72, häufig mit Modellen der Firma Revell. Natürlich waren es Mini-Ausgaben seiner Sehnsuchtsorte: ein kleines abgestürztes Ufo auf dem Acker vor Roswell, oder eine Lockheed Blackbird, die auf irgendeiner geheimen Piste aufgetankt wird. Das konnte er echt gut, die Sachen sahen immer aus, als hätte man die Wirklichkeit durch ein Tilt-Shift-Objektiv fotografiert.

»Leider keine Zeit mehr«, murmelt er, als wäre ihm das Thema fast peinlich.

Bedeutet: Azra hat es ihm verboten, weil es nicht standesgemäß für einen Mann in seiner Position ist, kleine Plastik-Aliens anzupinseln.

Und wieder Pause.

Sind wir uns schon so fremd geworden? Ist ja fast wie damals auf dem zwanzigjährigen Abi-Treffen. Da waren die Gespräche auch immer von so beklemmenden Pausen durchsetzt und endeten mit dem Vorsatz, sich mal »ganz bald« wieder zu treffen. Spätestens seitdem weiß ich: Wenn dich einer »ganz bald« wiedersehen will, meint er damit »frühestens im nächsten Leben«.

Quatsch, wir brauchen nur ein bisschen mehr Zeit. Ein paar Bierchen, ein schönes Nerd-Thema – und alles wird wie früher sein.

Gott sei Dank, eine Ablenkung: Neumann grummelt irgendwas rüber.

»Hallo, ich könnte hier wirklich Hilfe gebrauchen.«

Er ist im Kofferraum von Leines' riesigem SUV verschwunden. Die Heckklappe ragt hoch wie ein Garagentor in den blauen Himmel, und allein in den verchromten Auspuffrohren ließe sich schon einiges an Gepäck verstauen – selbst ein Westküsten-Gangsterrapper aus den Neunzigern würde die Karre wahrscheinlich als »zu undezent« ablehnen.

Neumann taucht wieder aus dem Bauch des Giganten auf. Er trägt das obligatorische weiße T-Shirt, heute allerdings mit Motiv: In gestreckten futuristischen Buchstaben steht JPL drauf, *Jet Propulsion Laboratory*. Beim Showdown will er wohl noch mal die Fahne seines alten Arbeitgebers hochhalten, vielleicht um der Welt zu zeigen, dass es auch noch die guten Jungs gibt.

Okay, es hilft nichts. Wenn ich kein Arschloch sein will,

muss ich mit anpacken. Ich schmiere den Handschweiß an meiner Hose ab und trotte zum Alten rüber.

»Wozu brauchen wir die ganzen Geräte überhaupt?«

Neumann klopft sich den Staub von den Händen.

»Nun ja. Damit die X-37 da landet, wo wir wollen, müssen wir ihren Kurs verändern. Und ich denke, das schaffen wir nur, indem wir ein falsches GPS-Signal hochfunken und das echte überlagern.«

GPS Spoofing, nicht schlecht. Für einen Rentner weiß Neumann gut Bescheid. Auch schon dran gedacht: Man baut einen Sender auf, der auf der gleichen Frequenz wie die GPS-Satelliten funkt. Aber anstatt der richtigen Bahndaten sendet er leicht veränderte aus. Sobald der Flugkörper dann in den Funkstrahl kommt, denkt das Navigationssystem, dass es sich verflogen hat, und passt den Kurs an. Angeblich haben die Iraner mit dem Trick mal eine amerikanische Drohne runtergeholt. Okay, eine zweifelhafte Geschichte, aber im Labor hat's definitiv schon mal funktioniert. Bloß: in der Realität? Klingt für mich ein wenig arg Bond-mäßig.

»Ist so ein Hightech-Ding nicht dagegen geschützt?«

Neumann legt die Stirn in Falten. An einem der Schnitte wölbt sich die Blutkruste hoch, als würde sie jeden Moment abfallen. Es tut garantiert höllisch weh, wenn da der Schweiß reinläuft. Aber er lässt sich natürlich nichts anmerken.

»Sicher. An Bord der X-37 wird es ein zweites Trägheits-Navigationssystem geben. Sobald dessen Daten zu stark vom GPS abweichen, wird der Zentralrechner folgern, dass das Satellitensignal gestört ist, und es ignorieren. Wir wollen die X-37 aber nur ein paar winzige Gradminuten vom Kurs ablenken; das könnte funktionieren. Auf dem Bodenradar würde es aussehen, als hätte sie nur knapp die Landebahn verfehlt.« Er verzieht den Mund, als wäre er von seinem eigenen Optimismus nicht überzeugt. »Aber ich gebe zu, dass es ein *theoretischer* Angriffsvektor ist. Erst mal brauchen wir die genaue Flugbahn der X-37, die hat ein fleißiger Satelliten-Spotter aber bestimmt schon rausgefunden. Dann müssen wir unseren Sender sauber nachführen – und vor allem brauchen wir eine freie *line of sight.*«

Eine was?

»Na, freie Sicht auf den Flugkörper – keine Bäume oder Berge dazwischen, die das Funksignal stören könnten.«

»Und wo haben wir das?«

Neumann zwinkert rüber. »Es gibt da einen Ort …«

73

Harriet Thorborg überprüft im Rückspiegel, ob die verschmierte Mascara unterm Auge wirklich weg ist. Sie tupft kurz mit Spucke nach, dann gleitet ihr Blick zurück auf die leere Fahrspur.

Sie hatte sich Kalifornien immer anders vorgestellt, viel saftiger. Aber die letzte halbe Stunde hatte sich der Freeway nur durch braune Hügel geschlängelt, auf denen nichts wuchs als kniehohe Sträucher. An der gleichen Sorte hatte sie sich in Vegas den Hosenanzug aufgerissen. Vor einer halben Ewigkeit.

Dann endete die Wildnis plötzlich. Von einer Meile auf die andere waren die Hügel ausgebügelt, als ob jemand eine Bettdecke glatt gezogen hätte, und eine braune Rauchschicht waberte über den Horizont. Der Smog von Los Angeles.

In ein paar Minuten würde sie in Pasadena sein, im Büro des FBI.

Thorborg zupft den Kragen ihrer Bluse unter dem dunkelblauen Sakko hervor.

Der Abschied von Schröder hätte unromantischer kaum sein können. Er stand einfach nur in der Mittagssonne da, mit seinem schlabberigen olivgrünen T-Shirt und den mit Wüstensand gepuderten Chucks. Währenddessen rangierte Neumann hinter ihm mit einem Höllenlärm den Wagen hin und her. Dieser Leinhart hatte sich ziemlich geschäftsmäßig mit Handschlag verabschiedet und lungerte im Schatten des Trailers rum. Purer Stress für Schröder, denn es bedeutete, dass sein Sandkastenkumpel zuguckt und sich der große Häuptling extra doll zusammenreißen muss.

Er strich sich fahrig eine Locke aus der Stirn und startete einen letzten halbherzigen Versuch, sie umzustimmen, von wegen »Bist du dir wirklich sicher?«

Ja, sie war sich sicher. Im Gegensatz zu den Jungs hatte sie noch etwas mit ihrem Leben vor.

Der Anruf beim FBI war ziemlich entspannt abgelaufen. Sie hatte sich identifiziert und wurde kurz in einer Warteschleife geparkt, bis ein Special Agent Soundso dranging. Thorborg hatte sich vorab ein paar Vokabeln zurechtgelegt, um ihre Lage erklären zu können, »wrongfully accused« zum Beispiel, zu Unrecht beschuldigt. Der Mann hatte sich alles geduldig angehört und schlug ihr vor, einfach ins Field Office zu kommen, »to sort things out«, wie er sagte – um die Sache in Ordnung zu bringen. Das klang angenehm jovial, zumindest nicht so, als würde er sie für eine Polizistenmörderin halten. Es machte den Eindruck, als stünde der Weg in die Normalität noch offen.

Thorborg umklammert das Lenkrad, bis ihre Knöchel weiß werden. Nett von Neumann, ihr den Wagen zu leihen. Er wird sicher mächtig Ärger mit der Vermietbude kriegen, wenn der eine halbe Ewigkeit in der Spurensicherungs-Werkstatt des FBI verschwindet.

»Ja, dann«, hatte Schröder gesagt und auf den Boden gestarrt. Er wollte die Sache auch kurz und schmerzlos über die Bühne bringen.

Daraufhin musste die kleine Harry natürlich wieder Mist bauen. Warum hatte sie ihm nur diesen Kuss aufgezwungen, total peinlich! Das Ganze ging voll daneben. Es wurde einer dieser unentschlossenen Schmatzer, mit denen sich Teenies nach der Disco im Pfarrsaal verabschieden: Eigentlich soll der Kuss auf die Wange gehen, aber weil sich einer bewegt, klatschen die Mundwinkel schräg gegeneinander. Und sie hatte damit angefangen!

Das war ein bisschen viel für den armen Schröder. Er kniff verzweifelt die Augen zusammen, um ja nicht loszuheulen, und atmete laut, wie Leute das tun, denen mal einer gesagt hat, dass langsames Atmen gegen Stress hilft. Viele Typen hätten die Lage ausgenutzt. Sie wären über sie hergefallen und hätten ihr die Zunge in den Rachen gerammt – schließlich hatte *sie* ja angefangen. Doch Schröder blieb ein Gentleman. Er stolperte einen Schritt zurück und klappte den Arm hoch, als wollte er eine außerirdische Rasse willkommen heißen.

Mit viel Kraft bog er die Mundwinkel nach oben. Und dann murmelte er etwas, das *sie* fast noch zum Weinen brachte.

»Warp neun, Mister La Forge.«

74

Ich sehe, wie Leines nervös auf seine Uhr schaut. Das fette Edelstahlarmband schlackert um sein Handgelenk. Warum trägt er keine Casio mit Datenbankfunktion, wie es sich für Leute wie uns gehört, warum so ein Protzmodell? Vermutlich ein Geschenk von Azra, die bastelt ja ständig an seinem Image als Erfolgsunternehmer, anstatt ihn als das zu akzeptieren, was er ist: ein Geek im Glück.

»Was macht der denn noch«, murmelt Leines.

Die ganze Mittagszeit über haben wir in der Bullenhitze rumgerödelt, bis endlich der ganze Kram aus Neumanns Labor im Wagen verstaut war. Das meiste sah nach Militär aus: schwere olivgrüne Gehäuse mit klobigen Tasten, die bestimmt sogar dann noch funktionieren, wenn sie zehn Tage im vietnamesischen Sumpf gelegen haben.

Jetzt geht es auf die Kaffeezeit zu, und im Prinzip könnten wir aufsitzen. Der SUV steht schon gurgelnd vor dem Tor, doch Neumann fehlt. Er ist noch mal zum Trailer zurückgerannt, weil er anscheinend was vergessen hat.

Endlich! Er trabt auf uns zu. Was sind das für gelbe Planen in seiner Hand?

»Hazmat-Suits, Schutzanzüge«, erklärt er uns keuchend.

Leines wirft mir einen besorgten Blick zu.

Ich gehe zum Heck, um die Kofferraumklappe aufzumachen.

»Wofür brauchen wir die Dinger? Glauben Sie, der Kram, den sie da oben auf dem Mond geborgen haben, ist giftig oder so?«

Der Alte lässt die gelben Gummilappen auf den Geräteberg klatschen.

»Nein. Aber das Triebwerk der X-37 wird mit Hydrazin betrieben – ein toxischer Treibstoff. Deshalb sollte man die Anzüge tragen, wenn man sich ihr nähert, zumindest in den ersten paar Minuten nach der Landung. Reine Vorsichtsmaßnahme.«

Sehr beruhigend. An den Anzügen hängen Handschuhe und Stiefel gleich mit dran. Nur zwei Paar? Ich dachte, wir würden alle bis zum Schluss mitmachen.

»Zwei Anzüge?«

Neumann schaut verständnislos.

»Natürlich. Einer muss ja beim GPS-Sender bleiben, bis die X-37 gelandet ist. Selbstverständlich werde ich das übernehmen. *Sie beide* werden zum El Mirage Lake fahren und die Landung überwachen. Sie können mir glauben, dass ich auch gerne dabei wäre, aber das geht nun mal nicht.«

Hut ab. Das muss man dieser Generation lassen – sie hat Größe. Er macht die größte Entdeckung der Menschheitsgeschichte und lässt dann zwei dahergelaufenen Nerds den Vortritt, weil er bis zum Schluss Dienst schieben muss. Irgendwie beschämend.

Mit einem satten Schmatzen rastet die Kofferraumklappe ein. Wir stehen im Kreis und gucken unschlüssig.

Jetzt wäre der Moment, in dem die Musketiere ihre Hände aufeinanderlegen, um sich Treue bis in den Tod zu schwören. Doch, der Augenblick könnte etwas Pathos vertragen. Wo ist ein Bill Pullmann aus *Independence Day*, der im Kampfpiloten-Overall eine schneidige Rede vom Stapel lässt, nach der man nur noch »Sir, Yes, Sir!« brüllen will?

Mutter hat mir mal erzählt, dass ich geheult habe, als wir nach *E.T.* aus dem Kino kamen – so weit nichts Besonderes, da ist am Schluss ja so ziemlich jeder eingeknickt. Als Vater mich fragte, was denn so traurig sei, habe ich angeblich geantwortet: »Weil hier draußen alles so klein ist.« Keine fliegenden BMX-Räder, kein Triumph über die Erwachsenenwelt, keine interstellare Freundschaft.

Und jetzt? Zum ersten Mal könnte was passieren, das so groß ist wie in Hollywood. Trotzdem fühlt es sich banal an: Drei Männer stehen drucksend vor einem Zaun. Das Gefühl ist nicht erhabener, als an der Zapfsäule darauf zu warten, dass der Wagen vollgetankt ist. Das Leben will partout nicht die Kunst imitieren.

Leines schaut mir in die Augen und deutet ein Nicken an.

Ich gucke zu Neumann rüber.

Der Alte verschränkt die Arme hinterm Rücken und räuspert sich. Er hat verstanden, dass der graue Leitwolf jetzt was sagen muss.

»Gentlemen. Ich gehe davon aus, dass Sie wissen, worauf Sie sich einlassen.« Seine Stimme klingt belegt. »Entweder wir erfahren heute Abend etwas, das schon viele vor uns wissen wollten – oder wir sind die größten Narren auf diesem Planeten. In jedem Fall: Viel Glück!« Er streckt mir seine Hand entgegen. Ich pumpe sie hoch und runter.

»Ja, viel Glück, Jesko.«

Leines schüttelt ihm auch die Hand, dann klopft er mir auf den Rücken.

»Viel Glück, Alter.«

Ich halte Neumann die Beifahrertür auf und mache eine einladende Bewegung wie ein Chauffeur.

Er steigt grinsend ein. Das Vorhängeschloss, mit dem das Tor gesichert war, hat er nicht mehr drangemacht.

75

Es ist ein Handymast! Fassungslos starrt Harriet Thorborg auf die haushohe Palme am Straßenrand. Der ganze Baum ist tatsächlich aus Plastik gemacht, damit man die Antennen nicht sieht; sie sind grün angemalt und unter den künstlichen Wedeln versteckt. Christen müsste jetzt dabei sein, die wäre genau die Richtige für dieses Land. Sie hat diese wunderbare Hohlheit, die man braucht, um den aggressiv gut gelaunten Sonnenstaat genießen zu können. Sie würde in viel zu kurzen Hotpants auf dem Beifahrersitz hocken und sich die Fußnägel pink lackieren. Dazu liefe im Radio selbstverständlich »California« von Phantom Planet, und sie würden gegen den Wind aus den offenen Fenstern angrölen. California, here we cooooome.

Unbewusst lässt Thorborg das Seitenfenster ein Stück runter.

Der Honda kriecht an Häusern mit roten Dachziegeln vorbei, die wie spanische Haziendas aussehen sollen. Ein paar Cafés haben schon ihre Tische rausgestellt, und gut aussehende Kellner in engen schwarzen T-Shirts wuseln zwischen den weißen Leinentischdecken herum. Ausnahmsweise sieht Kalifornien so aus, wie es ihr *Melrose Place* suggeriert hatte. »Guck mal, ist der nicht süß«, würde Christen jetzt kreischen, oder »Hey, dahinten ist *Forever 21*, da müssen wir jetzt aber echt rein«. Hirn aus, in den Laden rein – das war ihr Programm. Manchmal hatte Thorborg sie darum beneidet. Shoppen, feiern, ficken – wie einfach musste ein Leben sein, das keine Zweifel kennt.

Sie mustert ihren Hosenanzug.

Wieso hatte sie so früh damit angefangen, die Erwachsene

zu spielen? Hätte es nicht noch ein paar Jahre Zeit gehabt? Schuld waren nur die Nerds. An der Uni war es wichtig, sich durch seine Optik abzuheben, ansonsten hätten die Typen sie gar nicht mehr in Ruhe gelassen und ihr womöglich die Mitgliedschaft in ihrer »World of Warcraft«-Gilde aufgezwängt.

Wenn sie aus der ganzen Sache raus ist, würde sie sich mal wieder richtig gehen lassen. Vielleicht sollte sie wirklich Christen anrufen. Sie könnten in einen Ferienklub fahren und gründlich geistig durchlüften. Thorborg seufzt. Natürlich wird sie nichts davon tun. Sie wird zu Hause sitzen und sich über Schröder, ihre Karriere und die ganze Welt den Kopf zerbrechen.

Pling.

Ist der Rechner etwa noch an? Dann wäre der Akku bald leer gesaugt, und sie könnte dem FBI nicht mehr ihr wertvolles Beweismaterial präsentieren – Kellermeisters geklaute NASA-Dokumente zum Beispiel. Die müssten sie doch eigentlich interessieren.

Hektisch scannt Thorborg den Bordstein nach einem Stück ab, das weder gelb noch rot angepinselt ist und wo man stehen bleiben darf. Da, eine Lücke, sogar groß genug, um vorwärts einzuparken. Die Räder des Honda donnern gegen den Randstein. Eine Horde sonnenbebrillter Tussis verrenkt sich die Köpfe, um sie mit bösen Blicken zu bestrafen. Für solche Leute ist ja jede fremde Existenz eine Zumutung.

Egal.

Sie klappt den Rechner auf. Shit, er war wirklich angeschaltet und hat die ganze Zeit nach drahtlosen Netzwerken gesucht. Klar, dass der Akku fast leer ist. Jetzt hängt er im Netz vor irgendeinem Café und ruft die Mails ab, deshalb das Pling.

Es ist eine neue Nachricht reingekommen.

Absender: JeffM Blackarrow Corporation.

Sie beugt sich vor. Der Trojaner, den sie bei Blackarrow eingeschleust haben, ist immer noch aktiv! Und er hat eine weitere Nachricht von diesem Jeff abgefangen.

Verizon has finally agreed to cooperate, they've just handed over JNs IMEI.

Scheiße.

Blackarrow hat Neumanns IMEI, seine *International Mobile Equipment Identity.* Anscheinend hat die Mobilfunkgesellschaft Verizon sie rausgerückt.

Nachdenken: Was hatte der Alte noch mal gesagt, als er sein uraltes Fon rüberreichte? *Prepaid.* Das heißt, er hat eine neue, saubere SIM-Karte gekauft und sie in *sein altes Telefon* gesteckt. Klassischer Amateur-Fehler. Die Leute denken, ihr Fon könne nicht mehr getrackt werden, wenn sie eine neue SIM reintun. Dabei vergessen sie, dass jedes Telefon auch eine Gerätenummer hat, die immer gleich bleibt. Und sobald es angeschaltet wird, meldet es sich mit dieser Kennung beim nächsten Funkmast an. Wer die IMEI eines mobilen Endgeräts kennt, kann ganz einfach seine Position bestimmen oder zumindest auf ein paar Kilometer eingrenzen. Ein Terrorist, der Anfang der Nullerjahre in London Anschläge durchführen wollte, wurde so geschnappt.

Hoffentlich hat Neumann das Teil nicht immer noch angeschaltet! Ansonsten wüsste Blackarrow jetzt, dass sich Schröder und die anderen auf dem Flugzeugschrottplatz verstecken. Verdammt! Und sie hat auch noch vergessen, sich die Nummer von dem Alten aufzuschreiben. Das heißt, sie kann sie nicht vorwarnen!

Die Buchstaben der Mail tanzen vor Thorborgs Augen. Sie

hält schützend die Hand über den Bildschirmrand, um sie besser lesen zu können. Okay, er hat noch was geschrieben.

Apparently HT has contacted the FBI field office in Pasadena.

HT, ihre Initialen. Sie wissen, dass sie beim FBI angerufen hat. Woher haben sie die Info? Haben sie Neumanns Fon etwa schon länger angezapft und den Anruf mitgehört? Nein, Jeff schreibt, dass sie seine Gerätenummer gerade erst bekommen hätten. Das heißt, Blackarrow hat einen Informanten beim FBI.

Our local agents will head her off.

Das Blut pocht ihr in den Schläfen. »To head somebody off«, jemanden abfangen, die Formulierung fand sie schon im Englischunterricht seltsam. *Unsere Agenten werden sie abfangen.*

Der Weg in die Normalität ist also endgültig versperrt. Nicht das FBI wird am Treffpunkt auf sie warten, sondern diese Typen von Blackarrow.

Wie unglaublich naiv war es zu denken, dass der größte Sicherheitskonzern der Welt keine Verbindungen zu den Behörden hat. FBI, CIA, Blackarrow – alles dieselbe Truppe.

Ohne hinzuschauen, lässt Thorborg den Rechner zuschnappen; die Härchen an ihrem Unterarm stehen ab, als säße sie in einem Kühlhaus. Schröder und dieser Verschwörungsspinner von Leinhart hatten recht: Es gibt keinen sicheren Ort mehr. Ende der Reise.

Woher kommt dieser dunkle Fleck im Seitenspiegel? Eben war er noch nicht da. Er nähert sich aus dem toten Winkel. Thorborgs Hand zittert. Nur nicht hinschauen, sonst sind sie gewarnt. Zwei Sekunden bleiben ihr noch. Soll sie auf Zentralverriegelung drücken – aber wo ist der Knopf? Sie kennt das Auto doch kaum. Also lieber starten. Bloß, was ist, wenn der Motor nicht sofort angeht? Außerdem steht sie zu dicht am nächsten Auto, sie müsste erst zurücksetzen … Dauert zu lange.

Der dunkle Fleck füllt jetzt den ganzen Spiegel aus.

Jemand muss direkt neben der Tür stehen.

Er hebt den Arm.

76

Anstatt auf die Auto-Uhr zu schauen, macht es der Alte wieder kompliziert. Er fummelt sein Handy aus der Tasche und klappt es auf.

»Gerade mal halb neun, wir sind gut in der Zeit. Noch zwei Stunden bis zum Touchdown.«

Unfassbar, dass dieses alte Teil immer noch funktioniert.

»Yeah«, murmelt Leines. Statt der schwarzen Nerdbrille trägt er eine verspiegelte Ray-Ban Aviator mit Kontaktlinsen drunter – vermutlich, damit er auf den Pressefotos nachher besser aussieht. Obwohl der Beverly-Hills-Panzer unter unserm Hintern bestimmt fünf Tonnen wiegt, hält er es nicht für nötig, mehr als nur die Spitze seines Daumens mit dem Lenkrad in Kontakt zu bringen. Regelmäßig huscht sein Blick über die Spiegel. Er lümmelt souverän hinterm Steuer.

Viel passieren kann ohnehin nicht, wir sind fast alleine auf der Straße. Ein Highway wie aus der Kippenwerbung früher: schnurgerade, mit gelbem Mittelstreifen, links Sonnenuntergang, rechts hölzerne Telegrafenpfähle, die lange Schatten in den Wüstensand werfen. Telegraph Road. Nur die Handymasten stören das Route-66-Klischee, die müsste man in der Postproduktion wegshoppen.

Leines gähnt. Er hat seinen Fanboy-Anfall überwunden und gibt jetzt wieder den blasierten Manager.

»Wohin geht denn jetzt die Reise, Jesko?«

Der Alte ist noch damit beschäftigt, sein Antik-Handy wieder in die Jeans zu stopfen. Es dauert etwas länger, weil er sein Shirt opamäßig in die Hose gesteckt hat und jetzt alles ein bisschen spack ist.

»Jetzt kann ich es Ihnen ja sagen.« Oha, wir haben uns das Need-to-know verdient. »Am Rande des El-Mirage-Salzsees gibt es einen Berg, oder sagen wir mal, einen Hügel, auf dem früher eine Sternwarte stand. Sie wurde für militärische Zwecke umgebaut. Vor vielen Jahren waren wir mal mit einem, äh, Defense Contractor da, um unbemannte … wie dem auch sei. Der Ort ist perfekt für unsere Zwecke geeignet: freie Sicht in alle Richtungen, außerdem erreicht man zu Fuß in ein paar Minuten das Seebett. Da können wir …«

Leines' Zeigefinger schießt in die Luft.

»Sorry, dass ich unterbreche. Aber Schröder: Kannst du mal aus dem Fenster schauen, auf fünf Uhr?« Wieder so eine Marotte aus Abenteuerspielplatz-Zeiten: die Richtung wie beim Militär angeben.

Also fünf Uhr, das bedeutet, schräg rechts hinten.

Er hat richtig gesehen, da ist ein schwarzer Punkt.

»Jau, Hubschrauber, sieht nach Bell Jet Ranger aus«, reportiere ich.

Leines packt das Lenkrad mit beiden Händen.

»Jesko, wie weit ist es noch bis zu dieser Sternwarte?«

Neumann verrenkt sich den Hals, um auch einen Blick auf den Hubschrauber werfen zu können. Weil die B-Säule im Weg ist, lässt er das Fenster runter und steckt den Kopf raus; es zieht so heiß rein, als würde man vor einem Föhn stehen.

»Die Ausfahrt müsste jeden Moment kommen … eine

unasphaltierte Straße auf der linken Seite«, brüllt er gegen den Wind.

Leines sitzt stocksteif da. »Schröder: Du behältst den Heli im Auge. Sag Bescheid, wenn er näher kommt. Und Jesko: Wie schnell können Sie alles ausladen?«

Er schlängelt seinen Kopf wieder rein.

»Wenn wir nur das Nötigste mitnehmen – ein paar Minuten vielleicht.«

Der Hubschrauber klebt wirklich an uns dran. Er kommt zwar nicht näher, doch er fliegt definitiv hinter uns den Highway entlang. Wie will Leines die abschütteln?

»Was denkst du: Sind das Bullen?«, brülle ich nach vorn.

Er klebt mittlerweile so dicht wie eine Oma hinterm Lenkrad.

»Keine Bullen. Blackarrow. Die werden auf Bermuda mein Handy unter die Lupe genommen haben. Jetzt wissen sie, wer ich bin und welchen Wagen ich gemietet habe.«

»Aber woher kennen sie unsere Position?«

»Keine Ahnung, vielleicht suchen sie auf gut Glück in der Gegend, weil sich *deine liebe Harriet* in Pasadena dem FBI gestellt hat.« Der saß. Leines ist vorhin natürlich total ausgetickt, als Harriet verkündete, sich abseilen zu wollen. Aus der Sicht des Verschwörungsnerds kommt alles infrage – nur nicht, mit »der anderen Seite« zusammenzuarbeiten, wie er sich ausdrückte. Und obwohl er es nicht aussprach, gab er auch mir ein bisschen die Schuld dafür. Seiner Ansicht nach hätte ich Harriet wohl besser auf Linie bringen sollen.

So richtig ausgeschmollt hat er jedenfalls noch nicht. Mit einem abschätzigen Blick wendet er sich wieder Neumann zu. »Aber vielleicht haben wir ja Glück, und die Typen in dem Hubschrauber haben uns noch nicht gesehen. Also hier ist der Plan: Sobald die Abfahrt zu dieser Sternwarte kommt, halte ich an, ihr werft den Kram raus, und ich fahre sofort weiter.«

Der Hemdkragen klebt an seinem klatschnassen Hals. Will Leines etwa den Köder für den Heli spielen? Scheiße, wir turnen hier nicht mehr mit Blasrohren über Lehmhügel.

»Bist du irre? Dann wärst du ja ganz alleine gegen *die!* Denk mal an diesen Chuck, der …«

Er hebt abwehrend die Hand. »Was ist gewonnen, wenn sie uns alle kriegen? Keine Diskussion. Ihr steigt aus. Die Mission ist wichtiger.« Er versucht, einen charmanten Blick aufzusetzen. »Außerdem habe ich hier noch ein paar Überraschungen eingebaut.« Natürlich wieder nur ein Zitat, von Han Solo aus *Star Wars.*

Harriet lag richtig: Wir sind alle total durchgeknallt.

Endlich, das Schild.

RADAR ROAD ¼ MILE.

Eine Viertelmeile, also noch zwanzig Sekunden.

Die Adern an Leines' Schläfe quellen raus, als würden sie gleich platzen.

»Bereit?«

Zeit, ihm eine kleine Freude zu machen.

»Rot fünf bereit!«

Durch das Loch in der Kopfstütze kann ich erkennen, wie sein Kiefer kurz zuckt. Dann krümmt er den Zeigerfinger, um mich nach vorn zu zitieren.

Sein Adamsapfel rutscht weit nach oben und wieder runter, als ob er etwas runterschlucken würde.

»Ach ja, Schröder, wenn du Azra siehst: Sag ihr, dass es mir …«

Neumanns Arm schnellt hoch.

»Da! Links!«

Vollbremsung, meine Nase donnert gegen die Kopfstütze. Der Panzer fängt an zu schlingern, Leines lenkt vorsichtig dagegen und zieht die Kiste auf den Standstreifen rüber. Steinchen trommeln gegen den Unterboden, durchs Fenster schießt Staub rein. Endlich steht die Kiste. Wir kippen zurück in die Sitze. Sauberes Manöver, muss man sagen. Man merkt, dass er da unten an der Côte d'Azur nicht viel mehr macht, als jeden Tag seinen Lamborghini auszufahren.

Der Alte springt sofort raus.

»Okay, Thomas, wir sehen uns in zwei Stunden.«

»Aber wo?«, schreit ihm Leines hinterher.

Die Kofferraumklappe fliegt auf.

»Es gibt nur eine Straße auf den See raus«, tönt es von hinten, »wir treffen uns am Ende.«

Jetzt schnell raus. Noch mal den Hubschrauber checken: Er steht immer noch unbeweglich über dem Tal, wie ein Falke, der hoch über einem Feld Ausschau nach einer Maus hält. Von hier aus erscheint die Kabine kaum größer als ein Stecknadelknopf. Das heißt, auch für den Piloten sind wir kaum größer als ein Stecknadelknopf. Er *kann* uns eigentlich nicht sehen.

77

Leines lenkt den Cadillac aufs Asphaltband zurück und gibt Vollgas. Der Wagen geht hinten kurz in die Knie, dann röhrt er ab in die Dämmerung. So paranoid, wie er ist, wird er jetzt mindestens bis zur Staatsgrenze durchbrettern, um die Blackarrow-Jungs abzuschütteln. Mach's gut, Alter, war schön, dich mal wiederzusehen.

Jetzt bin ich mit dem alten Mann ganz allein, mitten in

dieser Mondlandschaft, wo jedes Schild und jeder Baum noch aus der nächsten Zeitzone zu erkennen ist. Und der Heli lauert an unveränderter Position.

Neumann wendet sich dem olivgrünen Klotz zu, den er aus dem Kofferraum gehievt hat – anscheinend das wichtigste Stück Equipment. Er umklammert einen der Metallgriffe an der Frontplatte, während er mich erwartungsvoll anschaut.

»Und?«

Ich packe zu. Fuck, ist das Ding schwer. Wir heben den Kasten ein paar Zentimeter an und wanken auf die andere Straßenseite rüber. Obwohl der Wind schon ziemlich kühl ist, ölen wir wie die Schweine. Das wird ein langer Marsch den Hügel rauf. Schnell wieder das Teil absetzen und erst mal die Hände am T-Shirt abtrocknen.

Wir müssen wie Idioten aussehen: ein Opa mit einer Stola aus gelben Schutzanzügen, der sich einen Laptop vorn in die Hose geklemmt hat. Daneben ein mittelalter Typ, der mit Kabeln behangen ist wie ein Strandverkäufer mit Muschelketten.

Egal. Anheben und weiter in den Sonnenuntergang stolpern.

Als das letzte Mal jemand auf dieser Piste entlanggefahren ist, war Neumanns Klapphandy vermutlich noch topmodern. In der Zwischenzeit hat die Wüste alles zurückerobert: Auf dem Buckel zwischen den Fahrspuren stehen die Sträucher kniehoch, und schon nach ein paar Metern lässt sich nicht mehr sagen, ob es noch eine Straße ist oder ein ausgetrockneter Flusslauf. Rauch liegt in der Luft, als ob irgendwo ein Buschfeuer schwelt.

Und wieder muss ich mit Chucks durch ein Schlangenterrarium: nichts als Sand und vertrocknete Gräser. Die einsamen Joshua-Trees sehen aus, als hätte man grüne Klobürsten an einen toten Baum genagelt. Die verknäuelten Äste haben auch was von Alien-Armen. Überhaupt sieht die Landschaft exakt so aus wie in jeder zweiten Folge *Enterprise,* wenn sich Kirk und Spock auf einen fremden Planeten runterbeamen.

Neumann schlorrt mit seinen ausgelatschten New Balance über den Schotter. Immer wieder cool, dass die Rentner hier alle Turnschuhe tragen.

Auf einmal greift er sich an die Brust.

Er bemerkt meinen besorgten Blick und quetscht raus: »Alles okay!« Natürlich: Bei dem steht ja schon eine Sieben vorm Komma, der kann nicht mehr so schnell. Ich muss ihm helfen, sein Gesicht zu wahren, und Zeit zum Durchpusten geben.

»Jesko, lassen Sie uns mal die Seiten tauschen!«

Blitzschnell plumpst der Kasten in den Sand. Ich mustere ihn extra interessiert.

»Was ist das eigentlich?«

Neumann stemmt die Arme in die Hüften und drückt den Rücken durch, als ob er Schmerzen hätte.

»Ein Software Defined Radio, relativ neu. Da drinnen stecken Logikbausteine, die man durch Umprogrammieren frei verschalten kann. Das Einzige, was Sie brauchen, ist ein Bauplan, also Software. Wenn man die hat, lässt sich fast jede Art von Radiosender damit imitieren, vom Walkie-Talkie bis eben zu einem GPS-Signalgeber.«

»Und damit können wir der X-37 einen neuen Kurs eintrichtern?«

»Vielleicht, aber die Sache ist kompliziert: Erst mal müssen wir das militärische GPS-Signal stören. Nur wenn das ausfällt, wird die Drohne aufs zivile zurückgreifen. Hier kommen wir ins Spiel. Mit dem Sender strahlen wir ein leicht verschobenes Positionssignal aus, das die Drohne verwirrt. Sie passt ihren Kurs an – voilà! Allerdings müssen wir erst noch eine passende Antenne finden, die …«

»Mal im Ernst: Wie stehen unsere Chancen?«

Neumann kneift die Augen zusammen. »Besser als null.«

Na, toll.

Der Hubschrauber kreist immer noch über der gleichen Stelle. Nicht gut. Das heißt, er hat sich nicht wie geplant an Leines drangehängt.

Dann war seine Theorie also falsch. Sie haben nicht seinen Wagen im Visier, sondern sie suchen etwas anderes. Uns.

78

Neumann ist am Ende. »Gleich da«, presst er mit jedem zweiten Atemzug raus. Aber das ist Quatsch, wir sind noch lange nicht da. Es sieht aus, als würde die Straße noch mindestens eine Serpentine machen, bis wir wirklich oben angekommen sind. Der Alte muss also weiter durchhalten, denn ich kann den Sender beim besten Willen nicht alleine tragen.

Der letzte Kilometer war Hardcore. Aus dem lockeren Wanderpfad ist eine Geröllwüste geworden, in der jeder Schritt wehtut. Es geht steiler hoch als auf jeder Treppe, außerdem müssen wir den Scheiß-Sender ständig über Felsen hieven, die so groß sind wie Medizinbälle. Beim Einatmen brennt es bei mir schon so komisch in der Lunge. Eine Woche sitzen und Pop-Tarts fressen, war eine suboptimale Vorbereitung auf die Aktion hier, außerdem haben wir vergessen, Wasser aus dem Auto mitzunehmen. Toll.

»Da …« Neumann keucht.

Der See.

Ein gigantischer Anblick. Als ob jemand Wasser ins Tal gegossen und den Thermostat runtergedreht hätte. Weiß wie eine riesige Eisfläche. Unglaublich, dass wir sie erst jetzt sehen, obwohl wir die ganze Zeit direkt dran vorbeigelaufen sind. Schön. Eine Landschaft wie aus der Urzeit, als es uns und unsere lächerlichen Träume noch nicht gab. Wie vom Plattencover eines schlechten Achtziger-Synthiemuckers. Wie aus einem Jack-Arnold-Film.

Komisch, aber eins ist völlig klar: Wenn eines Tages unsere neuen außerirdischen Herren auf der Erde landen werden, dann an so einem Ort.

Mit jedem Meter, den wir nach oben kraxeln, wirkt der See riesiger; er reicht bis zu den Scherenschnittbergen in der Ferne. Die Oberfläche schimmert wie von unten beleuchtet.

Wir setzen wortlos den Sender ab. Ein Panorama, vor dem man sich noch kleiner als ohnehin fühlt.

Was macht Harriet wohl jetzt? Haben sie sie in einen orangefarbenen Overall gesteckt und mit Cracknutten zusammengepfercht? Lehnt sie mit der Stirn an einem Münztelefon, um einen Anwalt anzurufen? Hockt sie im Besuchszimmer vom Knast, presst ihre Hand gegen die schusssichere Scheibe und wartet darauf, dass ich meine Hand von der anderen Seite dagegenlege? Wieder nichts als nutzlose Klischees. Ganz großer Fehler, sie zum FBI gehen zu lassen. Ganz großer Fehler, sie überhaupt gehen zu lassen.

Neumann zeigt auf ein paar flimmernde Lichtchen am Horizont. »Dahinter fängt die Base an.«

So nah ist der offizielle Landeplatz also, dann reicht es wirklich, wenn wir diesen fliegenden Roboter nur eine Winzigkeit umleiten. Andererseits: Wenn die Basis so nah ist, werden auch die Sicherheitsleute verdammt schnell hier sein.

Die Positionslichter des Hubschraubers blinken am Abendhimmel. War er vor einer Minute auch schon so nah?

Nein, war er nicht. Er bewegt sich auf uns zu, das Zwitschern der Rotorblätter ist schon deutlich zu hören.

»Jesko, er kommt näher.«

»Auch gerade gemerkt. Weg hier!«

Wir reißen den Sender hoch, der Alte trippelt einmal im Kreis, bis der Weg wieder vor uns liegt. Wie soll ein Auto über diese Felsbrocken kommen? Mit seinem Wohlstandsmobil wäre Leines da garantiert hängen geblieben.

»Go, go, go«, treibt der Alte an. Wir müssen vom Präsentierteller runter, auf dem kahlen Hang sieht man unsere hellen T-Shirts kilometerweit.

Hinterm nächsten Felsenkamm blitzt etwas auf. Noch ein Schritt. Ja, das muss es sein. Eine Betonkuppel, die ehemalige Sternwarte. Sieht aus wie ein gepelltes Ei: Obendrauf hat das UV-Licht den weißen Anstrich runtergebrannt, sodass nur noch der graue Beton übrig ist. Aus den Fugen suppt schwarze Brühe, löchrige Antennenschüsseln umzingeln die Ruine. Und da drinnen soll noch was funktionieren?

Ich schaue zu Neumann rüber.

»Kommen wir da überhaupt rein?«

»Wenn sie in den letzten zwanzig Jahren nicht die Kombination geändert haben, schon.«

79

Bo Derek. Am Strand.

Sie hat sich einen Fummel übergeworfen, der aussieht wie Luftpolsterfolie. Durch einen dieser unerklärlichen *Playboy*-Zufälle ist er vor ihrer Brust nass geworden. Frau Derek verschränkt die Arme lasziv hinterm Kopf – vielleicht damit der Fummel besser trocknet? Ihre kleinen Nippel pressen gegen den Stoff, als ob sie ihn gleich durchbohren wollten.

Mit meinen Eltern auf dem Sofa zusammen *Zehn – Die Traumfrau* gucken, das war noch eines dieser Nahtoderlebnisse. *Boléro*. Der quälend lange Aufstieg zum Fremdschäm-Orgasmus.

Und jetzt Frau Derek hier oben. Lustig: Da schrauben die Jungs an Raketen, mit denen sich der Planet pulverisieren lässt, aber sie haben immer noch Zeit, um zwischendurch Titten abzuchecken. Hat ja quasi Tradition: Als IBM der Air Force in den Fünfzigern ihren ersten Computer hingestellt hat, wurde ja auch erst mal Miss Dezember auf den Bildschirm gebeamt – statt langweiliger russischer Bomber.

Andererseits ist Bo Derek eine ziemlich zahme Wahl. Die Rüstungs-Heinis waren hier oben bestimmt mit ihrem Chef eingebunkert, sonst hätten sie sicher ein Poster von Tracy Lords genommen.

Der Hubschrauber steht so dicht über uns, dass die Wände schon zittern, doch Neumann blendet das total aus. Er hockt in einer Ecke und stöpselt fieberhaft am Sender rum.

Blackarrow lässt uns hier nicht mehr raus.

Eben hatten sie uns schließlich schon fast.

Wir waren gerade mit letzter Kraft über die Hügelkuppe gestolpert, da rauschte der Heli so dicht über uns hinweg, dass die Schutzanzüge von Neumanns Hals runterflogen. Sah aus, als wollten sie uns mit den Kufen die Schädeldecke spalten. Neumann rannte zu einer kleinen Tür im Metallzaun und fummelte daran rum. Gottlob hatte er recht: Der Code und seine alten Schlüssel funktionierten noch. Bevor der Pilot wenden konnte, stürzten wir rein. In diese verdammte Gruft.

Nein, in diesen Physiksaal. Wir werden in einem Physiksaal aus dem Jahr 1986 sterben. Leines hätte Spaß an diesem Panorama: Eine Wand aus Messgeräten umgibt uns, alle natürlich mit analogen Anzeigen. Hunderte von runden und rechteckigen Fenstern, hinter denen feine Zeigernadeln tanzen. Als Neumann den Strom einschaltete, zuckten sie alle einmal nach rechts. Dazwischen wimmelt es von Knöpfen und schweren Drehschaltern, die aussehen, als hätte man sie aus dem Führerbunker ausgebaut. Heutzutage stünde hier vermutlich nur ein einziger Flachbildschirm.

Auf dem Betonboden sind noch die Löcher zu erkennen, wo einmal das Teleskop verankert war. Seltsam. Alles verlassen, aber trotzdem lebendig. Beim Reinkommen sind wir gleich über drei Bürostühle gestolpert, die mitten im Raum parken. Als wären die Raketenwissenschaftler gerade erst aufgesprungen, weil der Dritte Weltkrieg ausgebrochen ist und sie sich in den Bunker verziehen müssen. Nur bei ein paar Tischen in der Ecke hat sich jemand die Mühe gemacht, graue Stoffplanen drüberzuwerfen.

Die Rotorblätter zwitschern immer lauter. Vielleicht sollte ich Neumann mal darauf hinweisen?

»Können wir nicht *was tun?*«

Er taucht hinter dem abgedeckten Tisch auf.

»Was denn?«, zischt er. »Keine Sorge: Hier oben können sie nicht runtergehen. Zu viele Antennen, zu wenig Platz. Der Hubschrauber kann nur unten auf der Straße aufsetzen, und dann müssen sie den gleichen Weg hoch wie wir.« Mit einem *Flapp* schnappt sein Handy auf. »Zweiundzwanzigzehn. Die X-37 müsste den Orbit verlassen haben. In siebzehn Minuten landet sie, wir können es also noch schaffen, sie abzulenken.«

Und dann? Bis dahin haben die Typen aus dem Hubschrauber doch längst die Tür aufgebrochen und uns plattgemacht.

Neumann taucht seelenruhig wieder ab und werkelt weiter, als würde er an einem Samstagnachmittag eine Gartenlaube zusammenzimmern.

Natürlich. Er hat mit allem abgeschlossen, den interessiert es überhaupt nicht mehr, ob wir ein Ticket für die Rückfahrt haben. Seit sein Kumpel, dieser Chuck, tot ist, wartet niemand mehr auf ihn. Es stört ihn nicht, dass hier oben Endstation ist.

»Damn!« Neumann torkelt rückwärts.

Er hat aus Versehen eine Plane runtergerissen und so eine Lawine aus Flusen ausgelöst. Nichts für Allergiker, der Laden. Er versucht, die dicksten Staubmäuse mit der Hand wegzufächeln, wirbelt dadurch aber alles nur noch schlimmer auf.

»Schröder? Schröder! Kommen Sie mal rüber! Ich brauche Sie hier.«

Immerhin ein Auftrag, hoffentlich nicht wieder als Roadie.

Er kauert über einem der freigelegten Geräte.

»Können Sie damit umgehen?«

Auf dem Tisch stehen beige Plastikklötze, irgendein alter Computer.

Nein, nicht irgendein alter Computer.

Mein Freund, wenn es eine Sache gibt, mit der ich umgehen kann, dann ist es die.

80

Okay, was haben wir: einen Acht-Bit-Rechner aus den frühen Achtzigern. Prozessor läuft mit einem Megahertz Taktfrequenz. Außerdem ein winziger Hauptspeicher, in den gerade mal zwölf Schreibmaschinenseiten passen. Hach – *das entspricht soundso viel Schreibmaschinenseiten.* Dieses schöne Speichermaß sollte man wieder häufiger benutzen.

Aber zurück zum Rechner: Er wurde im letzten Jahrtausend durch eine kleine Firma in Neu-Isenburg vertrieben, von einer gewissen *Commodore Büromaschinen GmbH!*

Das kann nicht wahr sein: Wir hocken mitten in der Wüste, in einer verlassenen Sternwarte, am Anfang des 21. Jahrhunderts – und trotzdem steht hier immer noch ein Commodore 64.

Leines hat mir mal erzählt, dass ein großes Radioteleskop in England bis weit in die Nullerjahre hinein von einem Heimcomputer gesteuert wurde. Ich habe ihn wie immer mit einem »Is' klar« abgebügelt und weggehört. Falls wir uns jemals wiedersehen, hast du einen gut, Alter.

Neumann stellt sein sinnloses Staubgewedel ein.

»Diesen Rechner haben wir auch immer benutzt. Er kontrolliert die Acht-Fuß-Antenne draußen. Nur damit können wir die X-37 auf diese Entfernung erreichen.«

»Was? Ein *Commodore 64* steuert …«

Er schlitzt einen Basta-Strich in die Luft.

»Kriegen Sie ihn ans Laufen?«

Theoretisch wäre ich alt genug, um selbst ein Lehrer zu sein, und trotzdem geben einem diese Oldies immer das Gefühl, wieder als kleiner Steppke auf der Schulbank zu hocken. Und der spurt selbstverständlich.

»Klar.«

Jetzt kommt's drauf an. Jetzt muss ich mich zur Abwechslung mal ein paar Minuten am Stück konzentrieren. Das wird hart.

Klack-klack-klack. Monitor, Diskettenlaufwerk und Brotkasten anschalten, und zwar ohne hinzugucken. So sieht der Alte, dass ich mich mit der Hardware auskenne.

READY

Die hellblauen Klötzchenbuchstaben auf dunkelblauem Hintergrund grüßen. Alte Bekannte.

Hihi, das war immer witzig damals: rein in den Hertie, heimlich dieses Programm *Schwuler Computer* auf den erstbesten Rechner laden und hinterm nächsten Regal in Deckung gehen. Jemand, der zufällig vorbeikam, konnte nicht erkennen, dass ein Programm lief. Er sah nur den normalen Startbildschirm mit dem harmlosen READY. Aber sobald er eine Taste drückte, krächzte es aus dem Lautsprecher: »Leg nicht gleich den Pimmel auf die Tastatur!« Die Kunden guckten immer saublöd, wir haben uns beömmelt. Vorsatz fürs nächste Leben: wieder mehr Witze erzählen, in denen das Wort »Pimmel« vorkommt.

Zack, und schon ist die Konzentration weg.

»Und?«, drängelt der Alte.

Ist ja gut ... Okay, also erst mal die Software finden. Gar nicht so leicht in dem Chaos. Auf dem Tisch fliegen Papiere, Kugelschreiber und Disketten durcheinander. Wichtige Software hätten die Typen niemals einfach so rumliegen lassen, die steckt sicher in der durchsichtigen braunen Diskettenbox neben dem Laufwerk. Also aufklappen und durch die Floppys blättern. Auf dem ersten Etikett steht JPL, es ist das gleiche Logo wie auf Neumanns Shirt, darunter mit Nadeldrucker *El Mirage PG*. PG ist bestimmt die Abkürzung für

Proving Ground, also Testgelände, das klingt gut. Ich stopfte den schwarzen Plastiklappen in den Diskettenschacht.

LOAD

Das Laufwerk rattert los, so weit, so gut.

Nein, nicht gut. Die rote LED neben dem Schacht blinkt, eine Fehlermeldung, das Laufwerk kann die Daten nicht lesen.

Genau hinhören, überlebenswichtiges Wissen aus dem Jugendzimmer '84 reaktivieren.

Richtig, die Diskette raschelt viel zu langsam, der Motor dreht nicht hochtourig genug. Lässt sich theoretisch fixen, aber nur, wenn wir echt Gas geben. Keine Zeit mehr für Höflichkeiten.

»Jesko, Schraubendreher!«

Der Alte hechtet in seine Ecke, kramt kurz und schmeißt einen Leatherman rüber.

Ich kippe das Laufwerk vorsichtig auf den Rücken. Gehäuseschrauben lösen – eins, zwei, drei, vier. Der beige Deckel fällt ab. Schon mal Glück gehabt, es ist eines von den alten 1541er-Modellen. Die hat Commodore so gebaut, dass man sie – heute unvorstellbar – *selbst reparieren kann,* wenn die Drehzahl nicht stimmt: Unten an der Achse ist ein Schwungrad mit kleinen Strichen angebracht. Hält man die Markierungen vor den Bildschirm und das Laufwerk dreht sich im richtigen Tempo, sieht es aus, als würden sie stillstehen. Stimmt die Drehzahl nicht, wandern die Markierungen durch die Gegend. An den guten Plattenspielern gab's früher so was ja auch. Okay, also testen: Monitor auf Weiß stellen.

POKE 53281,1

Das sind so Befehle, die man noch auf dem Sterbebett draufhat.

Das Weiß flackert von unten auf die Laufwerksplatine.

Richtig gehört: Die Diskette dreht viel zu langsam, die Markierungen auf dem Schwungrad flitzen durch die Gegend. Also justieren. Ich klappe das Messer vom Leatherman raus und hebele vorsichtig an dem Schräubchen rum, das die Drehzahl verändert.

Nur eine viertel Umdrehung und – zack! Die Markierungen bleiben stehen. Jetzt müsste der Rechner die Floppy wieder lesen können.

Ein schönes Gefühl, wieder mal was repariert zu haben. Es gibt schlechtere letzte Handlungen.

LOAD

Das Laufwerk gurgelt zufrieden und bootet automatisch ein Programm namens TRACKING.

Schwarzes Bild – das ging schnell. Noch ein zufriedenes Gurgeln von der Floppy. Ladezeit, auch so ein ausgestorbenes Konzept.

Plötzlich blitzt ein Labyrinth aus Feldern und Zahlen auf, gelb vor schwarzem Hintergrund.

Ich schaue zum Alten rüber. Er nickt leicht gönnerhaft, als sei er mit der Leistung seines Schülers zufrieden; er gehört ja zu dieser Garde von gestern, die grundsätzlich nicht lobt. Dann wendet er sich seinem Rechner zu und fängt an, Kommandos rüberzurufen.

»Sehen Sie das Feld *Elevation?* Tragen Sie dreiundzwanzig Komma vier ein.« Fuck, wie soll ich das so schnell finden? Ach da, ich muss »E« drücken, um hinzukommen. Es gibt ja keine Maus, alles läuft über Tastaturkürzel. »Jetzt zu *Azimuth,* schauen Sie mal rechts unten.« Im Stakkato feuert er weitere Zahlen und Uhrzeiten ab. *Velocity, Latitude, Longitude.*

Plötzlich holt er tief Luft.

»Okay, sobald ich *jetzt* sage, drücken Sie auf *Return.* Noch drei, noch zwei, noch eins – jetzt!«

Die braune Return-Taste sinkt scheppernd ein. Draußen heult etwas auf, das wie ein altersschwacher Elektromotor klingt. Durch den Höllenlärm des Hubschraubers ist es kaum zu hören. Doch, da summt ein Elektromotor, genau wie bei einem elektrisch verstellbaren Außenspiegel, nur viel lauter.

Natürlich – die Antenne draußen richtet sich neu aus. Auf unser Ziel.

»Okay.« Neumann klingt zufrieden. Er klappt sein Handy auf, um noch mal die Uhrzeit zu checken. »Falls alle Werte stimmen, fliegt die X-37 jetzt genau in den Footprint unseres Senders und wird mit den falschen GPS-Daten gefüttert. Sollte das Signal stark genug sein, müsste die Flugsteuerung reagieren. Noch gut zehn Minuten bis zum Touchdown, das könnte reichen ...«

Warum wird der Hubschrauber leiser?

Neumann starrt zur Kuppel rauf.

Natürlich, der Pilot dreht ab, um unten zu landen und die Blackarrow-Söldner rauszulassen.

Wumm.

Die Wände beben.

Eine Explosion. Nein, Gewitter. Aber hier in der Wüste? Als wir eben hochgekraxelt sind, war keine Wolke am Himmel zu sehen ... Etwas anderes muss den Knall verursacht haben.

»Sonic Boom«, flüstert der Alte. »Überschallknall. Sie kommt.«

81

Kopfüber in die Nacht. War mit Bowie, oder?

Ich stolpere kopfüber in die Nacht. Immer weiter den Hügel runter, runter zum See, zu unserer privaten Landebahn.

»Bergab ist genauso anstrengend wie bergauf«, hatte Vater immer behauptet, während er uns über Tiroler Almwiesen scheuchte. Bullshit. Bergab ist ein Klacks, die dunklen Umrisse der Felsbrocken fliegen nur so vorbei. Zum Glück haben wir fast Vollmond, sonst müsste ich jetzt die Taschenlampe anschalten und wie ein Leuchtturm rumrennen.

Bizarr. Allein der Gedanke: Irgendwo da draußen fällt gerade dieses Ding vom Himmel, ein glühendes Stück Titan, das mit dreifacher Schallgeschwindigkeit auf den Boden zudonnert. Und das will Neumann mit einem Sender abschießen, der zum letzten Mal in den Achtzigern eingeschaltet wurde? Das ist ungefähr so, als würde man versuchen, einen fliegenden Pfeil mit einem anderen Pfeil zu treffen. Nein, mit einem Stein. Wahnsinn.

Klapp. Handy auf. Als der Alte mir das Teil gab, sagte er nur: »Ich habe keine Verwendung mehr dafür.« Das war seine Art, mir mitzuteilen, dass wir uns nicht mehr sehen würden. Lebewohl. Dann schubste er mich mit einem geflüsterten »Los!« raus.

Halb elf. Gleich wird sich zeigen, wie fit Neumann wirklich noch ist. Lässt sich die Drohne von seinem gefakten GPS-Signal verwirren? Dann müsste sie in genau sieben Minuten vor meiner Nase aufsetzen. Oder die Amis haben die Kiste so schlau gebaut, dass sie das falsche Satellitensignal einfach ignoriert. Dann passiert glorios nichts. Schließlich gäbe es noch Option drei, die teuerste: Unser Störsender holt die X-37 versehentlich vom Himmel, Millionen von Dollar verbrennen im Wüstensand, wir verschwinden für immer im Bau – falls wir das nicht ohnehin tun.

Immer vorsichtig abrollen, bloß nicht die Sohlen auf den Boden klatschen lassen. Mist, wieder einen Stein losgekickt. Er scheppert den Abhang runter, reißt ein paar dickere Brocken mit. Der halbe Hang rutscht weg, schnell runter auf den Arsch und mit den Händen abstützen – und das im Schlangen-Terrarium!

Den Krawall haben die Typen von Blackarrow garantiert gehört. Sie schwärmen bestimmt gerade aus, so was tun Militärtypen doch immer. *Schwärmen Sie aus, Colonel Braddock!*

Und dann auch noch die quietschgelben Schutzanzüge, die leuchten ja wunderbar durch die Landschaft. Zwei Stück hatte mir der Alte auf die Schulter gepackt, »falls Thomas zum Treffpunkt kommt«, wie er meinte. Da wäre Leines ja schön blöd. Der sitzt jetzt entweder mit einem Mojito in Mexiko oder liegt irgendwo mit eingeschlagenem Schädel im Straßengraben. Was er wohl Azra noch sagen wollte? Es war falsch, ihn an seinen Verschwörungstheoretiker-Eiern zu packen und in die Sache reinzuziehen.

Und was ist, wenn die Aktion wirklich klappt? Neumann wirkte ziemlich souverän, als er eben mit diesem Sender rumhantierte; zu seiner aktiven Zeit gab's die Dinger noch gar nicht, er muss sich also woanders in die Technik reingefuchst haben. Vielleicht hat er uns von vorn bis hinten belogen? Vielleicht hat er ja gar nicht für die zivile Raumfahrt gearbeitet, sondern ganz woanders, an irgendwelchen schwarzen Projekten? Und er wusste genau, was er tat.

Das würde bedeuten, in sechs Minuten stehe ich vor dieser Drohne. Und sie hat wirklich das *Objekt* vom Mond geholt.

Komisch. Auf einmal ist es gar nicht mehr so verlockend, in die Ladebucht gucken zu dürfen. Dann wäre nämlich das letzte Rätsel gelöst – und so was bekommt der Story nie gut. Wie damals bei *Akte X*, als sie das erste Mal die Aliens wirklich gezeigt haben. Die sahen total abgeschmackt aus, die üblichen »Grauen« mit riesengroßen Augen, wie Hänschen sich Außerirdische eben vorstellt. Danach war die Serie eigentlich durch. Nichts schlägt eben den Cliffhanger.

Fuck! Umgeknickt, statt mit der Sohle mit dem Knöchel aufgesetzt. Schmerz. Offener Bruch, der zersplitterte Knochen hat die Haut durchstoßen und donnert bei jedem Schritt auf den Felsenboden. Nein, ich kann noch auftreten, es ist nichts gebrochen. Du bist so eine verdammte Memme, Schröder. Jaja, Isabell, hast ja recht.

Mal im Ernst: Was kann das *Objekt* sein? Vielleicht kommt es ja doch von den Russen? Die haben während des Kalten Krieges doch alles Mögliche hochgeschossen. Sogar eine eigene Mondrakete hatten sie in Arbeit, bloß dass die schon auf der Abschussrampe in die Luft geflogen ist. Oder ist das Objekt nur ein Überbleibsel eines geheimen Rüstungsprojekts, von Reagans *Star Wars* vielleicht?

Klapp. Fünf Minuten.

Kurz anhalten und horchen. Geht nicht, das Blut wummert so laut in den Ohren, dass kein Geräusch mehr durchkommt. Nur ein leises Klickern ist zu hören. Sicher ein Stein, den ich losgetreten habe.

Und weiter.

Gut, es wird flacher. Ich muss gleich unten ankommen.

»Einfach geradeaus, dann kommen Sie direkt auf die Straße, die im See endet«, hatte Neumann versprochen. Fragt sich nur, wie geradeaus ich gelaufen bin, lieber Jesko. Es war eher Zickzack. Egal: Wenn die X-37 mit rund dreihundert Sachen angerauscht kommt, wird man sie schon hören.

Vater hatte natürlich doch recht, bergab ist auch anstrengend. Ich spüre meine Oberschenkel kaum noch. So viel idiotische körperliche Aktivität wie in den letzten zwei Stunden hatte ich in den letzten zwei Jahren nicht. Jetzt müsste Harriet hier sein, die würde aus Spaß noch einen Halbmarathon dranhängen. Allein schon deshalb hätte das mit uns nicht funktioniert: ein Sportcrack wie sie und ein Nerd wie ich.

Einfach schade, vielleicht hätte sie das Patrick-Nagel-Poster in meiner Bude ja gemocht. Das ist es! Das ist der Grund, warum sie mir sofort gefiel! Sie sieht aus, als käme sie aus den Achtzigern: die blasse Haut, der dunkle Lippenstift, die kühle Aura – alle Schlüsselreize angesprochen. Frühpubertäre Prägung, da kann man nichts machen. Wäre dieses Rätsel auch gelöst.

Klapp. Vier Minuten. *Verizon Wireless* meldet sich im Display zum Dienst. Krass, alle Empfangsbalken voll da, selbst hier, am Arsch der Welt. Ich könnte mir also von Domino's in Pasadena eine Pizza auf den Salzsee liefern lassen. So sieht es aus – das Ende der Einsamkeit.

Endlich, es wird flacher. Der Boden fühlt sich weich an, als würde ich auf einer Schicht von Marshmallows laufen. Keine Dornen mehr, sondern nur noch Gräser, die ein bisschen durch die Hosenbeine kitzeln. Und richtig warm ist es noch, solides T-Shirt-Wetter, trotz der Uhrzeit. Zu Hause hocken die Leute bestimmt schon an diesem aufgeschütteten Strand in ihren Liegestühlen – Menschen, für die es nichts Schöneres gibt, als »was mit Menschen zu machen«. Harriet wäre das letzte Ticket zurück in diese Welt gewesen.

Klapp. Drei Minuten. Der Boden wird hart wie Asphalt, ich muss auf dem See angekommen sein. Hellgrau in alle

Richtungen. Geradeaus flackern über dem aufgeheizten Boden die Lichter der Edwards Air Force Base, wie Kerzen auf dem Adventskranz. Links glimmt irgendein Kaff.

Warum geht das verdammte Display am Handy nicht aus?

Rappeln, schrilles Fiepen. Ein Anruf!

Scheiße, schnell aufklappen, bevor es die Blackarrow-Typen hören. Ich forme mit der Hand ein Rohr, damit der Sound nur ins Handy reingeht, und flüstere los.

»Ja?«

Fahrgeräusche, der Anrufer sitzt im Auto.

»Schröder?«

Es ist Leines!

»Leines? Das gibt's ja nicht, wo …«

»Keine Zeit, Alter. Bist du schon auf dem See?« Er schreit.

»Jau. Die X-37 muss jeden Moment …«

»Geil«, brüllt Leines dazwischen. »Komme auch gleich. Sammle nur noch den Alten oben in der Sternwarte ein.« Er hat wieder sein Wehrmachts-Sprech drauf, keine Zeit mehr für »Ich«. Meine Wortmeldungen scheint er kaum zu hören. Aber wie soll ich lauter sprechen, ohne die halbe US-Armee zu alarmieren? Ich versuche diesen Mutter-ermahnt-die-Kinder-im-Kino-Ton: schreien, aber gleichzeitig flüstern.

»Aber Vorsicht: Da oben springt die Truppe von Blackarrow rum!«

Eine Reibeisenstimme im Hintergrund lacht deftig, eine unbekannte Stimme. Dann übernimmt Leines wieder, ich kann hören, dass er lächelt.

»Keine Sorge, ich habe hier ein paar, äh, sehr überzeugende Herren dabei. Blackarrow ist ja nicht der einzige Anbieter auf diesem Markt.« Mehrstimmiges dreckiges Männerlachen aus dem Off. »Hey, das ist der fucking *spirit of free enterprise,* Alter!« Hat der sich irgendwas reingezogen? Er klingt total angeschrillt, wie in seiner Managerphase, als er der Koks-Leines war.

Oder er hat sich wirklich eine eigene Söldnertruppe besorgt. Zuzutrauen wäre es ihm.

»Ach ja, Alter: Schau mal nach Westen«, krakeelt er weiter, »siehst du da irgendwas?«

Westen, also links, da wo das Dorf zu sehen ist.

»Ja, ein Kaff, da sind ein paar Lichter.«

Er kichert.

»Das ist kein Dorf, Alter.«

»Sondern?«

Motorheulen aus dem Hörer, er drückt das Gaspedal bis zum Bodenblech durch. Husten, Lachattacke.

»Schröder, was dahinten durchs Tal kommt, ist die geballte Wut von Amerikas Nerds.«

Okay, er hat sich wirklich eine Line gezogen, anders lässt sich dieses größenwahnsinnige Geschwätz nicht erklären.

»Im Ernst, Alter.« Er spürt meinen Zweifel und schaltet auf normalen Gesprächston runter. »Die Lichter, die du siehst, das sind Autos. Jeder Nerd in Südkalifornien ist auf dem Weg zu euch. Wenn die X-37 landet, wird es so viele Zeugen geben, dass kein Blackarrow und keine Air Force sie aus dem Weg räumen kann.«

»Aber wie …«

Er lacht etwas künstlich, als wollte er sagen: »Der kleine Schröder – so naiv.«

»Sagen wir mal so: Vor einer Stunde ist bei *Above Top Secret* eine Hammer-Meldung im Forum aufgetaucht: X-37 RETURNS TO SOUTHERN CALI WITH CRASHED UFO FROM THE MOON.«

Hut ab, Alter.

Irgendwas donnert. Ich decke das Handy ab, damit Leines' Gekreische nicht alles übertönt.

Doch, es ist genau zu hören: untenrum ein Grollen, darüber ein leises Pfeifen.

Sie kommt. Das muss er sofort erfahren.

»Alter, sie kommt. Ich kann sie hören. Die X-37 kommt!«

Am Ende der Leitung bricht wildes Gegröle aus. Leines' Stimme überschlägt sich.

»Ich bin gleich da, ich bin gleich da!«

Klapp.

Scheiße.

Ich habe mich ablenken lassen. Die Person muss schon die ganze Zeit dagestanden haben, mitten auf dem See. Sie ist nur ein dunkler Strich in der grauen Unendlichkeit, keine zehn Meter weg. Keine Chance mehr wegzulaufen.

82

Früher in der Schulzeit, als einem alles noch wahnsinnig wichtig vorkam, gab es oft diese Momente, wo man sich nur noch wünschte, dass es vorbei war, ganz egal wie. Die mündliche Prüfung, die Kotzerei im Partykeller, das Gespräch mit der Flamme, die dich »nett« nannte, was immer die Ouvertüre zur übelsten Abfuhr war. Du hast gekämpft und gekämpft, doch irgendwann kam dieser Punkt, an dem alles scheißegal wurde. Du wolltest nur noch, dass es aufhört.

Ein bisschen wie jetzt. Genug gerannt, genug Angst gehabt, genug Auf-und-Ab. Kann es nicht einfach aufhören?

Die Person steht weiter unbeweglich da.

Wahrscheinlich einer der Typen aus dem Hubschrauber. Nur: Warum reagiert er nicht?

Und ich Depp habe mit dem Handydisplay auch noch schön signalisiert, wo ich gerade bin.

Ob man eine Kugel spürt? Hat Kellermeister noch gemerkt, wie das Projektil seine Stirn berührte? Wenn die CIA einen Menschen unauffällig um die Ecke bringen will, erschießt sie ihn mit einer Kugel, die aus menschlichem Knochenmaterial geschnitzt ist. Superschlau, da findet der Gerichtsmediziner nachher kein Projektil. Behauptet Leines zumindest. War wieder schön mit ihm.

Da, die Person bewegt sich doch.

Hat sie was gesagt?

Ja, da war ein Wortfetzen, ganz leise.

»Schröder?«

Sie ist es, es ist ihre Stimme!

»Harry?«

Ein umgekehrtes helles Dreieck hüpft auf mich zu, ihre weiße Bluse unterm Blazer. Es gibt nur einen Menschen, der im Businesskostüm über einen Salzsee rennt.

Die Salzkruste knuspert unter meinen Sprüngen. Sie ist zurückgekommen. Wenn ich nur ein Kollege wäre, hätte sie das niemals gemacht. Krass, das Herz hüpft wirklich, wenn man sich freut. Da, wo die Rippen vorn zusammenkommen, bullert es richtig.

Sie stoppt ab. Jetzt bloß nichts falsch machen.

Auch egal. Ich schleudere meine Arme um sie herum. Sie zuckt zusammen. Natürlich! Sie hat ja immer noch diese Verletzung von ihrer Befreiungsaktion, irgendwas an den Rippen. Und ich Idiot reiße sie an mich wie ein Teenie in der ersten Tanzstunde.

Doch sie weicht nicht zurück, sondern legt einfach ihre Wange auf meine Schulter, als ob es das Normalste der Welt wäre.

Alles neu. Bisher ging es immer nur darum, mitreden zu können. Es kam darauf an, sagen zu können »Habe ich auch«, wie beim Spieletauschen früher, wenn alle in ihren Diskettenboxen kramten. Ja, es war nett, das erste Mal die Worte »meine Freundin« benutzen zu können – mehr aber auch nicht.

Diesmal ist es anders. Selbst wenn wir die letzten Menschen auf dem Planeten wären und keiner zugucken könnte, wäre es schön.

Sie bewegt sich nicht.

Wir stehen da wie in diesem schmalzigen Video von Kate Bush und Peter Gabriel von Sechsundachtzig, wo sie … scheiß drauf. Scheiß auf die Achtziger. Alles unwichtig, alles vergangen und vergessen.

Das hier ist viel besser.

Wenn jeder Mensch einmal im Leben die Zeit anhalten könnte, wäre jetzt der Moment gekommen, den Pause-Joker zu ziehen: mit ihr hier stehen und gleichzeitig zu hören, wie dieses Ding vom Himmel fällt.

Sie wiegt sich ganz leicht hin und her, als wäre der Lärm keine landende Drohne, sondern langsame, kaum hörbare Musik. Die Haut an ihrem Hals riecht leicht verbrannt, wie nach einem langen Tag am Strand. Sie muss schon Stunden hier gewartet haben.

Verdammt schön. Pause drücken, den Moment anhalten.

Doch es geht nicht.

Das ist nicht Hollywood. Wenn sich da das Traumpaar am Schluss kriegt, müssen sie nur bis zum Abspann durchhalten. Aber wir beide – und das wäre so was von genial – noch ein halbes Leben. Es gibt viel zu tun, wir können hier nicht ewig entrückt rumstehen.

Die alten Gedanken drängeln sich wieder nach vorn, lächerliche Hoffentlich-Sätze: Hoffentlich spürt sie nicht den Schweiß auf meinem Rücken. Hoffentlich hängt mir nichts zwischen den Zähnen. Hoffentlich donnert uns dieses Ding nicht gleich über die Füße.

Immerhin ist es dunkel, da ist die Beklemmung nicht ganz so schlimm. Außer einem bisschen Mondlicht auf ihren Schultern ist kaum was zu sehen. Doch es hilft nichts, früher oder später wird einer was sagen müssen. Wie wäre es mit einem der coolsten Sätze, den man einer Frau ins Ohr hauchen kann?

»Ich dachte, du wärst beim FBI.«

Sie wiegt sich weiter, als ob nichts wäre.

»Ging nicht. Blackarrow hätte mich abgefangen. Stand in einer neuen Mail von Jeff. Die haben die Jagd auf mich eröffnet. Zwischendurch dachte ich sogar, sie hätten mich schon, war aber nur eine Politesse.«

Wovon redet sie nur? Egal, solange sie so stehen bleibt, kann sie reden, was und wie lange sie will. Ihre Stimme klingt überhaupt nicht so schrill wie sonst, als wäre es ihr ausnahmsweise mal egal, ob sie jeder hört.

Es donnert jetzt von überall her. Wenn wir noch in diese Schutzanzüge reinwollen, müssen wir langsam Gas geben.

»Jeff hat noch einige Mails geschrieben«, säuselt sie weiter. Aha, das Mitteilungsbedürfnis steigt wieder. »Und ich kann dir sagen: Wenn das ein Staatsanwalt sieht, dann rollen Köpfe.« Sie hat unsere juristischen Chancen durchkalkuliert, nicht doof. Sie ist so verdammt ... lebenstauglich.

Und sexy. Ich muss mich mehr nach vorn beugen, damit die Schalen ihres BHs nicht so doll gegen mein T-Shirt drücken. Die Sache hier soll ja schön romantisch bleiben, bloß nicht die Dinge durcheinanderbringen. Dagegen war Isabell total allergisch.

Harry scheint kein Problem damit zu haben, die Dinge durcheinanderzubringen. Sie drückt den Rücken sogar noch ein bisschen durch, damit ich ihre Brüste spüre.

Okay, es ist Zeit für den nächsten Hoffentlich-Satz: Hoffentlich bemerkt sie meinen Ständer nicht.

Was ist das? Sie lockert die Umklammerung, nimmt ihren Arm runter.

Shit, sie hat ihn bemerkt. Schröder, der notgeile Sack, denkt nur an das Eine. Und da war die schöne Geschichte auch schon zu Ende.

Oder nicht?

Sie kichert. Und tätschelt ihn seelenruhig ab. »Hey, Schröder.« Gespieltes Entsetzen, Kichern. »Wir haben hier noch was zu tun – schon vergessen? Du wolltest mir doch noch diesen Weltraumkram zeigen.«

Was soll ich bloß sagen? Kein Template im Speicher: eine Frau, die unverkrampft mit einer Erektion umgeht. Sollte Rita Süßmuth all die Jahre umsonst im Einsatz gewesen sein?

Mein Kopf ist absolut leer. Keine niveauvolle Zweideutigkeit, um die Sache zu eskalieren. Also lieber die Flucht ins Sachdienliche antreten, mit den Anzügen rascheln.

»Äh, die Dinger müssen wir noch anziehen, zumindest in den ersten Minuten, nachdem das Ding gelandet ist. Hat Neumann gesagt.«

»Gehen die auch über den Kopf?« Sie klingt wie ein beleidigtes Kind.

»Ich fürchte, ja.«

»Sorry. Dann sollten wir uns *damit* beeilen.«

Sie zieht meinen Nacken zu sich runter. Ihr warmer Atem weht gegen mein Kinn. Auf einmal lockert sie den Griff.

Ihre Oberlippe fühlt sich weich wie Softeis an.

Jetzt wäre der Moment, um auf Pause zu drücken.

83

Shit, die Drohne stürzt ab! Schröder hat sie mit seinem Sender zu sehr durcheinandergebracht, jetzt hat sie total abgeschaltet. Knast – wir kommen. Der schwarze Punkt fällt wie ein Stein auf die Erde runter. Ist es überhaupt schon Zeit für den Touchdown?

Klapp, Uhrzeit checken.

»Ist das Neumanns?« Warum schreit sie auf einmal so? »Mach das aus, *mach das sofort aus!*«

Ich hämmere auf die Power-Taste. Sie hat sicher einen guten Grund dafür, so rumzuschreien. Endlich, das Display schaltet ab, und der schwarze Vorhang fällt wieder auf uns runter. Harry atmet durch.

»Jeff hat geschrieben, dass sie Neumanns IMEI haben. Sobald sein Fon an ist, können sie dich also tracken.«

O Mann, wie peinlich. Wir haben uns wie Amateure aufgeführt. Deshalb wussten die im Hubschrauber immer, wo wir sind: Sie haben einfach gecheckt, bei welchem Funkmast sein Handy eingebucht war. Und das bedeutet, sie wissen auch, wo wir jetzt stehen, jedenfalls ungefähr. Es geht also nur noch darum, wer zuerst hier ankommt: Blackarrow oder die Drohne.

Gleich muss das Ding explodieren, der Punkt ist nur noch einen Fingerbreit vom Horizont entfernt. Harry hat aufgehört, mit ihrem Anzug zu rascheln. Da, der Punkt verschmilzt mit dem grauen Streifen des Salzsees. Jetzt müsste es krachen. Nein, sie fällt langsamer, bremst ab.

»Schsch«, macht Harry, als ob sie jemanden zum Schweigen bringen wollte, lässt den Sound aber in ein geflüstertes »Shit« übergehen.

»Das Ding landet ja wirklich.« Tja, Harry, da haben die alten Männer mit ihrem Weltraumfimmel doch keinen Mist geredet. Noch vor ein paar Tagen hätte ich diesen Triumph stunden-, ach was, tagelang ausgekostet. Jetzt ist er völlig irrelevant.

Die Drohne hat anscheinend aufgesetzt und rumpelt über den Salzsee auf uns zu. Was zu hören ist, klingt nicht nach Flugzeugtriebwerk, sondern eher wie so eine Demo, bei der Tausende von Leuten in eine Trillerpfeife blasen. Ach, stimmt: Die X-37 landet ja quasi im Segelflug, wie ein Spaceshuttle, hatte Neumann gesagt.

Harry fängt an, sehr aufgeregt an ihrem Anzug rumzufummeln; es quietscht, als würde ein Clown neben mir so ein Luftballon-Tier zusammenknoten.

»Los, Schröder, komm schon, komm schon.«

Plötzlich hat sie es eilig, klar. Wer weiß, was für ein giftiges Zeug hier gleich durch die Gegend weht oder was in der Ladebucht so alles mitgereist ist. Realistisch die Lage einschätzen und reagieren – darin ist sie echt gut.

Ich versuche, meinen Arm in den Anzug zu zwängen, doch die Gummischicht klebt an der Haut wie Radiergummi. Jetzt nur noch diese Kapuze überstülpen und vorn zumachen. Viel kann man dadurch bestimmt nicht erkennen. Lieber noch mal checken, ob unsere Verstärkung wirklich kommt.

Umdrehen.

Auf Leines ist Verlass.

Die Lichter, die ich für Straßenlaternen gehalten hatte, haben sich still und heimlich vermehrt. Mittlerweile kriecht eine ganze Lichterkette den Horizont entlang, eine Karawane der Gläubigen. Hoffentlich werden sie nicht enttäuscht.

»Bereit, Harry?«

Sie keucht. »Bereit!«

Sollte ich? Darf ich? Warum nicht.

Ich taste mich zu ihrem Hinterkopf vor und ziehe ihn vorsichtig rüber. Sie hört sofort auf rumzuzucken und lehnt sich mir entgegen.

Diesmal fühlt es sich noch besser an – weil es der routinierte Abschiedskuss eines ganz normalen Paares ist.

84

Du Spinner! Ich sehe die Grinsbirne von Jo Bergdorf noch vor mir. Er schubste mich weg und lachte fies, nein: Er *geierte,* wie wir damals gesagt hätten. Dabei hatte ich ihm gerade mein großes Geheimnis gebeichtet: Im Wäldchen hinter der Reihenhaussiedlung waren Roboter aus dem All gelandet und hatten ein paar Teile verloren. Dachte ich zumindest. Als Beweis hatte ich zwei dicke verrostete Schrauben aus dem Unterholz gezogen. Aus meiner Sicht gab es nicht den geringsten Zweifel daran, dass sie außerirdischen Ursprungs waren. Aber anstatt mit mir auf Spurensuche zu gehen, krakeelte Jo mein Geheimnis über den Bolzplatz, bis auch wirklich der letzte Fußball-Idiot gerafft hatte, dass der kleine Schröder an Ufos glaubt.

Jetzt werden wir mal sehen, wer recht hat, Jo.

Hinter der Sichtscheibe wankt der Horizont hin und her wie bei einem schlechten Ego-Shooter. Alles ist nass. Tropfen auf der Scheibe, am Hals, brennender Schweiß in den Augen. Kein Wunder, so eng, wie es in dieser verfickten Gummizelle ist. Der gelbe Stoff schwitzt irgendwas Fieses aus, es stinkt nach frisch aufgerissener Kondompackung. Und wie soll man durch diesen Scheißfilter überhaupt Luft kriegen? Es fühlt sich an, als würde ich durch einen Strohhalm atmen; der Atem rasselt wie bei Darth-Fucking-Vader. Ja, Leines, ich weiß: Das Geräusch haben sie damals mit einem Atemgerät für Taucher gemacht.

Pfeift die Drohne wirklich nicht mehr oder schluckt der Anzug nur die Geräusche? »Die X-37B rollt circa zwei Kilometer aus«, hatte Neumann gesagt. Ja, circa. Und wo genau steht sie jetzt?

Durch dieses lächerliche Fensterchen ist original gar nichts zu erkennen. Da rennen wir glatt an der Drohne vorbei, ohne es zu merken.

Es hilft nichts.

Ich schiebe den Schalter der Maglite-Taschenlampe vor.

Es tut gut, wieder richtig was zu sehen, auch wenn die Augen kurz schmerzen.

Misereor-Werbung. Spenden Sie jetzt. Genauso sieht der Boden aus, wie ausgetrocknete Erde in der Sahelzone. Bloß dass die zerbrochenen Schollen nicht aus braunem Schlamm bestehen, sondern aus Salz. Wie eine angeschlagene Eierschale. Neumann hat mir das Bullenmodell von Maglite vererbt, fetter als eine Salatgurke. Der gleißend helle Strahl aus den LEDs schießt weit auf den See hinaus. Spätestens jetzt kann uns jeder in Südkalifornien sehen.

Schulterblick. Leines' Nerdhorden kommen näher, ich kann schon einzelne Scheinwerferpaare erkennen. Hoffentlich nehmen sie die X-37 nicht sofort auseinander – wie die Zuschauer damals in Le Bourget, nachdem Lindbergh gelandet war. Die haben die *Spirit of St. Louis* ja auch total zerfleddert.

Weiterlaufen, ablenken.

Schade, dass ich nicht mit Harry reden kann, sie hätte sicher wieder einiges beizutragen. Ob ihr Teflon-Look diesen

Schwitzkasten übersteht? Ich leuchte kurz auf ihre Kapuze. Hinter der gewölbten Plastikscheibe glänzen ihre Wangen. Obwohl sie einen Tick geschafft aussieht, kriegt sie noch ein Augenzwinkern hin. Dann winkelt sie die Arme etwas mehr an und trabt locker weiter.

Muss. Die. Mission. Im. Blick. Behalten. Darf nicht daran denken, wie ihre schweißnassen Brüste da drinnen gerade rumhüpfen. Besser auf die Taschenlampe konzentrieren, immer schön hin- und herschwenken, um die Landschaft abzusuchen. Weiß doch jeder Karl-May-Leser, dass man in der Wüste ein paar Meter voneinander entfernt vorbeilaufen kann, ohne es zu merken.

»Laufen ist nichts als kontrolliertes Vornüberkippen«, hatte uns der Sportlehrer mal erklärt. Niemals stimmte es mehr als jetzt, bis auf den Teil mit der Kontrolle. Wenn diese schlackernden Gummilappen an den Beinen bloß nicht so abbremsen würden.

Vor uns ist immer noch nichts zu erkennen, keine Lichtquelle außer dem springenden Taschenlampenpunkt. Klar: An eine geheime Weltraum-Drohne baut die Air Force natürlich keine Positionslichter dran.

Was da drüben auf der Basis jetzt wohl los ist? Thermonuklearer Einlauf für die ganze Mannschaft, schließlich ist die wertvollste Fracht der Menschheit verloren gegangen. Wahrscheinlich denken sie, dass die X-37 abgestürzt ist. Wäre laut Neumann nicht das erste Mal …

Halt.

Zurückschwenken.

Da ist sie.

85

Etwas stimmt nicht.

Leines hat mir schon hundertmal Fotos von irgendwelchen Drohnen gezeigt – das Thema ist ja quasi der Nerd-Vereinigungsfight: Computertechnik plus Roboter plus Militär.

Und trotzdem fühlt es sich unangenehm an, so ein Ding in echt zu sehen. Der Kopf meldet ständig, dass etwas nicht stimmt.

Klar, es sind die fehlenden Cockpitfenster. Ein Gesicht ohne Augen, damit kommt unser Steinzeitgehirn nicht klar.

Die bullige Schnauze starrt uns aus der Dunkelheit an. So wird jeder Krieg in ein paar Jahren aussehen: eine Maschine mit radarabweisender Haut, die ihren eigenen Befehlen folgt.

Harry zerrt an meiner Hand, um mich abzubremsen.

Unglaublich, Neumann hat es geschafft. Die Drohne ist hier gelandet und nicht drüben auf der Basis. Sie steht einfach so da, eingehüllt in eine Staubwolke, und summt leise vor sich hin. Vermutlich wartet das Programm in ihrem augenlosen Kopf auf neue Instruktionen.

Wir rücken im Gänsemarsch vor: ich voraus, Harry hinterher – wie damals auf dem Weg in Kellermeisters Bude, als wir uns noch hassten.

Die untere Hälfte der Schnauze glänzt: Sie ist mit backsteinartigen schwarzen Kacheln gepflastert, genau wie das Shuttle – als Schutz gegen die Hitze beim Eintauchen in die Atmosphäre. Die obere Hälfte der Maschine ist mattgrau wie ein Kampfjet lackiert. Am Heck ragen zwei Leitwerke schräg in die Luft. Doch, Leines hat das Ding ganz gut beschrieben: wirklich wie ein geschrumpftes Spaceshuttle.

1983. Ich kann mich noch erinnern, als wäre es gestern. Da hatte das Shuttle mal Zwischenstopp auf dem Flughafen Köln-Bonn gemacht. Wir mussten eine halbe Ewigkeit über die Autobahn juckeln, weil Vater meinte, so eine Gelegenheit gäbe es nie wieder. Und er sollte recht behalten. Der Auftrieb war gigantisch, mit Ansprache von Forschungsminister Riesenhuber und so. Tausende glotzten hoch zur Raumfähre, die auf einen Jumbojet draufgeschraubt war. Ein Blick in eine perfekte Zukunft – das war ja noch vor der Challenger-Katastrophe. Allein das Wort! Raumfähre …

Korrektur: Ich kann mich nicht an den Tag erinnern, als wäre es gestern gewesen. Ich kann mich eigentlich an nichts mehr erinnern. Nur daran, dass das Shuttle riesig aussah.

Viel größer als dieses Ding hier.

Wir tappen näher ran. Hinten auf dem Dach steht eine weiße Klappe offen, vielleicht zur Belüftung oder so. Davor läuft ein langer Spalt entlang, an dem die Luken der Ladebucht zusammenkommen. Da drin muss es liegen, das Objekt. Viel werden sie allerdings nicht runtergebracht haben, dafür ist die Maschine einfach zu klein; selbst Harry kann über die Oberkante rübergucken. Die Drohne würde locker hinten auf einen normalen deutschen Laster draufpassen.

Trotzdem vorsichtig bleiben.

Es ist ein bisschen, wie wenn man im Wald ein totes Tier findet. Erst ekelt man sich und will weglaufen, doch nach und nach gewöhnt man sich an die rausquellenden Gedärme und die mit Ameisen bedeckten Augen. Und irgendwann steht man neben dem Kadaver, als ob nichts wäre.

Ein Wal.

Genau, so sieht die Drohne hier allein auf dem Salzsee

aus – wie so ein Wal, der sich verirrt hat und dann am Strand angespült wurde.

Wir schleichen auf einen der stummeligen Flügel zu. Wieder unten schwarze Kacheln, oben Grau – und überraschend viel Dreck. Kein porentief-weißes Space-Age-Equipment wie bei *2001,* sondern eher ein müdes Arbeitstier. Überall klebt schwarze Schmiere, der Weltraum scheint ein schmutziger Ort zu sein.

Harry bremst, um den winzigen Schriftzug »USAF« zu inspizieren. United States Air Force. Der Tierkadaver-Effekt hat eingesetzt, wir verlieren den Respekt. Das ist der Moment, in dem Unfälle passieren. Sie muss vorsichtig sein, die Kacheln haben vor ein paar Minuten noch geglüht. Ich ziehe sie an der Schulter sachte zurück.

Staub wirbelt um unsere Füße. Ob der Wind die giftigen Dämpfe schon weggeweht hat? Neumann meinte, dass wir die Anzüge nur unmittelbar nach der Landung tragen müssten. Na ja, sicher ist sicher.

Aber Harry muss natürlich wieder übermütig werden, sie fährt tatsächlich ihre Hand aus, um das Teil anzufassen! Ich muss sie zurückhalten ... zu spät, sie berührt schon die Außenhaut. Scheint doch nicht mehr heiß zu sein. Sie presst ihre gespreizten Finger gegen den stumpfen Lack, als wollte sie Kontakt zum Geist der Maschine aufnehmen.

Mit der anderen Hand winkt sie. Ich soll rüberkommen? Aber warum, da gibt es doch nichts ...

Es gibt doch.

Eine kleine Klappe in der Außenhaut, so groß wie ein Tankdeckel vielleicht. Mit Schablone sind vier Worte draufgesprüht.

EMERGENCY BAY DOOR RELEASE

86

Was heißt hier *Emergency? Bay Door Release* ist ja klar, der Mechanismus, um die Ladeluke zu öffnen. Nur warum *Emergency,* welcher Notfall ist gemeint? Der Alte hatte in einem seiner typischen Untertreibungs-Nebensätze fallen lassen, dass die X-37 mit einem Selbstzerstörungsmechanismus ausgerüstet ist. Wenn sie vom Kurs abkommt und bewohntes Gebiet ansteuert, kann man per Knopfdruck die Flügel absprengen. Ist diese *Emergency* mit der Aufschrift gemeint? Das würde bedeuten, uns fliegt alles um die Ohren, wenn wir auf den Knopf hinter der Klappe drücken.

Harry gestikuliert wild rum. Was ist denn?

Ach so, ich soll mich umdrehen.

Nicht gut. In die Lichterkette, die auf uns zukriecht, haben sich blaue und rote Blitze gemischt. Einsatzfahrzeuge. Vermutlich versucht die Militärpolizei, unsere Verstärkung aufzuhalten. Das wird ja der ganz große Bahnhof.

Zurück zur Emergency-Klappe.

Einfach nur nachgucken kann ja nicht gefährlich sein. Ich fummele meinen Zeigefinger in den kleinen Zwischenraum am Rand der Klappe und lasse sie aufschnappen.

So sieht die Drohne also unter der Haut aus: blankes Aluminium, Starfighter-Style. In der Mitte der Vertiefung sitzt ein Hebel aus Edelstahl. Er sieht ein bisschen aus wie der Griff von dem Tresor, den Leines' Dad seinerzeit angeschafft hatte. Um die Verrieglung zu lösen, müsste ich den Griff ausklappen und drehen. Und dann?

Nachdenken.

Shit, bei der Hitze kann ich nicht nachdenken. Ich muss raus aus diesem Gummisarg, der Chemiekram aus den

Triebwerken der Drohne ist bestimmt längst weggeweht. Außerdem: Schlimmer als der Scheiß, den wir damals in der Nacht nach Tschernobyl abgekriegt haben, kann es auch nicht sein. Witzig: Da geht man einmal in seinem Leben auf ein Open Air und kommt als Erstes voll in einen radioaktiven Nieselregen.

Reißverschluss auf, endlich wieder Luft. Es zieht kalt in die Luftröhre, gut. Absolut nichts zu riechen. Harry reißt die Augen auf, als wäre ich gerade von einer Brücke gesprungen. Mach dir keine Sorgen, das kann der alte Mann ab.

Okay, der Kopf ist wieder frei. Zurück zum Griff. Wenn ich ihn jetzt drehe, gehören wir endgültig in die gleiche Kategorie wie Jan Kellermeister: Dann sind auch wir Menschen, die bis ans Ende der Welt verfolgt und mit Kopfschuss exekutiert werden müssen.

Hey, Harry, das musst du nicht tun – wirklich!

Zu spät. Jetzt hat sie sich auch die Kapuze runtergerissen und schüttelt ihre Haare. Viertel vor elf nachts, Mojave-Wüste, die Frisur sitzt.

Sie schweigt. Natürlich. Sie weiß, dass ich die Sache hier selbst entscheiden muss.

Im Grunde genommen habe ich bisher noch nichts gemacht. Seit wir durch Kellermeisters Jugendzimmer gerutscht sind, war ich immer nur der Zuschauer. Angepackt haben die anderen: Harry hat mit ihrer genialen Kühlaktion Kellermeisters digitalen Nachlass gerettet; dank Neumann haben wir den verseuchten Stick bei Blackarrow reingekriegt; ohne Leines würde Band 76 immer noch in dem Tresor auf Bermuda vergammeln. Und was war mein Anteil? Null. Ich habe immer nur zugeguckt. »Euer Ehren, mein Mandant war vielleicht Mitwisser – aber niemals Mittäter«, kann der aalglatte Ami-Anwalt, den Leines morgen sicher springen lässt, mit gutem Gewissen behaupten.

Jämmerlich.

Harry guckt mich mitleidig an. Sie würde niemals von mir verlangen, dass ich den Hebel drehe, aber ich kann sehen, dass sie es insgeheim erwartet. Sollte ich ihr von dem Selbstzerstörungsmechanismus erzählen? Nein, ein guter Mann erspart der Frau unnötige Sorgen. Jetzt heißt es: geschäftsmäßig klingen.

»Gehst du ein Stück zurück – bis dahin.« Mein Finger zittert sehr unüberzeugend Richtung Unendlichkeit. »Bitte!«

Sie runzelt die Stirn auf ihre besorgte und zugleich sehr niedliche Weise.

Der Wind weht schon die Sirenen der Militärbullen rüber; die lassen sicher nichts anbrennen. Anscheinend werden sie von der Nerdkolonne doch nicht aufgehalten, wie Leines dachte.

Harry hebt die Arme zu einer vagen Geste, dass sie sich fügt, und macht ein paar Schritte von der Drohne weg. Ihre Augen glänzen.

Ich ziele mit der Maglite schnell wieder auf den Hebel, um nicht den Mut zu verlieren. Aber jetzt weglaufen? Das wäre der ultimative Anti-Höhepunkt in einem Leben voller Anti-Höhepunkte.

Komm schon.

Der Griff fühlt sich selbst durch die Gummihandschuhe noch heiß an.

Rausziehen. Und drehen.

Yippie-Ay-Yeah, Schweinebacke!

87

Eigentlich war immer klar, dass es da draußen noch was gibt. Wir haben es schließlich oft genug durchgespielt: Blaster gezogen – natürlich als Erster –, Photonentorpedos abgefeuert, Deflektorschirm hochgefahren, durchs Wurmloch gesprungen, auf die Oberfläche runtergebeamt, an die Raumstation angedockt. Und immer wenn der Abspann vorbei war, blieb ein bisschen Unsicherheit. Was wäre, wenn …? Es war nur eine diffuse Hoffnung, aber sie half oft dabei, sich auf diesem Planeten der Klasse M, wie es bei *Star Trek* immer heißt, zurechtzufinden.

Klar, wir haben uns nicht in jeder Minute mit dem Space-Ding beschäftigt. Zwischen vierzehn und vierundzwanzig war es selten egal. Doch ganz weg war es nie, und selbst wenn wir nur mit Hansapils in der Hand auf dem Autodach lagen und mit glasigen Augen hoch zu den Sternen starrten. Irgendeiner hatte immer die alte John-Williams-Kassette mit dem Thema aus *Star Wars* dabei, und wenn die lief, wurden selbst die härtesten Zyniker seltsam wortkarg.

Witzig, und das Objekt lag die ganze Zeit da oben.

Klack.

Kein Knall, keine Explosion. Der Griff rastet einfach nur ein, und die grauen Luken der Ladebucht setzen sich zuckelnd in Bewegung. Es war trotzdem verdammt schwer, nicht den Kopf einzuziehen oder sich auf den Boden zu werfen; ich bin natürlich doch ein paar Schritte nach hinten gestolpert.

Jetzt stehen wir mit offenem Mund da und warten, dass der Vorhang sich hebt.

Die Klappen sind kaum größer als Schranktüren, und der

Motor, der sie bewegt, scheint nicht allzu stark zu sein. Er müht sich laut wimmernd damit ab, sie auseinanderzudrücken. Noch ist die Öffnung oben zu klein, um was zu sehen.

Harry ist aus der Deckung zurück und legt von hinten eine Hand auf meine Schulter. Gleichzeitig lehnt sie ihren Kopf gegen meinen Hals, als würden wir am Strand sitzen und dem Sonnenuntergang zuschauen.

Was für eine Reise.

Wir werden die nächsten Jahre sicher viel Zeit damit verbringen, darüber zu streiten, wann alles angefangen hatte. Sie wird als echte Frau natürlich behaupten, von Sekunde eins an gewusst zu haben, dass aus uns noch was wird. Ich werde als echter Mann so tun, als sei es mir egal, eine Zote über ihren Hintern reißen und schweigen. Dabei ist die Sache doch offensichtlich: Als ich sie an diesem Briefkasten eingesammelt habe und sie »Warp neun« sagte, war alles klar.

Da! Der Spalt zwischen den Klappen ist so groß, dass man endlich was erkennen kann. Etwas Silbernes, eine Folie. Ach, nur eine Art von Isolierung oder so. Wir sind einfach zu weit weg. Wenn wir echt in den Laderaum reingucken wollen, müssen wir unsere Ehrfurchtsdistanz aufgeben.

Harrys gelbe Gummihand drückt meine so fest zusammen, als wollte sie mich daran hindern wegzulaufen. Als unverbesserliche Realistin weiß sie natürlich, dass unsere gemeinsame Zeit zu Ende geht, wenn die Militärbullen erst mal hier sind.

Wir waren schon ein cooles Team, wir alle. Schade, dass Leines und der Alte nicht dabei sind, jeder von ihnen hätte es mehr verdient als ich, hier zu stehen. Vielleicht packen sie es ja noch, vielleicht kann Leines mit seiner professionellen Unterstützung noch was ausrichten …

Was für ein Typ dieser Kellermeister wohl war? Oder dieser Chuck? Die hätten es wirklich verdient, den Endboss zu killen. Haltung annehmen, allein für die muss die Sache durchgezogen werden. Hoch mit der Taschenlampe, zusammenreißen. Nur noch ein paar Zentimeter, dann ist der Spalt groß genug, um richtig reinzuschauen.

»Schröder?« Harrys Stimme bebt.

Schnell antworten, bevor der Kloß in meinem Hals noch dicker wird.

»Ja?«

Sie küsst mein Ohrläppchen. »Vielleicht war das Geld für den Weltraumkram doch nicht so schlecht ausgegeben.« Sie kann sich noch an unser Gespräch auf dem Flughafen erinnern – ihre Nettigkeit ist einfach erschlagend. Habe ich das verdient?

Eigentlich hatte ich nicht erwartet, dass in meinem Leben noch einmal der Moment für diesen furchtbar-triefenden Satz kommen würde, den Tausende von Ami-Serien erfolgreich entwertet haben. Aber jetzt ist er doch da.

»Ich, äh.«

Sie lacht leise. »Ich weiß.«

Nein, das hat sie jetzt nicht zitiert aus …

Klack. Der Motor hat aufgehört zu wimmern. Weiter lassen sich die Klappen anscheinend nicht öffnen. Die Abdeckung der Ladebucht schaukelt vor unserer Nase wie ein riesiger grauer Blumenkasten. Nur noch zwei oder drei Schritte nach vorn, und wir können hineinsehen. Aber die Füße wollen nicht.

Es liegt an dieser Aura. Diese augenlose Maschine, die vor ein paar Minuten noch durch den Weltraum gerast ist, strahlt etwas Unmenschliches aus, etwas Gefährliches. Egal, wie statisch fragwürdig die Raumschiffe aus Lego waren, die wir früher zusammengehauen haben: Für einen Pilotensitz war immer Platz. So ganz ohne Mensch – gespenstisch.

Vielleicht bin ich doch zu alt für diese Zeit.

Also wieder mal überwinden.

Die Sirenen kreischen, uns bleiben nur noch ein paar Augenblicke, bevor das Leben, wie wir es bisher kannten, vorbei ist.

Ich lasse Harrys Hand kurz los, um sie direkt wieder zu umklammern, noch kräftiger.

Die Maglite zittert über die Haut des einsamen Vogels.

Und los.

Ich setze den rechten Fuß nach vorn. Ein kleiner Schritt für einen Nerd, haha. Dann den linken. Die Kante der Ladeluke kommt näher, ich kann schon sehen, dass sie auch auf unserer Seite von innen mit dieser Folie ausgekleidet ist.

Wie haben die Amis das bloß hingekriegt? Sie müssen *Jahre* an der Bergungsaktion gearbeitet haben. Erst mal eine Sonde hochschicken, um die Trümmer des Objekts einzusammeln. Dann mit einem Rückkehrmodul die Mondanziehungskraft überwinden, Millionen von Kilometer zurückfliegen und am Schluss im Orbit alles in die Drohne umladen. Was für ein unvorstellbarer Aufriss.

Und dann kommt irgendein Nerd aus Deutschland daher, der noch bei Mutti wohnt, und will alles platzen lassen. Ich kann fast verstehen, dass sie Kellermeister erschossen haben. Fast. Doch in dem Fall sind *sie* zu alt für diese Zeit. So läuft die Sache nicht mehr. Auch wenn Leines es nicht wahrhaben will: Die Achtziger sind vorbei. Die Leute lassen sich nicht mehr verarschen. Wie heißt es so schön in *Sneakers – Die Lautlosen?* No more secrets, Marty!

Ein halber Schritt – und Stopp.

Ein letztes Mal zu Harry rüberschauen. Obwohl Tränen

ihre Wangen runterkullern, leuchten ihre Lampen heller als jemals zuvor. In ihrem Blick stehen mehr gute Wünsche als alle, die ich bisher in meinem Leben bekommen habe. Sie deutet ein Nicken an. Alles bereit.

Ich hebe die Taschenlampe und leuchte in die Ladebucht.

Wir beugen uns gleichzeitig vor.

Harry zuckt zusammen.

Alles hat gestimmt. Es ist das Objekt, kein Zweifel.

Und es ist wunderschön.

Komisch ist nur eine Sache, dieser Schriftzug.

NEW NASA

Nachwort

Das Objekt ist zwar reine Fiktion, doch viele Elemente der Geschichte sind von Fakten inspiriert – von realer Technologie und wahren Begebenheiten. Ist es nötig, diese Details zu kennen? Absolut nicht! Doch als bekennender Nerd weiß ich, dass es einige wenige gibt, die genau diese Kleinigkeiten mögen. Ihnen will ich die Hacks und Hintergründe deswegen nicht vorenthalten.

Viel Recherche-Energie etwa floss in die Darstellung der Computerforensik. Hier ist die Geschichte stark von realer Technik inspiriert. Das beginnt schon mit Harriets Kältetrick: Es ist tatsächlich möglich, den Speicher eines Computers auszulesen, nachdem er ausgeschaltet wurde – wenn die Bauteile nur stark genug gekühlt werden. Dann behalten die Bits unter Umständen noch sekundenlang ihren alten Wert und lassen sich entziffern (Quelle: Sergei Skorobogatov: »Low temperature data remanence in static RAM«, Technical Report Nummer 536, University of Cambridge, Computer Laboratory, UCAM-CL-TR-536, ISSN 1476-2986, Juni 2002).

Auch für das *Project*, an dem von Neumann arbeitet, existiert ein reales Vorbild: das Lunar Orbiter Image Recovery Project (LOIRP). Diese von Privatleuten gestartete Initiative wertet Datenbänder von frühen Mondsonden aus. Auf ihnen sind Aufnahmen des Mondes aus den Jahren 1966 und 1967 gespeichert. Ohne die Intervention der Hobbyisten wären die Bänder auf dem Müll gelandet, jetzt werden sie in liebevoller Detailarbeit restauriert und gesichtet. Das Projekt ist übrigens wirklich in einer verlassenen McDonald's Filiale untergebracht (www.moonviews.com)!

Um mehr über den ominösen Konzern Blackarrow herauszufinden, greifen die Protagonisten zu einem Trick: Sie deponieren einen präparierten Speicherstick auf dem Firmengelände, in der Hoffnung, dass ein argloser Mitarbeiter ihn in seinen PC steckt und so das Abhörprogramm einschleust. Diese Masche ist unter Wirtschaftsspionen durchaus üblich, genau wie der Trick, sich als Behinderter auszugeben (Quellen: *Wirtschaftswoche,* 07.01.2013: »Elektronischer Erstschlag«, *Wall Street Journal Europe,* 28.03.2013: »Ethical Hackers Help Firms Dupe, Train Staff«).

Kann ein Amateur einfach so einen Safe knacken? Mit ein bisschen Glück schon. Das hat anscheinend auch Leinhart, als er in der Karibik den Tresor mit dem mysteriösen Datenband findet. Ihm gelingt es, den Schrank mit der Metallschiene eines Hängeordners zu öffnen. Das geht tatsächlich, wie Anleitungen im Internet zeigen.

Völlig losgelöst von der Erde – so mag die Auflösung des Romans erscheinen: Die USA schmuggeln mit einer Weltraumdrohne ein Objekt vom Mond zur Erde. Doch selbst diese Wendung steht zumindest teilweise auf dem Boden der Tatsachen: Die Drohne X-37 existiert wirklich. Der unbemannte Raumgleiter wurde um die Jahrtausendwende von der NASA konzipiert, später übernahm die U.S. Air Force das Projekt. Die X-37 kreiste letztmalig zwischen 2012 und Ende 2014 um die Erde, der Zweck ihres Einsatzes ist bis heute geheim (Quelle: www.heavens-above.com).

Aber lässt sich so ein Hightech-Flugkörper einfach von Dritten umdirigieren? Fakt ist: Ende 2012 gelang es iranischen Militärs, eine amerikanische Drohne vom Typ RQ-170 unter ihre Kontrolle zu bringen. Der Flugkörper ist angeblich mithilfe von »Cyberkriegsführung« zur Landung gezwungen worden (Quelle: www.wired.com, 16.12.2011: »Iran's Alleged Drone Hack: Tough, but Possible«).

Auch der Trick, den Schröder und Neumann anwenden, um die Weltraumdrohne umzuleiten, könnte funktionieren. Theoretisch. Die Methode nennt sich GPS-Spoofing: Ein starker Störsender strahlt GPS-Signale aus, die leicht von denen der offiziellen GPS-Satelliten abweichen. Die Drohne fällt auf die manipulierten Daten herein und korrigiert den Kurs, um wieder auf die vermeintlich richtige Bahn zu kommen. Und schon landet sie woanders. Diese Angriffsmethode wurde bereits von Wissenschaftlern erprobt (Quelle: Daniel P. Shepard, Jahshan A. Bhatti und Todd E. Humphreys: *Evaluation of Smart Grid and Civilian UAV Vulnerability to GPS Spoofing Attacks,* The University of Texas at Austin).

Kurz vor dem Showdown kapern die Helden eine Funkstation und finden hier ausgerechnet einen Commodore 64 vor. Ein Heimcomputer aus den 1980er-Jahren auf einem Militärtestgelände? Das mag unwahrscheinlich klingen, unmöglich ist es nicht. Rechner dieser Generation waren lange Zeit auch in Forschung und Industrie im Einsatz. Das britische Radioteleskop Jodrell Bank etwa setzte zur Steuerung seiner Antennen bis in die Nullerjahre einen Heimcomputer vom Typ BBC Micro ein, Baujahr: 1981 (Quelle: www.theregister.co.uk, 19.01.2004: »My PC is older than yours«).

Nachweis

S. 48: *Die Zwei (The Persuaders!)*, Incorporated Television Company, Television Reporters International Tribune.
S. 76: *Die nackte Kanone 2½ (The Naked Gun 2½: The Smell of Fear)*, Paramount Pictures.
S. 110: Calvin Coolidge. Rede an die American Society of Newspaper Editors, Washington D.C., 25. Januar 1925.
S. 117: www.abovetopsecret.com.
S. 128: Cee-Lo Green, »F**k you«, Atlantic (Warner), 2010.
S. 190: *Lethal Weapon – Zwei stahlharte Profis*, Warner Bros., Silver Pictures.
S. 219: *Krieg der Sterne (Star Wars)*, Lucasfilm, Twentieth Century Fox.
S. 226: *Beavis and Butt-Head*, J.J. Sedelmaier Productions, Paramount Television u.a.
S. 239: *Fünf Freunde*, Hörspielreihe nach den Büchern von Enid Blyton, EUROPA.
S. 274: Dylan Thomas, »Do not go gentle into that good night«, *In Country Sleep and other poems*, New Directions, 1952.
S. 301: *Familie Feuerstein (The Flintstones)*, Hanna-Barbera Productions, Screen Gems Television.
S. 315: *Ferris macht blau (Ferris Bueller's Day Off)*, Paramount Pictures.
S. 315: Die Fantastischen Vier, »Sie ist weg«, Columbia, 1995.

S. 370: *Stirb langsam* (*Die Hard*), Twentieth Century Fox, Gordon Company, Silver Pictures.

S. 373: *Das Imperium schlägt zurück* (*Star Wars Episode V – The Empire Strikes Back*), Lucasfilm.

S. 374: *Sneakers – Die Lautlosen*, Universal Pictures.

Danksagung

Mein Dank gilt Alexander Bahr (École polytechnique fédérale de Lausanne), Claus Barke, René Classen, Enno Ewers (HiSolutions AG, Berlin), Werner Glockner, Robin Kroha (HiSolutions AG, Berlin), Martin Rutishauser, Frank Rustemeyer (HiSolutions AG, Berlin), Tim Weitzel (Otto-Friedrich-Universität, Bamberg) sowie Ulrike Floßdorf für ihre Unterstützung und ihre Anregungen.